L'épouse indésirable

J'AI LU

Marnie De Marez

L'épouse indésirable

Éditions J'ai lu

A Marcelle Delanghe notre amie à jamais

1

L'annonce de leur mariage en étonna plus d'un. A commencer par eux-mêmes.

Si, au début du printemps, quelqu'un lui avait dit qu'il serait marié avant l'automne, Arnaud l'aurait traité de fou avant de s'écrouler de rire. Puis, il se serait payé une bonne crise de rage. Marié, lui ? Et... avec qui, s'il vous plaît ?

Les dents serrées, la mine renfrognée, il avait beau secouer la tête comme un boxeur groggy pour essayer d'éloigner de sa mémoire des souvenirs gênants, il en revenait toujours à un certain après-midi de juillet. Tout partait de là. Néanmoins, il gardait le sentiment qu'une autre raison expliquait cette faille dans son histoire. Irrité par les pensées que son esprit ne cessait de ressasser, Arnaud soupirait, tentant d'imaginer l'avenir. Il ne parvenait pas à se convaincre que le lendemain serait le jour de son mariage. Quelle folie d'avoir laissé l'affaire en arriver là ! Juste ciel ! Tout cela à cause d'un orage d'été...

Laura dormait mal. Elle se réveillait tremblante avec le sentiment d'une condamnation imminente. Ses yeux dilatés d'inquiétude rencontraient à chaque instant le regard fixe et préoccupé de sa mère. Celle-ci, apparemment calme mais avec un rictus déplaisant aux coins des lèvres, gardait un silence glacé depuis le matin où elle avait bouleversé la vie de sa fille en imposant ce mariage.

– Tu n'as pas le choix. Et le fils Willier encore moins. Il t'épousera ou il connaîtra le poids de la justice de ce pays... Fais bien attention, ma petite, ton père ne sait rien encore mais... essaie de te dérober et je le mets au courant de ton inqualifiable conduite ! Aimerais-tu qu'il aille demander réparation à ce vil suborneur ? Enverrais-tu ton propre père se battre en duel avec cette tête brûlée, ce bravache ? Fille sans cœur !

Cet argument inattaquable s'était abattu sur Laura comme une sentence de mort.

Dans quelques heures, elle serait liée pour toute la vie à cette ombre noire qui la terrifiait. A cet homme méprisant qui la regardait de haut depuis près de deux mois. Elle avait beau se rappeler qu'il était fautif, cela ne diminuait pas sa peine pour autant. Ni son effroi.

Les larmes retenues lui infligeaient une douleur permanente. Et son cœur pesait des tonnes à la veille d'être pour toujours une épouse imposée, non aimée et indésirable.

Mme Stanton remarquait bien le désespoir qui accablait sa fille. Mais celle-ci n'était-elle pas une éternelle mécontente ? Alors, autant l'ignorer... Elle ne s'était pas attendue à voir Laura se réjouir bruyamment... mais de là à lui voir prendre cet air souffreteux !... De quoi se plaignait-elle ? Voilà une gamine qui gagnait dans l'affaire un mari riche de la promesse d'un héritage conséquent. Alors, pourquoi afficher une telle aversion pour ce mariage ? Mme Stanton se posait la question.

Quoique désavantagé par une paire de favoris ridicules qui, si Clarisse Stanton avait son mot à dire, seraient vite rasés, le jeune Willier n'était pas laid. D'ailleurs, qui d'autre dans les environs pouvait se vanter d'être l'héritier présomptif d'un oncle fortuné et très malade ?

Allons, en dépit de ses mines apeurées, Laura

n'était pas à plaindre ! La petite chouette casée à seize ans, n'était-ce pas inespéré ?

Clarisse Stanton ne manifestait aucun remords. Certes non ! Elle avait la conscience tranquille et se savait irréprochable. S'en était-elle donné du mal pour faire de Laura une jeune fille acceptable ! Depuis la naissance de sa fille, chacun de ses instants lui avait été consacré. La surveillant sans cesse, la reprenant sur tout, chaque mot, chaque geste. En toute bonne foi, Laura aurait dû être éblouissante, éclatante de perfection. Eh bien, non ! Mme Stanton devait le reconnaître, Laura n'était pas la fille dont une mère pouvait légitimement rêver. Mais à quoi bon revenir sur ses nombreuses imperfections... sur toutes les fois où elle l'avait agacée, exaspérée ?

Laura avait été une enfant terne, affreusement gauche. Elle s'était mise à parler très tard, butant sur chaque mot. Comme si cela n'était pas suffisant, une timidité maladive empoisonnait tous les instants de sa vie. Une conversation commencée d'une voix normale se terminait bien souvent en balbutiements inaudibles. Et, pis encore, en présence de personnes ne faisant pas partie de son entourage familier, Laura perdait contenance et la crainte la rendait complètement aphone. Dans ce cas, la gamine voyait s'accroître le sentiment d'infériorité qui l'écrasait en permanence.

Dieu, qu'il était pénible d'être la mère d'une fillette difficile ! Pourtant, nul n'ignorait dans leur entourage que, depuis la plus tendre enfance de Laura, les conseils de sa mère ne lui avaient jamais été ménagés. Ah que non ! Généreusement prodigués, au contraire !

– Laura, ne fais pas ceci, efforce-toi plutôt de... C'est encore ta faute, Laura... Tu ne dois pas... Tu ne devrais pas... Tu n'aurais pas dû... Seigneur, comme tu es bête ! Tu as tort de penser, parler, agir comme tu le fais... Ah ! Laura, Laura ! Combien de fois devrais-je te rappeler qu'il convient de laisser penser, parler, agir ta mère à ta place... Plus tard, beaucoup plus tard, quand tu seras un peu moins godiche, peut-être, je dis bien peut-être, pourras-tu penser, parler, agir par toi-même. Mais en attendant, abstiens-toi...

Comme une plante écrasée par trop d'ombre, Laura s'était étiolée. Repliée sur elle-même, elle avait pris l'habitude de se taire et de tenir ses yeux baissés. Elle ne se sentait à l'aise qu'auprès de son père. Son cher papa qui, faisant fi des récriminations de sa possessive épouse, avait fait de sa fille une excellente cavalière. Meilleure encore que son aînée Helen, qu'il avait eue de sa première femme. Laura ne donnait sa pleine mesure qu'une fois à cheval. Là, elle pouvait enfin regarder les autres de haut.

Elle aimait aussi beaucoup Lisbeth, la petite Willier. La seule amie que sa mère lui eût jamais permise. Il va sans dire que Mme Stanton ne lui trouvait que des défauts, mais elle était la fille de lady Constance et cela méritait considération. Aussi, le temps d'une visite, les deux jeunes filles avaient-elles le droit de papoter un peu, couvées par le regard soupçonneux de Clarisse Stanton.

Une demoiselle de bonne éducation, fille d'un vieil érudit, avait appris à Laura tout ce qu'elle savait. Cette préceptrice pouvait témoigner de l'intelligence de son élève. En pure perte. Ses propos n'intéressaient nullement Mme Stanton. Laura parlait et écrivait couramment le français ? La belle affaire ! Sa fille n'avait pas besoin de s'encombrer la tête avec ça ! Peuh ! Laura n'était qu'un petit être craintif qui ne pouvait en aucun cas se passer des rappels à l'ordre de sa mère. Alors le savoir et l'instruction... Est-ce que Mme Stanton en avait de l'instruction ?... Non ? Eh bien !...

A seize ans, Laura en paraissait douze. Un peu chétive, elle ressemblait à une fillette qui aurait emprunté les vêtements de sa mère pour se déguiser. Personne ne remarquait ses cheveux noirs, ses traits fins et ses grands yeux bleus.

– Bleus comme les bleuets de France, se rengorgeait son père qui, ayant épousé une Française en premières noces, savait de quoi il parlait.

En vérité, tout avait commencé un soir de mai. Le 4, pour être précis. Sa petite amie du moment venait de le quitter et il s'en trouvait particulièrement satisfait ; il était las de cette dormeuse et ne savait comment s'en dépêtrer. Elle partie, tout allait donc pour le mieux. Il était libre pour une nouvelle aventure et la soirée lui appartenait.

Depuis la fin de son adolescence, les filles n'avaient eu que des bontés pour lui. Arnaud connaissait peu de cruelles. Son sourire malicieux découvrait des dents larges et blanches et creusait une fossette au creux de sa joue droite. Grand, comme ses frères, il avait hérité lui aussi des cheveux châtain clair et des yeux gris de leur mère. Sans être un adonis comme l'avait été son père dont le visage d'ange l'avait fait surnommer « le plus-que-parfait » par des femmes qui, maintenant, frisaient la soixantaine, Arnaud, âgé de vingt-sept ans, était plutôt beau garçon. De longs favoris descendant jusqu'au menton accentuaient la minceur de son visage. A la mode depuis peu de temps chez les dandys de Londres, cette fantaisie suscitait les soupirs de contrariété de lady Constance et chacun dans l'entourage familial s'efforçait de dissimuler ses haussements d'épaules devant cette paire de rouflaquettes qui lui allaient si peu. Selon lady Constance, loin de mettre en valeur le joli sourire de son fils, cette pilosité pour le moins malencontreuse accentuait le contour résolu de sa mâchoire et faisait ressortir l'air renfrogné qu'il arborait dès que quelqu'un se permettait la moindre réflexion sur ses faits et gestes.

Ce soir-là, il était assis tranquille, ne demandant rien à personne, inoffensif comme l'enfant qui vient de naître, quand un ami lui avait présenté Mary-Ann. Une jeune rouquine qui lui avait dédié un petit sourire coquin. En homme bien élevé, il lui avait offert et l'hospitalité de sa table, et un verre de bon vin. La jolie avait fait osciller gracieusement ses boucles rousses autour de sa tête. Elle acceptait de s'asseoir avec lui mais refusait la boisson qu'elle trouvait un peu aigre.

– Je ne bois pas de vin, je ne l'aime pas. En revanche, je prendrais volontiers deux doigts de cognac. A condition toutefois que vous en preniez aussi.

Et voilà ! Voilà comment les calamités s'abattent sur les pauvres hommes sans défense. Arnaud adorait les rousses. Surtout celles qui secouaient leurs boucles. Prompt à s'enthousiasmer pour toute nouvelle aventure amoureuse, il oublia instantanément qu'il ne supportait pas l'alcool.

Deux verres de cognac le rendaient gai et agréable à tous. Trois verres le grisaient. Il se sentait alors débordant de prévenances envers son prochain. S'il avait la faiblesse de prendre un verre de plus, il radotait des propos absurdes et désirait obstinément se rendre utile à la société en reconduisant sur-le-champ l'ami ou surtout l'amie qui avait eu le malheur de boire en sa compagnie.

Le lendemain... Ah, le lendemain ! Il regrettait d'être encore de ce monde. Victime d'une épouvantable gueule de bois, il se promettait de ne jamais plus s'y laisser prendre. Les jours suivants, il vivait frugalement une existence irréprochable.

Seulement... seulement... Mary-Ann était de ces rieuses qui vous sapent les meilleures résolutions et vous retournent comme une crêpe. Alors, évidemment, il oublia tout.

Deux heures plus tard, un peu plus que gris et pressé de rentrer avec sa nouvelle conquête, il avançait le manteau de la jeune femme un peu ivre, lorsque Philip Summers, un ami de son frère aîné, l'avait apostrophé rudement. Il le sommait de laisser en paix Mary-Ann qui, prétendait-il, était sa maîtresse.

Conciliant, Arnaud tenta d'expliquer, d'une voix raisonnable quoique pâteuse que, en qualité de camarade de collège de son frère Christopher Philip avait toute liberté de prendre son amie par le bras et de ficher le camp avec la petite grue qu'il trouvait quant à lui trop vulgaire. Plus que satisfait de sa réplique, il ne comprit jamais pourquoi une mêlée générale s'ensuivit au cours de laquelle les amis des deux antagonistes intervinrent à tort et à travers. Jetant de l'huile sur le feu, ces soi-disant conciliateurs envenimèrent tellement les choses que le lendemain, à l'aube, Arnaud, pas tout à fait dégrisé, et Philip Summers, écumant de rage, se retrouvaient avec un duel sur les bras...

Dans les prémices d'une gueule de bois qui s'annonçait pénible, Arnaud jurait ses grands dieux qu'il ne tirerait pas sur un ami de son frère. Il espérait secrètement que le duel n'aurait pas lieu et que tout se terminerait avec des excuses de part et d'autre.

– Si vraiment il faut en arriver là, je tirerai en l'air, répétait-il à son témoin. Philip en fera autant de son côté, vous verrez.

Dans le brouillard qui renforçait sa profonde impression d'irréalité, Arnaud, le bras levé, s'apprêtait à tirer en l'air quand une balle l'atteignit dans la poitrine. Son bras retomba mollement. Inconsciemment, il appuya sur la détente s'arrachant du même coup une phalange du petit doigt de pied et un morceau de sa chaussure. C'était bien cher payé pour cinq verres de cognac et une proposition somme toute honnête murmurée à l'oreille d'une fille qui ne l'était pas beaucoup.

Il était gravement touché. « Un trou gros comme ça », affirmait M. Willier père à tous ceux qui venaient prendre de ses nouvelles. D'après le médecin, un vieux docteur londonien qui en avait vu d'autres, le jeune homme avait de la chance d'être encore en vie. La balle avait manqué de peu le cœur. Après un déplorable cafouillage qui avait duré une heure, il avait pu enfin extraire le projectile de la poitrine du blessé en maugréant qu'il voulait bien être pendu si le poumon n'était pas atteint. C'est dire s'il en était sûr.

Aussitôt, le père d'Arnaud perdant quasiment son bon sens lui demanda si son fils supporterait le voyage jusqu'à Shiplake. Le vieux praticien, que plus rien n'étonnait, haussa simplement les épaules sans chercher à masquer son pessimisme. A son avis, si ce voyage hasardeux n'achevait pas le blessé, il ne voyait pas ce qui y parviendrait. Si cette vieille baderne de Willier père s'imaginait en savoir plus que lui... eh bien, qu'il emmène donc le jeune moribond. Lui s'en lavait les mains et advienne que pourra...

Après une randonnée rallongée par les soins qu'on prenait pour le malmener le moins possible, Arnaud fut ramené auprès des siens. Pendant huit jours, il reposa dans une totale inconscience. Appelé en consultation, le médecin de famille ne fit que tripoter le pansement avec de grands « Hélas ! » en exhortant les proches éplorés à s'en remettre à Dieu. Sans vergogne, la médecine déclarait forfait. Mais lady Constance ne baissa pas les bras. Elle aurait traité avec le diable lui-même pour sauver son enfant. Elle s'empressa d'envoyer quérir la mère Hoorps, une rebouteuse du village voisin. Laquelle avait sans doute guéri plus de malades que tout le personnel de l'hôpital général réuni, réduit plus de fractures et épongé plus de sang que trois médecins militaires au cours de toute leur carrière.

La mère Hoorps appliqua sur la blessure un onguent de sa composition puant comme les mille pestes. Le médecin de Londres n'était qu'un âne, si on voulait son avis. Les poumons du jeune monsieur n'avaient pas été atteints. Que lady Constance cesse de se ronger les sangs, foi de la mère Hoorps, on le tirerait de là, ce chenapan !

La rebouteuse revint chaque jour pendant presque un mois avec ses emplâtres nauséabonds qu'elle collait sur la poitrine du patient. La fièvre baissa et, petit à petit, Arnaud prit conscience de la présence de sa mère, toujours assise à son chevet.

– Dieu soit loué ! Tu es de retour parmi nous, mon cher enfant. M'entends-tu, Arnaud ?

Bien sûr qu'il entendait sa douce maman. N'était-elle pas l'être qu'il aimait le plus au monde ? La seule femme en qui il avait une totale confiance. L'unique, la perfection, la divinité descendue sur terre avec pour seule mission de le chérir et de l'entourer de tendre protection. Auprès d'elle, il ne craignait plus rien. Tout simplement, il l'adorait.

Il ne parla pas ce jour-là. Mais, dès le lendemain, il vida son sac peu à peu. Après tout, était-il si fautif ? Tout se résumait à cela : Mary-Ann, le cognac, le duel. Arnaud était ainsi fait qu'il se sentait rarement fautif et encore... pour très peu de temps...

Ecouragé par la tendresse qu'il lisait dans les yeux gris si semblables aux siens, il en vint à dévider le rouleau de ses turpitudes. Certains hommes se perdaient pour de l'argent, pour la puissance ou pour le jeu. Lui, en dehors des affaires dont il s'occupait, ne trouvait son bonheur que dans le lit des femmes. Lady Constance poussait des soupirs désabusés. Qu'y pouvait-elle ? Après tout, son propre mari n'était-il pas affligé du même vice ? Curieusement, elle le supportait mieux de la part de son fils que de la part de son mari... Surtout que les activités de celui-ci se réduisaient à cette chasse perpétuelle. Il se déchargeait de tout le travail de leur affaire londonienne sur les seules épaules d'Arnaud.

Vint le moment où le blessé put faire quelques pas dans le jardin. Moment que choisit lady Constance pour lui extorquer la promesse de ne pas sortir des limites du domaine jusqu'à ce qu'il soit en état de retourner dans les bureaux de Londres.

Lady Constance voyait plus loin que le bout de son nez et, connaissant son goût pour les femmes, elle avait ligoté Arnaud avec un serment plus fermement qu'avec des chaînes. Homme de parole, il ne se renierait pas. Lady Constance pouvait dormir sur ses deux oreilles, son deuxième fils n'irait pas chez les filles miner le peu de santé qui lui restait.

Au début, souffrant le martyre dès qu'il faisait un pas, Arnaud ne s'était guère appesanti sur cette stupide promesse. A la vérité, il n'y pensait même pas. Impuissant, voilà ce qu'il était devenu, il le sentait bien. Pourtant... dès qu'il fut plus vaillant, il ne put s'abstenir de songer que certaines Londoniennes de ses amies étaient pourvues de bien beaux seins, que d'autres avaient la peau soyeuse sous les caresses et les lèvres douces aux baisers... Ces pensées l'empêchaient de dormir calmement. Depuis l'âge de dix-sept ans, il avait toujours eu des rapports très agréables avec les femmes. Les semaines, au cours desquelles, pour quelque raison indépendante de sa volonté, il avait dû se passer de relations sexuelles, avaient été des périodes très agitées où il s'était rendu insupportable à tous par sa nervosité et son humeur revêche. Ce n'était peut-être qu'une mauvaise habitude, comme le prétendaient les bons esprits, mais cette habitude, profondément enracinée en lui, faisait partie de sa vie d'homme.

Au fur et à mesure qu'il reprenait vigueur, ses pensées troubles tournaient à l'obsession. Il rêvait constamment de cuisses accueillantes, de fesses dodues, de seins ronds et blancs. Sa fièvre des femmes le reprenait entièrement.

Consulté à ce sujet, Barty, son frère de lait et ami de toujours, palefrenier au service de la famille Willier, proposa de l'emmener à Boveney, une petite ville non loin de Shiplake où une certaine maison galante « La Colombe » l'accueillerait bien aimablement. Pas besoin d'aller se refroidir au galop d'un cheval ; une barque, trois coups de rames dans la Tamise et on y était. Hélas ! Trois fois hélas ! Arnaud s'était enchaîné à la rive par sa parole donnée. En revanche, à bien y réfléchir, s'il n'était pas en mesure de se rendre à « La Colombe », une « colombe » pouvait venir à Shiplake. Lui resterait fidèle à sa promesse. N'était-ce pas astucieux ?

Barty, ce cadeau de la Providence, se débrouilla comme un chef. Il arrangea la transaction. Non pas avec une fille galante de « La Colombe » mais avec une complaisante jeune personne du village de Sonning, suffisamment éloigné de Shiplake pour éviter les cancans. Cette très peu farouche Agnès, d'après ce qu'en avait appris Barty, aimait les pièces d'argent et n'était pas contre le fait de boire un verre ou deux après les ébats. Il était d'ailleurs prévu qu'elle remporte la bouteille. Si Arnaud était d'accord avec ces conditions, Barty passerait à Sonning dans l'après-midi du lendemain et amènerait la fille par le chemin de halage jusqu'à la cabane de pêcheur située à la limite du domaine des Willier.

L'orage menaçait, mais Arnaud ne s'inquiétait pas des lourds nuages s'amoncelant au-dessus des arbres de la rive.

Assis sur un banc, rêvassant face à la Tamise, il attendait une fille consentante et vénale. Il l'espérait bien libertine et adroite aux jeux de mains et jeux de bouche. Pas tout de suite, bien sûr. La première fois, il ferait ce qu'il pourrait, depuis le temps qu'il attendait une femme ! Après, ma foi... si elle voulait, il n'était pas contre un peu de fantaisie. Il était même franchement pour.

Tout était prêt : la cabane remise en état par Barty, du foin frais sur une couchette improvisée recouverte d'une couverture de cheval, l'argent dans sa poche et une bouteille d'eau-de-vie. Il n'y manquait qu'Agnès qui arriverait bientôt. Il en salivait d'avance de plaisir.

L'averse le força à rentrer. Il maugréait entre ses dents contre ce satané Barty qui prenait tout son temps.

Après avoir débouché la bouteille, il en huma le goulot et, dans sa grande impatience, il but une large rasade qui faillit l'étouffer. Wouah ! Que c'était fort !...

Le temps passait au ralenti et l'eau-de-vie avait un petit goût de poire... Allez, deux goulées, pas plus !

Il s'allongea sur la couchette après avoir soigneusement fermé la porte. Une fois occultée la seule ouverture de la cabane, l'obscurité totale l'incita au repos. Un sommeil où l'alcool ingurgité avait son mot à dire. Ses muscles se détendaient, ses idées devenaient de plus en plus vagues... La pluie sur le toit... La pluie sur...

Des bruits : des sabots de cheval, une voix de femme.

Engourdi, il s'extirpa péniblement de sa litière. Avant qu'il soit en mesure d'esquisser un geste, la porte s'entrouvrit et une forme féminine s'engouffra dans la cabane en même temps qu'une rafale de pluie.

– Ferme la porte, bon sang ! Tu veux nous noyer ? s'écria-t-il d'une voix joyeuse.

Guérisseuse du seul mal d'amour qu'Arnaud connaissait, la chasteté, Agnès arrivait à lui. Enfin !

M. Stanton emmenait Laura chez les Willier où l'attendait son cadeau d'anniversaire : une petite pouliche, fille de Flamme et de Velours, deux pursang célèbres des écuries de Christopher Willier.

Avant leur départ, Clarisse Stanton, envieuse de les voir bien d'aplomb et heureux sans elle, n'avait pas manqué de faire connaître son point de vue :

– Mon pauvre ami, je ne comprends pas que vous laissiez monter votre fille de façon aussi indécente. N'y a-t-il pas de selles d'amazone dans vos écuries ? Et toi, Laura, courir ainsi sur cette bête monstrueuse ne te fait pas peur ? Toi, si craintive ! C'est à n'y rien comprendre. Mon Dieu, s'il ne tenait qu'à moi...

Pour une fois assurée de dominer sa mère du haut de sa monture, la jeune fille avait souri en se portant en avant pour caresser fièrement l'encolure de Tourane, sa jolie jument, et s'en était allée, silencieuse comme à son habitude.

Chemin faisant, père et fille avaient conclu un

arrangement : après la visite au haras, M. Stanton s'en irait réconforter son régisseur dont l'épouse venait de décéder. Au lieu de l'accompagner comme le supposait Clarisse, Laura partirait de son côté après avoir passé un moment avec son amie Lisbeth. Surtout pas un mot de ceci à sa mère. Ah ! aussi... que Laura soit rentrée avant 18 heures afin de ne pas mettre la puce à l'oreille de qui serait trop heureuse d'avoir matière à représailles.

Laura frappa au moins trois fois à la porte de la chambre avant que Peter ne vienne lui ouvrir, manifestement circonspect. Surprise de le trouver là, elle resta figée et baissa la tête afin de dissimuler ses yeux agrandis par l'embarras.

Dès qu'il reconnut la visiteuse, toute trace de contrariété s'effaça du visage de Peter. Il expliqua avec la véhémence qu'il montrait pour toute chose :

– Lisbeth a la varicelle. J'espère que tu l'as déjà eue.

Sans attendre de réponse, il cria d'une voix forte à l'intention de sa sœur :

– Viens ! tu peux te montrer, c'est Laura ! Elle croit qu'elle a déjà eu la varicelle.

En vérité, Laura n'en savait rien, mais elle acquiesça, trop heureuse que Peter ne l'interroge pas plus avant.

– Et voilà ! La varicelle ! répéta Lisbeth d'une voix résignée en montrant enfin à son amie un visage boutonneux, tout barbouillé de pommade verte. Si tu savais comme ça me démange, continua-t-elle sur un ton geignard. Et impossible de me gratter sous peine d'avoir la peau trouée comme une passoire.

Laura esquissa un hochement de tête sans se départir de la confusion qui l'accablait en permanence en présence de Peter.

– Je croyais que c'était une maladie infantile, chuchota-t-elle d'une voix à peine audible.

Elle s'avança vers Lisbeth dans l'intention de

l'embrasser, mais elle s'arrêta soudain, incommodée par l'odeur infecte que dégageait son amie. Lisbeth comprenait vite.

– La mère Hoorps, dit-elle sans plus d'explication.

Laura acquiesça en prenant soin de se pincer les narines. Pas besoin d'en dire davantage : à Shiplake et aux alentours, chacun connaissait la mère Hoorps. On utilisait volontiers ses services, trop content même, mais l'ennui avec les rebouteux, c'était l'odeur épouvantable de leurs onguents et diverses pommades qui empestaient l'air à la ronde.

A bout de respiration, Laura fit un pas en arrière et inspira longuement. Ce que voyant, Lisbeth, vexée, se tourna vers son frère et lui décocha un regard furibond.

– Eh là ! se défendit-il. Je n'y peux rien, ma vieille.

La jeune boutonneuse ferma les yeux comme quelqu'un qui prie le ciel de ne pas perdre patience. Laura vint bien vite s'asseoir auprès de son amie et se força à toussoter afin de tenter d'enrayer ce début de querelle.

– Je viens d'aller voir l'adorable bébé de votre Flamme. Mon père m'a amenée ici pour la voir. Juste le lendemain de mes seize ans ! Elle est à moi, pour mon anniversaire.

Sa voix n'était plus qu'un murmure mais elle soupira, émerveillée d'avoir aligné autant de mots. Evénement rarissime qu'elle salua en mordillant l'ongle de son pouce.

Peter approuva avec un hochement de tête.

– La confiance de ton père est bien placée. Je dois admettre que pour une fille tu montes rudement bien. J'ai rarement vu pareille assiette.

Tandis que le visage de Laura s'embrasait comme une torche, Peter se tourna vers sa sœur :

– Je ne peux pas en dire autant de toi. Tu passes moins de temps sur le dos de ta monture que tu n'en passes à essayer de te remettre en selle.

Lisbeth s'étrangla d'indignation. Il ajouta pour retourner le couteau dans la plaie :

– Je sais bien que tu es malade et je ne veux pas te vexer, mais le fait est que tu es raide comme un tisonnier...

– La petite pouliche s'appellera Circé, s'empressa de couper Laura avant que Lisbeth ne saute sur son frère.

Dans sa hâte, elle avait haussé la voix et les deux Willier la regardèrent si curieusement que l'envie folle de tourner les talons et de s'enfuir en quatrième vitesse lui étreignit la gorge. Du coup, elle se grignota un bon millimètre d'ongle.

– Un joli nom pour une pouliche, la complimenta son amie pour la mettre à l'aise.

– Je suis sûre que tu as lu Homère, intervint Peter en brandissant un doigt vers Laura.

Une telle intuition la laissa pantoise.

– En effet. Co... comment l'avez-vous deviné ?

Peter adressa à sa sœur un sourire entendu qu'elle lui retourna. Tous deux hochèrent la tête avant que le garçon réponde :

– Notre grand frère a connu le même sort que ton cadeau d'anniversaire. Juste avant sa naissance, notre mère lisait un roman français où un certain chevalier Arnaud se comportait d'une manière ridiculement sentimentale.

Il s'esclaffa :

– On peut se demander comment il se serait appelé si maman avait lu *Don Quichotte*. (Un sourire brilla dans ses yeux.) C'est bien des femmes, une insouciance pareille !

Il ajouta en haussant les épaules :

– Quand il revient de Londres, puant de suffisance à notre égard, Lisbeth et moi prenons un air innocent pour le surnommer « le chevalier français ». Il en est vert de rage. Hein, Lisbeth ?

Laura respira profondément pour se donner du courage puis demanda, toute tremblante de son audace :

– Votre frère n'aime pas les Français ?

Son amie sourit de l'étonnement qu'elle lisait sur le visage de Laura.

– Les Français en général, je ne sais pas. Mais il déteste sans doute le Français qui a épousé ta sœur. J'ai entendu dire qu'il était amoureux d'elle.

– Certainement pas ! rétorqua Peter avec indignation. Arnaud n'a jamais été amoureux de personne. C'est le plus grand coureur de jupons du comté. Et si tu veux tout savoir, ma vieille, j'ai l'intention de prendre le même chemin...

Laura n'écoutait plus. Arnaud amoureux de sa sœur ? Mais... mais cela devait remonter à la préhistoire. Sa demi-sœur Helen avait épousé un Français, il y avait de cela au moins huit ans. A l'époque, Helen avait dix-huit ans. Et Arnaud... Laura ignorait son âge, toutefois, il devait être vieux. De toute façon, ce qu'elle avait appris le concernant ne l'incitait pas à s'en approcher à moins de dix lieues. Sa réputation de don Juan n'était plus à faire. Depuis qu'il était revenu de la ville quasiment agonisant après un duel dont l'issue avait failli lui être fatale, les gens du comté disaient de lui pis que pendre. Le deuxième fils Willier n'était qu'un débauché doublé d'un mauvais coucheur du genre à faire des histoires pour rien, un arrogant qu'il ne faisait pas bon bousculer. Bref, il n'était pas fréquentable.

Quoi qu'ils en disent, Peter et Lisbeth adoraient leur grand frère et admiraient ses manières de citadin. Ils avaient assisté à son retour, tout tremblants de le voir si mal en point ; depuis, ils le chouchoutaient.

Un après-midi, en visite avec sa mère chez les Willier, Laura avait entr'aperçu le convalescent qui sommeillait allongé sur une chaise longue à l'ombre de la terrasse. D'après ce qu'elle en avait vu, il ressemblait à Peter, en plus vieux bien sûr. Il portait des favoris touffus. Cela avait suffi pour que Laura cesse de le lorgner. Les favoris et les lunettes rondes étaient les deux choses que Laura trouvait les plus répulsives chez un homme. Elle avait pu constater incidemment que les deux frères possédaient le même timbre de voix. Même Lisbeth s'y trompait, elle le lui avait avoué.

– Laura ! Hou, hou, tu rêves ?

La voix taquine de Lisbeth la fit sursauter et rougir si fort que ses yeux s'emplirent de larmes. Elle risqua un regard furtif vers Peter. La lueur de gaieté qu'elle vit briller dans ses yeux gris lui fit comprendre à quel point il se délectait de sa timidité.

Après avoir scruté le ciel menaçant, Peter quitta la fenêtre et prit une décision.

– Je vais faire un tour à cheval, décréta-t-il. Laura, c'est très aimable à toi de me remplacer auprès de Lisbeth. Quand tu seras aussi lasse que moi d'être cantonnée dans cette pièce, avertis la femme de chambre de ton départ. Maman ne veut en aucun cas laisser son petit ange en tête à tête avec cette grosse boîte de pralines, termina-t-il avec un grand éclat de rire.

– Ah ! Va-t'en donc ! s'impatienta Lisbeth en lui lançant un coup d'œil vindicatif.

– Je compte sur toi, Laura. Tu lui tiens compagnie, intima Peter.

Laura s'agita un peu sur sa chaise mais demeura muette, regardant par la fenêtre comme si elle n'avait rien entendu.

– Laura !

Il commençait à bouillir d'énervement. C'était toujours la même chose avec cette petite cruche ! Elle souffla à travers l'ongle qu'elle rongeait.

– Oui, je resterai, dit-elle en rougissant jusqu'aux cheveux.

– Bien ! Alors, je suis parti, déclara Peter, prenant au passage une praline dans la bonbonnière.

A peine eut-il franchi la porte que Lisbeth posait la question cruciale entre toutes :

– Laura, dis-moi bien sincèrement, suis-je hideuse ?

Quand elle tourna son visage anxieux vers son amie, celle-ci secoua la tête résolument.

– Pas du tout. D'ailleurs ce n'est que provisoire. Je suis sûre que demain...

– Non, pas avant huit jours, fit d'abord la malade d'un ton sans appel avant de se radoucir de peur que Laura ne prenne la porte. De toute façon, je ne puis que subir, alors n'en parlons plus.

Assise sur l'appui de fenêtre, Lisbeth contemplait le parc dont l'allée interminable semblait se perdre dans le bois. Elle jeta un regard inquiet en direction des nuages noirs. Quelques gouttes de pluie frappèrent les carreaux, prélude à l'orage qui s'annonçait.

– Voilà un orage qui arrive. Tu devrais peut-être rentrer maintenant, suggéra-t-elle avec une pointe de regret dans la voix.

Laura acquiesça vivement de la tête. Tourane, sa jument, se montrait très nerveuse et tremblait fort sous les coups de tonnerre. Et elle aussi.

– Je crois que tu as raison. Je vais rentrer en passant par la berge. Le chemin est plus court et, en arrivant derrière la maison, ma mère ne me verra pas revenir seule.

Des éclairs suivis de coups de tonnerre dans le lointain venaient rompre le silence en faisant chaque fois sursauter Laura. Lâchant les rênes, elle laissa Tourane aller bon train. En se pressant, elle arriverait peut-être avant le gros de la tourmente. Les sabots de la jument faisaient voler des petites gerbes de poussière noire. Soudain, un éclair illumina le ciel et la pluie se mit à tomber en rafales. Les odeurs venues du fleuve s'exaltaient dans l'air embrasé. La Tamise, que Laura apercevait à travers les saules, semblait bouillonner sous des myriades de grosses gouttes. Des torrents d'eau rabattus avec force aveuglaient la cavalière et sa monture et les faisaient suffoquer.

Alors qu'elle désespérait de pouvoir se mettre à l'abri, une cabane et son appentis s'offrirent à la vue de Laura. Dieu merci, elle allait pouvoir attendre la fin de l'orage et Tourane serait protégée, elle aussi. Elle tira sur les rênes pour immobiliser la jument. Elle mit pied à terre et marcha devant la bête qui renâclait, les naseaux dilatés par la peur du tonnerre. Dans l'appentis, il faisait sombre. Tandis que Tourane poussait du museau contre le cou de sa maîtresse, Laura l'attacha à un anneau, assez court pour l'empêcher de se blesser.

– Calme, Tourane, dit-elle en caressant l'encolure de la jument. Tu seras très bien ici, ma toute belle. Tout doux, mon petit cœur.

Laissant l'animal à l'abri, Laura se dirigea vers la cabane de pêcheur. Une voix qui semblait bien être la voix de Peter la figea sur place :

– Ferme la porte, bon sang ! Tu veux nous noyer ?

2

– Ferme la porte, bon sang ! Tu veux nous noyer ?

De toute sa vie Laura n'avait jamais fait qu'obéir ; elle referma précipitamment la porte et s'y adossa en essayant de comprimer à deux mains les battements fous de son cœur.

La pièce était plongée dans une totale obscurité. Dans l'ombre, Arnaud ne distinguait qu'une silhouette menue. Il alla à elle.

– J'ai cru que tu m'avais fait faux bond, dit-il en passant un bras autour de sa taille.

Laura eut d'abord un mouvement de recul puis, trop ahurie pour résister efficacement, elle se tint immobile jusqu'à ce qu'il la rapproche de lui. Elle n'eut pas le temps de protester que déjà Arnaud laissait courir ses lèvres sur son visage, l'enveloppant d'une épaisse odeur d'eau-de-vie qui l'écœura. Elle secoua frénétiquement la tête. Lui, croyant dur comme fer qu'il tenait Agnès dans ses bras, se disait qu'elle voulait l'aguicher afin de se faire désirer davantage.

– Allons, sois sage, ma jolie. Cesse de faire la mijaurée. Allons, Agnès, viens. J'ai hâte, ma belle. Si tu savais combien j'attends ce moment ! Je n'ai pas touché une femme depuis une éternité. Tu verras, ce sera de l'argent vite gagné. (Il lâcha Laura pour se déshabiller.) Oh oui, vite gagné !

Le cerveau engourdi, Laura ne comprenait rien à ce que disait l'homme.

– Voilà, je suis prêt et tout à toi. Viens, ma belle, viens vite.

Laura ignorait tout des jeux amoureux. Jamais elle n'avait vu un homme et une femme s'embrasser. Où l'aurait-elle vu d'ailleurs ? Pas chez elle, en tout cas. Ses parents étaient des gens réservés et, de plus, ils ne s'appréciaient pas beaucoup. Pas suffisamment pour se laisser aller à un geste de tendresse.

Rendue complètement aphone par la terreur, incapable d'agir, elle se sentit soulevée du sol sans brutalité mais avec force, puis déposée sur une couchette basse qui sentait l'herbe et le cheval. L'homme leva les jupons et, immédiatement, il écrasa sous le sien le jeune corps qui se débattait faiblement. Les mouvements convulsifs de Laura semblaient ajouter au désir de la créature qui la caressait, lui mordillait le cou, serrait contre son visage sa face velue.

Quand elle tenta de s'échapper, la main d'Arnaud claqua cruellement sur ses cuisses qu'il avait largement découvertes.

– Ça suffit, maintenant ! On ne joue plus. Reste tranquille ou il t'en cuira, ordonna-t-il d'une voix menaçante.

Elle sursauta et serra très fort ses paupières dans une ultime tentative de défense, tandis qu'il enfouissait son visage dans ses cheveux. Que pouvait-elle faire d'autre que subir ? Des genoux impatients écartèrent les siens, les forçant à s'ouvrir.

Ivre d'excitation et d'alcool, il pénétra au plus profond de son être, violant d'une poussée brutale l'intimité de sa chair tendre.

Du fond de son esprit, un reste de conscience l'avertit qu'il commettait une erreur. Une fraction de seconde, il hésita... Se pouvait-il qu'Agnès ?... Un désir insoutenable rejeta ce doute insensé. Voyons ! Ce n'était qu'un artifice de fille légère. Agnès ne jouait les vierges affolées que pour mieux l'exciter. Puis il se laissa emporter.

Tétanisée par l'effroi, Laura, complètement anéantie, restait inerte, incapable de repousser l'être odieux qui s'agitait sur elle, en elle, et qui semblait avoir perdu tout contrôle. Chacun de ses mouvements la brisait, l'écartelait. A bout d'horreur physique et mentale, elle haletait, le souffle coupé.

Tandis que le grondement du tonnerre se mêlait à ses gémissements, l'homme s'abandonna à son plaisir.

Après que les battements de son cœur se furent apaisés, Arnaud s'inquiéta de l'immobilité de la fille qu'il entendait suffoquer. En se redressant, il distingua une forme recroquevillée auprès de lui. Il demanda, la voix mal assurée :

– Agnès !... Hé, Agnès ! Serais-tu malade ?

Aucune réponse. L'inquiétude le fit se lever. Il se dirigea vers la porte et l'ouvrit en grand. Un seul regard vers la couchette lui suffit pour comprendre que la personne n'était pas celle qu'il espérait. C'était... Son cœur faillit jaillir de sa poitrine lorsqu'un éclair traversa le ciel et inonda de lumière une toute jeune fille menue, aux grands yeux terrifiés.

– Par tous les saints ! accusa Arnaud, tu n'es pas Agnès !

La vérité se fit jour brutalement dans son esprit. Il se sentit faiblir. La petite Stanton ! Il avait... Seigneur !

– Laura ? murmura-t-il comme pour se persuader de quelque chose d'incroyable.

Laura Stanton... La fille de ses voisins. Une enfant qu'il avait connue haute comme ça. Non ! Ce n'était qu'un rêve. Il n'avait pas... Un cauchemar ! Il allait se réveiller. De telles horreurs pouvaient arriver à d'autres... Et encore, il en doutait, tant c'était affreux... Il arrivait peut-être à d'autres de violer des gamines. Mais pas à lui. Pas à lui. PAS A LUI !

Pressé tout à coup de se dissimuler à la vue de Laura, il se rhabilla très vite. L'orage qui s'éloignait en grondant sourdement n'était rien en comparaison de la tempête soulevée dans sa tête par la cruelle méprise. Laura Stanton ! Il n'y pouvait croire.

Pâle et fragile, elle gisait, inerte, telle une poupée

cassée. Elle ne tentait même pas de recouvrir ses jambes dénudées.

Il devait lui parler, lui dire... Les paroles se figèrent sur ses lèvres lorsqu'il aperçut des traces de sang sur la lingerie de sa victime. Il vint s'agenouiller près d'elle et essaya de ramener ses jupons sur ses jambes. Elle eut alors un sursaut d'animal affolé et se recroquevilla davantage. Le contact de l'homme lui inspirait une telle frayeur qu'elle ne put maîtriser un violent frisson quand il tendit de nouveau la main pour la toucher. Il recula vivement en poussant un profond soupir avant de s'écarter pour aller s'asseoir tout au bout de la couchette.

Visiblement paralysée par le choc, la gamine n'était pas en état de parler. Elle gardait les yeux fixés sur les montants de bois du plafond et respirait péniblement.

– Laura ? Je t'en prie, Laura...

En pure perte, elle n'entendait rien. Il prit un ton lénifiant pour l'envelopper de phrases dépourvues de sens, uniquement pour l'empêcher de s'anéantir dans le silence.

A intervalles réguliers, il l'implorait d'une voix très douce :

– Je t'en prie, mon petit, regarde-moi. S'il te plaît. Regarde-moi.

Enfin, il put enregistrer comme un signe favorable le regard furtif qu'elle lui jeta. Malgré la chaleur qui régnait dans la cabane, elle se mit à trembler violemment et, soudain, éclata en sanglots. La vie revenait en elle. Il ne bougea pas d'un cil et patienta longtemps afin de lui laisser le temps de se calmer. Puis, il avança la main, très lentement, comme il l'eût fait pour apprivoiser une petite bête craintive. Elle fit un brusque écart et gémit. Il recula précipitamment.

– N'aie pas peur, la rassura-t-il d'un ton calme. Je ne te toucherai pas. Je ne recommencerai jamais, je t'en donne ma parole. Vois-tu, j'attendais Agnès, une... personne d'un autre village... J'ai agi... Ce n'est qu'une monstrueuse erreur. Tu penses bien que si je t'avais reconnue, jamais, Laura, jamais je te le jure...

Sous le murmure apaisant, le cerveau de la jeune fille se remit à fonctionner petit à petit. Que lui était-il arrivé ? Voyons... elle avait voulu s'abriter de l'averse et puis... et puis... la voix de Peter... et maintenant, le visage d'Arnaud avec ses favoris frisés... et... et... Que lui racontait-il donc ? Ses paroles n'avaient aucun sens.

– Pourquoi ne t'es-tu pas fait reconnaître ?

Reconnaître ? Elle ouvrit la bouche et fit entendre un son assez semblable au cri que pousse une souris prise au piège. Désolée, elle secoua la tête. Une fois de plus, elle était aphone.

« Et muette en plus ! » Arnaud n'avait jamais prêté beaucoup d'attention à la petite Stanton mais, si ses souvenirs étaient bons, il ne l'avait jamais entendue parler.

« Muette et apparemment à demi demeurée ! Qu'ai-je fait, Seigneur ? De quel crime me suis-je rendu coupable ? »

Il la regardait par-dessous, deux plis profonds creusaient son front. Quel châtiment lui vaudrait son comportement ignominieux ? Quelle punition infligeait-on aux violeurs d'enfants dans ce pays ? Il eut soudain l'impression de sentir le froid glacial d'un cachot lui oppresser la poitrine. Quelles circonstances atténuantes fléchiraient un juge ? L'orage ? Agnès qui n'arrivait pas ? L'eau-de-vie ? L'obscurité ? Non, rien de tout cela ne rendrait son crime moins odieux.

Il se leva pour aller jeter un œil dehors. L'orage s'était définitivement éloigné. La pluie tombait encore mollement. L'averse se transformait en bruine.

Il revint vers la couchette.

– Quel âge as-tu, Laura ? questionna-t-il d'un ton patient.

Après avoir tenté de répondre, Laura haussa les épaules en signe d'impuissance. Enfin, elle montra d'abord dix doigts puis six.

– Seize ans ?

Elle hocha la tête. Il poussa un soupir, autant de soulagement que de lassitude.

– Merci, mon Dieu ! J'avais peur que tu ne sois beaucoup plus jeune.

Il fronça les sourcils, une autre idée lui venait à l'esprit. Laura avait l'âge de se marier. Pouvait-on le contraindre à l'épouser ?

Il vint se rasseoir au bout de la couchette.

– Ma petite Laura, je regrette sincèrement ce qui est arrivé. Hélas, malgré tous nos souhaits, tu le sais, nous ne pouvons revenir en arrière. Mon repentir ne peut changer grand-chose. Il ne sert à rien d'évoquer pour ma défense l'orage, l'alcool que j'avais bu et... le quiproquo.

Il attendit un peu, au cas où son plaidoyer émeuve la gamine. Non, ça ne lui faisait ni chaud ni froid.

– Il y a eu erreur sur la personne. Une erreur dont tu es victime tout comme moi.

Il essayait encore. En vain, elle n'avait pas l'air de lui trouver d'excuses. Tant pis.

– Je suis prêt à assumer les conséquences...

Gros, très gros soupir. Rien du côté de Laura. La lueur d'incompréhension qui s'alluma dans le regard de Laura intrigua Arnaud.

– Tu n'as pas à t'inquiéter, mon petit. Ne crains rien. Cette erreur est la mienne, toi tu n'y es pour rien. Tu n'auras pas à payer pour une faute dont tu n'es pas coupable.

Il détourna les yeux vers la porte maintenant grande ouverte. Que ne l'avait-elle toujours été ! De quel prix paierait-il cette inexcusable méprise ?

Inspirant fortement par le nez, il refit face à la jeune muette. Epouser ce petit hibou qui, visiblement, ne comprenait pas un mot de ce qu'il disait lui semblait au-dessus de ses forces. Il reprit en détachant chaque syllabe :

– Il ne pleut plus. Si tu te sens mieux, nous pourrions peut-être rentrer. Je vais te reconduire chez toi. Tu comprends ce que je te dis ?

Laura fit un signe de tête affirmatif. Elle n'avait pas l'air de saisir qu'il s'apprêtait à s'engager pour la vie. Autant tout reprendre depuis le début en lui expliquant clairement :

– Je... Moi... Je vais m'entretenir avec ton père, d'homme à homme...

Elle secoua frénétiquement la tête.

– Non ?... Pas avec ton papa ?

Il lui parlait comme on parle à un bébé.

– Non, fit-elle comprendre à nouveau.

Ses yeux grands ouverts avec une expression d'incrédulité effrayée ne quittaient pas les cannes à pêche posées contre le mur derrière Arnaud.

– Avec... ta mère ? hésita-t-il.

S'entretenir avec Clarisse Stanton ne lui disait rien qui vaille. Non ! Autant se rassurer de ce côté-là, Laura ne le voulait pas plus que lui.

Dieu, que parler à Laura était ardu !

– Peut-être... désires-tu le leur dire toi-même ?

Elle secoua ses cheveux noirs.

– Une personne de confiance, alors ?

Non plus ! Il soupira bruyamment. Il n'en pouvait plus de cette conversation à sens unique. Il toussota pour s'éclaircir la gorge et les idées.

– Peut-être... mais, je t'en prie, arrête-moi si je me trompe... se pourrait-il que tu souhaites que... cela reste... secret ?

Laura hocha résolument la tête. Alors, sans que rien ne lui laisse supposer une issue favorable, Arnaud commença à ressentir un soupçon d'espoir qui fit un peu chevroter sa voix :

– Que... personne n'en sache rien ? Jamais ? C'est... ce que tu veux ? Je saisis bien ? C'est vraiment ce que tu veux ?

Il eut droit à un vigoureux signe de tête : Oui, oui ! Le soulagement était si grand qu'il en resta coi.

Ainsi, il se pourrait que cette tragédie n'eût pas de suite ? N'était-ce pas une illusion ? Ce serait trop beau pour être vrai. Il se devait d'insister, de se conduire en gentleman. Mais Laura ne tenait visiblement pas à mettre qui que ce soit au courant, c'était incontestable. Dans ces conditions, pourquoi être plus royaliste que le roi ?

Il se donnait de bonnes raisons pour agir lâchement. Tout d'abord, quel besoin avait-il de tourmenter cette enfant demeurée ? N'avait-elle pas eu sa part de contrariété, elle aussi ?

Si on faisait table rase des événements survenus cet après-midi, la gamine ne serait pas submergée de tracas de toute sorte de la part de ses proches. Ce qui ne manquerait pas d'arriver si cette affaire était dévoilée.

Au fur et à mesure qu'Arnaud se rassurait, il minimisait l'ampleur du drame, le ramenait au niveau d'un incident. Désastreux, certes, mais imprévisible et, pour tout dire, indépendant de sa volonté.

– As-tu besoin d'aide ? Veux-tu que je te raccompagne ? Je peux...

Il laissa sa phrase en suspens dès qu'il vit la chevelure noire s'agiter en signe de dénégation.

Raccompagner ? Rentrer chez elle ? Libre ! Laura venait tout juste de comprendre qu'elle était libre de s'en aller, de fuir cette cabane maudite et ce monstre poilu.

Avant qu'Arnaud ait eu le temps d'esquisser le moindre geste, elle bondit hors de la couchette tout en agrafant son corsage. Désemparé par sa hâte, il ne put que la suivre, le visage tendu.

– Hé ! Attends !

Sans s'occuper de ses objurgations, Laura détacha Tourane et, s'agrippant au pommeau de la selle, elle se hissa sans effort sur sa monture. Elle s'apprêtait à éperonner la jument quand Arnaud posa une main ferme sur la bride pour la retenir.

– Laura, écoute-moi encore. Juste une petite seconde. Je veux que tu saches que je suis et serai toujours prêt à prendre mes responsabilités. Si jamais tu changeais d'avis, fais-le-moi savoir. D'accord ?

Ses yeux bleus rivés obstinément sur la bride qu'il tenait, elle secoua la tête. Les lèvres déformées par un pli dur, il fixait la jeune fille assise là-haut, le dos bien droit. Cette triste aventure aurait aussi bien pu arriver à la petite Lisbeth et il aurait été le premier à exercer des représailles à l'encontre du violeur. Cette pensée l'accabla d'amertume et de rage. Il se dégoûtait de s'être laisser aveugler par ses bas instincts. Au point de n'avoir pas réalisé que la gamine entrée dans la cabane ne pouvait en aucun cas être celle dont il escomptait l'apaisement. Un goût amer lui emplit la bouche. Il parla d'une voix hésitante :

– Petite, je sais que je ne le mérite pas mais... veux-tu essayer de me pardonner ? Pas tout de suite, bien sûr... Laura ? Un jour peut-être ?...

La jeune fille tourna la tête vers lui. L'aversion farouche qu'il lut dans ses yeux glacés lui donna froid dans le dos.

– ... Un jour, Laura ? implora-t-il à mi-voix.

Sans le quitter du regard, elle secoua lentement la tête en signe de dénégation. Puis, d'un geste brusque, elle arracha la bride qu'Arnaud tenait encore. Tandis qu'il tendait la main pour la reprendre, la jument apeurée dansa nerveusement sous le poids de son léger fardeau et se cabra. Arnaud n'eut que le temps de s'écarter pour éviter un coup de sabot. Comme il s'approchait de nouveau, Laura donna quelques coups de talon dans les flancs de l'animal. Telle une flèche, Tourane s'élança et faillit renverser le jeune homme qui tentait encore une fois de reprendre les rênes. Haletant de colère, les traits durcis par la peur qu'il venait d'éprouver, Arnaud suivit des yeux la jument qui s'éloignait au galop jusqu'à ce qu'il la vît sauter le petit muret qui séparait le domaine des Stanton de celui des Willier.

Les yeux braqués dans la direction prise par Laura, lançant par à-coups quelques jurons bien sentis, se mordant les lèvres de dépit, Arnaud se demandait à haute voix comment, triste imbécile, il avait pu commettre pareille erreur et se conduire de façon aussi ignoble avec cette petite sotte.

Enfin, las de se poser des questions sans réponses,

il se dirigea à pas lents vers le chemin de la berge. Seuls le léger clapotis de l'eau et le bruit mou de ses pas dans l'herbe mouillée rompaient la tranquillité de cette fin d'après-midi.

Barty l'aperçut de derrière les écuries où il s'occupait à frotter le cuir d'une selle. Il vint à sa rencontre, une brosse à la main et un vieux chiffon jeté sur son épaule.

– Vous voilà crotté comme un barbet ! Vous auriez dû vous mettre à l'abri, le taquina-t-il.

– Oh, tais-toi, veux-tu ? Je ne suis pas d'humeur à supporter tes pitreries.

– Excusez-moi. Je reviendrai plus tard quand vous serez disposé à m'entendre.

Arnaud haussa les épaules et, sortant sa montre, fit mine de la consulter pour ne pas laisser percer sa nervosité.

– Tu sais bien qu'après une longue marche à pied, je ne suis pas à prendre avec des pincettes.

Sans tenir compte de l'irritation de son frère de lait, Barty l'entraîna par le bras, à l'abri des oreilles des garçons d'écurie qu'il savait fouinards en diable.

– Viens, j'ai à te parler. Et j'en ai à te raconter !

C'était plus fort que lui. Après deux minutes de conversation privée, Barty revenait au tutoiement de leur enfance.

Evitant le regard méfiant d'Arnaud, il le dirigea vers une porte donnant sur les boxes.

– Cette petite gourde d'Agnès n'a pas voulu venir avec moi sous prétexte qu'elle n'était jamais montée à cheval. Mademoiselle s'était mis dans la tête que j'allais passer la prendre avec une carriole. Ah, la garce que cette fille-là ! Elle en a fait toute une histoire ! Quelle idée on a eue de la faire venir à notre cabane !

Arnaud poussa un grognement excédé. Les détails du rendez-vous raté avec Agnès l'intéressaient peu en regard de ses conséquences.

– Qui a parlé de cette fille ? Pas moi en tout cas.

Barty haussa les épaules. Lui ou Arnaud, c'était la même chose.

– Bon, c'est moi mais je l'ai fait pour te rendre service, reconnut-il enfin.

– Bah ! Laisse tomber, va... dit Arnaud sur un ton de grande lassitude.

Le palefrenier acquiesça d'un air contrarié avant de poursuivre ses explications :

– Je regrette que ça n'ait pas marché. En plus, alors que je m'apprêtais à rentrer, l'orage a éclaté juste au-dessus de ma tête. Une averse ! Je ne t'en dis pas plus. Je me suis abrité pendant un bon moment. L'après-midi était déjà bien avancé. En toute bonne foi, je te croyais de retour depuis une heure au moins.

Appuyé contre la porte, il regardait Arnaud sous ses sourcils froncés.

– Attendre quelqu'un qui n'arrive pas est exaspérant, et je comprends que tu sois fâché. D'un autre côté, après avoir vu Agnès, je peux t'affirmer que c'est peut-être mieux qu'elle ne soit pas venue. C'est une fille du genre à faire des histoires. Allons, vieux frère, dis-toi que c'est juste un après-midi de perdu. Comme le disait ma mère : « Qui n'a rien fait de mal, ne mérite pas l'enfer. »

L'eau de la Tamise allait couler sous les ponts pendant plusieurs semaines avant que Barty ne comprenne la signification du regard noir et accablé qu'Arnaud Willier avait fixé sur lui à cet instant-là.

La lourde porte d'entrée à peine poussée, Garrod, le vieux majordome, vint tirer Arnaud de ses sombres pensées en l'informant que Monsieur père venait de rentrer de Londres. Monsieur était impatient de le voir. La nouvelle de cette arrivée remplit Arnaud de sentiments contradictoires. Pensivement, il regarda le bout crotté de ses bottes.

– Je vous remercie, Garrod. Prévenez mon père que je le rejoindrai aussitôt que je me serai rendu présentable.

Constamment mal à l'aise face à son père, Arnaud n'éprouvait pour lui qu'une affection de surface faite d'un peu d'indulgence teintée de mépris. Affection qui s'était beaucoup attiédie au cours des quatre dernières années passées à s'occuper des affaires d'import-export traitées dans les bureaux de l'entreprise Willier. Lady Constance avait été l'instigatrice de cet arrangement. Elle avait beaucoup insisté pour qu'Arnaud entre dans les affaires. Elle avait même fait le voyage jusqu'à Londres pour lui trouver un logement convenable.

– Je souhaite que tu sois indépendant, mon cher enfant. A vingt-trois ans, un célibataire se doit d'être libre, n'est-ce pas ? (Autant demander à un aveugle s'il désirait voir clair !) Il est préférable que tu n'ailles pas habiter chez ton père.

Les désirs de sa mère étaient des ordres.

Un jeune valet venu de Shiplake avec eux était resté à son service. Quatre ans plus tard, il y était encore.

Années pendant lesquelles Arnaud avait révisé son jugement sur la conduite de son père. Alors qu'auparavant il le tenait pour un homme droit et de bon sens, à sa grande surprise il avait découvert chez Walter Willier un esprit limité totalement dépourvu de clairvoyance en affaires. Pendant des années, sans prendre la peine de vérifier les comptes, il avait laissé un fondé de pouvoir lymphatique s'occuper de toutes les transactions. Au fur et à mesure de ses découvertes, le jeune homme comprenait mieux la teneur du testament de son grand-père maternel. Le vieux comte avait précisé clairement que le titre, les terres et les biens appartiendraient à lady Constance sa fille et reviendraient à sa descendance à l'exclusion de tout autre, époux compris. De l'avis d'Arnaud, cet arrangement judicieux était ce que son grand-père avait fait de mieux.

Quant à son père... Arnaud cherchait encore ce qu'il avait fait de bon dans sa vie. A part ses enfants, qu'il prétendait aimer mais dont il ne s'occupait jamais.

Walter Willier, à soixante et un ans, se croyait toujours aussi irrésistible que dans son jeune temps où il était « le plus-que-parfait » de ces dames et demoiselles. Ses maîtresses étaient de plus en plus jeunes et lui coûtaient de plus en plus cher. Il lui en fallait au moins deux qui se disputaient ses cadeaux qu'elles exhibaient dans les salons et les salles de jeu. Quand il arrivait à Arnaud de rencontrer son père en compagnie d'une de ces poules caquetantes, il essayait de se défiler. S'il ne le pouvait pas, il affectait alors de sourire comme devant le caprice d'un enfant gâté. En réalité, il bouillait de rage et d'embarras devant la réputation de libertin dont jouissait Willier père. Il craignait fort qu'un jour sa chère maman ne l'apprenne et n'en souffre. Quoique, confusément, il sentît que lady Constance devait en savoir plus qu'elle n'en laissait paraître. Qu'en femme réaliste, elle avait essayé de limiter les dégâts en plaçant son deuxième fils dans les affaires mal en point de son coureur de mari. En le logeant loin de son père, elle avait épargné bien des fâcheuses rencontres entre eux. Une femme bien astucieuse, lady Constance !

Du jour au lendemain, Arnaud avait dû affronter quantité de problèmes auxquels il n'était pas préparé. Malheureusement pour lui, son père ne l'avait guère aidé, laissant le jeune homme assumer peu à peu toutes les responsabilités.

A force de ténacité, il était devenu, au cours des années, un administrateur digne de confiance. A présent, avec l'assistance d'un directeur fort capable, les affaires marchaient bien. A condition toutefois que ce brouillon de Walter n'y fourre son nez ou, pis encore, ne plonge les mains dans la caisse.

Le domaine de Shiplake avait aussi échappé à Walter Willier grâce aux efforts conjugués de lady Constance et de ses hommes de loi. A sa majorité, Christopher le fils aîné, héritier du titre, avait pris en charge les biens de la famille. Lady Constance en avait pleuré de soulagement car Christopher savait comme personne résister aux demandes d'argent réitérées de son père.

L'aîné à Shiplake, Arnaud aux commandes des affaires à Londres, Walter se retrouvait cerné de tout côté et quasiment inoffensif.

Sur le point d'entrer dans le salon où, d'après Garrod, l'attendait son père, il n'avait pas encore lâché la poignée qu'à travers l'entrebâillement de la porte, il entendit la voix contenue de sa mère. Il hésitait à interrompre leur conversation et se disposait à remonter dans sa chambre, lorsque la voix de lady Constance parut s'éloigner au point de devenir murmure. Nul besoin de jeter un œil dans la pièce pour deviner que si sa mère arpentait le salon d'un bout à l'autre c'était mauvais signe pour celui qui était l'objet de ses réprimandes. « Venez me rejoindre dans le petit salon », ordonnait lady Constance à qui était coupable d'une faute vénielle. Le grand salon, très vaste, était réservé aux objurgations exceptionnelles.

Même après si longtemps, Arnaud avouait qu'il redoutait encore d'entendre ces mots précurseurs d'une sévère mercuriale. Lady Constance n'élevait jamais la voix même au plus fort de sa colère. Elle faisait les cent pas, de la fenêtre à la porte. Cela lui permettait de ne pas céder à sa nature impulsive qui la poussait à la véhémence. Le pauvre Walter était à plaindre. Il devait se trouver dans ses petits souliers à en juger par l'allure du va-et-vient de son épouse dont la voix mesurée parvenait par intermittence au-delà de la porte entrouverte.

– ... pas d'héritier. De plus, il est vieux et malade. Je le plains beaucoup... beaucoup... si, si...

Arnaud entendit la voix de basse de son père bourdonner.

– ...

– ... Ah bon ! Je suppose que vous témoignez par là de sa très grande générosité... Mais pas du tout !

Non ! Mais, qu'il jette son dévolu sur un autre de ses neveux, j'en serais ravie. Taratata, ne me racontez pas qu'il n'en a pas d'autre...

– ...

– ... Non ! Et par pitié, Walter, cessez de prononcer le mot « plan-an-tation » comme si vous vous en gargarisiez... plan-an-tation de quoi ? Le savez-vous seulement ?

– ...

– ... le Mississippi est un Etat ? Vous voulez dire un pays ? Ah, vraiment ? J'ai toujours cru que c'était un fleuve...

L'ignorance de lady Constance fit sourire Arnaud.

– ... que l'Etat du Mississippi touche à la Louisiane m'importe peu. J'ignore totalement où se trouve la Louisiane... Revenons à nos moutons, voulez-vous ? Ainsi depuis près de quatre mois vous n'avez pas trouvé l'occasion de m'en aviser... Cet échange de correspondance à mon insu !... Quelle inélégance ! Cependant, de votre part, plus rien ne m'étonne...

Il était grand temps de se faire voir et d'interrompre la discussion qui prenait son envol pour les sommets amers de la scène de ménage.

Quels que soient leurs dissentiments, jamais Walter et lady Constance ne se laissaient emporter à un échange de mots vifs devant leurs enfants. Aussi, dès qu'ils aperçurent le bout du nez d'Arnaud, ils se turent et se tournèrent vers lui en souriant.

– Quand on parle du loup... commença Walter.

S'il imaginait qu'Arnaud allait le croire ! Son père arborait le même air cauteleux que les jours où il venait tourner autour du pot dans leur bureau de Londres afin de l'amadouer avant de soutirer l'argent de la caisse. En ce moment, il manigançait quelque chose à coup sûr. Mais quoi ? se demanda Arnaud. Puis il se dit que, tout compte fait, il préférait ne pas le savoir.

– Comment allez-vous, père ?

– Comment vas-tu, mon fils ? Ta mère me disait

que tu rentrais d'une randonnée à pied. N'est-ce pas, ma mie ? Nous voyons avec plaisir que tu n'es plus souffrant. Qu'en pensez-vous, mon cœur ? Que nous devons cesser de nous tourmenter à son sujet et qu'il est en pleine forme ? Parfait, parfait. Tu vois, ta mère est d'accord avec moi.

Pour chaque affirmation, l'approbation de son épouse lui semblait nécessaire.

Il saisit Arnaud par le bras et l'entraîna vers un fauteuil.

– Il n'en est pas de même pour ma petite Lisbeth. Je viens d'aller la voir dans sa chambre. Mon pauvre bébé a le visage couvert de boutons.

Arnaud profita d'un moment d'inattention de son père pour adresser un clin d'œil à lady Constance.

– Ce qui est fait est fait, père. Cependant, je me demande si vous n'avez pas été trop imprudent en allant dans la chambre de Lisbeth. De source sûre, il apparaît que cette maladie est fort contagieuse pour un homme de votre âge.

– Quoi !

Walter toussa à s'en étrangler.

– Vous me semblez bien nerveux, père. Peut-être aurez-vous la chance de n'être pas défiguré...

Défiguré ! Lui qu'on avait appelé « le plus-que-parfait » ! Le cri indigné qu'il poussa fit glousser lady Constance.

– Assez ! Ne m'en dis pas plus !

A vrai dire, Walter n'y croyait pas vraiment mais Arnaud avait l'air si sincère qu'il commençait à être ébranlé dans ses convictions.

– Vous devriez aller vous reposer, lui conseilla son épouse. Et prendre une tisane.

Il entoura de son bras les épaules de son fils.

– Laissons tomber ces précautions de bonnes femmes ! s'exclama-t-il en bombant le torse. Faisons-nous plutôt servir un verre.

Un verre ! Certainement pas ! Arnaud avait encore la bouche pâteuse et la tête lourde de l'eau-de-vie ingurgitée en début d'après-midi. De plus, ses pensées n'avaient rien de bien réjouissant. Pendant quelques instants, il avait pu les tenir en bride en s'exhortant à prendre les choses plus calmement, à les laisser se remettre en place. Cet après-midi, tout était arrivé si vite. Un remords inhabituel chez lui le tourmentait. La compassion que lui inspirait Laura le tracassait furieusement. Il ne pouvait penser qu'à la petite Stanton.

3

L'objet de ses pensées se trouvait au même moment dans son bain. Les yeux fermés, la joue reposant sur le rebord de la baignoire, elle laissait la chaleur de l'eau détendre son corps endolori.

Imprécises, des pensées floues tournoyaient dans son esprit, s'emmêlaient dans l'écheveau embrouillé de ses souvenirs... L'orage... La cabane de rondins... La voix de Peter... Non ! Pas la voix de Peter, la voix de... d'un ogre surgi de l'ombre... Le monstre au visage velu l'avait saisie et entraînée, l'avait blessée avec une arme inconnue à l'endroit le plus secret de son corps. Un endroit si secret qu'on ne devait jamais en parler.

Personne ne s'étant soucié de lui expliquer ce qui différenciait l'homme de la femme, Laura n'imaginait pas, même vaguement, l'arme qui l'avait meurtrie. Elle réalisait seulement qu'il ne fallait à aucun prix évoquer l'horreur née de l'obscurité ni le comportement abject du démon. Jamais !

Qu'en dire, d'ailleurs ? Elle n'avait rien compris. Qu'avait dit la voix ? « ... erreur sur la personne... », « Agnès... argent vite gagné... », « ... méprise... » et aussi « ... un entretien avec ton père... ». La signification de la plupart des mots lui avait échappé comme s'il s'agissait d'une langue étrangère mal assimilée.

La suite lui arrivait de façon moins nébuleuse. Elle revoyait Arnaud Willier sur le point de se faire renverser par Tourane.

– Que ne l'ai-je fait tomber, ce malfaisant, ce monstre, se reprocha-t-elle à mi-voix.

Un cri d'angoisse lui échappa. Que lui avait-il fait ? A quoi rimait cette mêlée confuse dans le noir ? Le ressentiment qu'elle éprouvait contre lui avait-il un rapport avec la douleur sourde de son corps meurtri ? A qui le demander ? A sa mère ? Certainement pas ! A son père non plus. Seule solution possible : enfermer ces affreux souvenirs dans les tréfonds de sa mémoire et prier pour qu'une bienheureuse amnésie envahisse son esprit. Et surtout, se taire, se taire, se taire...

Néanmoins, insidieusement sa conscience s'imprégnait de culpabilité. Tout était sa faute. Comme toujours, elle était coupable. Rien ne serait arrivé si elle était restée sous l'appentis avec Tourane. Coupable aussi de s'être laissé submerger par la panique au point d'en devenir aphone. Même le démon lui avait fait comprendre qu'elle était fautive. Si elle s'était nommée, il ne l'aurait pas confondue avec une autre fille. A la certitude de son apathie s'ajoutait le poids de la monstruosité commise malgré elle mais par sa faute.

Elle sanglotait sans retenue.

– Que se passe-t-il, Demoiselle ? demanda avec sollicitude Daisie, la toute jeune femme de chambre accourue au bruit de ses pleurs.

Laura lui tournait le dos, les épaules voûtées dans une attitude presque craintive.

– Que se passe-t-il donc, Demoiselle ? répéta Daisie plus doucement encore.

– Je... j'ai eu très peur de l'orage, mentit Laura. Et... j'ai mal à la tête.

– Ah, Demoiselle, moi aussi j'ai peur du tonnerre. Mais voyez le ciel... il est redevenu bleu maintenant. C'est fini, il ne faut plus y penser.

Venant d'une autre personne, cet effroi tardif lui aurait paru peu naturel. Pas de la part de sa Demoiselle. Daisie n'était au service exclusif de Laura que depuis quelques semaines. Auparavant et pendant toute une année, seconde femme de chambre de Mme Stanton, elle avait trop souvent vu celle-ci agir en mère abusive pour s'intriguer du comportement enfantin et des dépressions soudaines de Laura.

– L'eau refroidit, sortez de votre bain, Demoiselle, dit-elle en posant une serviette sur le dos de sa jeune maîtresse. Ce soir, si votre migraine n'est pas passée, je demanderai à Madame votre mère la permission de vous donner quelques gouttes de laudanum, ça chassera votre mal de tête et ça vous aidera à vous endormir.

Laura haussa les épaules d'un air découragé puis s'essuya les yeux avec un coin de la serviette.

– Je voudrais bien dormir et ne plus jamais me réveiller.

Tout en lui frottant le dos, Daisie soupira. « Ah, ces petites filles de riches ! Elles se font un monde de la moindre chose ! Comme si un petit orage avait de l'importance... »

Arnaud, qui avait espéré être quitte des pensées qui le tourmentaient en retrouvant l'univers familier et paisible d'avant l'orage, s'aperçut que l'expression « bourrelé de remords » exprimait bien ce qu'il était advenu de son âme. Sans compter que sa parole donnée de ne pas franchir les limites du domaine ne lui facilitait pas les choses. Impossible de se rendre chez les Stanton. N'importe quelle excuse cousue de fil blanc aurait convenu pour s'informer de l'état de Laura. Comment se portait-elle ? S'était-elle confiée à quelqu'un de son entourage ? Si seulement il avait pu lui parler... lui dire... Mais, au fait, que dit-on à une toute jeune fille dont on vient d'abuser ?

– Voulez-vous avoir l'obligeance d'excuser mon impétuosité ? N'y voyez nulle méchanceté de ma part ; ce viol n'était qu'une petite erreur que nous devons oublier tous les deux.

Non, bien évidemment. En définitive, il aimait mieux ne pas rencontrer Laura. De toute façon, sa promesse constituait un obstacle majeur. Lady Constance ne l'en aurait pas délié sans explications. Et des explications étaient la dernière chose au monde qu'Arnaud souhaitait fournir. Quoi qu'il en soit, la pilule était amère à avaler.

La tension entre Arnaud et sa conscience ne se relâcha pas pendant trois jours.

Puis une sorte de revirement s'opéra en lui. Le sentiment aigu de son abjection s'atténua soudain. Il ne resta plus grand-chose de l'effroi devant la menace d'une révélation de Laura et de tout ce que cela impliquerait de changements pénibles dans son existence.

Puisque nulle punition ne venait sanctionner sa faute, il s'en estimait absous. Fin prêt à l'oublier. Le repentir au fond de sa poche et son mouchoir pardessus.

Peu de temps avant la date fixée par Arnaud pour son retour à Londres, lady Constance reçut une lettre qui la contraria quelque peu. Elle émanait de sa belle-sœur Edwina. La sœur cadette de Walter lui annonçait son regret d'être obligée de retarder son arrivée de plusieurs jours. La petite-nièce de son défunt mari ayant débarqué chez elle impromptu, Edwina, bien qu'heureuse de cette visite, ne savait que faire. Sa réputation de bonne hôtesse était trop solidement établie pour qu'elle songeât une seconde à faire mention d'une invitation qui donnerait à son invitée l'impression qu'elle gênait.

Lady Constance répondit aussitôt qu'elle l'engageait vivement à venir à Shiplake à la date prévue accompagnée de sa petite-nièce. La place ne manquait pas dans la grande maison et lady Constance se réjouissait du fond du cœur de les recevoir. Elle aimait beaucoup Edwina. Tous les étés depuis près de trente ans, les deux belles-sœurs passaient ensemble trois agréables semaines.

Veuve sans enfant, tante Edwina, une grande et

forte femme d'une cinquantaine d'années au teint frais et aux yeux rieurs, était la parente préférée des jeunes Willier. Sa visite était attendue avec impatience par Lisbeth et Peter. Cependant, le pauvre garçon avait malencontreusement attrapé la varicelle et chacun dans la maison lui répétait qu'il n'était vraiment pas beau à voir. Quelle misère... pour une fois que sa tante venait chez eux en compagnie d'une jeune personne... Peter devait avouer que ce n'était pas de chance.

Arnaud fut le seul à n'être pas heureux. Son visage s'allongea d'une aune entre ses rouflaquettes quand il apprit la nouvelle. Il adorait tante Edwina qui était toujours de bonne humeur. Pourtant, de la savoir accompagnée d'une gamine... Il estimait que les gamines lui avaient causé trop de désagréments ces temps-ci. Moins il en verrait, mieux il se porterait. D'ailleurs, il comptait avancer son départ au mardi suivant.

Elles arrivèrent à Shiplake juste avant le dîner. La tête légèrement inclinée, un sourire heureux aux lèvres, Edwina lança d'un ton enjoué :

– Chère Constance ! Nous sommes terriblement désolées d'être en retard mais nous ne pouvions arriver plus tôt. Embrassez-moi, ma chère. Figurez-vous qu'un de nos chevaux s'est mis à boiter. Oui ! Notre cocher a réduit l'allure et nous a menées clopin-clopant jusqu'à Boveney où nous avons changé de monture. Allons, je sais que vous nous pardonnerez ce contretemps. Venez, Vivien, ajouta-t-elle à l'adresse de la jeune femme qui l'accompagnait. Venez que je vous présente à ma chère belle-sœur. Très chère Constance, permettez-moi de vous présenter Vivien Desbury, la nièce de Douglas, mon cher défunt.

– Je suis ravie. Vraiment ravie. Quelle agréable surprise ! Edwina nous avait donné à entendre que sa nièce était une toute petite fille...

– Jamais de la vie ! se récria Edwina. D'où prenez-vous cela ? Je vous concède que j'ai fait allusion à une petite-nièce, ce qui n'est que la stricte vérité. Notre chère Vivien est la fille du neveu de Douglas... donc, une petite-nièce.

Devinant que sa belle-sœur allait se lancer dans un commentaire interminable, Constance lui adressa un sourire avant de se retourner vers Vivien.

– J'espère que vous passerez un bon séjour à Shiplake.

Elle fit un geste vers une femme de chambre qui attendait près de la terrasse.

– Mary va vous montrer votre chambre. Je suis certaine que vous désirez vous défaire de la poussière du voyage.

– Bien volontiers, milady.

Constance leva une main conciliante.

– Pas de cérémonie, appelez-moi lady Constance.

– Merci, lady Constance. Cela me fait très plaisir.

Vivien avait secrètement souhaité sa rencontre avec lady Constance qu'Edwina avait dépeinte comme une grande dame pleine de bonté.

De derrière la porte-fenêtre grande ouverte, Arnaud observait la scène et approuvait silencieusement. Tout en cette jeune personne blonde respirait la féminité. Il en fut fort satisfait. Ces derniers jours avaient été abominables. Il avait eu son content d'ennuis, rendu à demi fou de remords à cause d'une toute jeune fille. L'être gracieux qu'il avait sous les yeux était tel qu'une femme doit être. Séduisante et sans timidité tout en étant réservée. Et pas muette, ce qui avait ses avantages.

La femme de chambre de Vivien passa près de lui pour aller prendre un petit sac de voyage aux pieds de la jeune dame. Arnaud en profita pour sortir de l'ombre et s'avancer.

– Ma chère, chère tante ! Quel bonheur de vous voir enfin parmi nous !

– Quel bonheur pour moi de te voir complètement rétabli, mon garçon !

Elle lui tapota l'épaule.

– Viens que je te présente à la petite-nièce de ton oncle Douglas.

Au mot « petite », elle eut un hochement de tête vers lady Constance. Arnaud retint un sourire en entendant sa mère soupirer très ostensiblement.

– Vivien, je vous présente Arnaud, mon neveu...

Dans les yeux de son fils s'alluma une lueur que Constance ne parvint pas à définir.

– Arnaud, je te présente Mme Desbury.

Madame ! Instantanément, les yeux d'Arnaud perdirent leur enjouement.

– Je suis très honoré, madame.

Vivien lui sourit. D'un sourire de femme qui se sait désirable. Dans le frou-frou de sa robe de voyage, elle passa près d'Arnaud avec un gracieux signe de tête comme si elle lui donnait le droit d'admirer sa silhouette pleine, sa poitrine généreuse, ses cheveux blonds descendant en anglaises sous son chapeau mauve.

L'ovale de son visage touchait à la perfection. Elle avait des yeux couleur de feuille, des longs cils clairs et une jolie bouche rose qui fit soupirer Arnaud. Si jolie et mariée ! Ce n'était vraiment pas sa semaine de chance.

Il ne lui aurait pas déplu de profiter de la compagnie de cette éclatante beauté mais il y avait des réalités à prendre en considération. Un mari, par exemple. Se retrouver avec un duel... Non, mille fois non ! Il avait failli ne pas sortir vivant du premier.

Edwina le prit par le bras tandis que la jeune femme entrait dans la maison accompagnée par lady Constance.

– Me voici revenue, mon cher enfant. Nous avons failli te perdre, Arnaud. Par pitié, ne nous fais plus une telle peur.

– Je vous le promets, ma tante.

Il prononça ces mots sur un ton si morne que sa tante ne put s'empêcher de sourire.

– Bon, parlons d'autre chose. Cette année, comme tu l'as vu, je ne suis pas venue seule. Vivien a eu pitié d'une pauvre veuve ; elle a accepté de s'attacher à moi. Nous nous chaperonnons mutuellement, car cette enfant est veuve, elle aussi.

Veuve, ça, par exemple ! Allons, la vie n'était pas toujours aussi imbuvable qu'on voulait bien le croire.

Vivien se félicitait d'avoir suivi sa première idée qui, comme on le sait, est toujours la bonne. Ce jeune homme, cet Arnaud, n'était pas mal du tout et si ce que lui avait raconté Edwina était vrai, ce garçon était plus qu'intéressant. Elle possédait sur lui une information qu'il ignorait encore et espérait qu'il ne l'apprendrait pas trop tôt car elle avait projeté de le séduire.

Veuve à trente ans d'un homme insouciant dont les dettes de jeu l'avaient aux trois quarts ruinée, Vivien attendait beaucoup de son séjour à Shiplake. Il lui faudrait batailler si elle voulait garder sa place dans le monde. Mais elle y était résolue. Elle connaissait le prix de l'argent, ayant, toute jeune, connu la quasi-pauvreté d'une famille de petite noblesse campagnarde et impécunieuse pourvue de huit enfants. Trop longtemps sans le sou, elle avait apprécié l'amélioration temporaire de son train de vie. Jusqu'au jour où, son mari mort, les créanciers étaient venus frapper à sa porte. Plus question de retrouver ces jours noirs. Elle comptait bien mettre à profit ce qu'Edwina lui avait appris concernant l'avenir d'Arnaud, à condition toutefois que celle-ci consente à se taire. Il ressortait des révélations d'Edwina que...

En 1786, James Willier, fils cadet, avait émigré aux Amériques en compagnie d'un voisin et ami de son âge. Il amenait avec lui sa toute jeune épouse enceinte du seul enfant qu'il devait jamais avoir, Francis. Ce Francis, âgé maintenant de soixante et onze ans et veuf depuis un quart de siècle, avait eu le malheur de perdre ses quatre enfants en bas âge.

Maître d'une grande plantation dans l'Etat du Mississippi, il désirait adopter un fils de son neveu

Walter, lequel était pourvu de plus de fils qu'il ne lui en fallait pour assurer sa descendance.

Depuis qu'une attaque l'avait laissé à demi paralysé, Francis Willier se rongeait de n'avoir personne de son sang à qui transmettre ses biens. Il s'était mis à correspondre frénétiquement avec Walter.

Chaque lettre apportait la même supplique : « Laissez-moi un de vos fils. Je l'adopterai et lui constituerai un fabuleux héritage. »

Si Vivien avait bien saisi la situation, l'aîné Christopher, héritier du titre et des biens, n'avait aucune raison de quitter Shiplake. Peter n'était encore qu'un gamin. Restait Arnaud qui ferait un légataire universel magnifique. Pour préparer le terrain et afin d'emporter l'adhésion d'Arnaud à ce projet, Walter, qui n'était pas à une intrigue près, se préparait à céder son entreprise d'import-export de Londres.

Quelqu'un s'était déjà présenté et les tractations allaient bon train pour une affaire qui, à dire vrai, périclitait depuis qu'Arnaud avait quitté les bureaux pour venir à Shiplake se remettre des suites de son duel malencontreux.

Walter attendait beaucoup des mois suivants. D'abord de l'argent frais lui revenant de la vente des entrepôts de Londres et de la liquidation de ses affaires. Ensuite, un petit quelque chose qu'Arnaud lui devrait bien en remerciement de l'énorme héritage dont il bénéficierait grâce à l'habileté de son père. Peu exigeant, celui-ci ne demandait qu'une confortable rente à vie. Lady Constance ignorait tout sur tout. Enfin, presque ; il y avait bien eu une ou deux lettres de l'oncle Francis qui lui avaient fait pousser les hauts cris. Mais pour le reste... Rien !

Walter ne se confiait qu'à sa sœur Edwina qu'il aimait beaucoup. Plus qu'à sa propre femme, si respectable qu'elle lui en donnait froid dans le dos. Edwina, de son côté, avait fait de Vivien sa seule confidente. Celle-ci se garderait de parler à qui que ce soit. Muette comme une tombe, elle conservait les révélations au fond de sa mémoire. Surtout celles qui la concernaient au premier chef. La jeune femme en avait assez de vivoter du peu que lui avait laissé son mari. Si elle jouait serré, une nouvelle vie s'ouvrirait à elle. Une nouvelle vie et une grande fortune, voilà qui l'attirait fortement. De plus, le jeune homme lui plaisait bien. Un beau et grand garçon qui embellirait encore lorsqu'elle l'aurait convaincu de faire raser ses favoris. Plus tard, bien sûr, plus tard... Pour l'instant : attitude réservée et regards de velours. La jolie veuve convoitait trop une demande en mariage pour se jeter imprudemment à la tête du futur héritier. Finies les petites aventures aux lendemains désabusés. Plus sûre d'elle qu'elle ne l'avait jamais été, elle ne gâcherait pas sa chance. Elle était déterminée à user de tous les moyens de séduction pour établir des relations suivies avec ce jeune célibataire. La partie qui mettrait fin à son existence miteuse promettait d'être intéressante. On jouait chacun ses atouts quand le jeu en valait la chandelle, n'est-ce pas ? Et Vivien les avait tous dans sa manche.

Arnaud, attiré par la blondeur vaporeuse de la jeune femme, se proposait de rechercher discrètement sa compagnie. Il ne souhaitait pas obtenir d'elle une capitulation précipitée, délicate à transformer en liaison après le retour à la vie londonienne et à ses habitudes si différentes. Il ne la presserait donc pas. Mais il voulait, à la fin du séjour, emporter une promesse de tendres rendez-vous. C'en était terminé des amantes occasionnelles. Une liaison sérieuse, voilà qui serait agréable et mettrait un point final à toutes les péripéties et catastrophes survenues sans répit dans son existence depuis plus de trois mois. Finies pour toujours, les intermèdes avec les Mary-Ann, Laura et *tutti quanti* qui avaient failli avoir sa peau et sa conscience ! Quant à cette crénom de nom d'Agnès, que le diable l'emporte en enfer pour l'avoir mis dans d'aussi vilains draps !

La lettre qui le ramenait ventre à terre à Londres émanait de Kendall, le directeur commercial de l'entreprise. Et cette fois-ci l'affaire était grave. Un de leurs commanditaires, ayant eu la malencontreuse idée de traiter directement avec Walter, avait appris fortuitement que l'argent destiné à leurs transactions était resté sur une table de jeu. Confiant son sort une fois de plus à sa bonne étoile, l'ex-« plus-que-parfait » n'avait pas hésité à commettre une indélicatesse, pensant être en mesure de se renflouer. Il avait perdu.

Mis au courant par l'homme furieux de s'être laissé rouler comme un débutant, Kendall dépassé par l'ampleur de la dette avait lancé vers Arnaud un appel pressant, quasi désespéré. La situation était critique. Le commanditaire dupé n'acceptait aucune reconnaissance de dette signée Willier. Encore plus alarmant, il menaçait de porter l'affaire devant la justice.

Depuis le temps, Arnaud aurait dû être habitué à l'inconscience coupable de son père, à ses manières de vieil escroc. Pourtant, cette fois, les bornes étaient dépassées. Heureusement, Arnaud n'était pas de ces gens qui s'appesantissent longuement sur leurs misères. Son cheval se frayait un chemin dans les rues sales des faubourgs de la capitale que le jeune homme avait déjà fait la part du feu. Son esprit de décision le poussait vers les solutions réalistes qui le sortiraient de ce mauvais pas.

Grâce à ses efforts et à ceux, non négligeables, de Kendall, la moitié de la somme due était réunie dans le courant de la matinée du lendemain. Une partie en raclant les fonds de tiroir, l'autre en tirant l'oreille de leurs débiteurs. Pour le reste de la dette, Arnaud s'en acquitterait avant la fin du mois en revendant sans bénéfices une partie des marchandises contenues dans leurs entrepôts situés au cœur des docks.

Cet état de choses tout simplement grotesque et insupportable aurait pu être compris par lady Constance, Arnaud l'aurait juré. Cependant, aussi grand que puisse être son désir de se sentir soutenu, il ne s'imaginait pas rapportant à sa mère que son mari n'était qu'un fumiste à la moralité fluctuante. Quoique, en fin de compte, la pauvre femme dût certainement s'en douter.

Après s'être assuré que toutes les sommes disponibles étaient comptabilisées, Arnaud et Kendall discutèrent ferme.

– Voyez-vous, Arnaud, le comportement de votre père n'est pas naturel. Il m'a intrigué en faisant visiter les entrepôts à des messieurs aux allures d'acquéreurs. Ça sent la vente, Arnaud. J'ai l'impression que M. Willier père mijote quelque chose qui va nous faire passer un sale quart d'heure.

Incurable optimiste, Arnaud n'était pas de cet avis et il entreprit de le démontrer.

Quand, vers 18 heures, les deux hommes se quittèrent, ils n'étaient d'accord que sur un seul point : question moralité, Walter Willier en aurait remontré à plus d'un pirate.

Toutefois, l'exaspération du jeune homme s'atténua largement avec le retour en ville de la très belle Mme Desbury. Comme prévu, elle accepta aimablement de le recevoir à titre de cousin par alliance et ami. Il devint très assidu auprès de la jolie veuve. La désirant de plus en plus, il n'attendait qu'un mot d'encouragement pour en faire sa maîtresse.

Malheureusement pour lui, ce n'était pas du tout ce que Vivien avait envisagé. Avec une intense satisfaction, elle avait observé l'attachement grandissant d'Arnaud. Tout cela était bel et bon pour ses affaires. Elle se hâta de mettre les points sur les i. Elle n'était plus fortunée depuis la mort de son joueur de mari, mais Arnaud devait savoir qu'elle était profondément consciente de ses devoirs envers sa famille. Bien évidemment, il n'était pas question qu'elle lui cédât. Les mots de décence, dignité, honorabilité revinrent dans ses protestations. Pas de liaison à envisager. En résumé, c'était le mariage ou rien.

Le mariage ? Naturellement c'était un mal nécessaire. On devait se marier pour perpétuer le nom. Arnaud, en toute bonne foi, s'en croyait dispensé puisque les deux fils de Christopher assuraient la continuité de la lignée familiale. Sans compter que le mariage chancelant de ses parents ne l'incitait nullement à tâter de la félicité conjugale. Bien au contraire, cela lui servait de leçon. Il n'était pas prêt à se mettre la corde au cou. Par contre Vivien ferait une maîtresse décorative et délicieuse à laquelle il ne permettrait pas de prendre trop d'importance. Jusqu'à présent, il avait toujours considéré les femmes sous cet angle-là : de beaux joujoux.

Bien que très entiché de la jolie dame, il désirait vivement lui témoigner son amour, tel qu'il le comprenait, de la seule façon qu'il appréciait : au lit.

Bien sûr, s'il était resté le jeune homme d'avant le duel... S'il était encore le jeune Willier que les filles accueillaient à bras ouverts, celui qui, sorti de ses occupations d'homme d'affaires, devenait un garçon jovial et frivole, celui qui flânait dans les maisons de jeu, dans les cafés londoniens... S'il était encore celui-là, peut-être eût-il fait demi-tour, pour aller retrouver les belles de nuit.

Mais, pauvre chat échaudé, les activités d'autrefois l'ennuyaient. Il préférait la compagnie sans histoires de Mme Desbury à une soirée en ville. Le demi-deuil de Vivien qui lui imposait de demeurer fréquemment chez elle lui convenait à merveille.

Il opta pour une ligne de conduite floue. Fit des pieds et des mains pour ne pas répondre à ses incitations matrimoniales. Pas catégoriquement pour, pas franchement contre, il laissait la jeune femme dans l'expectative, se contentant de la griserie de ses parfums, du frou-frou de ses robes mauves ou grises.

« Si seulement... se disait Vivien. Si seulement mes finances n'entraient pas en ligne de compte... »

Alors, ils pourraient vivre ensemble. Devenir amant et maîtresse ou se rencontrer discrètement selon la volonté d'Arnaud. Elle appréciait le jeune Willier et aurait accepté un tel arrangement, fort courant parmi les gens de leur milieu. S'il n'y avait pas eu l'espoir de ce fabuleux héritage... L'enjeu valait la peine de jouer les vertueuses mais ne l'empêchait pas de pousser de gros soupirs de regret en repoussant ses avances.

Manifestement, Arnaud ignorait l'existence de l'oncle Francis. Dans le cas contraire, il le lui aurait déjà dit. Il n'était pas de taille à lui dissimuler longtemps la grande nouvelle de son adoption. Pas à la personne perspicace qu'elle était...

Tôt ou tard, il l'apprendrait. Si, à ce moment-là, il en était où elle voulait l'amener, c'est-à-dire prêt au mariage, jamais il ne s'imaginerait qu'il avait été manœuvré comme un soldat de plomb.

Pour l'instant, il temporisait. Cependant, soucieux de ne plus se faire piéger par un coup de folie né de sa chasteté, il passait de temps en temps une heure ou deux chez les filles galantes. Puis, la conscience tranquille, il partait d'un cœur léger faire sa cour à la belle femme blonde qui, il n'en doutait pas, deviendrait bientôt sa maîtresse.

Au premier regard, avant même que la femme de chambre eût refermé sur eux la porte du salon, Vivien comprit qu'il y avait du nouveau. Aussitôt une expression de tendre bienvenue vint illuminer son visage.

Deux minutes, pas plus. Arnaud mit deux minutes à confirmer ce que la jeune femme avait deviné.

Exactement comme l'avait prédit Edwina. Une lettre partie un mois et demi auparavant venait d'arriver des Amériques.

Au cours de ses explications, Arnaud procéda à un retour en arrière partant du moment où le frère cadet de son grand-père s'en était allé dans ce qu'on appelait encore par habitude « nos colonies d'Amérique ».

– Je viens juste d'apprendre qu'il avait décidé de m'adopter. Mon père, lui, le savait depuis des mois...

– Vous adopter ! interrompit Vivien. C'est incroyable !

Même en observant attentivement Arnaud, la jeune femme ne parvenait pas à déterminer si la nouvelle lui plaisait ou non.

– ... Ainsi depuis tout ce temps vous n'en saviez rien ?

Elle secoua la tête d'un air de profonde incompréhension.

– Depuis des mois, répéta Arnaud.

Il pensait qu'il devrait être permis de temps en temps de secouer les puces de son gredin de père. Malheureusement, secouer les puces de Walter ne faisait pas partie des choses permises à un fils.

Il reprit avec un soupir contrarié :

– La lettre est arrivée chez mon père. Elle m'était adressée. Inutile de vous préciser que cela m'a mis la tête à l'envers. Dans mon désarroi, je suis venu me confier à vous. Mes obligations m'empêchent de retourner à Shiplake avant la fin de la semaine...

Il le regrettait vivement. Dans d'autres circonstances, il aurait couru solliciter les conseils de sa mère. Mais en ce moment, il soupçonnait son père de mille manigances. Le vieux chenapan était du style à faire ses coups tordus dans le dos. Il était bien mal loti avec un père pareil, et n'avait pas de quoi se vanter. Aussi n'en souffla-t-il mot à Mme Desbury.

– Si je pouvais en parler à ma mère... Elle est la personne la plus compréhensive que je connaisse.

– Lady Constance est une femme exceptionnelle. Une très grande dame que j'admire et que j'affectionne.

Autant abonder dans son sens, ça ne coûtait rien. Reconnaissant, Arnaud lui lança un regard de remerciement pour l'eau qu'elle apportait à son moulin.

– Merci, chère Vivien. Auprès de vous je trouve la même compréhension. Mon Dieu, j'y pense tout à coup, cette histoire d'adoption va la bouleverser.

– Lady Constance n'en avait pas été informée ? s'étonna Vivien avec un naturel parfait.

Tenue au courant par Edwina, elle savait parfaitement que lady Constance n'ignorait rien des faits. En femme avisée, la mère d'Arnaud attendait son heure pour donner un avis autorisé.

– Ma mère ne connaît pas le premier mot de tout cela, affirma Arnaud haut et clair.

Toutefois, après réflexion, il dut admettre en son for intérieur que la conversation entendue fortuitement, il y avait de cela un mois et demi, ne semblait pas étrangère au sujet de la lettre qui lui brûlait la poche. Et, si ses souvenirs étaient bons, lady Constance ne paraissait pas approuver le principe de l'adoption.

– Si vous croyez que ma mère va accepter facilement un tel projet...

Vivien secoua la tête en signe de désaccord.

– Oh, Arnaud ! Ce serait une aventure si fabuleuse ! Que pourrait reprocher à cela lady Constance ? Vous ne partez pas à la guerre, que je sache. Oh, très cher, pensez-y ! Qui ne désirerait recommencer une vie nouvelle dans un pays neuf ? Laisser le Vieux Monde et ses tristes intrigues derrière soi. Que je vous envie, que je vous envie !

Surpris par cette véhémence inhabituelle, Arnaud murmura d'un ton réservé :

– J'ai l'intention d'y réfléchir longuement avant d'opter pour ou contre la proposition. Seulement, j'aimerais que vous vous souveniez, ma chère, que toute ma famille est ici. Tous ceux que j'aime. En un mot, toute ma vie est ici.

– Qui donc vous interdirait d'y revenir ? Votre mère, vos frères et sœur pourraient, s'ils le voulaient, aller vous rendre visite...

– Si loin, vous n'y pensez pas !

– Arnaud, Arnaud ! Quatre semaines en mer sont si vite passées. L'Amérique est juste de l'autre côté de l'Atlantique.

– Quel enthousiasme ! Ma parole, on croirait, à

vous entendre, que vous êtes prête à partir à ma place.

A sa place... Malheureusement, c'était impossible. Mais, avec lui, tout de suite.

– N'ai-je pas le droit de rêver ? demanda-t-elle avec lenteur tandis que son exaltation s'affaiblissait.

– Vous me réchauffez l'âme, belle Vivien. Laissez-moi le temps de réfléchir. Le temps d'en discuter en famille. D'ici la semaine prochaine, il se pourrait... Mais je n'en dis pas plus.

Les yeux de la jeune femme se dilatèrent et son visage s'embrasa.

– Non, Vivien, n'ajoutez rien. Je demande quelques jours de réflexion. S'il vous plaît, plus un mot.

Deux jours passèrent pendant lesquels Arnaud retourna le problème sur toutes ses faces. Il n'en mangeait plus, n'en dormait plus. A n'importe quel autre moment, la situation lui aurait paru singulière. Mais son sens de l'humour s'était beaucoup altéré et il attendait la fin de la semaine avec impatience. A Shiplake, il ferait le point avec sa mère et son frère aîné.

Résolu à s'en sortir par lui-même, le jeune homme envisageait d'un meilleur œil à présent la proposition de l'oncle d'Amérique. Il relisait la lettre au moins trois fois par jour. Une lettre digne d'un père tel qu'il le concevait, écrite avec les mots simples d'un homme respectable.

Francis Willier espérait le voir arriver très vite à la plantation. Une place lui était réservée sur le bateau qui avait apporté la lettre. Ce navire, le *Black Eagle*, appartenait à la compagnie Chambers, Willier and McDonald, et faisait partie pour un tiers du futur héritage. Le temps de décharger les marchandises et de refaire une cargaison à destination de La Nouvelle-Orléans, dans un peu plus d'un mois et demi, le *Black Eagle* reprendrait la mer.

Pour le moment, Arnaud s'essuyait le front en regardant par la fenêtre ouverte. Son père et le nouveau patron des entrepôts faisaient le tour du propriétaire. L'air était étouffant et les redingotes grises des deux hommes étaient tachées de sueur.

A une vingtaine de miles en amont du fleuve, l'atmosphère n'était pas moins étouffante. Le mois d'août 1857 ne laisserait pas un souvenir impérissable au point de vue du temps. Commencé sous les orages, il finissait de même.

Quand la pendule sonna l'heure du coucher, Daisie vint à son habitude déshabiller Laura. Celle-ci était si profondément plongée dans ses pensées que la femme de chambre hésita un moment avant de la déranger.

Laura regardait d'un œil absent les grands arbres qu'on apercevait de la fenêtre de sa chambre. Elle ne bougea pas quand la pendule sonna l'heure suivante, pas davantage aux sollicitations de sa femme de chambre. Ni même quand Madame, venue lui donner sa bénédiction vespérale, l'appela d'une voix sèche pour la tirer de sa méditation.

Lorsque les courants d'air firent claquer la porte, Laura sursauta et, ignorant pour la première fois de sa vie les remarques acerbes que sa mère continuait à lui adresser, elle se coucha et se tourna du côté du mur sans dire un mot.

– Mon Dieu, que cette enfant est décourageante ! se plaignit Mme Stanton.

– Demoiselle Laura est sensible, Madame. Le temps orageux lui porte sur les nerfs.

– Qui vous a permis ? Une fois pour toutes, je ne vous autorise à parler que si je vous interroge. D'autre part, sachez, petite sotte, qu'à seize ans, les jeunes filles n'ont pas encore de nerfs, affirma péremptoirement Clarisse Stanton avant de sortir de la chambre la tête haute.

Daisie s'éveilla au premier coup de tonnerre, sur le qui-vive comme si une force obscure l'avertissait d'une menace. L'atmosphère lui parut irrespirable. Elle s'assit sur son lit à l'affût du moindre bruit. Soudain une longue plainte se fit entendre : Demoiselle ! Sans attendre davantage, elle se précipita et descendit de l'étage des domestiques jusqu'à la chambre de sa maîtresse.

– Demoiselle !

Elle se pencha et posa la main sur le bras nu de la jeune fille. A sa grande surprise, celle-ci se contracta de tout son être en hurlant.

– Demoiselle ! cria Daisie, effarée par cette frayeur. Calmez-vous, c'est seulement un mauvais rêve.

Comme elle tentait de la secouer doucement afin de la réveiller, Laura se débattit dans l'obscurité, exhalant des gémissements d'animal pris au piège entrecoupés de halètements insupportables à entendre.

– Demoiselle ! Réveillez-vous ! C'est moi, Daisie !

– Laissez-moi sortir... ouvrez la porte ! criait Laura d'une voix rauque.

La respiration bruyante et hachée, tout le corps parcouru de violents frissons, elle suffoquait :

– La po... orte... ou... ou... verte...

Daisie jeta un coup d'œil sur le visage ruisselant de sueur qui exprimait une terreur indicible. Allons, il était plus prudent d'informer Madame.

Une minute et quelques bribes de phrases suffirent à Mme Stanton pour pousser la femme de chambre hors de la pièce.

– Eclipsez-vous. Remontez à votre étage. Et fermez votre porte.

Très mécontente d'être chassée de la chambre de sa Demoiselle, Daisie se planta devant la porte, espérant contre toute attente que Madame se raviserait et la rappellerait.

Madame avait bien autre chose en tête. Son intérêt éveillé soudainement, elle entama un interrogatoire en règle afin de tirer le maximum d'éclaircissements de la semi-inconscience de sa fille.

Pendant ce temps-là, dans le couloir, Daisie se rongeait les poings de n'avoir pas su déceler l'impensable. Elle écoutait incrédule le flot de paroles incohérentes qui sortait de la bouche de Laura. Elle racontait comment elle avait manqué d'être étouffée par une ombre au visage velu, comment elle s'était débattue contre l'Ogre, et aussi comment il l'avait blessée. Elle parlait d'une voix haletante, espérant se libérer l'âme de l'affreux cauchemar qui l'avait conduite au bord de la folie.

La véhémence de Laura s'apaisa. Sa voix descendit jusqu'au murmure puis revint le silence. Clarisse Stanton médita un très long moment avant de regagner ses appartements.

Au bruit d'une calèche qui s'arrêtait devant la porte de l'immeuble, Jones se pencha par-dessus le balcon, posa le rasoir et plongea une serviette dans une cuvette d'eau chaude. Puis il se pencha à la fenêtre comme s'il doutait de ce qu'il venait de voir.

– Voilà lady Constance qui arrive dans nos murs ! s'exclama-t-il en laissant tomber la serviette chaude sur la figure de son jeune maître.

– Ma mère ?

La voix d'Arnaud, bien qu'étouffée par le linge, exprimait le plus grand étonnement.

Une fois lady Constance assise dans le petit salon, le jeune homme demanda à Jones de leur servir un grand verre de limonade fraîche.

– Ah ! maman, quel bonheur de vous voir chez moi ! Quelle coïncidence aussi. Je m'apprêtais à aller à Shiplake afin de solliciter des conseils que vous seule pouvez me donner... Comme je vous en ai informé dans ma dernière lettre, l'affaire est tout ce qu'il y a de plus vendue. Je suis resté ici pour faire la part du feu... Il y a aussi cette lettre d'Amérique dont j'aimerais vous...

La voix unie de lady Constance s'adressa au serviteur :

– Allez rejoindre le cocher, Jones. Vous avez ma permission pour vous rendre en sa compagnie jusqu'à la taverne du bout de la rue. Ne buvez pas d'alcool et ne remontez pas avant une heure.

– Pour la lettre de l'oncle Francis... commença Arnaud, les yeux fixés sur elle.

– Nous aborderons ce sujet en temps utile. Auparavant, nous avons à nous entretenir de tout autre chose. Asseyez-vous, Arnaud.

Ouh !... Arnaud regarda avec regret se refermer la porte sur Jones. Il avait l'impression de sentir l'effroi s'accumuler au fond de son estomac. Malgré tout, il croisa les bras, essayant de prendre un air détendu. Lady Constance ne l'avait vouvoyé que deux fois de toute sa vie mais il ne l'avait jamais oublié. La première fois, lorsqu'il s'était battu avec un gamin du village voisin qu'il avait blessé sérieusement. La seconde, quand, à dix-huit ans, il s'était enfui de l'université après une réprimande qu'il estimait injustifiée. Sur les conseils de Barty et avec sa bénédiction, il avait trouvé refuge auprès d'une Victoria rousse à peine plus âgée que lui. Elle jouait les ingénues dans une troupe de comédiens ambulants. Chaque village traversé avait vu Arnaud sur les tréteaux en bonimenteur d'occasion tentant de racoler des spectateurs à grands renforts de redondances et de clins d'œil évocateurs. A tant se démener, l'écho de ses exploits devait finir par arriver aux oreilles de sa mère...

Neuf années plus tard, le souvenir des paroles cinglantes dites d'une voix unie et froide retentissait encore à ses oreilles comme des coups de tonnerre.

Pour le moment, lady Constance ne souriait pas. Elle se leva et tourna la tête en direction de son fils. Il sentait son regard courroucé posé sur lui. Arnaud avait beau chercher, il ne voyait vraiment pas ce qu'il pourrait se reprocher. Pourtant, quand il la vit parcourir les quelques pas qui la séparaient de la chambre dont elle poussa la porte et marcher jusqu'au cabinet de toilette pour ouvrir une autre porte en grand sur le fouillis que Jones n'avait pas eu le temps de ranger, Arnaud appela sur lui la miséricorde divine. Ajouté au vouvoiement, tout cet espace que sa mère s'apprêtait à arpenter... Mauvais, très très mauvais signe...

– Tout allait bien, maman, lorsque vous avez quitté Shiplake ? demanda-t-il ingénument.

Lady Constance apparut à la porte du salon, jeta un coup d'œil à son fils et fit aussitôt demi-tour.

– Tout allait bien chez nous, monsieur. Malheureusement, il n'en était pas de même chez les Stanton...

Elle arpenta la chambre et se dirigea vers le cabinet de toilette où elle ramassa une chemise qui traînait par terre. Arnaud se leva d'un bond en évaluant la distance entre sa chaise et la porte d'entrée.

– Asseyez-vous, Monsieur. Et que je n'aie plus à vous le dire !

Il dut rassembler tout son courage pour obtempérer et ne pas s'enfuir.

– Clarisse Stanton m'a rendu visite aux petites heures ce matin. Ce qu'elle m'a appris sur votre comportement m'a bouleversée.

Que tous les saints nous protègent, Clarisse Stanton ! Le visage en feu, Arnaud aurait voulu rentrer sous terre et y rester à jamais.

– Dites-moi que tout cela n'est que mensonge. Rassurez-moi, vous n'avez jamais été ce suborneur ou pire, n'est-ce pas ?

Elle espérait un démenti formel et son ton s'était radouci. Il lut de la douleur dans ses yeux.

– Arnaud, mon cher enfant, ce n'est pas vrai ?

– Maman, écoutez-moi... l'implora-t-il.

Le fait de causer du chagrin à sa chère maman, la femme qu'il vénérait entre toutes, lui donnait envie de pleurer.

– Je ne cherche pas à minimiser la laideur de cet

acte, poursuivit-il. Seulement j'ignorais totalement que la personne qui m'avait rejoint n'était pas la personne que j'attendais... Ô maman... si vous saviez à quel point je suis désolé... terriblement désolé...

– Désolé, mon fils ? dit-elle d'une voix brisée.

– Oh oui, tellement ! Ecoutez-moi encore un instant. Quand je me suis rendu compte de ma méprise, trop tard hélas pour revenir en arrière, j'ai pensé aussitôt à réparer ma faute... Croyez-moi, je vous en supplie. J'ai proposé à... Laura de la reconduire chez elle et de me confier à ses parents...

Lady Constance marqua comme une hésitation. Elle s'écarta de la porte et esquissa un pas vers lui.

– Je le sais. En début d'après-midi, Laura et moi avons eu un entretien en tête à tête. Elle était assez réticente mais j'ai réussi à la convaincre de me parler à cœur ouv...

– Parler ? l'interrompit Arnaud. Vous dites que Laura vous a parlé ? Laura ? (Il ne parvenait pas à le croire.) Laura ? Elle n'est pas muette ?

Lady Constance secoua la tête face à l'incrédulité de son fils.

– Muette ? Mais cette enfant s'exprime comme toi et moi. Il est vrai qu'elle est exagérément émotive et que sa timidité lui fait perdre la voix. A part cela Laura est une jeune fille à l'âme très fine. Elle est, en outre, plus intelligente que la plupart des femmes de notre entourage.

Intelligente, Laura ? Arnaud n'en croyait pas un mot. Sa mère essayait de lui dorer la pilule. Tout comme au temps de son enfance quand elle cachait le médicament infect de la mère Hoorps au fond d'une cuillerée de confiture.

Abandonnant son va-et-vient, elle s'assit enfin dans le sofa, s'appuya contre le dossier et ferma les yeux.

– Juste une question, mon petit, es-tu prêt à faire ton devoir de gentilhomme ou attendras-tu d'y être contraint par M. Stanton ?

– Maman ! Tout cela est un affreux malentendu.

– Alors, dépêche-toi de le dissiper, mon enfant.

Arnaud regardait sa mère. Si elle s'était donné la peine d'ouvrir les yeux, elle aurait vu son regard désespéré. Elle lui laissa une minute de réflexion.

– Arnaud, que comptes-tu faire ? s'enquit-elle d'un ton las.

– Demain... j'irai demander la main de Laura.

Il respira à fond pour se calmer. Lady Constance ouvrit les yeux bien décidée à le réprimander mais, quand elle vit son expression, elle perdit tous ses moyens.

– Maman, si vous saviez !... Si vous saviez ce que cela me coûte... Je suis amoureux de... (il se retint à temps de citer le nom de Vivien) d'une jeune dame. Je comptais vous en parler à Shiplake demain.

Elle réagit à cette nouvelle en se levant brusquement pour arpenter les deux pièces et faire demi-tour dans le cabinet de toilette. Cette fois, Arnaud lui emboîta le pas.

Maintenant, placé dans une situation intolérable, rien n'était plus important que sa passion pour Vivien Desbury, que leur pauvre amour annihilé. Il oublia tout de go les heures passées à faire des plans pour amener la jolie veuve à devenir sa maîtresse, son espoir qu'avec un peu de temps et des circonstances favorables il vaincrait son obstination. A présent, aveuglé par cet affreux coup du sort, il était persuadé d'avoir toujours eu en tête de l'épouser et qu'il mourrait de devoir y renoncer. Ulcéré à l'idée de vivre les années qui lui restaient enchaîné à une gamine à demi demeurée, il envisageait son inévitable mariage avec une aversion qui grandissait d'instant en instant. Et Vivien lui apparaissait comme le plus merveilleux des êtres.

– Je crains que ma vie ne devienne un véritable enfer. Si vous le permettez, je partirai pour la plantation de l'oncle Francis. Cependant, si vous y trouviez le moindre empêchement...

Il se tut une seconde en la voyant secouer la tête en signe de dénégation puis reprit :

– Y consentez-vous, maman ?

Lady Constance lui répondit par un regard plein d'un douloureux attendrissement. Elle lui prit la main qu'elle amena contre sa joue.

– J'ai bien reçu ton courrier de mercredi qui m'a appris ce qui était advenu des affaires Willier. N'aie pas trop de regrets, ton père avait l'intention de vendre depuis longtemps. Depuis que tu faisais barrage entre la caisse et lui. Oui, je le savais et bien plus encore... Oublions tout cela. Pour ce qui est de Francis... s'il veut t'adopter, j'y consens. Ne serai-je pas toujours ta mère ? (Il balbutia quelques mots, mais lady Constance ne se laissa pas interrompre.) Tu seras toujours mon enfant que j'aimerai autant que tes frères et ta sœur, de tout mon cœur. Certes, ce ne sera pas sans chagrin que je te verrai partir loin de moi... si loin de moi... bredouilla-t-elle. Allons, viens t'asseoir près de moi, mon cher petit, ajouta-t-elle après un moment en le menant par la main jusqu'au sofa.

– Je partirai donc outre-Atlantique, maman. Avec une épouse que je n'aurais jamais choisie en d'autres circonstances.

Il se pencha en arrière afin de relâcher ses épaules crispées puis respira à fond plusieurs fois avant de se rendre compte que sa mère en faisait autant.

– Tu partiras seul, Arnaud. Clarisse Stanton est formelle là-dessus. Après le mariage Laura demeurera chez ses parents jusqu'à ce que tu reviennes la chercher. Disons, d'ici un an, un an et demi.

Elle s'interrompit lorsqu'elle s'aperçut que son fils la regardait d'un air décontenancé.

– ... Personne ne connaît ce secret à part Clarisse qui me l'a confié juste avant mon départ. Laura attend un enfant. TON enfant.

4

Arnaud n'envisageait pas de gaieté de cœur sa rencontre avec Vivien. En fait, il passa auprès d'elle deux heures des plus éprouvantes. Mort de confusion, l'amour-propre en lambeaux, il dut expliquer à cette femme blême, qu'il croyait subitement aimer à la folie, toute l'histoire de son forfait. Lui apprendre les conséquences des actes dont il était le seul responsable.

Une expression stupéfaite était peinte sur le visage de la blonde veuve. Elle saisissait mal, ne comprenait rien et faisait répéter dix fois la même phrase. Avec des « Que dites-vous ? Je n'y crois pas ! ».

Elle qui s'imaginait toucher au but, elle tombait de haut !

Après deux années d'aventures passagères, elle avait tendu ses filets de séductrice dans lesquels Arnaud Willier ne manquerait pas de tomber. Et, à la dernière seconde, tout s'effondrait. Tout d'abord, elle refusa de le croire. Voyons, il était impensable qu'elle puisse perdre l'homme qui la ferait maîtresse d'un fabuleux domaine. Alors qu'elle le voyait déjà à sa botte, il se tenait devant elle désespéré et quasi inaccessible.

Elle tergiversa un moment sur la conduite à tenir : lui montrer la porte ou tomber dans ses bras ? Elle opta pour une troisième solution : attendre la suite des événements en espérant être à même de tirer les marrons du feu.

Soudain, Arnaud arbora une expression soulagée. Visiblement une solution semblait lui être tombée du ciel car un sourire hésitant s'épanouit sur ses lèvres.

– Il m'est impossible de me dérober à mon devoir...

Ça, c'était son point de vue. Vivien estimait pour sa part que le premier devoir d'Arnaud consistait à s'occuper d'elle.

– ... mais croyez-moi, ma chérie, à condition de bien s'y prendre, tout mariage peut être annulé.

– Vous n'y pensez pas ! Une annulation, si toutefois une annulation est possible, prendrait des années. Non, mon cher Arnaud, vous êtes hélas condamné à garder votre petite idiote et le pauvre rejeton qu'elle vous donnera.

– Je n'en veux pas ! se récria-t-il. Vivien chérie, écoutez-moi... Laissons de côté une annulation. Cependant, je pense qu'un divorce secret serait la solution. Voyons... Si le lendemain de la cérémonie, je venais consulter un bon avocat ici, à Londres ? Je lui laisserais des instructions pour qu'il entame une procédure de divorce qui prendrait effet dès la naissance de l'enfant. Aussitôt notifié à Laura, le mariage serait dissous.

Un petit espoir pointait dans l'esprit de Vivien. Un divorce, voilà effectivement la solution !

– Dois-je vous croire ? Le feriez-vous ?

– Je le ferai !

L'exaltation perçait dans la voix d'Arnaud.

D'un geste significatif, Vivien lui annonça qu'elle déposait les armes. Elle se jeta au cou du jeune homme, pressant son corps contre le sien. Elle savait que s'il partait sans être assuré de son amour, il serait définitivement perdu pour elle.

– Méchant homme ! Vous me connaissez trop. Vous savez bien que je ne peux me passer de vous. Embrassez-moi, mamour.

Puis vinrent les questions :

– Qu'allez-vous faire de votre... femme ? demanda Vivien sur un ton de dédain non déguisé.

– Rien.

– Comment rien ?

– Il ne sera pas nécessaire de changer ses habitudes pour si peu de temps. Elle retournera chez ses parents et continuera comme par le passé.

– Vous voulez dire qu'elle ne... viendra pas à Londres ? interrogea-t-elle, retrouvant tout à coup sa bonne humeur.

– Oh si, elle viendra à Londres ! Je ne tiens pas à ce que ses parents aient la puce à l'oreille. Non seulement elle viendra à Londres jusqu'à mon départ mais encore, elle habitera mon appartement. Seulement moi, je n'y demeurerai pas.

– Me donnez-vous à entendre que le mariage ne sera pas consommé ?

– Vous avez tout deviné !

Avec un cri de joie, Vivien se précipita sur Arnaud et, le tenant par les mains, elle l'entraîna à tourner sur place en sautillant.

– Je vais vous aider à tenir votre promesse. Le soir de vos noces, je serai à vous.

La robe portée par Laura était vieille de vingt ans. La crinoline étriquée semblait dater du temps de Cromwell. Habillée de la robe et du voile de mariée de sa mère, elle évoquait plus que jamais une petite fille déguisée avec des vêtements de femme.

Les dames de l'assemblée, avec leurs énormes crinolines, étaient pleines d'indulgence pour cette toilette démodée. Après tout, il était d'usage dans certaines familles qu'une fille porte la robe de mariée de sa mère. De plus, toutes connaissaient Clarisse Stanton dont les désirs faisaient force de loi. L'enfant n'avait pu que s'incliner. Il n'y avait pas là de quoi jaser. Cependant, certaines ne s'en privaient pas.

Voyant Laura descendre l'allée centrale au bras de son père, Lisbeth se retourna vivement et dut réprimer une forte envie de rire. Dieu du ciel, que son amie était donc ridicule ! Elle aperçut alors

Mme Desbury qui faisait de son mieux pour cacher son hilarité, et enfouit son visage dans ses mains.

Laura était bien loin de ces futilités. Si elle avait eu une parcelle de courage, elle aurait fui avant qu'il ne soit trop tard. Tous la dévisageaient. M. Willier et lady Constance, Christopher le frère aîné et son épouse lady Anne, Peter et Lisbeth plus la tante Edwina et sa nièce par alliance, Mme Desbury. Sa mère aussi, et la vieille tante à héritage. Toutes deux paraissaient à la fois ravies et triomphantes. Ils ne se rendaient pas compte du mal qu'ils lui faisaient. Même son père qui lui soutenait le bras semblait heureux. Si au moins sa grande sœur Helen était auprès d'elle... Mais Helen attendait son troisième enfant pour la fin du mois et n'avait pu s'embarquer pour l'Angleterre.

Durant toute la cérémonie qui fut courte et simple, Laura se tint immobile à côté d'Arnaud, comme écrasée par sa présence. Le regard rivé sur le mur, elle sentait son cœur battre à coups redoublés jusque dans ses oreilles.

« C'est impossible, se disait-elle. Ce n'est qu'un mauvais rêve. Je vais me réveiller et je verrai bien que c'est un cauchemar. Tous ces gens assemblés ne peuvent être complices d'un forfait aussi horrible. Ils vont s'apercevoir à temps que j'éprouve une peur abominable. Que l'homme debout près de moi est un être malfaisant. Ils le verront et mettront fin à ce maudit rêve. »

Lorsque les questions rituelles furent posées, quand la voix honnie retentit pour promettre de l'aimer, l'honorer, la chérir jusqu'à la mort, Laura eut un instant de défaillance qui lui ôta momentanément toute perception. Aussi, lorsque ce fut à son tour de répondre, le révérend Brooks dut-il répéter sa question. Ce qui ne fut pas du goût d'Arnaud. Il lui prit la main et la pressa fortement. Plutôt étonnée par ce qu'elle prit pour une marque d'attention, elle leva les yeux et rencontra un regard froid.

– Réponds au révérend, ordonna-t-il d'une voix dure à son oreille. Et ne t'avise pas de t'évanouir !

Pour l'observateur, ce n'était qu'un échange amoureux. Lady Constance se prit à espérer que peut-être... peut-être... avec l'aide de Dieu, ces deux êtres si mal assortis connaîtraient un jour le bonheur.

Quelqu'un d'autre dans l'assistance avait vu Arnaud prendre la main de Laura. Vivien, dévorée d'appréhension concernant ses projets, luttait contre l'envie de crier à la face de tous qu'Arnaud lui appartenait ainsi que la propriété de l'oncle américain. Que tout serait à elle et non pas à la gamine au visage livide qui balbutiait la formule du mariage d'une voix mourante. « Je la briserai, cette petite grenouille », se promit Vivien. Puis, son regard se porta sur Arnaud. Devant la mine renfrognée qu'il arborait en passant l'anneau au doigt de la jeune épousée, l'anxiété de Vivien marqua une pause.

Après les paroles finales les déclarant mari et femme, le révérend Brooks autorisa le baiser nuptial. Arnaud, le visage fermé se pencha pour effleurer du bout des lèvres la joue de la mariée sans tenir compte de son mouvement de recul.

Plus confiante en l'avenir, Vivien baissa la tête et sourit tandis qu'un plan se forgeait dans son esprit.

La journée se déroula sans encombre, mis à part un petit incident. Deux fois rien. Comme à son habitude, Clarisse n'en avait fait qu'à sa tête. Elle avait fait appel à un photographe de Londres, spécialiste d'un art qui prenait de plus en plus d'expansion : la daguerréotypie. Le daguerréotype rendait une image presque vivante des gens et des choses, beaucoup plus fidèle au modèle qu'un tableau peint. Tout le monde désirait se voir reproduit sur une feuille d'argent pur, plaquée sur cuivre afin de garder pour toujours le souvenir tangible d'un événement spécial.

Arnaud, le menton batailleur, essaya par tous les

moyens de ne pas se laisser photographier. Heureusement, lady Constance savait par quel bout prendre son cabochard de fils. Elle fit jouer la corde sensible et le manœuvra habilement en lui démontrant qu'un daguerréotype fidèle à son image serait pour elle d'un grand réconfort après son départ.

Enfin, l'homme à l'appareil les emmena, Laura et lui, sous la verrière du jardin d'hiver, là où la lumière était la meilleure. Il les fit poser longuement et exécuta trois spécimens de son savoir-faire : un daguerréotype pour Clarisse qui l'avait bien mérité après tout le mal qu'elle s'était donné, un pour lady Constance qui le regarderait chaque jour en soupirant après l'absent, et le dernier pour les mariés. Ceux-ci semblaient cependant peu désireux d'en posséder un étant donné la mauvaise grâce qu'ils mettaient à poser...

Depuis l'instant où il avait aperçu Vivien, Arnaud n'avait plus qu'une seule pensée en tête. La voir, lui parler seul à seul. Avait-elle changé d'avis concernant la nuit suivante ? Non, bien sûr que non. Elle le savait dévoué corps et âme. Cependant, il aurait aimé se rassurer. En attendant leur tête-à-tête, Arnaud ne la quittait pas des yeux.

Dès que le spécialiste de Londres les libéra, Arnaud écarta Laura sans ménagement et se lança à la recherche de la jolie Mme Desbury.

En attendant l'heure du départ et tandis que Daisie finissait de ranger les vêtements qu'elle n'emporterait pas, Laura, hébétée, gardait les yeux baissés sur l'anneau d'or qui encerclait son doigt. Mariée ! Elle était mariée ! Il lui semblait incroyable que quelques mots prononcés par le révérend Brooks aient pu l'unir à Arnaud Willier. A ce monstre, cet ogre ! Maintenant elle lui appartenait. Elle était sa chose et il avait le droit de faire tout ce qu'il voulait d'elle. Ah, pourquoi n'était-elle pas morte dans cette cabane de pêcheur ! La mort valait mieux que ce qui l'attendait.

La porte s'ouvrit silencieusement, livrant passage à Mme Desbury. Sans même chercher une excuse à son intrusion, elle se tourna vers la femme de chambre et, enlevant ses gants, ordonna sans lever les yeux :

– Laisse-nous.

Daisie s'adressa à sa jeune maîtresse :

– Si vous le permettez, Demoiselle...

Laura répondit d'un signe de tête plein de retenue. Puis, sentant sur elle les yeux verts de Mme Desbury, elle regarda intensément la porte se refermer sur sa femme de chambre et s'apprêta à la suivre. Vivien l'arrêta d'un geste.

– Restez, dit-elle les yeux fixés sur l'alliance que Laura faisait tourner autour de son doigt. J'aimerais profiter de l'occasion qui se présente pour bavarder un peu avec vous.

– Oui, madame, répondit poliment Laura.

– Détendez-vous, voyons. Je ne vais pas vous manger. Regardez-moi en face. Allons, un peu de courage... Quelques détails doivent vous être communiqués concernant M. Willier. Il serait cruel de vous laisser ignorer la vérité sur votre... disons, votre mariage ou plutôt votre aventure qui a mal tourné. Vous et moi savons ce qu'il en est, n'est-ce pas ?

Assommée par la véracité contenue dans ces paroles, Laura baissa les yeux, assaillie par mille pensées confuses. Il ne lui était pas venu à l'idée qu'une personne étrangère ait pu être au courant des événements survenus deux mois plus tôt.

Vivien reprit sur un ton doucereux :

– Arnaud n'a pas de secret pour moi. Vous ne le savez sûrement pas mais, malgré vos manigances pour le prendre au piège, vous n'êtes rien pour lui. Il vous a épousée pour préserver son honneur, par devoir envers l'enfant que vous portez...

– Un enfant ? souffla Laura d'une voix presque inaudible. Quel enfant ?

Mme Desbury leva les yeux au ciel pour s'exhorter à la patience. Elle sentit la colère la submerger en repensant à tous ses plans mis à terre à cause de cette gamine qui osait la défier de son étonnement feint.

– Quel enfant ? Vous n'espériez tout de même pas qu'il ne m'en aurait rien dit ?

Stupéfaite, incapable de formuler une phrase cohérente, Laura se bornait à répéter :

– Ce n'est pas vrai, madame... Je vous l'assure. Ce n'est pas vrai...

– Ne mentez pas, espèce de petite coureuse ! A combien d'hommes avez-vous joué la comédie de votre virginité ? rugit Vivien hors d'elle.

Une gifle lui aurait fait moins de mal. Le cœur de Laura se serra devant une telle brutalité de paroles.

– Vous n'imaginiez pas qu'il était amoureux de vous, non ? Arnaud m'aime et je l'aime. Nous sommes l'un à l'autre pour toujours. Je suis sa vraie femme. Votre mariage ne compte pas à ses yeux, ni aux miens. Pensiez-vous réellement garder Arnaud ? Pauvre petite oie, vous ne portez son nom qu'à titre provisoire.

Elle toisa Laura de son regard hautain. Jamais auparavant elle n'avait montré autant de dureté. Mais Laura, telle une biche aux abois, était du genre à attirer les meutes. Vivien lui trouvait une tête de victime idéale et se délectait à la voir souffrir.

– Ce soir, dans votre appartement londonien, ne l'attendez pas pour votre nuit de noces, ajouta-t-elle dans le seul but de retourner le couteau dans la plaie. Ne l'attendez pas. Il viendra chez moi et nous passerons toute la nuit ensemble.

– Vous voulez dire que... Il me laissera seule ? demanda-t-elle, les yeux agrandis d'espérance.

– Vous comprenez vite. Ne vous tracassez pas pour lui. Je serai là pour combler ses désirs.

Mon Dieu... Cela paraissait trop beau pour être vrai. Et si c'était vrai, n'était-ce pas une merveilleuse nouvelle ?

– En êtes-vous sûre, madame ?

Quelle petite cruche ! Comme pour balayer la question, Vivien eut un geste de la main pour exprimer le peu d'intérêt qu'elle portait à son interlocutrice. Alors, Laura se permit un soupir d'intense soulagement.

– Merci, madame... Je vous remercie... Rien ne pouvait me réjouir davantage... Merci.

Si cette gamine n'était pas folle, Vivien voulait bien manger son réticule. Tirant sur sa jupe d'un geste un peu trop violent, elle refoula les sentiments qui l'agitaient puis fit demi-tour, remit ses gants et marcha vers la porte.

– Essayez-vous de me faire croire que ce que je viens de vous dire vous est égal ?

Laura acquiesça d'un signe de tête immensément satisfait. Elle n'aurait pas à subir la concupiscence de l'Ogre.

Aussitôt qu'elle vit Mme Desbury sortir en coup de vent de la chambre de sa maîtresse, Daisie vint s'enquérir des dégâts que la mauvaise créature avait causés. Elle s'alarma :

– Que se passe-t-il, Demoiselle ?

Le dos bien calé contre le dossier de son fauteuil, le visage plus rose que d'habitude, Laura esquissa un petit sourire.

– Apparemment quelque chose qui ne me convenait pas vient de changer. Alors, tout va bien.

– Ne vous laissez pas abattre par cette méchante femme, Demoiselle. Et puis d'abord ce n'est pas vrai, vous n'attendez pas d'enfant.

– Tu as entendu ? Dis-moi, que dois-je croire ?

Voyant que Daisie hésitait à admettre qu'elle n'avait pas quitté la porte de l'oreille, Laura se hâta d'enchaîner :

– Je sais que tu écoutais derrière la porte. Alors, ne fais pas la bête et donne-moi ton avis. C'est le moins que tu puisses faire pour que je te pardonne ton indiscrétion.

Daisie haussa les épaules avec désinvolture. Au

service de Demoiselle, elle s'occupait elle-même de sa lingerie. Si Demoiselle avait eu du retard, elle aurait été la première à le savoir. De plus, sa mère avait eu six enfants. Avec ça, si Daisie ignorait encore les symptômes d'une grossesse, qui donc – elle le demandait à Demoiselle –, qui donc saurait les reconnaître ? Mais, si Demoiselle en doutait, qu'elle s'en réfère à Madame sa mère et Demoiselle verrait par elle-même.

Laura plissa le front puis elle se décida à affronter la vérité. Elle en avait juste le temps avant de se mettre en route.

Le cœur battant la chamade, Laura, raide de crainte en vue de la discussion à venir, posa la question en regardant le dos inflexible de sa mère. Clarisse pivota sur elle-même et, sur un ton de défi, elle révéla les rouages de son esprit retors :

– Bien sûr que non, tu n'attends pas d'enfant. Il ne manquerait plus que ça ! Mais je sais que deux précautions valent mieux qu'une. Ne me regarde pas avec des yeux tout ronds. A les entendre, ces Willier sont des gentilshommes. Quand ce qui est arrivé est arrivé, l'honneur d'Arnaud Willier ne l'a pourtant pas étouffé ; il t'a abandonnée à ton sort après t'avoir violentée. Ne rougis pas, ma fille, appelons les choses par leur nom. Ce soi-disant gentleman se croyait à l'abri derrière sa réputation de légèreté. Il avait oublié qu'on ne séduit pas une jeune fille bien née pour ensuite la rejeter. Puisque son honneur ne le poussait pas à réparer sa faute, j'ai dû lui forcer un peu la main avec une prétendue grossesse.

Pourquoi ? Pourquoi avait-elle agi avec tant d'inconsciente cruauté ? Laura frémit à la perspective des conséquences qu'elle aurait à en subir. Dès qu'Arnaud apprendrait qu'il avait été berné, que l'enfant n'existait pas, sa vie deviendrait un calvaire. Cependant, avait-elle eu un jour voix au chapitre ?

– Il fallait voir l'humiliation de lady Constance ! Elle qui m'a toujours toisée de haut. Elle qui me jetait à la figure la perfection de ses enfants. Ah, ah !

Je lui ai rabattu de sa superbe, à la grande dame du comté !

Le désarroi de Laura n'avait pas de bornes. Personne n'avait le droit de parler ainsi de lady Constance si bonne, si simple avec chacun, si digne... La jeune femme ne comprenait pas. Sa mère possédait la richesse, la santé, elle était jolie, beaucoup plus que ne l'avait jamais été lady Constance. Et pourtant Clarisse méprisait tout le monde. Pour la première fois, sa mère lui apparaissait sous son vrai jour. Quelle femme acariâtre et envieuse ! A bien y penser, Clarisse ne lui avait jamais caché son caractère autoritaire et jaloux. Laura n'y avait jamais prêté attention, c'était sa mère et voilà tout. Et pourtant... Mme Stanton ne s'était jamais privée de salir la mémoire de la première épouse de son mari. Quant à la pauvre Helen... Que de critiques acerbes avait-elle essuyées ! Qui l'avait envoyée en France et avait dansé de joie à l'annonce d'un mariage retenant désormais la fille aînée loin de l'Angleterre ? Et elle, Laura ? D'aussi loin que remontaient ses souvenirs, les remarques piquantes de sa mère avaient assombri chacune de ses journées.

– Réjouis-toi, ma fille. Grâce à moi tu as fait un riche mariage. De plus, vois comme je suis habile, j'ai inventé une grossesse sachant très bien qu'on n'embarque pas une future mère pour un aussi long voyage. Ton mari partira seul et toi, tu reviendras vivre ici. Notre vie tranquille reprendra comme avant. Et je ne subirai pas les sarcasmes de ceux qui, par la force des choses, t'auraient vue rester vieille fille. Car, à part ce balourd d'Arnaud, qui aurait voulu de toi pour épouse ? Personne ! Alors voilà, de ce côté-là, je suis tranquille... Et tu reviendras pour profiter des leçons de ta mère... Si, par le passé, je n'ai pas réussi à faire de toi une jeune fille sachant se faire respecter, crois-moi sur parole, tu deviendras une femme honorable. Quitte à te briser.

Les yeux dilatés, le corps secoué par un frisson violent, Laura comprit ce que ces mots signifiaient pour elle : des mois, des années à plier sous le joug de l'autorité maternelle.

– J'espère que tu ne seras pas assez bête pour avouer à mon gendre... (Clarisse s'interrompit pour glousser moqueusement) ... que tu ne portes pas son enfant. Il t'en voudrait mortellement. Les Willier sont connus pour leur susceptibilité. Alors, pas un mot là-dessus, tu m'entends ? Dis ! Tu m'entends ?

Laura approuva avec un signe de tête soumis.

– Je vous ai entendue, maman.

On devait partir en début de soirée. La calèche d'Edwina était prête. Les dames commençaient à s'embrasser dans l'atmosphère toujours un peu confuse des adieux. Lady Constance pressa la main de Laura pour la forcer à rester auprès d'elle, pour laisser un peu d'avance aux autres.

– Chère enfant... juste un mot... Laura, je vous prie de ne pas juger Arnaud sur la première impression que vous avez eue de lui. Il vous a déçue, je le comprends. Mais... Arnaud n'est pas aussi mauvais qu'il le paraît à vos yeux. C'est un bon fils, je ne doute pas qu'il devienne un bon mari, avec un peu de patience de part et d'autre. Je souhaite de tout mon cœur que vous trouviez tous les deux le chemin d'une bonne entente. Je le souhaite pour vous autant que pour lui... Vous êtes ma fille désormais. Ma maison est votre maison. Venez-y, ma chère enfant, aussi souvent que vous le désirez. Vous et moi sommes de la même famille à présent, alors, promettez de venir chez moi, chez nous.

Se haussant un peu car elle était la plus petite, Laura voulut embrasser sa belle-mère. Au-dessus des larges crinolines qui se repoussaient légèrement, lady Constance et Laura se rapprochèrent l'une de l'autre, leurs joues se touchèrent.

– Je suis heureuse d'être devenue votre fille, madame, lui murmura Laura à l'oreille.

Pendant que sur la chaussée, devant la porte de service, on déchargeait les malles, Laura et Daisie suivant Arnaud, se rendirent à l'appartement. Elles se tinrent debout dans l'antichambre pendant qu'Arnaud refermait la porte d'entrée.

– Ne vous occupez pas des domestiques, ils savent ce qu'ils ont à faire. Débrouillez-vous pour les chambres. Daisie, prends soin de tout. Moi, je vais reconduire ma tante et Mme Desbury.

A peine était-il sorti que les deux jeunes femmes se tournèrent l'une vers l'autre puis coururent se poster derrière la fenêtre pour voir passer la calèche escortée par le cheval d'Arnaud.

– Il est parti, chuchota Daisie.

Une main sur son cœur pour en contenir les battements affolés, Laura murmura d'une voix haletante :

– Ah ! Je me sens beaucoup mieux.

5

Chaque soir, il rentrait dans une auberge confortable où il avait pris pension pour les quelques semaines le séparant de son embarquement. L'avocat consulté lui avait recommandé de s'abstenir d'habiter sous le même toit que l'épouse dont il entendait se séparer. Quant à loger chez Vivien, il n'en avait jamais été question. Les objections pertinentes de l'adorable veuve concernant leur réputation respective l'avaient incité à la prudence. Vivien était bien gentille, bien jolie mais bientôt ils se sépareraient. Dans ces conditions, mieux valait ne pas prendre trop d'habitudes ensemble. Ce qu'en pensait Vivien, il ne le savait pas puisqu'il évitait toujours d'évoquer son prochain départ en sa présence.

Assis dans son bain, Arnaud ruminait sa rancœur. L'affaire était définitivement vendue et, Dieu merci, tout cela ferait bientôt partie du passé ! Cependant, il espérait que son père ne l'emporterait pas au paradis.

Jones parut, les bras chargés des vêtements de soirée de son maître qu'il apportait de l'appartement occupé par la toute jeune Mme Willier. Tous les soirs, dès que Monsieur Arnaud n'avait plus besoin de lui, Jones retournait dormir dans sa chambre sous les combles dans le logement que Monsieur avait déserté.

Là, avant qu'il s'en aille, Mme Willier lui avait remis une lettre à l'intention de Monsieur. En informant Monsieur, Jones rentra la tête dans les épaules. Son maître, dont le comportement lui restait incompréhensible, se mettait toujours dans des colères noires dès qu'il était fait mention de la jeune lady.

Il jeta un coup d'œil vers la baignoire et se rassura. Monsieur Arnaud semblait supporter l'épreuve sans broncher. Pour l'instant, il lisait le billet à l'écriture encore enfantine.

Monsieur,

Voudriez-vous avoir la bonté d'adresser une lettre à M. Stanton mon père pour lui demander de me faire parvenir un peu d'argent.

Lors de mon départ, nous avons omis, lui et moi, d'aborder ce sujet et je me trouve présentement dans une situation préoccupante.

Je suis désolée de vous ennuyer avec des questions bassement matérielles. J'aurais dû écrire chez moi sans avoir recours à vos services mais, mes parents m'ayant interdit d'envoyer des lettres, j'ignore ce qu'il convient de faire.

L.

La mine de plus en plus renfrognée au fil de sa lecture, Arnaud se leva brusquement.

– Donne-moi mes vêtements de ville. Je reviendrai me changer tout à l'heure, grommela-t-il, les sourcils froncés.

Jones s'empressa de déposer la tenue de soirée sur une chaise et d'avancer la chemise ordinaire d'autant plus rapidement qu'à en juger par le torrent de jurons qui lui parvenait de derrière la serviette, son maître ne paraissait pas particulièrement content.

Laura arriva en toute hâte. Ses yeux s'agrandirent en voyant son époux dans le salon, l'air furieux. Une minute interminable s'écoula pendant laquelle elle s'absorba dans la contemplation du parquet. Elle se mordillait les lèvres et lorsque enfin elle se mit à s'agiter, Arnaud se décida à parler :

– Depuis quand manques-tu d'argent ?

Il croisa son regard et lut la panique dans ses yeux bleus.

Pas une seconde l'idée ne lui était venue que tout ne pouvait être parfait pour Laura. Et cette pensée le gênait. Il ne s'était nullement inquiété de la question de l'argent, ça, d'accord... Mais pour le reste avait-elle quelque chose à lui reprocher ? N'avait-il pas fait son devoir en l'épousant ? Ne lui avait-il pas laissé l'appartement, SON appartement, à sa disposition ? L'avait-il laissée seule ? Pas du tout ! Sa femme de chambre était là pour lui tenir compagnie et Jones revenait chaque soir dormir dans sa chambre, là, juste au-dessus !

Bon, il voulait bien admettre que M. Stanton avait le droit d'être irrité. Il lui avait confié sa fille et Arnaud, malgré toute sa mauvaise foi, devait bien reconnaître qu'il l'avait un tant soit peu abandonnée, sans un sou, dans l'antichambre d'un appartement qu'il n'avait même pas eu la correction de lui faire visiter. Et puisqu'il en était au chapitre des torts, il lui fallait bien convenir que la femme de chambre n'était pas beaucoup plus vieille que Laura. Et, autant le confesser, il n'avait pas spécifiquement recommandé à Jones de veiller sur les petites esseulées dans une ville peu tendre pour les fraîches colombes. Mais quoi ! Avec tous les tracas du prochain départ, Arnaud ne pouvait penser à tout.

– Laura ? Depuis quand ? l'interrogea-t-il en s'efforçant d'adopter un ton plus doux.

– Je suis désolée de vous avoir dérangé... Je suis partie de chez moi en oubliant de... Jusqu'à présent, les questions d'argent m'étaient étrangères.

– Allons, ne te trouble pas. Dis-moi plutôt comment tu t'es arrangée depuis ton arrivée.

– Ma femme de chambre avait emporté ses économies.

Arnaud, penché pour tenter de saisir le balbutiement, frémit à la pensée que cet incident pourrait arriver jusqu'aux oreilles de sa mère. Si lady Constance apprenait qu'il avait laissé la femme qui portait son nom et son enfant dépendre de la charité d'une domestique, la salle de réception de Shiplake ne serait pas assez vaste à arpenter pour une lady Constance horrifiée par ce comportement.

– Viens dans le bureau, je te montrerai où tu trouveras de l'argent. Il y en aura suffisamment pour rembourser ta femme de chambre et pour qu'à l'avenir tu ne manques de rien. Tu auras tout ce qu'il te faudra jusqu'à ton retour chez tes parents. Veux-tu que j'engage une cuisinière ?

– Non, monsieur, ne prenez pas cette peine. Votre logeuse nous monte les repas de midi et notre thé. Le soir, nous nous débrouillons.

Il fit la grimace. Pour y avoir goûté la première semaine de son arrivée, il connaissait les plats fades de sa logeuse. Il n'y avait d'ailleurs pas résisté longtemps et depuis il prenait ses repas à son club.

– Si tu as besoin de quoi que ce soit, fais-le-moi savoir. D'ailleurs tu aurais pu commencer par me dire que tu n'avais pas un penny.

Lui dire ! Quand ? Le soir de leur arrivée, il s'était sauvé comme s'il avait eu le feu aux chausses. Il avait couru ventre à terre chez cette détestable Mme Desbury ! Et depuis, Laura n'avait plus revu son époux fantôme.

– Tu m'écoutes ? N'attends plus d'être dans le dénuement pour me demander de l'argent.

– Oui, monsieur. Je tiendrai le compte des sommes que vous m'avancez afin que mon père puisse vous les rembourser.

Arnaud, frappé de stupeur par la suggestion, en fut vivement blessé.

– Me crois-tu incapable d'entretenir ma femme ?

Jusqu'à présent, il s'en était bien gardé ! Laura ne répliqua pas. Comment ne pouvait-il pas comprendre qu'elle ne voulait rien de lui ? Qu'elle ne toucherait à son argent qu'à condition de le lui rembourser ?

Elle leva vers lui un visage las et pâlit devant l'expression d'Arnaud qui la fit frissonner. Il n'y avait aucune chaleur dans ses yeux dont l'iris était devenu du même gris qu'un ciel d'orage.

– Serais-tu malade ?

Sa voix résonnait sur un ton ennuyé.

– Non, non, dit-elle très vite. J'ai toujours vécu à la campagne. J'avais l'habitude des longues promenades, continua-t-elle sans réfléchir.

Elle se serait mordu la langue pour ses paroles imprudentes qui risquaient de rappeler l'orage et... tout le reste.

Toutefois, Arnaud ne remarqua rien. Il se demanda seulement comment il avait pu la trouver pâle en voyant son visage subitement embrasé. Il était peut-être temps de préparer l'avenir.

– Tu vas bientôt repartir chez toi à la campagne. Après la naissance de l'enfant, nous verrons ce qu'il conviendra de faire.

Voilà, on y était ! Que le ciel la protège ! Laura hésita, déchirée entre sa peur qui lui conseillait de se taire et son honnêteté foncière, opposée à toute forme de mensonge.

– Il n'y aura pas de bébé, dit-elle en humectant ses lèvres desséchées.

Une pensée le traversa, Laura avait fait une fausse couche... Mais... c'était inespéré. Parfait ! Cela arrangeait tout. Le petit bureau parut moins sombre soudainement.

– Il n'y a jamais eu d'enfant... Quelqu'un a tenté de vous le faire accroire. Votre mère, elle-même...

L'œil noir, il avança d'un pas. Vivement, Laura recula près de la bibliothèque.

– Qui ? rugit-il.

Elle allait lui dire que lady Constance avait été dupée, elle aussi.

– Je... je vou... voulais... d... dire, bégaya-t-elle, surprise par la rudesse d'Arnaud.

Elle n'arrivait plus à aligner trois paroles cohérentes. Son esprit se bloqua sur une seule pensée : sa mère avait berné lady Constance. Vite, elle devait le dire avant de perdre le filet de voix qui lui restait encore, parler à cet ogre au regard mauvais, à ce démon bien décidé à lui faire avouer tout ce qu'elle savait.

– Vo... votre mère, commença-t-elle.

C'était précisément la chose à ne pas dire. Sa mère ! Cette femme exceptionnelle, l'incarnation de la bonté...

– Ma mère ! Que je ne t'entende jamais médire de ma mère, gronda-t-il d'une voix lourde de menace.

Ce petit hibou qui se permettait d'insinuer que sa sainte femme de mère...

– Alors, qui ? tonna Arnaud.

Laura secoua la tête. Si seulement les mots cessaient de bourdonner dans ses oreilles ! Elle était incapable de réfléchir, ses pensées s'embrouillaient.

Elle respira profondément en rassemblant ses forces en vue de l'habituelle trahison de sa voix. Alors qu'elle s'apprêtait à balbutier, elle cria, éperdue :

– Votre mère elle-même !...

Elle osait ! Petite misérable ! Elle osait le défier ! L'odieuse fille !

Aveuglé par la rage, il la gifla. Le coup l'atteignit sur la bouche et sa tête alla heurter la bibliothèque avec un bruit sourd qui ramena Arnaud à la raison.

La marque de la gifle rougissait déjà la joue blême de la jeune femme et le sang perla sur sa lèvre. Arnaud en proie à une multitude d'émotions perdit toute colère. Bouleversé à la vue du terrible tremblement qui secouait Laura, il regretta sa propre violence. Comment avait-il pu faire cela ? Il n'était pas violent d'habitude. Jamais auparavant...

D'un doigt, il effleura doucement la lèvre qui enflait déjà. Il fallait la soigner tout de suite. Appeler quelqu'un.

– Je ne me rappelle pas le nom de ta femme de chambre. Comment s'appelle-t-elle ? demanda-t-il en caressant la joue meurtrie.

Sans réponse de Laura, il resta une minute à

contempler les yeux bleus au regard fixe dépourvus d'expression. Ah, pourquoi s'était-elle obstinée dans ses accusations mensongères ? Personne n'avait le droit de calomnier sa mère si chère à son cœur.

D'un geste las, il se passa la main dans les cheveux et, indécis, se mordit la lèvre avant d'aller appeler la femme de chambre :

– Hé ! Viens t'occuper de ta maîtresse !

– Oh !... oh, ma pauvre Demoiselle ! se lamenta Daisie. Oh, Demoiselle !

Arnaud posa une main sur la manche de la soubrette pour attirer son attention.

– Que puis-je faire pour t'aider ?

– Rien, Monsieur, répondit Daisie sans le regarder. Il serait bon de laisser Demoiselle Laura. Un peu de calme lui ferait du bien.

Vu les circonstances, il jugea plus prudent de se retirer discrètement.

– Si vous avez besoin de quelque chose, fais-le-moi savoir, dit Arnaud en ouvrant la porte.

– Merci, Monsieur. Mais vous nous avez donné tout ce qu'il nous fallait et même davantage, répliqua Daisie après s'être assurée qu'il ne pouvait plus l'entendre.

Quelques jours passèrent sans autre incident. Jours que Laura aurait trouvés presque agréables en d'autres circonstances. Mais elle s'aperçut très vite que l'absence de l'Ogre ne diminuait en rien l'effroi qu'il lui inspirait. Tel un démon, il s'insinuait dans ses pensées. Il hantait le logis comme un esprit malfaisant. Dès que la sonnette de la porte d'entrée retentissait, Laura, angoissée, se cachait le visage dans ses mains tant elle redoutait d'apprendre l'identité du visiteur.

A l'affût derrière la fenêtre, elle scrutait interminablement les allées et venues des passants. Puis, le temps avait un peu apaisé sa frayeur. Cependant son mépris pour l'homme brutal qui l'avait battue n'avait nullement diminué.

Ce lundi, en fin d'après-midi, Laura se détendait en lisant dans le salon lorsque Daisie pénétra dans la pièce.

– M. et Mme Vaughan désireraient vous voir, Demoiselle. Ce sont vos cousins, à ce qu'ils disent.

– Je ne les connais pas. Je ne les connais pas du tout, souffla Laura en proie à sa timidité devant des personnes inconnues. D'ailleurs, je n'ai pas de cousins. Qu'ils s'en aillent. Dis-leur de partir.

– Eh bien, si j'étais vous, Demoiselle, dit Daisie avec une expression amusée, si j'étais vous, je les recevrais.

Laura hésita. Jusqu'à présent elle n'avait jamais reçu seule, mais Daisie qui l'observait depuis l'embrasure de la porte décida pour elle :

– Je les fais entrer.

Avait-on jamais vu une jeune femme ainsi tarabustée par sa propre domestique ? L'espace d'un instant, Laura médita une évasion vers sa chambre sans avoir cependant l'audace de s'esquiver de peur d'offenser ses visiteurs.

En désespoir de cause, elle s'arma de courage et, après une longue inspiration, elle s'apprêta à prendre pour la première fois son rôle de maîtresse de maison.

La porte s'ouvrit sur un jeune couple éclatant de santé. Tous deux de bonne taille, ils étaient vêtus de costume de voyage. Le sourire illuminé par une denture superbe leur attirait une sympathie immédiate.

Le jeune homme, Willy Vaughan, parlait sans arrêt avec un accent prononcé que Laura (qui n'avait jamais entendu parler un Américain) avait bien du mal à situer. Il lui fallut un certain temps pour qu'enfin elle comprenne qu'il lui expliquait leur lointaine parenté.

– Nous avons le même arrière-grand-père. Mais

oui ! Votre mère est bien une Vaughan, n'est-ce pas, chère cousine ?

C'était en effet le nom de jeune fille de Clarisse. Fort de son acquiescement, Willy prit plus d'aplomb encore. Il se déchaîna, soutenu par Rebecca, sa toute jeune épouse qui, dès qu'il prenait le temps de respirer, lui coupait l'herbe sous le pied en contant à sa place l'histoire invraisemblable du fils cadet de leur trisaïeul commun. Henry Vaughan était allé chercher fortune aux Amériques avec pour compagnon de route James Willier et la jeune femme que celui-ci venait d'épouser. Les cousins expliquèrent comment les deux hommes s'étaient installés dans des terres attribuées par le tout nouveau gouvernement. Durs à la tâche, ils avaient créé et fait fructifier leurs plantations. Le mariage du fils de James, Francis, était resté stérile alors que les Vaughan avaient fait souche. Willy, en plus de ses oncles et tantes, avait eu le bonheur de grandir au milieu de quatre frères et sœurs à présent tous mariés et, il le souligna avec un hochement de tête, tous père ou mère de famille.

Après quoi il respira un grand coup et Rebecca en profita pour annoncer à leur arrière-petite-cousine qu'ils avaient appris de M. Francis Willier qu'il recherchait dans sa famille anglaise le jeune homme susceptible de devenir l'héritier de ses biens. Cela avait donné aux deux jeunes gens l'envie d'aller faire leur voyage de noces en Europe afin d'y retrouver leurs racines.

Ils avaient auparavant visité l'Italie et la France, dont la famille de Rebecca était originaire. Avant de s'embarquer pour le voyage de retour, ils avaient eu à cœur de retrouver la branche anglaise de la famille Vaughan. Leurs recherches avaient abouti à Clarisse Vaughan, épouse de M. Stanton.

Finalement, ils auraient été mieux inspirés en s'épargnant le voyage jusqu'au domaine des Stanton. Ceux-ci étaient absents. D'après le majordome, ils étaient partis reconduire dans le Sussex une tante âgée qui s'était déplacée pour assister au mariage de

Mlle Laura. Déjà, ils faisaient demi-tour quand le majordome leur avait appris ce qui leur sembla une nouvelle extraordinaire : Mlle Laura, la fille de ses maîtres, était devenue Mme Willier.

– Tout cela n'est-il pas merveilleux ? s'exclama Rebecca avec un sourire plein de dents blanches.

– Le hasard ne fait-il pas bien les choses ? renchérit Willy.

Voilà pourquoi les jeunes mariés américains se trouvaient à présent devant leur arrière-petite-cousine.

Ils n'avaient plus qu'une heure devant eux avant l'embarquement et auraient été très heureux de faire la connaissance du mari de Laura, leur cousin à présent et le fils adoptif de leur plus proche voisin.

Le front plissé, Laura se lança dans le mensonge sous l'œil ébahi de Daisie qui ne l'avait quittée que pour préparer le thé.

Son mari... son mari passait le plus clair de son temps à préparer le voyage qui le mènerait auprès de son oncle. Où se trouvait-il en ce moment ? En ce moment... en ce moment précis... heu... à... Shiplake...

Laura y pensait tout à coup, ils s'étaient sûrement croisés en chemin. Quel fâcheux contretemps !

Elle n'était pas très fière de ses mensonges mais, franchement, pouvait-elle avouer qu'elle se trouvait sans nouvelles de son mari depuis plus d'une semaine ? Qu'elle ignorait totalement où vivait l'énergumène qu'elle avait épousé ? Pas à Willy en tout cas, pas à ce jeune cousin dont le sourire éclatant était la simplicité et la bonhomie même ! Encore moins à Rebecca si paisible et chaleureuse. Cette belle jeune femme qui promettait de donner une réception en l'honneur des Willier dès que ceux-ci arriveraient à « September », la propriété de l'oncle Francis.

Quel dommage quand même qu'Arnaud soit absent ! Willier l'ancien aurait été si heureux de la description que les Vaughan auraient faite de son héritier. Car, à tout dire, Francis Willier n'avait aucune idée du physique de son neveu.

Rebecca, qui était une personne très astucieuse, avança l'idée que leur petite-cousine veuille bien décrire son mari et les deux Vaughan se chargeraient de retracer ce portrait verbal à l'oncle Francis.

Une description ? Que dire d'Arnaud ? Ils en avaient de ces idées ces Américains ! Une description... Laura en était bien incapable. La difficulté lui parut insurmontable. A part ses satanés yeux gris orage et ses rouflaquettes ridicules, rien ne lui venait en mémoire.

Affligée de constater sa carence, Laura regardait les yeux chauds d'amitié de ses cousins qui la fixaient avec la plus profonde sympathie.

– Mais oui ! J'y pense tout à coup, j'ai beaucoup mieux qu'une description à vous offrir !

Elle courut jusqu'au bureau d'Arnaud et en ramena le daguerréotype gardant l'image des deux époux.

– Prenez-le et donnez-le à l'oncle d'Arnaud.

Au moins, ce portrait ferait plaisir à quelqu'un. Quant à elle, elle était trop heureuse de s'en débarrasser ! Elle y tenait si peu que la photographie était encore dans son carton d'emballage.

Après le victorieux tour de force consistant à mettre Arnaud Willier à sa botte, Vivien s'attendait à recueillir les fruits de sa performance et attendait, avec de plus en plus d'impatience, les soirées que le jeune homme lui consacrait.

Avant son arrivée, elle s'examinait sous toutes les coutures tant elle craignait de laisser passer la plus petite imperfection. Comme un bel oiseau, Vivien lissait ses plumes en vue de la parade de séduction.

Quel bonheur de s'imaginer avec Arnaud dans leur nouvelle vie, tenant leur place dans la société des richissimes planteurs du Mississippi !

A mesure que le temps s'écoulait, Arnaud prenait

goût à la compagnie de la jolie blonde. Il n'essayait pas de combattre l'attirance qui le poussait vers Vivien. Tout n'était que provisoire et il en était très conscient. Cependant, Vivien, avec ses yeux verts si tendres, belle et douce dame, s'informait avec empressement de son emploi du temps. Le moindre commentaire sur ses occupations la comblait de ravissement. Pressé par les implorations et l'émerveillement de la très chère, Arnaud relatait fidèlement tous les faits et gestes de sa journée. Ainsi lui avait-il narré la fin de l'entreprise Willier, puis ses discussions avec l'avocat chargé du divorce. Il ne lui avait pas caché son entrevue avec Laura et l'aveu de celle-ci concernant sa prétendue grossesse. Bien évidemment, il était exclu de lui raconter ce qui avait suivi... Mais Vivien devina ce qui était arrivé. Fine mouche, elle n'approfondit ni ne commenta l'incident. Il lui suffit d'apprendre que, sans enfant à naître, le divorce serait plus facilement envisagé par les parties en cause, donc plus rapidement résolu. Très bonne chose pour ses projets.

Elle reporta son attention sur le plan dont elle avait réglé les moindres détails. Les jours à venir seraient néanmoins un peu délicats à passer. Le départ du *Black Eagle* approchant, l'attentive Vivien se fit une joie d'aller voir le navire à quai ainsi que le bureau de la compagnie. Elle refusa pourtant la visite à bord comme le lui proposait aimablement Arnaud. Le bureau l'intéressait bien sûr, comme tout ce que lui montrait Arnaud, mais... Non, non, qu'il ne la présente à personne. Elle n'y tenait pas du tout.

Cependant, lorsque vint l'heure d'annoncer la nouvelle, Arnaud l'entoura de tout le tact que requérait la complexion délicate de la jeune femme.

– Le navire est presque entièrement chargé. Dans quelques jours, nous pourrons lever l'ancre.

Il essayait d'éliminer de sa voix toute trace de l'excitation éprouvée par la perspective du prochain départ.

Vivien secoua ses boucles blondes et, fermant les yeux, elle laissa échapper un profond soupir comme si elle était dans l'incapacité de partager l'enthousiasme de son amant.

– Vous viendrez me rejoindre, ma chérie, mentait-il. Vous verrez, d'ici un an, nous serons de nouveau réunis, vous et moi. Allons, Vivien chérie, prenez courage, tout s'arrangera... Ah ! Vous souriez, c'est mieux.

Elle écoutait les paroles de réconfort du jeune homme qui tentait de la réconforter afin de faciliter leurs adieux et les rendre moins pénibles.

– Vous êtes si intelligent, Arnaud. J'ai confiance en votre esprit pratique. Je vous laisse faire, mon chéri. Je ne m'occupe de rien, mentait-elle pour avoir les coudées franches.

Elle avait déjà pris ses dispositions et était prête pour l'exécution point par point de son plan. Fini de s'angoisser d'une éventuelle défection d'Arnaud. Les affreuses pensées qui avaient entamé son assurance s'étaient envolées. Mais, tant qu'Arnaud resterait à terre, il n'en apprendrait rien.

Peu après 10 heures, Laura entendit retentir la sonnette d'entrée puis les pas de Daisie. La porte du salon s'ouvrit sur Arnaud Willier qui entra silencieusement.

Le cœur de Laura réagit comme à chaque apparition de ce mauvais homme.

Sans bien en comprendre la raison, il lui semblait important de le recevoir debout. Elle se leva brusquement et se rendit compte que sa main tremblait sur l'accoudoir du fauteuil.

– Reste assise. Pas de cérémonie entre nous.

Il lui sourit. On aurait dit qu'il cherchait à calmer une enfant nerveuse.

– Allons, Laura, dis-moi. Est-ce que tout va bien ?

Pouvait-on imaginer question plus déplacée ? Sa dernière visite remontait à deux semaines et, après s'être si mal conduit, il aurait été plus avisé de se taire ! Mais, de cela, il était incapable ! Il se pencha en avant et la regarda, ses yeux gris pleins d'une sympathie dont Laura se fichait bien. A quoi rimaient ces salamalecs ? L'intérêt qu'il lui témoignait avait un air d'hypocrisie qui écœura la jeune femme.

– Allons, assieds-toi, Laura. Je voudrais te parler. Nous avons tout notre temps. Peut-être devrais-je commencer par te dire que je regrette ce qui s'est passé la dernière fois où nous nous sommes vus. Je n'avais pas l'intention de te blesser, malgré l'insolence dont tu as fait montre vis-à-vis d'une personne qui m'est chère. Malgré la provocation, je veux bien oublier...

« Ah ! Voilà qui lui ressemble davantage », songea Laura dont les yeux bleus étincelèrent.

– Tu ne réponds pas ? Tu as raison, c'est plus sage.

Il s'approcha et s'immobilisa devant elle.

– Je suppose que tu m'as pardonné ce geste de mauvaise humeur. Nous étions tous deux fort agités. Bien... N'y pensons plus. Maintenant, nous devons envisager mon prochain départ. Dès que le navire sera prêt, je m'en irai loin d'ici et nous ne nous reverrons plus.

Doux Jésus ! Il partait enfin !

– Tu m'écoutes, Laura ? La séparation ne te sera pas trop pénible, n'est-ce pas ? Surtout que la douleur ne sera pas bien grande, si je ne m'abuse. Allons, soyons raisonnables et convenons toi et moi que notre mariage n'a été qu'une farce. Tu l'as toujours su, moi également. Bien que je te porte une certaine affection. Si, si, n'aie pas l'air étonné. Plus d'affection que tu ne le penses. Nous ne désirons ni l'un ni l'autre que cette comédie se prolonge. Ce serait atroce. Alors, j'ai décidé de te rendre ta liberté en reprenant la mienne. En conclusion, j'ai donné des instructions à mon avocat pour qu'il commence une procédure de divorce au plus tôt...

– Divorce ? Oh non !

Laura rougit quand elle s'aperçut qu'elle venait de hausser le ton. Prudemment, elle jeta un coup d'œil vers Arnaud pour juger de sa réaction. Surtout ne pas oublier qu'il avait la main leste.

Un pli profond creusait le front d'Arnaud. Il se tut quelques secondes devant l'outrecuidance de cette petite larve. Puis, d'une voix dont le tranchant donnait une idée de son exaspération, il reprit :

– Oui, un divorce. Que cela te plaise ou non. Cette solution est la plus recommandée dans notre cas. Nous ne sommes plus au Moyen Age, que diable !

Un divorce ! Seigneur Dieu ! Un divorce était presque aussi infamant qu'un meurtre. Le divorce mettait la femme au ban de la société. Sa famille mise à l'index, la malheureuse n'était plus reçue nulle part. Peu importaient les circonstances. Lors d'un divorce, c'était toujours l'épouse qui en subissait les conséquences, son nom était sur toutes les lèvres. Dans cette situation abominable, la femme divorcée, frappée d'ostracisme, n'avait d'autre ressource que de quitter la région et les honnêtes gens.

Elle secoua la tête, aveuglée par les larmes.

– Vous n'avez pas le droit...

– Oh, s'il te plaît, ne te fais pas plus bête que tu l'es. Fais l'effort de te comporter comme une personne sensée.

– Vous n'avez pas le droit...

– Laura ! dit-il sur un ton d'avertissement. Prends garde, Laura, je ne suis guère patient, tu le sais. Alors ne me pousse pas à bout.

N'importe quelle autre femme se serait rebiffée. Seulement Laura n'était qu'une enfant tremblante à la pensée des représailles.

– Voilà ! Je préfère te voir docile. Maintenant que tu as entendu raison, revenons aux choses pratiques. J'embarque demain soir. Tu attendras la fin de la semaine pour retourner chez tes parents. D'ici là, un représentant du cabinet de l'avocat viendra te faire signer quelques papiers concernant notre divorce.

Cette formalité nous permettra de gagner un temps considérable et il faut impérativement que tu sois présente et consentante. C'est pourquoi je t'ordonne de demeurer ici jusqu'à la fin de la semaine. Je compte sur toi, Laura, compris ?

Laura remua les lèvres comme pour dire : « Oui, monsieur », mais ne dit rien à voix haute.

– Bien ! J'ai ton accord. Un mot encore, ta dot te sera rendue aussitôt le divorce prononcé. Nous n'avons plus rien à nous dire. Je ne te verrai plus avant d'embarquer. Désolé que tout se soit si mal passé entre nous. Allons, Laura, sois une bonne fille, ne fais pas cette tête-là. Quittons-nous sans rancœur. Vois plutôt le bon côté des choses. Dis-toi que bientôt tu seras libre d'épouser un garçon que tu aimeras. Et moi, je partirai vers ma nouvelle vie entièrement libre, sans attaches d'aucune sorte. Voilà ! Adieu, Laura.

Comme à son habitude, Daisie attendait derrière la porte de la chambre. Elle se précipita pour tenter de remonter le moral de son infortunée maîtresse.

– Cette décision de M. Willier ne m'étonne pas du tout, Demoiselle. Mais vous devriez perdre l'habitude de vous plier à tous ses ordres. Surtout à celui-ci que je trouve déraisonnable.

Lorsque tout allait mal, Daisie savait trouver les mots justes. Cependant, cette fois-ci, Demoiselle semblait imperméable. Elle baissait les yeux d'un air soumis et même un peu coupable.

– S'il veut divorcer, que puis-je faire ?

La femme de chambre, les lèvres tremblantes d'indignation, regardait le pâle ovale du visage de sa Demoiselle.

– Vous n'accepterez pas, Demoiselle. Rappelez-vous ce qui est arrivé à Mme Portal ! Vous ne vous en souvenez pas ? Il est vrai que vous étiez trop jeune à cette époque-là... J'oublie toujours que vous avez deux ans de moins que moi.

Consciente de sa supériorité par l'âge, Daisie prit un ton solennel pour poursuivre :

– Moi, je ne l'oublierai jamais. Je reverrai toujours le révérend lui interdisant le lieu du culte et le droit de suivre les offices religieux. Il était sous le porche, les bras en croix pour lui barrer le chemin. « Arrière, femme impie ! » criait-il. Quelle scène atroce ! J'en ai encore le cœur tout retourné.

En vérité, Daisie n'avait pas de souvenir précis de cet événement mais, à force de l'entendre raconter, elle était certaine d'en avoir été le témoin.

– C'est ce que vous souhaitez pour vous et votre famille, Demoiselle ? Ce serait pire pour vous tous que si vous aviez la peste et le choléra. Il ne se trouvera personne pour prendre votre défense, ça, vous le savez.

L'argument était sans réplique.

– Pensez à vos parents, Demoiselle.

– Mon père en mourrait de chagrin et de honte.

– Sûr ! Et Madame votre mère aussi.

Laura s'empourpra, la rancune bouillonnant dans sa tête.

– Ma mère ? Elle ne récolterait que ce qu'elle a semé.

Daisie poussa une exclamation stupéfaite :

– Demoiselle !

Pour la toute première fois, Demoiselle Laura exprimait une opinion personnelle. Et Daisie ne pouvait qu'abonder en son sens. Après tout, qui avait fourré Demoiselle dans le pétrin sinon cette mégère de Mme Stanton ? A celle-ci de payer pour ses manigances. Malheureusement, Demoiselle Laura serait la première à en souffrir. Cela n'était pas juste. Certaine que sa Demoiselle ne méritait pas d'être punie pour quelque chose dont elle n'était en rien responsable, Daisie décida d'éclaircir la situation. Sa voix se fit persuasive :

– Pourquoi resterions-nous ici à attendre l'homme de l'avocat ? S'il trouve porte close et l'oiseau envolé, à qui demandera-t-il une signature ? Car, si j'ai bien compris : pas de signature, pas de divorce ? Alors, partons, Demoiselle.

Ses yeux bruns brillaient de satisfaction.

– Partir ! Pour où ? Dans le Sussex, chez ma tante ? Oh, ma pauvre Daisie, on voit que tu ne la connais pas. Elle est trop liée à ma famille pour lui cacher quoi que ce soit me concernant.

Bien qu'elle n'eût aucune sympathie pour sa vieille fille de tante, elle avait pensé à elle comme à la seule personne susceptible de l'accueillir.

– Partout où j'irai, ma mère me retrouvera.

Elle fit une grimace plus convaincante que des mots pour décrire l'ardeur tenace de Clarisse Stanton.

– Partout, ça c'est bien vrai ! Mais Madame votre mère ne ferait pas le voyage jusqu'au Nouveau Monde, je suppose ?

Laura sourit, peu de personnes disaient encore « le Nouveau Monde » en parlant de l'Amérique.

– Certainement pas ! Ma mère tire une grande fierté à n'avoir jamais mis les pieds hors de son pays. En fait, elle a si peur de l'eau qu'elle n'a même jamais osé faire la traversée pour rendre visite à Helen...

Helen ! Le silence qui suivit ce nom en renforça toute la portée.

– Helen... répéta Laura en hochant la tête plusieurs fois.

– Mlle Helen...

Daisie n'acheva pas sa phrase.

Leurs mouvements de tête assez éloquents signifiaient : « Bien sûr ! Cela saute aux yeux ! Helen ! »

Une fois que leur esprit fut soulagé du poids de leur incertitude, elles s'efforcèrent de s'atteler aux détails. La priorité des priorités : partir de l'appartement le plus vite possible afin d'éviter une éventuelle visite du représentant de l'avocat. « Dans les jours qui viennent », avait dit l'Ogre.

Les malles ! Les malles tout de suite !

L'ennui, c'était qu'elles ignoraient l'une et l'autre ce qu'il convenait de faire pour se rendre rapidement en France. Daisie prit le taureau par les cornes et alla rôder chez les commerçants du port.

Le soir même, tandis qu'une carriole passait prendre leurs malles, une calèche de louage les emmena vers leur embarcation.

En cours de route, elles s'arrêtèrent pour expédier une lettre que Laura avait écrite à ses parents. Ensemble, elles en avaient pesé tous les termes. Le sens général de la missive ne devait laisser aucun doute dans l'esprit de Clarisse. Le mari de Laura emmenait sa femme avec lui et Daisie les accompagnait.

Très chers parents,

Quand vous lirez ces lignes, je serai bien loin. Pardonnez-moi la peine que je vais vous causer. Il avait été en effet convenu qu'après le départ de mon mari, je reviendrais vivre auprès de vous. Cette solution, qui avait l'approbation de tous, s'est avérée douloureusement insupportable. Voilà, mes chers parents, nous embarquons dans quelques heures. J'emmène Daisie avec moi. Nous pensions avoir le temps de venir vous faire nos adieux après votre retour de voyage dans le Sussex. Hélas nous avons appris que, le navire prêt à lever l'ancre, le départ était avancé de plusieurs jours, ce qui est chose courante dans la marine, paraît-il.

D'après vos affirmations, chère maman, l'Amérique n'est pas si loin de chez nous. J'ai vérifié sur une mappemonde et je puis vous confirmer que vous aviez raison.

Arnaud a hâte de voir la plantation de son oncle. Quant à moi, il me tarde d'arriver à destination.

Soyez indulgents pour la rédaction de cette lettre qui va vous sembler bien décousue. Je dispose de peu de temps et, vous le cacherais-je, en dépit de l'air satisfait que nous affichons, nous ressentons un peu d'appréhension devant la perspective de voguer vers une nouvelle vie qui nous éloignera de notre beau pays où nous ne reviendrons pas avant l'année prochaine au plus tôt.

Que Dieu nous bénisse tous et surtout vous, mes chers parents.

Tout notre filial et affectueux respect.

Votre fille Laura.

P.-S. : *Ayez la bonté d'aviser la famille de Daisie de sa décision de m'accompagner.*

Perry Hobson, l'employé londonien de la compagnie de navigation Chambers, Willier and McDonald se leva pour accueillir la belle et distinguée lady. Il garda un air déférent pour écouter la voix aristocratique ordonner de monter ses bagages à bord du *Black Eagle*, dans la cabine de M. Willier, son mari.

Le visage impassible, l'employé assura Mme Willier que ses bagages seraient mis à l'embarquement sur l'heure. Il engagea Mme Willier à monter à bord sans perdre de temps. Si Madame avait besoin des services du personnel, il s'en occuperait toutes affaires cessantes.

Comme il n'attendait pas de réponse de la distinguée pimbêche, il la reconduisit jusqu'au seuil et la suivit des yeux vers le quai où le bateau était amarré. Puis il regagna sa place derrière le bureau pour ajouter Mme Willier à côté du nom de son mari sur la liste des passagers du *Black Eagle*.

Sur le pont du navire américain, Arnaud suivait le va-et-vient de l'équipage au travail. Il s'accouda au bastingage pour observer l'activité du port. Le soleil n'était déjà plus si haut sur les toits de la ville quand, dans un grand jaillissement, l'ancre s'arracha et le navire prit son essor. La gorge serrée, Arnaud contempla l'étendue de la mer qui allait en s'élargissant. Dans ce pays qui tout à l'heure disparaîtrait de sa vue il laissait tout ce qu'il aimait au monde. D'abord et avant tout, sa maman adorée ainsi que ses frères et sœur qui lui manquaient déjà. Ses amis, Barty, son cher vieux frère de lait et confident. Et aussi la blonde Vivien. Ils avaient passé du bon temps ensemble et fait des projets irréalisables. Fini à jamais ! Adieu, jolie Vivien. Une sorte d'aigreur le saisit en songeant qu'il commençait déjà à l'oublier. Allons, ils n'en mourraient ni l'un ni l'autre. Bientôt arriverait le temps des belles Américaines. Pensée apaisante qui allégeait un peu son vague à l'âme.

Après un dernier coup d'œil sur la côte, il se retourna avec un haussement d'épaules indifférent et se dirigea vers le pont inférieur.

Le cabinet de Sir Archibald Belrose envoya un jeune stagiaire chez Mme Willier, née Stanton. Il avait pour mission de remettre en main propre divers papiers à signer et de l'inviter à se rendre au plus tôt au cabinet de l'avocat qui lui ferait connaître les mesures prises pour un divorce rapide et discret.

L'avocat stagiaire eut la désagréable surprise de trouver porte close. La logeuse consultée lui apprit avec une malicieuse satisfaction que Mme Willier n'habitait plus la maison. Elle était partie avec son mari. Embarqués tous les deux pour les Amériques. Il y avait de cela, quoi ?... trois jours, pas plus. Non, elle ne se trompait pas. C'était la femme de chambre qui le lui avait dit en rendant les clés de l'appartement. La femme de chambre qui n'avait pas les yeux dans sa poche avait même ajouté : « Si vous saviez comme ils sont amoureux ! »

La logeuse affirma avoir vu, de ses yeux vu, deux hommes arrimer les malles sur une carriole. Une calèche attendait Mme Willier, M. Willier s'y trouvait déjà installé. Elle était prête à le jurer sous serment. Pour le prouver, elle leva la main droite. D'ailleurs, ne l'aurait-elle vu elle-même qu'elle serait tout aussi affirmative puisque c'était la petite femme de chambre qui le lui avait fait remarquer. « Vous avez vu M. Willier qui attend son épouse dans la calèche ? » La logeuse n'allait pas l'inventer ? D'ailleurs, pourquoi la femme de chambre lui aurait-elle menti ? Hein ?

Une fois remis du choc suscité par la nouvelle, le jeune stagiaire dont c'était la première affaire s'en fut, de son propre chef, vérifier auprès de la compagnie maritime. En lui montrant la liste des passagers, on lui confirma qu'en effet M. et Mme Willier s'étaient embarqués sur le *Black Eagle*. Dans quatre à cinq semaines, si tout allait bien, le couple arriverait de l'autre côté de l'Atlantique.

A l'énoncé de la situation, le principal adjoint de Sir Archibald, qui en avait vu d'autres depuis qu'il s'occupait de divorces, ferma les yeux et joignit les doigts.

– Ainsi, le mari a changé d'avis... Il n'est pas le premier à tourner casaque. Comme le prévoit notre règlement, les sommes versées par le client restent acquises à notre cabinet... Fermez le dossier et envoyez-le aux archives.

6

Comme tous les après-midi depuis la naissance de son dernier bébé, Helen passa dans le petit boudoir la partie de la journée qui précédait l'heure du thé. En compagnie de la nourrice et de Janet, la femme de chambre qui l'avait suivie d'Angleterre en France, elle savourait ce moment : le plaisir de pouponner son bel enfant.

De bonne humeur, un sourire agréable aux lèvres, elle contemplait la belle allée du parc qui conduisait au portail.

Son sourire fit place à une intense surprise. Gesticulant des bras, deux créatures dépenaillées remontaient l'allée bordée de buis.

– Madame, que nous arrive-t-il là ? s'exclama Janet en s'approchant de la fenêtre. Voulez-vous que j'appelle nos gens pour les chasser ?

Helen secoua la tête, plissa les yeux afin de mieux voir et tendit le bébé à la nourrice.

– Doux Jésus ! Comment est-ce...

Elle s'arrêta court. Janet se retourna vers elle et lui attrapa le bras. En un clin d'œil, Helen se dégagea et s'élança sur le perron. Elle descendit vivement les marches à la rencontre de sa jeune sœur.

Laura ne ressemblait plus du tout à la toute jeune fille réservée qu'elle avait vue trois ans plus tôt chez leur père. Ses cheveux emmêlés formaient une masse noire qui tombait jusqu'à sa taille et lui donnait un air de sauvageonne. Sa compagne n'était guère plus reluisante. Toutes les deux portaient un costume de voyage sale et déchiré. De la tête aux pieds, elles étaient poudrées de poussière.

– Laura, ma Laura ! Que t'est-il arrivé ? Mon Dieu, nous vous avions prises pour des enfants de chiffonniers !

Laura se mit à donner des explications dans un torrent de mots crépitants comme une pluie d'été.

– Le gardien n'entendait pas nous laisser entrer. J'avais beau lui répéter sur tous les tons que j'étais ta sœur, il ne faisait que s'époumoner en hurlant : « Allez-vous-en, petites gueuses ! Pas de mendiants au château ! Oust ! dehors ! » Je me demande s'il n'est pas un peu...

Elle se frappa la tempe avec son index et lança un regard de travers à sa sœur en arpentant l'allée avec agitation.

– Nous lui avons faussé compagnie. Regarde ce vieux fou, comme il court !

Effectivement, il avait l'air hors de lui. En le voyant rouge de colère, Helen leva la main.

– Tout va bien, Albert. Je vous remercie.

Ses cheveux gris presque dressés à la verticale, Albert ne décolérait pas.

– Madame la baronne, j'ai fait tout ce que j'ai pu pour empêcher ces deux mendiantes d'entrer mais les petites gueuses me sont passées sous les bras...

Il se déchaîna à nouveau contre les intruses :

– Voulez-vous vous sauver, créatures !

– Ça suffit ! Rentrez chez vous. Je vous le répète, tout va bien.

La voix d'Helen se faisant plus sèche, Albert accepta à contrecœur de retourner vers la petite maison près du portail.

– Des mendiantes ! fulmina Laura, exaspérée.

– Mes enfants, vous ne vous êtes pas regardées ? On dirait deux bohémiennes.

Laura hocha la tête comme pour approuver.

– Nous avons marché pendant deux jours entiers, nous avons dormi dans des granges.

– Quoi ! suffoqua Helen. Vous n'avez pas... Avec tous les malandrins qui rôdent sur les routes...

– Ne t'inquiète pas, Helen. Il ne nous restait rien à voler. Après la traversée, nous avons pris le chemin de fer jusqu'à Paris où nous avons laissé nos malles en dépôt. Alors que nous avions projeté de venir en train jusqu'ici, personne à la gare n'a accepté de nous vendre un billet contre de l'argent anglais. Sur les conseils d'un monsieur bien mis, nous allions échanger notre argent dans une banque, lorsque nous nous sommes aperçues que nous ne l'avions plus... On nous l'avait volé, ainsi que nos malles...

– Dieu tout-puissant ! gémit Helen.

– Il ne nous restait plus qu'à faire le chemin à pied... Après avoir demandé notre route, nous avons marché, marché. Nous avons chapardé des pommes dans les vergers, n'avons pas une nuit dormi dans un lit... Aussi ne t'étonne pas, chère sœur, si tu vois nos vêtements quelque peu chiffonnés.

A ce moment, la véhémente énergie de Laura l'abandonna d'un seul coup et sa voix tomba :

– Nous mourons de faim, Daisie et moi. De soif et de sommeil.

Comme si le fait d'entendre son nom était le coup de grâce, Daisie libéra les sanglots qu'elle avait contenus depuis leur départ de Londres. Laura se pencha dans un élan de tendresse.

– Nous sommes arrivées, Daisie... Vois-tu, Helen, c'est très dur pour elle ; elle se trouve impuissante. Elle ne comprend pas un mot de français, elle ne sait plus que faire. Ne t'inquiète pas, Daisie, ma grande sœur va s'occuper de tout.

Effectivement, Helen donna ses ordres et, une heure plus tard, Daisie à l'étage des domestiques et Laura dans la chambre bleue se détendaient en prenant un bain bien mérité.

Auparavant, elles s'étaient restaurées dans la cuisine. Laura était trop affamée pour attendre qu'une bonne lui monte un plateau. De plus, se sentant responsable de Daisie, elle ne voulait pas l'abandonner en territoire étranger et lui servit d'interprète.

La cuisinière avait à peine posé sur la table deux bols de potage fumant et des tartines beurrées que les fugueuses mâchaient déjà leur pain et plongeaient en même temps leur cuillère dans le potage. Elles avaient commencé par dévorer mais leur faim s'était vite apaisée tant elles avaient sommeil.

Maintenant, assise près de la baignoire, Helen regardait Janet laver la chevelure noire de sa petite sœur. Elle pressentait des révélations graves. Car ce n'était pas le fait d'avoir quitté son pays qui donnait à Laura ce regard étrange et cet air résolu. Quoique épuisée par son aventure, elle semblait libérée d'un fardeau. Laura avait beaucoup changé depuis qu'elle avait été contrainte par les événements à prendre les choses en main.

Pauvre enfant. Que lui était-il arrivé ? Au comble de l'inquiétude, Helen s'interrogeait. Cependant, elle ne la presserait pas, elle attendrait que Laura soit prête à parler de son mariage, de Clarisse.

Pour l'instant, les lèvres tremblantes et ses paupières lourdes appelaient le confort d'un bon lit. Demain, il ferait jour. Et qui sait ? Cette fugue était peut-être de bon augure pour l'avenir ? Tirée des mains possessives de Clarisse, Laura pourrait devenir une jeune femme différente. Sa personnalité étouffée par l'égoïsme de sa mère reviendrait peut-être en surface.

Si ce voyage insensé ne servait qu'à cela, alors, béni soit-il.

Impatient d'arriver au but de son périple, Arnaud ne tenait nullement à perdre une journée entière à attendre qu'on veuille bien débarquer ses affaires.

Le second montra sa compréhension en prenant les dispositions nécessaires pour le transport de leurs malles jusqu'au domaine de September. Ils pouvaient compter sur lui, aussitôt la cale à bagages déchargée, tout leur serait envoyé.

Il faisait chaud, le soleil brillait. Après cinq semaines en mer, Arnaud appréciait de sentir sous ses pieds le sol ferme du pays qui devenait sa seconde patrie. Ils avaient plusieurs jours d'avance et, malgré la foule qui s'était groupée sur le quai, personne de September n'était là pour les accueillir. Un employé de la compagnie leur suggéra de louer un équipage pour le trajet jusqu'à la plantation.

Arnaud et Vivien, secoués sur leur banquette en bois, trop tendus pour bavarder avec naturel, devaient faire appel à toute leur énergie pour rester assis et feindre la tranquillité.

Nul ne parlait, à l'exception d'un commentaire de temps à autre accompagnant la vue d'un point intéressant désigné à leur attention par le conducteur du véhicule. Arnaud approuvait d'un signe de tête et, après avoir ajouté quelques paroles sur le paysage, il se renfermait dans le mutisme. Au fil des minutes, son appréhension se transformait en nervosité. L'idée d'apparaître chez son oncle avec Vivien ne le réjouissait guère. Il ne voulait pas la présenter comme sa femme. Tromper les connaissances faites au hasard de la traversée était une chose ; c'en était une autre de mystifier son père adoptif.

S'occupant l'esprit à regarder autour de lui, il s'efforçait de ne penser à rien, trop las pour réfuter de nouveau les argumentations de Vivien, ses raisonnements ressassés mille fois au cours du voyage.

Dût-il vivre cent ans, jamais – il en était persuadé –, jamais il n'oublierait son ébahissement au son de la voix distinguée qui l'avait accueilli dans sa cabine.

– Bonjour, mon amour. Je vous attends depuis des heures. Le marin préposé à l'embarquement des passagers m'a prise pour votre épouse et m'a donné cette cabine. Que faire, sinon m'installer avec vous ?

Assommé de stupeur, Arnaud examinait la jeune

femme qu'il avait quittée la veille au soir. Leurs adieux l'avaient ému, bien sûr. Mais, il ne lui était pas venu à l'idée qu'il pourrait la revoir un jour. Et surtout, pas aussi vite. Maintenant que l'impossible s'était réalisé, qu'elle se tenait là à vingt centimètres de lui, il devenait glacé d'effroi comme lorsqu'on retrouve un être qu'on a cru perdu à jamais et dont on a fait son deuil une fois pour toutes.

Certes, les adieux l'avaient affligé mais sa nouvelle vie avait déjà commencé à se tisser sans Vivien. Et voici qu'elle l'obligeait à lui refaire une place.

Elle parlait, parlait, cherchant à le noyer dans le flot de ses arguments.

– Puisque nul n'est informé de votre situation, pourquoi n'arriverions-nous pas chez votre oncle en tant que mari et femme ? Ne trouvez-vous pas cette idée fantastique ? Ne croyez pas que j'aie adopté cette solution sans avoir retourné le problème dans tous les sens. Ce plan est parfait, et, ma foi, plus tard, dès que la notification de votre divorce nous sera parvenue, nous irons nous marier discrètement dans un autre Etat. Le tour sera joué et votre oncle n'y verra que du feu.

Un silence lourd avait accueilli ces paroles. Silence qu'Arnaud avait rompu finalement.

– Je suis désolé, ma chère, si les paroles prononcées à Londres vous ont donné à croire que j'envisageais de mystifier mon oncle. Mon devoir me commande de vous détromper. A l'heure de commencer une vie nouvelle, vous faire passer pour mon épouse n'entraînerait que des ennuis de toute sorte et pas mal de remords. On ne bâtit rien de solide sur un mensonge.

Le choc était rude et Vivien accusa le coup. Mais la vie ne l'avait pas habituée à se rendre sans combattre et la discussion repartit de plus belle, chacun restant sur ses positions jusqu'à ce que le navire se mette à tanguer fortement. Toute couleur disparut des joues de la jeune femme qui devint blanche comme un linge.

Au cours des six jours suivants, elle avait été trop mal en point pour soutenir la moindre polémique.

Arnaud reculait autant que possible le moment de rentrer dans leur cabine. Il trouvait insupportable l'odeur qui se répandait aussitôt qu'il ouvrait la porte. En découvrant Vivien recroquevillée sur la couchette, tremblant de tous ses membres, ses cheveux blonds tout emmêlés, il oubliait les nuits chaudes de Londres, les heures passionnées passées dans ses bras. La tendresse d'après l'amour, l'idée même de la tendresse qui fait tout supporter de l'être aimé n'avait jamais effleuré l'esprit d'Arnaud. Alors, il se bouchait le nez et enjambait la malle de la jeune femme qui occupait pratiquement toute la place de la cabine, ne laissant qu'un passage étroit près de la couchette. Il s'étendait le plus loin possible de la malade en la vouant à tous les diables.

La traversée avait suivi son cours avec des hauts et des bas. A peine rétablie du mal de mer, Vivien avait remis la discussion sur le tapis. Et encore. Et encore. Tant et si bien qu'Arnaud avait décidé de s'en remettre à son oncle. Vivien contente ou pas, il avait résolu de lui relater les événements tels qu'ils s'étaient passés. Quel que puisse être le verdict de son père adoptif, il était prêt à s'y soumettre.

Il s'était attendu à des récriminations et des larmes mais, contrairement à ses prévisions, sa déclaration n'avait suscité qu'une acceptation résignée. Ils en étaient restés à ce compromis.

Le conducteur leur signala une haute borne qui marquait la limite de September, la propriété de M. Willier. Le cou tendu pour tenter d'apercevoir la maison, Vivien ne voyait que des champs à perte de vue. Elle tourna la tête et rencontra le regard du conducteur qui l'observait, amusé.

– Vous n'êtes pas encore arrivée, lui expliqua-t-il. Encore au moins trois ou quatre miles à parcourir.

Tout cela ! Arnaud posséderait un jour tout cela ! Et elle le partagerait avec lui !

– Voilà September ! dit soudain le conducteur en engageant la carriole dans une longue allée bordée de grands arbres.

Le cœur de Vivien s'arrêta quand, l'allée s'incurvant, la demeure blanche apparut : une magnifique maison avec des colonnes soutenant la véranda du premier étage. Elle en tomba amoureuse sur-le-champ et un élan de possession s'empara de tout son être. « Tout cela m'appartient ! Tout cela est à moi ! A moi ! »

A peine eurent-ils aperçu la voiture que trois négrillons s'enfuirent en piaillant comme des volailles. Un rire fusa interrompu par un « chut » puissant poussé par une grande négresse sèche qui se précipita à l'intérieur de la maison en s'essuyant le visage avec son tablier. Elle cria d'une voix perçante :

– M'âme Vaughan ! M'âme Vaughan ! Les voilà, voilà les gens de...

Sans terminer sa phrase, elle ressortit précipitamment, la main sur la bouche, suivie d'une femme corpulente qui s'avança vers la carriole.

– Monsieur Willier ? Madame ? Dieu merci, vous êtes arrivés à temps ! Entrez vite, M. Willier est au plus mal.

A l'intérieur, les pièces étaient spacieuses et arrangées avec un goût exquis. Partout régnaient l'ordre, la propreté, dans un raffinement que Vivien ne s'attendait pas à trouver dans ce pays de sauvages. Ses yeux parcouraient la maison, enregistrant chaque détail pendant que la prolixe Mme Vaughan continuait ses lamentations :

– M. Willier est à la toute dernière extrémité. Il était si seul, le pauvre. Mon fils et ma bru m'ont accompagnée ici.

Vivien ne l'écoutait plus. Ainsi l'oncle était moribond ? Tout marchait à souhait. Arnaud ne serait pas soumis à son verdict et plus rien ne se dressait entre elle et la somptueuse demeure...

Tout en se répandant en jérémiades, Mme Vaughan les devança dans une vaste pièce où les attendait un jeune couple qui semblait très affecté.

– Mon Dieu ! Je ne me suis même pas présentée. Avec tous ces tracas nous ne savons plus où nous en sommes.

Elle chuchotait comme il est d'usage dans la maison d'un agonisant.

– Je suis votre voisine, Mme Vaughan. Et voici mon fils William et ma belle-fille Rebecca.

Arnaud saisit la main qu'elle lui tendait et s'inclina :

– Très honoré, madame.

Il se tourna vers le couple et inclina la tête.

– Madame, monsieur, permettez-moi de vous présenter...

Il ne put achever sa phrase.

– Mme Willier, son épouse, s'interposa Vivien en s'avançant, la main tendue.

Arnaud tenta de la retenir par le bras dans une vaine tentative de mettre fin à cette imposture absurde.

Deux exclamations indignées rompirent le silence :

– Mais... vous n'êtes pas Laura !

– Vous n'êtes pas notre petite-cousine !

Serrant contre elle sa vaste crinoline, Mme Vaughan mère, stupéfaite, recula, dévoilant un guéridon. Comme attirés par un aimant, tous les regards se tournèrent vers le petit meuble et le temps suspendit son cours.

Dans un cadre d'argent, le daguerréotype gardant l'image de la mine renfrognée d'Arnaud et des yeux angoissés de sa jeune épouse, sembla leur sauter au visage.

7

Helen était charmante dans sa robe de bal en taffetas jaune pâle si joliment décolletée. A son habitude, Georges vint lui murmurer à l'oreille qu'elle était la plus ravissante des épouses. Lui-même portait une élégante tenue de soirée et Helen lui rendit ses compliments avec prodigalité pour tenter de l'amadouer un peu. Il toussotait nerveusement et consultait sa montre toutes les dix secondes en signe d'impatience. Dès qu'il croisait le regard de sa femme, celle-ci se dérobait aussitôt en détournant les yeux vers l'escalier.

– Avouez-le, Helen, cette fois-ci Laura dépasse les bornes. Nous allons encore arriver bons derniers.

– Mais non, mon ami. Nous avons tout notre temps, le rassura Helen.

Par bonheur, leur attention fut détournée par l'apparition de Laura en haut des marches, radieuse dans sa robe blanche de grand soir.

– Sapristi, dit Georges, ça valait le coup d'attendre !

Laura était magnifique dans sa robe de bal. Sur un jupon à crinoline de satin, le bas de la première jupe était couvert d'un bouillonné de tulle blanc retenu par des guirlandes de fuchsias d'une nuance rosée, ces guirlandes attachées de distance en distance par un bouquet des mêmes fleurs. Le corsage décolleté garni de toutes petites fleurs dégageait ses belles épaules.

Les cheveux noirs, ramenés en bandeaux derrière la tête, retombaient en lourdes anglaises rattachées sur la nuque par un petit bouquet de fuchsias qui se perdait dans les boucles.

Un nuage de poudre sur le visage, le cou et les épaules unifiait l'éclat de sa peau blanche et fine. Un rien d'huile de ricin appliquée délicatement sur les cils lui donnait un regard aussi bleu, aussi pur qu'un ciel d'été.

Georges fut frappé par la beauté de sa jeune belle-sœur. Le brin d'irritation qu'il éprouvait encore à cause de son retard s'évapora.

– Tous les messieurs n'auront d'yeux que pour vous ce soir. Vous allez leur briser le cœur, lui dit-il en jetant un clin d'œil de connivence vers Helen.

– Je l'espère bien, mon frère, répliqua Laura, l'air angélique.

Le vestibule parut s'illuminer au rayonnement de son sourire éclatant.

Bien qu'elle s'efforçât de paraître indifférente, Laura était surexcitée à la perspective d'assister au bal donné par l'ambassadeur de Grande-Bretagne, de revoir des amis de son pays et de son âge.

Elle se tourna vers l'escalier et leva son visage vers Daisie qui la regardait, muette d'admiration. Elle lui fit un signe de la main.

– Bonsoir, Daisie !

– Bonsoir, Demoiselle, chuchota la femme de chambre en se cachant derrière un pilier.

– Partons-nous maintenant ? s'impatienta Helen.

La porte d'entrée était grande ouverte ; cependant, en voyant la vaste jupe de sa femme frôler les murs de chaque côté, Georges fit une grimace en songeant que les deux bellissimes ne lui laisseraient que peu de place dans la berline.

En voiture, les messieurs étaient bien à plaindre. Devant l'ampleur et la profusion de jupons, ils se demandaient anxieusement où et comment ils allaient pouvoir s'asseoir.

Finalement, Georges parvint quand même à monter, évitant tant bien que mal de piétiner les falbalas que ces dames protégeaient de leur mieux en lui lançant des regards méfiants. N'allait-il pas chiffonner leurs fastueuses toilettes ?

Furieux de les voir se protéger de lui comme d'un chien crotté, Georges se lança d'un ton peu amène dans les commentaires sur la mode de cette année 1861. Extravagante, cette mode !

– Où s'arrêteront ces fantaisies ? soupira-t-il plusieurs fois. Des mètres et des mètres de tissu. Où s'arrêteront-ils ?

Il n'y avait rien à répondre à pareille question, aussi les deux jeunes femmes se contentèrent de hausser discrètement leurs épaules voilées d'une écharpe de tulle blanc et de se regarder avec un sourire de commisération pour le pauvre homme et ses réflexions saugrenues.

Laura redressa le dos afin de préserver l'ordonnance de sa coiffure, méditant sur les circonstances qui avaient fait d'elle une jolie femme à la frivolité commune aux filles de son âge.

Le changement opéré en elle était beaucoup plus profond qu'une simple question de coquetterie. Elle ne ressemblait plus du tout à la pauvre petite chouette. Plus du tout !

Laura pensait demeurer au château le temps de reprendre quelques forces en vue d'affronter le harcèlement continuel de sa mère.

Helen l'avait accueillie avec chaleur. En apprenant que sa petite sœur ne comptait rester qu'une semaine ou deux, elle l'avait priée instamment de séjourner aussi longtemps qu'elle le voudrait.

Bien qu'elle eût quitté Stanton House depuis plus de huit ans, Helen n'avait pas oublié les heures passées auprès de Clarisse à subir sans broncher ses sarcasmes et vexations. La fugue de sa petite sœur marquait la première étape vers la réalisation d'un très cher désir : celui d'enlever Laura à l'influence dévastatrice de sa mère. Et – pourquoi le cacher ? – elle trouvait juste de rendre à sa belle-mère la monnaie de sa pièce. L'idée que sa marâtre pût se ronger les sangs en imaginant Laura hors de sa portée réjouissait Helen. Après avoir martyrisé son entourage, la belle et détestable Clarisse, enfermée derrière le mur impénétrable de son égoïsme, payait ses dettes. Une autre personne aurait aussi à payer. Mais à chacun son tour.

Helen avait appris de la bouche innocente de sa sœur que les événements décisifs ayant donné un nouveau cours à sa vie avaient été provoqués par un homme qu'elle avait connu tout jeune garçon. Helen ne l'avait plus revu depuis qu'elle avait quitté l'Angleterre. D'après ses souvenirs, il n'était qu'un sacripant coureur de jupons dont le seul nom faisait grincer les dents des pères de bien des jeunes donzelles.

– Oh, pensait-elle indignée, si je n'étais pas une femme du monde, que ne dirais-je de la conduite de cet ignoble porc !

Mais elle était une dame. Alors, Mme la baronne Montbrun, en apprenant les agissements de ce gueux d'Arnaud Willier depuis un certain après-midi d'orage jusqu'à son embarquement pour l'Amérique, disait gravement en fronçant les sourcils :

– Il ne s'est pas conduit en gentleman.

Laura se fit vite à sa nouvelle vie et à son nouveau pays. L'automne était à l'apogée de sa splendeur et, dans la grande maison, la jeune fille se refusait à penser qu'il lui faudrait partir un jour. D'autant plus que sa grande sœur trouvait toujours de bons prétextes pour la garder auprès d'elle. Laura s'y trouvait bien, son beau-frère était un homme charmant et attentionné. De plus, elle adorait ses neveux et sa nièce.

Les jours coulaient doucement. Dès le 1er novembre, toute la maisonnée quitta Louveciennes pour regagner ses quartiers d'hiver dans l'hôtel des Montbrun, leur résidence parisienne.

Après l'hiver et le printemps, Laura s'imaginait que des siècles s'étaient écoulés depuis qu'elle avait embarqué avec Daisie sur le vieux rafiot et connu les diverses péripéties qu'Helen lui remettait en mémoire dès que sa timidité maladive la reprenait.

– Rappelle-toi, lui disait-elle. Rappelle-toi comme tu as réussi à prendre en main, non seulement ta destinée, mais aussi celle de Daisie. Alors, ma chérie, sois assez raisonnable pour ne pas te faire une montagne d'une taupinière !...

Et Laura reprenait de l'assurance. « Quand on a volé des pommes pour se nourrir, dormi dans des granges sans la permission des fermiers, quand on s'est fait courser par des chiens, qu'on a arrêté des carrioles de laitier pour se faire transporter un bout de chemin, on peut bien supporter un compliment sans rougir comme une coupable », se répétait-elle.

Un matin pluvieux de juin, une lettre destinée à Helen rompit le charme de cette vie douce et calme.

La missive, écrite par Carson le majordome de Stanton House, annonçait le décès de son maître survenu à la suite d'une épidémie de choléra dont Mme Stanton avait été victime une semaine auparavant. Suivant les ordres donnés par les autorités qui craignaient une extension de l'épidémie, M. et Mme Stanton avaient été inhumés dès le lendemain de leur trépas.

M. Stanton s'était alité alors qu'il s'apprêtait à écrire à Mme Laura, en Amérique, pour l'informer du décès de sa mère.

M. Stanton avait recommandé à son majordome d'écrire que, sous aucun prétexte, Mme Helen ne devait venir s'exposer à la contagion.

L'épidémie s'était déclarée à Londres où les morts se comptaient par dizaines. Au village et aux alentours, on dénombrait peu de victimes parmi les paysans. On ne pouvait en dire autant du château de

Shiplake. On y déplorait la mort de lady Constance et de Mme Edwina venue passer quelques jours de vacances. Le jeune M. Peter n'avait pas survécu tandis qu'on avait bon espoir de sauver Mlle Lisbeth. Parmi la domesticité du château, seule la toute jeune épouse de Barty, le chef palefrenier, avait été touchée. Barty était veuf à présent.

Toute la semaine qui suivit ces affreuses nouvelles, les deux sœurs errèrent dans la maison comme des âmes en peine. Laura voulait retourner à Stanton House dans le désir forcené que toutes ces calamités ne fussent jamais arrivées. Si seulement elle ne s'était pas enfuie de chez elle, son père vivrait encore et l'attendrait pour une promenade à cheval. Si seulement elle n'était pas partie... Si seulement...

Helen fit tout ce qui était en son pouvoir pour la calmer. Elle lui promit de l'emmener avec elle dans la maison de leur enfance aussitôt que Carson lui annoncerait la fin de l'épidémie. La mi-août arriva en même temps qu'une lettre du majordome. Aucun nouveau cas ne s'étant déclaré depuis deux semaines, les autorités avaient annoncé la levée du cordon sanitaire.

Comme en temps voulu Helen avait hérité des biens de sa mère, la succession de M. Stanton fut facilement réglée. L'héritage fut partagé entre les deux sœurs. D'autre part, Laura recueillit tous les biens de sa mère augmentés de l'héritage assez considérable que Clarisse avait reçu lors du décès de la tante du Sussex, morte six mois auparavant.

La jeune femme qu'Helen laissa dans la maison familiale était désormais une personne riche. L'affection qu'elle lui portait l'aida à trouver les mots pour lui faire comprendre qu'elle ne pouvait demeurer seule. Puisque aucun argument ne parvenait à convaincre Laura de revenir à Louveciennes, Helen suggéra de s'adresser à tante Marjorie.

Laura se rappelait à peine la sœur cadette de son père que les intrigues et la jalousie de Clarisse avaient éloignée de la maison de son frère. En revanche, Helen s'en souvenait très bien. Elle sut à propos évoquer la grande et rayonnante femme brune. Veuve, lady Marjorie serait le chaperon idéal jusqu'à ce que la situation de Laura soit entièrement éclaircie et l'hébergerait volontiers à Londres.

Lorsqu'elle repartit vers la France, vers son mari et ses enfants, la baronne Montbrun se félicitait de constater que lady Marjorie prenait à cœur d'inculquer à Laura les connaissances et les usages du monde qu'Helen désirait tant voir sa jeune sœur acquérir.

Lady Wharton aimait beaucoup Laura qui le lui rendait bien. Il était bien dommage que la chère petite n'eût plus la chaleureuse spontanéité de l'enfance. Mais l'avait-elle eue un jour ? Pleine de tact, lady Marjorie ne mentionnait jamais les années passées sous la coupe de Clarisse, ni la tension morale à laquelle l'enfant avait été soumise. Mais, par bonheur, Laura n'évoquait que rarement le nom de sa mère.

Lady Marjorie se faisait fort d'apprendre à la jeune fille tout ce qu'elle avait besoin de savoir. De son côté, Laura s'était volontiers attachée à sa tante dont elle avait secrètement redouté une emprise semblable à celle de Clarisse.

Loin de la traiter avec froideur, lady Marjorie offrit à sa nièce une affection profonde qui lui fut rendue aussitôt. Laura en avait besoin et lady Wharton aussi. Cela lui permettait d'atténuer son sentiment de culpabilité de n'avoir pas été à la hauteur de sa tâche de mère, de n'avoir pas fait tout ce qu'il fallait pour rendre heureuse sa fille Belinda. En effet, elles ne s'étaient jamais très bien entendues toutes les deux. A l'instar de nombreuses dames bien nées, lady Marjorie était souvent trop occupée pour se soucier de sa progéniture. Belinda, sa fille unique, avait été plus accoutumée aux nurses, bonnes d'enfants et gouvernantes qu'à ses parents.

Lord Wharton son mari avait été victime d'un tragique concours de circonstances. Alors qu'il se trouvait dans une salle de jeu, il avait été atteint en pleine tête par la balle perdue d'un joueur désespéré qui tentait de mettre fin à ses jours et que des amis essayaient de désarmer. Pendant un certain temps, dans le monde, on n'appela plus lord Wharton que lord Malchance. Les commentaires moqueurs auraient dû rapprocher lady Marjorie et sa fille ; il en fut tout autrement. Belinda choisit ce moment de grande confusion émotionnelle pour annoncer ses fiançailles avec un officier de l'armée des Indes, avant d'épouser et d'accompagner celui-ci à Delhi.

Ils avaient péri tous deux l'année précédente lors de la révolte des Cipayes, massacrés avec d'autres Européens par des émeutiers qui pourchassaient les Blancs dans les rues de la ville.

Le souvenir de sa fille disparue rongeait le cœur de lady Marjorie et ravivait ses remords. Belinda, quoique éloignée d'elle depuis bien longtemps, lui manquait davantage maintenant qu'elle ne la reverrait plus jamais.

Ses nouvelles responsabilités l'arrachèrent à ses tourments. Elle s'oublia pour ne plus penser qu'à sa pauvre nièce frappée à la fois par la dramatique disparition de ses parents et par son mariage raté.

Elles se réconfortèrent mutuellement. Et puis, forte de son expérience de femme du monde, lady Marjorie trouvait agréable d'instruire cette enfant qu'elle affectionnait.

Sans toutefois en révéler les péripéties préliminaires qui auraient risqué de choquer sa tante, Laura la mit au fait de l'échec de son mariage. La réputation de tête brûlée d'Arnaud Willier était parvenue aux oreilles de lady Wharton. Qui ne la connaissait, d'ailleurs ? Qu'après un mois de mariage ce triste sire demandât le divorce ne l'étonna pas outre mesure. Que Laura s'enfuît afin de s'y soustraire n'indigna pas sa tante. Au contraire, elle y souscrivait des deux mains. Il ferait beau voir qu'une jeune dame comme il faut admette le divorce !

Toutes deux meurtries par la vie, elles s'attaquèrent à l'éducation de Laura.

Le temps ne leur manquerait pas pour en faire une jeune fille au maintien et à la conversation aisés. A la suggestion de tante Marjorie, Laura se remit au piano et trouva presque reposantes les leçons sans les réflexions acerbes sur sa maladresse qui avaient été son lot quotidien toute son enfance.

Laura avait une jolie voix, pas bouleversante mais agréable à entendre. Lady Marjorie lui fit prendre des leçons de chant. Et enfin, malgré tous ses efforts pour tenter de les éviter, vinrent les leçons de danse.

– Par pitié, ma tante, ne m'imposez pas cela. Je suis malgracieuse et je n'oserai jamais danser en public, implorait-elle en vain.

– Taratata ! Lorsque nous irons dans le monde, car dès l'année prochaine nous sortirons de nouveau, la certitude d'être capable de danser t'aidera à te détendre.

Jour après jour, tante Marjorie grignota la trace amère des dernières années passées auprès de Clarisse. Laura commença à se comporter de manière moins guindée.

– Quel petit sourire figé, ma chérie ! Voyons si tu peux faire mieux. Montre-moi encore comment souriaient tes petits cousins d'Amérique. Bien ! Tu as des dents magnifiques, saines, bien placées et blanches. Fais-les voir, morbleu ! Comme disait feu mon mari, le secret de la séduction tient en ceci : il faut se servir de ce que l'on a de mieux. Toi, en plus du reste qui n'est pas mal du tout, c'est ton joli sourire. Alors, crois-moi, un beau et large sourire contenant juste une touche de sympathie, aussitôt entrevu, aussitôt disparu, c'est suffisant pour qu'un jeune homme cherche à le retrouver pendant toute une soirée. Attention ! n'en sois pas prodigue. Rare, ton sourire n'en aura que plus de prix.

Car tante Marjorie se préoccupait de l'avenir. Un jour ou l'autre, le mariage, de bancal qu'il était, deviendrait caduc. A ce moment-là, Laura devrait être en mesure de se replacer même marquée d'un divorce. Autant voir loin et commencer à poser les pions tout de suite.

Laura se défendait comme un diable dans l'eau bénite et se bouchait les oreilles à la mention de bal, jeune homme, danseur, valse. Cependant, au fil des jours, elle abaissa ses défenses. Ce devint pour elle une seconde nature de se montrer charmante, d'avoir des manières gracieuses. Peu à peu la chrysalide se transforma en papillon. Si elle n'était pas encore très enjouée, elle apprit à sourire comme le lui préconisait sa tante qui l'observait d'un œil attentif et ravi.

Leur première sortie se déroula le mieux du monde. Plus tremblante qu'un roseau dans le vent, Laura fut invitée à danser par le fils d'une amie de sa tante et sur la recommandation de celle-ci. Le jeune homme dansait bien. Elle lui sourit largement avant de baisser les yeux, heureuse que quelqu'un fût assez bon pour lui faire l'honneur de danser avec elle. Quoiqu'un peu rondouillard, le jeune homme lui paraissait le plus beau, le plus charmant garçon du monde. Et lorsqu'elle lui sourit, il rougit et s'empêtra dans ses pas. Elle sourit derechef afin de lui prouver qu'elle ne lui en tenait pas rigueur. Il s'embrouilla de plus belle et bafouilla des excuses. Laura n'en revenait pas. Elle avait trouvé plus timide qu'elle. Ce fut une révélation. Elle, si maladroite, avait le pouvoir de troubler un autre être ? Ainsi, il suffisait de si peu de chose ? Quelle grisante perspective ! Mais peut-être qu'après tout ce garçon était le seul de son espèce.

Eh bien non ! D'autres jeunes gens, qu'elle éblouit de ses dents blanches, demandèrent à être présentés à cette ravissante jeune fille et l'invitèrent à danser. Si bien que Laura, épanouie, le teint rosi, vit accourir auprès de lady Marjorie des jeunes filles qui demandaient aussi à lui être présentées. Ce n'était que ruse, bien sûr ; elles désiraient surtout bénéficier de ses cavaliers trop nombreux.

Avec l'éclat joyeux de ses yeux brillants, avec sa joie, sa timidité et son sourire éblouissant juste entrevu, Laura suscitait l'envie de la traiter et de lui parler avec une délicatesse toute particulière.

A peine regagnait-elle sa place, qu'un nouveau danseur venait l'inviter. En posant sa main sur l'épaule de son cavalier, elle souriait à sa tante.

« Regardez-moi, ma tante, voyez comme je suis demandée », semblait-elle dire.

A ses yeux, jamais plus il n'y aurait d'instant aussi beau. Tout était parfait, inoubliable.

De retour chez sa tante, elle accompagna celle-ci au premier étage.

– Pourquoi ai-je été autant recherchée, ma tante ? Je redoutais une humiliation et au contraire...

La soirée avait été un triomphe. Pourtant, elle ne parvenait pas à cacher son étonnement.

Lady Marjorie la prit par la main pour l'entraîner devant la grande glace sur pied de la chambre.

– Voilà pourquoi, expliqua-t-elle avec un geste de la main vers l'image offerte.

Laura, qui gardait en mémoire le reflet renvoyé par le miroir déformant tendu pendant si longtemps par sa mère, ne reconnut pas la jeune femme élégante qui la fixait, médusée.

La coiffeuse avait bien fait son travail. Dénoués, ses cheveux tombaient jusqu'à ses reins et les ciseaux avaient élagué l'opulente chevelure qui encadrait son visage d'une profusion de petites boucles. « Tout le mérite de mon succès revient à la coiffeuse. »

La robe de bal mettait en valeur ses formes juvéniles et son teint frais. « La couturière est à féliciter, elle aussi. Maman m'a répété sur tous les tons que c'était la croix et la bannière pour vêtir un corps filiforme comme le mien. »

Pourtant, c'était bien elle que les danseurs avaient invitée à danser. Quelquefois même à deux reprises. Trois fois, ce n'était pas possible, cela aurait fait jaser. Néanmoins, ne restaient-ils pas dans les parages, même lorsqu'un autre cavalier venait la solliciter ?

Elle resta longtemps les yeux rivés sur le miroir. Puis elle s'éclaircit la gorge et s'empourpra sous le regard tendrement moqueur de sa tante.

– Tu es ravissante, ma chérie. Allez, maintenant retourne dans ta chambre et appelle Daisie. Dors bien, ma petite fille. Ce soir, j'ai été très heureuse et très fière de toi.

Les yeux de Laura s'embuèrent, quelqu'un avait été fière d'elle. Mon Dieu, était-ce donc possible ? Cela voulait-il dire qu'elle n'était plus le vilain hibou ? Celle dont on avait honte ? Ah ! Cette soirée était à marquer d'une pierre blanche...

La popularité de Laura ne faiblit pas. Elle avait beaucoup plus de cavaliers qu'elle n'en eût souhaité. Parmi eux, quelques-uns demandèrent à lady Wharton la permission de venir rendre visite à sa nièce en qualité de prétendants. Tante Marjorie n'y alla pas par quatre chemins. En femme du monde qui sait remettre les choses à leur place, elle répondit d'une voix amène que la petite n'était pas tout à fait libre. Comme elle ne daignait donner de plus amples explications, les langues marchèrent bon train. Réduit aux conjectures, chacun broda avec ce qu'il croyait savoir. Seule Edwina aurait pu remettre tout le monde sur le chemin de la vérité. Elle décédée, plus personne dans leur milieu n'était au courant du bref mariage de Laura. Une fable naquit selon laquelle la petite Stanton aurait été promise par ses parents à un officier cantonné aux Indes (en souvenir du gendre de lady Wharton, sans doute). Ses parents disparus, la jeune fille avait à cœur de tenir leurs engagements et attendait le retour du futur. Pour se marier, disaient les uns. Pour reprendre sa liberté, disaient les autres. Les paris étaient ouverts et les galants tenus en haleine. D'autant plus alléchés que Laura était une des héritières de lady Wharton et que la fortune était importante.

A cette époque, Laura aurait été épouvantée

d'apprendre cette incroyable histoire. Quand enfin elle l'apprit, cela ne lui fit plus ni chaud ni froid.

Pendant les deux années qui suivirent la fin de son deuil, la vie fut douce pour la jeune femme. La saison des bals la trouvait à Londres chez tante Marjorie. Puis venait le séjour à Paris où, en compagnie d'Helen, elle courait les couturiers. Elle n'attendait que le bal de l'ambassade de Grande-Bretagne qui avait lieu la deuxième semaine de mai pour revenir passer l'été chez elle à Stanton House. Quel bonheur c'était de retrouver sa chère maison, les domestiques, le régisseur si compétent du domaine et, dans les écuries, sa merveilleuse Circé, la jolie jument à la robe de velours fauve, au doux museau. Laura l'adorait. Elle lui murmurait à l'oreille des mots tendres qu'elle n'employait jamais pour aucun être humain. Avec Circé, elle se sentait libre et heureuse. A deux, elles faisaient de longues promenades. Quand arrivait le moment du départ, les adieux se prolongeaient et devenaient plus pénibles d'année en année.

– Je reviendrai vite, ma belle chérie, pleurait Laura. Je reviendrai et nous ne nous quitterons plus.

Puis, le cœur gros, elle repartait pour Londres et ses réceptions. Laura avait acquis une réputation de jeune fille agréable et sage. Jamais elle n'accordait de rendez-vous. Pas un garçon ne pouvait se vanter de lui avoir volé un baiser. Selon les potins, elle attendait calmement le retour de son officier.

Elle accordait volontiers sa sympathie et parfois son amitié, sous condition toutefois qu'on ne la touche pas, même du bout des doigts. Quant à se laisser passivement embrasser, rien que cette pensée la mettait mal à l'aise. Elle agissait comme un dompteur de fauves qui ne se laisse jamais approcher de trop près sous peine de perdre le contrôle de la situation.

Cependant, depuis quelque temps, tante Marjorie tissait sa toile autour de Laura pour que celle-ci demande l'annulation d'un mariage qui devenait encombrant. N'était-il pas temps d'envisager une autre union avec quelque jeune homme bien né et surtout présent ?

Devant le calme imperturbable avec lequel sa nièce repoussait ses suggestions, lady Marjorie commençait à s'inquiéter.

Pas Laura. Au contraire. Ce mariage stupide, tout grotesque qu'il fût, était son pare-feu, son garde-fou. À l'abri derrière son époux fantôme, elle ne redoutait plus qu'on la contraigne.

8

La coutume voulait que l'on jugeât bon un nouveau maître de plantation qu'après un laps de temps plus ou moins long pendant lequel il se ferait estimer sur son habileté à faire fructifier ses terres et travailler ses esclaves.

September s'administrait facilement, à condition toutefois de mettre du cœur à l'ouvrage.

Deux contremaîtres métis surveillaient le labeur des esclaves dans les champs, un régisseur les travaux et les hommes. Un représentant comptable veillait à ce que tout fût emmagasiné et vendu, s'occupait également de la paperasserie afférente au domaine.

A première vue, il semblait qu'Arnaud avait peu à faire. En fait, debout dès l'aube, dernier couché, le nouveau maître de September travaillait aussi durement que les esclaves. Doté d'un tempérament qui le poussait à l'activité, il ne vivait pleinement qu'en s'occupant. Tous les matins, il s'enfermait dans son bureau avec le régisseur pour discuter des décisions à prendre. Le reste du temps, il arpentait la plantation à cheval. Il s'intéressait à tout, secondé en permanence par un grand métis rieur et tout en muscles qui le suivait partout monté sur un cheval borgne.

Dans la fournaise des jours d'été, ils parcouraient l'ensemble des champs brûlés par le soleil où les Noirs œuvraient le dos courbé.

Observé par les planteurs qui trouvaient que ce

garçon se surmenait, Arnaud se transformait en superbe gaillard. A chevaucher par tous les temps, il s'était musclé, sa carrure avait gagné en largeur et son teint avait foncé. Il faisait battre plus d'un cœur et froncer les sourcils des pères de demoiselles épousables qui savaient à quoi s'en tenir sur sa situation de famille.

En présumant tous que « l'Anglais » se fatiguerait vite de ses responsabilités, les voisins faisaient injustice à la conscience professionnelle d'Arnaud, à sa ténacité.

Comme pour le stimuler, une pluie d'abondance ruisselait sur le Sud. Le monde entier réclamait du coton et September en fournissait à profusion. Tout était pour le mieux. Enfin presque...

Arnaud venait d'un pays libre et les deux cent quatre-vingt-onze esclaves noirs du domaine pesaient lourd sur son cœur. On aurait pu lui objecter que lui-même avait été servi et entouré de domestiques depuis sa naissance, rien n'aurait changé. Il admettait très mal les dures lois de l'esclavage. Une telle plantation aurait eu beaucoup de peine à prospérer avec du personnel rétribué. Mais des esclaves... Là, le bât le blessait. Les Noirs étaient vendus, achetés, prêtés, parfois joués et perdus sur une table de jeu. Ils étaient alors séparés des leurs comme du vulgaire bétail.

Arnaud, à qui on accordait peu de sympathie, restait bien isolé. En fait, l'héritier de Francis Willier avait déçu tout le monde et personne ne se fiait entièrement à lui. Quelques-uns l'avaient quand même invité mais jamais pour une fête familiale. A vrai dire, on l'invitait quand on ne pouvait pas faire autrement, quand, par exemple, on recevait une personnalité qui avait bien connu l'ancien maître du domaine et que l'absence de son fils adoptif aurait intriguée. On voulait bien rire de l'Anglais mais on ne voulait pour rien au monde montrer aux gens venus d'ailleurs qu'un homme du pays avait été assez naïf pour aller prendre un héritier aussi loin de chez lui. Et quel héritier ! Un Anglais !

Naturellement, Arnaud présumait que ses voisins chuchotaient sous le manteau à propos de l'absence de Vivien. En fait, après bien des conjectures et des commérages, le sort de la fausse Mme Willier n'était plus évoqué que de loin en loin.

Il y avait longtemps que Vivien avait décampé avec armes et bagages. Tout était arrivé très vite. Après plus de deux ans de résistance passive, elle avait accepté de s'établir à Baton Rouge, la grande cité de Louisiane, suffisamment éloignée de September pour la mettre à l'abri des cancans.

Alors qu'Arnaud avait usé de tous les arguments possibles et imaginables en lui faisant miroiter une vie plus agréable pour elle loin du domaine, ce fut une invitation à une soirée consacrée à la musique qui mit le feu aux poudres. Cette invitation chez les Mackensie, adressée au seul Arnaud Willier, ne mentionnait aucunement la possibilité de se faire accompagner d'une autre personne.

Voilà comment, lassée d'être abandonnée à la seule présence des domestiques par son amant occupé toute la journée dans les champs, celle qui avait failli être Mme Willier jetait l'éponge.

C'était bien mieux ainsi. Rien n'avait marché entre eux. Arnaud lui reprochait tous les jours de lui avoir forcé la main. Il se blâmait de ne pas avoir été assez ferme pour la remettre dans le premier bateau pour l'Angleterre. Les récriminations et les colères de la jeune femme avaient fini par l'excéder. Il en avait par-dessus la tête de sa hargne. Mais pour ne pas couper totalement les ponts avec celle qui avait tout abandonné pour lui, Arnaud allait lui rendre visite une ou deux fois par mois dans la maison qu'il avait louée pour elle.

Un jour d'été, un billet laconique attendait le jeune homme. Juste deux mots pour annoncer que Mme Desbury quittait l'Amérique... et Arnaud. Elle en avait assez de lui et rentrait chez elle, à Londres, parmi les êtres civilisés.

Plus de cent fois, il avait proposé l'argent du voyage, chaque fois, elle avait refusé et soudain elle partait. Qui lui avait avancé la somme ? Arnaud préféra l'ignorer. Il se retrouva seul et bien heureux de l'être. Dorénavant, les jolies quarteronnes ne manquant pas à Baton Rouge, il saurait où aller quand le besoin d'une compagnie féminine se ferait sentir.

Les hommes du voisinage se mirent à parler politique de plus en plus fréquemment, à parler haut et fort du droit à l'esclavage, du droit des Etats. Ce qui mit Arnaud très mal à l'aise. Et bien plus encore quand, le temps passant sans apporter d'amélioration dans les rapports avec l'Union, les Sudistes hâbleurs employèrent les mots de « guerre pour le droit à l'esclavage ». Tiraillé entre deux courants, Arnaud ne savait plus sur quel pied danser. Se battre pour un esclavagisme qu'il réprouvait ? Tirer sur des voisins qu'il connaissait ? Rien n'était envisageable. Aucune alternative.

Plus tard, lorsque Arnaud évoqua ses derniers jours à September, il ne put jamais se rappeler les détails. Le temps et les événements se précipitèrent.

En visite à Jackson pour une affaire d'expédition, il rencontra un homme subitement enrichi par un héritage aussi fabuleux qu'inespéré. Il désirait faire l'acquisition d'une grande plantation pourvue d'une belle demeure afin d'éblouir la toute jeune fille qu'il venait d'enlever et d'épouser. Ses sympathies allant aux Etats du Sud, il ne rêvait que de rendre à sa jeune épouse le confort d'une maison aussi cossue que celle qu'elle avait quittée avant de s'enfuir avec lui.

Arnaud ne sut jamais comment tout cela s'était passé, il savait seulement qu'un miracle s'était produit. Il n'avait plus à choisir son camp, le hasard avait choisi pour lui. La somme proposée était énorme, les clameurs des confédérés étourdissantes. « Guerre pour nos droits », entendait-on de partout.

Ce fut finalement ce qui décida Arnaud. L'acquéreur était solvable, le marché fut conclu quinze jours plus tard. September vendu, il quitta la blanche demeure. Il partait le cœur gros mais, dans le Sud ivre d'exaltation, prêt à la guerre, il n'y avait déjà plus de place pour les neutres.

L'univers d'Arnaud avait craqué. Bouleversé, il ne pouvait que déplorer la guerre qui se profilait à l'horizon.

Après un voyage de cinq semaines qui l'amena sur la côte française, Arnaud se sentit partagé entre l'impatience de rentrer à Shiplake et l'appréhension de retrouver la maison de son enfance sans lady Constance qui en avait été l'ornement et sans son plus jeune frère. Il rongeait son frein avec une fébrilité plus proche de l'angoisse que de la joie. Alors, il s'accorda quelques semaines de répit. Personne n'avait été avisé de son retour à Shiplake. Nul ne l'attendait. D'autre part, l'argent ne lui manquait pas. Il passerait par Paris, le temps de quelques nuits folles et de quelques joyeuses conquêtes. Ensuite on aviserait.

Après deux très agréables semaines, comme il passait devant la boutique d'un fleuriste, il se fit heurter de l'épaule par un homme.

– Grand Dieu, Willier ! C'est bien toi ? s'écria Stephen Coleridge un camarade de jeunesse. Je bouscule quelqu'un parmi tout ce monde et c'est toi ! Avoue que parfois, le hasard...

Arnaud le regarda, heureux de la rencontre. Stephen à Paris ! Comme le monde était petit ! Stephen ! En poste à l'ambassade de Grande-Bretagne, d'après ses explications.

– Comment se fait-il que tu sois ici ? demanda l'agent diplomatique en lui donnant une tape amicale sur l'épaule. On m'avait dit que tu avais été adopté par un oncle richissime. Qu'en est-il exactement ?

– Eh bien ! Toujours bien renseigné, Stephen ! En effet, je rentre d'Amérique. Je reviens définitivement chez nous.

– L'Amérique ne te plaisait pas ?

Arnaud se mit à rire pour cacher sa nostalgie.

– Oh si ! Le Mississippi est un Etat magnifique. J'y ai laissé beaucoup de moi-même. Mais, vois-tu, je n'ai pu me résigner à vivre loin de notre pays toute ma vie.

La vraie raison ne regardait personne. Et, de toute façon, Arnaud ne la dévoilerait jamais.

En diplomate qui sait se mettre à toutes les sauces, Stephen éclata d'un bon rire franc.

– Ah, notre belle Albion !... Dis-moi, Willier, le Mississippi n'est pas un Etat confédéré ? N'est-il pas en guerre ?

– D'après les dernières nouvelles recueillies à mon arrivée, il semblerait en effet que les Etats se seraient déclaré la guerre. Une grande effervescence régnait un peu partout lorsque j'ai quitté le Mississippi.

– Cette guerre pour le droit à l'esclavage est profondément immorale, tu ne crois pas, Willier ?

Arnaud était du même avis mais peu disposé à en discuter ; il laissa son camarade pérorer tout son soûl. Et ne tendit l'oreille que lorsque Stephen lui parla de Lisbeth qui s'était mariée l'année précédente avec un diplomate promis à un bel avenir.

– J'ai rencontré ta sœur à Saint-Pétersbourg. Tu sais que son mari y est en poste ?...

Arnaud en avait été avisé par son frère Christopher mais le mariage de Lisbeth et la carrière de son mari ne l'avaient intéressé que très modérément. Il ne s'était pas vraiment senti concerné, tout comme par la mort de leur père survenu trois ans auparavant.

– Ton beau-frère, lord Dombay, est le cousin de Son Excellence, notre ambassadeur.

Manifestement, pour Stephen, il n'existait pas de plus belle parenté.

– Son Excellence fait donc partie de ta famille.

Arnaud n'en était nullement convaincu et s'en

fichait éperdument. Pourtant, il adhéra volontiers à la proposition de son ami de l'accompagner au bal donné ce soir par Son Excellence à l'ambassade de Grande-Bretagne.

Juste le temps de se faire raser et de rentrer à son hôtel revêtir un habit de soirée.

– Tu te mets sur ton trente et un. Ce soir, en plus du gratin parisien, nous avons des chances de rencontrer de belles Anglaises. Et qui sait ? Un changement pourrait survenir dans nos perspectives d'avenir amoureux. Oh ! Mais, j'y pense tout à coup... n'es-tu pas marié ?

Arnaud éluda la question.

– Ne sois pas stupide, mon vieux, se défendit-il sur un ton très vigoureux.

Un peu de honte surnagea un instant dans son esprit mais il était incapable de répondre autrement. Jamais la notification de son divorce n'avait été à l'ordre du jour. Il n'avait rien reçu à ce sujet et ne s'en était pas informé. A la vérité, il s'en souciait comme d'une guigne.

Aussi, le couteau sur la gorge, Arnaud aurait été dans l'impossibilité de renseigner ce fouineur de Stephen. Il ignorait lui-même s'il était encore marié...

9

La berline s'immobilisa devant l'escalier d'honneur. Georges, en deux longues enjambées, se précipita pour aider son épouse et sa belle-sœur. Il prit une profonde inspiration et, se rengorgeant à juste titre d'escorter d'aussi jolies femmes, monta les marches décorées de fleurs fraîchement coupées.

Dès que le domestique en livrée eut annoncé leur nom, Richard Hartley, neveu de l'ambassadeur, accourut vers eux. Laura lui adressa un tel sourire qu'il s'arrêta un court instant avant de venir saluer le baron et la baronne Montbrun et... l'adorable, la ravissante Mlle Stanton qui l'attendait, les deux mains tendues.

– Dickie ! Dickie ! dit-elle avec un reproche dans la voix. C'est vous ! Ainsi vous avez tenu parole ? (Elle se tourna vers sa sœur.) Sais-tu que Richard a fait le voyage de Londres rien que pour venir à ce bal ?

Les petites mains blanches de la jeune fille effleurèrent à peine celles de Richard que déjà elles se dérobaient. Son contact quoique furtif avait quelque chose de bouleversant qui émut vivement le jeune Dickie.

– Toutes vos danses sont-elles promises, Laura ?

– J'ai bien peur qu'elles ne le soient toutes. Voyez-vous, cher Dickie, je ne pensais pas vous voir et je...

– Vous m'accorderez au moins une valse ? Une toute petite valse ?

Elle réprima un sourire en le voyant se rembrunir.
– Nous verrons. En attendant, votre bras, cher Richard. Conduisez-moi jusqu'à la salle de bal.
Une expression de ravissement se peignit sur les traits un peu lourds du jeune homme qui lui tendit le bras avec empressement.
– Laura, vous m'en voyez ravi. Comme c'est aimable à vous de prendre pitié d'un pauvre garçon qui se languit de son pays.
Ne voulant pas laisser voir qu'ils approuvaient cette soumission tacite, les Montbrun relevèrent les sourcils afin de s'informer mutuellement qu'ils n'étaient en rien responsables des bris de cœur.
L'heure qui suivit fut des plus agréables jusqu'à ce qu'Helen surgisse pour demander à Laura un entretien en tête à tête.
– Cher Dickie, voudriez-vous aller me chercher une coupe de punch ? demanda Laura avant de se tourner pour s'excuser vers le groupe de jeunes gens et de jeunes filles qui l'entouraient. Ne vous sauvez pas, je reviens très vite.
Sans attendre la fin de la phrase, Helen l'avait déjà prise par le bras, les lèvres ébauchant un petit sourire contraint.
– J'ai une nouvelle à t'apprendre... une nouvelle qui risque de ne pas te plaire. Voilà...
Elle posa la main sur l'épaule de Laura.
– Arnaud est ici. Je viens de l'apercevoir dans l'autre pièce. Lui ne m'a pas vue.
Arnaud ! Ce nom, plus assourdissant qu'un coup de tonnerre, résonna dans les oreilles de la jeune fille. Elle ne put retenir un cri de révolte :
– Non ! Ce n'est pas possible ! Il est loin d'ici, en Amérique...
Elle avait pris la main d'Helen et la tenait serrée contre son cœur.
– Oh, ma chérie, je suis désolée, murmura Helen. Mais on peut revenir de n'importe où, même de très loin, même du bout du monde.
Devant l'expression de désarroi qui se lisait sur le

visage de sa petite sœur, elle devina ses doutes et son espoir.

– Non, ma Laura, je ne me trompe pas, hélas. Je l'ai parfaitement reconnu.

Laura dut rester un long moment appuyée le dos au mur avant de se sentir capable de tenir sur ses jambes.

Arnaud ! L'Ogre ! A la minute où ce démon était apparu dans sa vie tout avait basculé dans l'horreur. Elle avait bien conscience qu'elle n'avait pas été victime d'un simple mortel mais bel et bien de Satan lui-même en la personne du diabolique Arnaud Willier.

– Laura, tu te sens bien, ma chérie ? Veux-tu rentrer à la maison ?

Laura secoua la tête et poussa un profond soupir.

– Non, je crois que tante Marjorie a raison, un jour ou l'autre, il me faudra affronter mes difficultés. Je ne peux pas toujours fuir.

Elle redressa les épaules en regardant autour d'elle.

– Dis-moi seulement où est l'Ogre. J'irai seule. D'abord, je l'observerai sans qu'il le sache afin de me familiariser avec son apparence. Après, ce sera à la grâce de Dieu.

– Viens avec moi. Regarde dans cette pièce. Là-bas, à côté de la cheminée. Je peux rester avec toi si tu le désires.

– Non, merci, Helen, je ne veux plus être lâche. D'ailleurs, je ne sais pas encore si je vais le laisser me découvrir ou pas.

La gorge serrée, Laura se faufila entre des petits groupes agglutinés à l'entrée du grand salon d'apparat. Elle se demandait ce qui arriverait si elle rencontrait l'Ogre au milieu de ces gens. Avec tout ce monde, il ne pourrait se montrer violent.

Là où se trouvait Arnaud en compagnie d'un autre homme, la place était pratiquement libre. Elle s'avança vers la cheminée en s'efforçant d'apaiser les battements fous de son cœur. Les deux hommes lui tournaient le dos. Pour parler, Arnaud se tenait un peu penché vers son interlocuteur plus petit que lui. Il se redressa et se tourna à demi vers Laura.

Tout d'abord, elle ne reconnut que l'épaisse chevelure châtain clair Il avait rasé ses favoris ce qui changeait son visage au teint hâlé. La ligne dure de sa mâchoire et de son menton carré apparaissait davantage. Ses traits n'étaient pas d'une beauté classique mais réguliers malgré le nez un peu long des Willier. D'après le peu qu'elle aperçut, ses yeux gris n'avaient rien perdu de leur expression satanique.

La carrure de l'Ogre semblait élargie et cela lui parut fort improbable. Quand Arnaud était parti, il avait déjà vingt-sept ans. N'était-ce pas trop âgé pour changer de morphologie ? Aujourd'hui, quatre années plus tard, il faisait figure d'homme mûr aux yeux de Laura qui allait avoir vingt ans.

Stephen occupait de hautes fonctions auprès de l'ambassadeur, ce qui dénotait des compétences incontestables. Pour l'instant, il en était encore à essayer de trouver un lien de parenté entre son ami Arnaud et Son Excellence l'ambassadeur.

– Son Excellence est marié avec la sœur aînée de ton beau-frère, donc pour toi, il est... voyons, aide-moi... Il y a sûrement un lien familial entre vous.

Cette conversation commençait à fatiguer sérieusement Arnaud quand Stephen s'éclipsa en lui promettant de revenir dès que son service le lui permettrait.

Arnaud jeta un coup d'œil par-dessus son épaule. Impressionné soudain par un tableau ravissant, il se tourna franchement pour admirer la gracieuse silhouette d'une jeune fille mince, de taille parfaite, avec des rondeurs juste là où il fallait. Et sans cavalier, apparemment... La belle se contemplait dans le grand miroir. Et lui avait tout son temps. Il le prit pour admirer la superbe robe blanche si joliment fleurie qui découvrait des épaules laiteuses contrastant avec de beaux cheveux noirs.

Côté face, maintenant. Eh bien, eh bien !... Il

n'avait pas vu d'aussi plaisante image depuis longtemps. Cette jeune personne était tout simplement adorable. Et il s'y connaissait !

Un corsage bien rempli, pas trop abondant, ni trop maigre. Et ce petit nez bien droit, n'était-il pas charmant ? En plus, une bouche féerique qui semblait faite pour savourer des baisers...

Il lui trouva une vague ressemblance avec une gamine qu'il avait dû connaître jadis.

Au fond de sa mémoire, il entendit tinter la cloche du souvenir. Pourtant, pendant un moment, il fut incapable de se rappeler qui était cette jolie personne. Non, il ne l'avait sûrement jamais vue car il n'aurait pas oublié ces cheveux noirs et...

Dans le miroir son regard se heurta à deux yeux d'un bleu intense. Des cheveux noirs et des yeux bleus ? Le cœur d'Arnaud s'arrêta puis bondit.

Seigneur ! Laura ! La peureuse Laura, la larmoyante !

Il venait de traverser l'Océan, il était à peine remis de son long voyage et la première fille sur qui il tombait était cette petite idiote de Laura. C'était bien sa chance ! Qu'allait faire cette enfant demeurée ? Un esclandre ? Geindre, se trouver mal ? Attirer les regards sur eux avec ses mines d'oisillon tombé du nid ? Vivement, il se retourna pour tenter de se dissimuler à sa vue. L'espace d'une seconde, il envisagea de s'enfuir comme un lâche. Puis il se ressaisit. Il n'allait tout de même pas prendre la fuite devant une gamine de... Au fait, quel âge avait Laura ?

Assez en tout cas pour entendre raison. Le tout était de savoir s'y prendre.

– Bonsoir, dit-il fort aimablement en inclinant la tête en direction de l'image dans le miroir.

Sa voix chaude avait pris un très léger accent agréable à l'oreille.

– Bonsoir, répondit Laura d'une voix calme avant de lui faire face.

Cette attitude ne le déconcerta pas trop. Il s'attendait à la déraison de cette fillette. Il s'efforça de garder son sérieux.

– Je suis Arnaud.

La réponse fut immédiate :

– Vraiment ?

Il s'amusait franchement à présent. Elle ne se rappelait pas ! La petite cruche avait toujours l'esprit aussi lent.

– Tu ne me reconnais pas ?

Elle ne put dissimuler son agacement devant une question aussi stupide.

– Evidemment, je vous reconnais, répliqua-t-elle en haussant les épaules. Croyez-vous que je parle aux messieurs que je ne connais pas ?

Soudainement, elle se rendit compte qu'il ne l'impressionnait plus du tout.

Tournant la tête, elle jeta un coup d'œil à sa propre image dans le miroir. D'un revers de main léger, elle fit voler de son épaule un imaginaire grain de poussière.

Puis elle fit demi-tour et sourit si amicalement que, désarmé, il lui rendit son sourire.

– Vous êtes incorrigible...

Il crut avoir mal entendu.

– Je ne veux pas de champagne. Dickie ! Chercheriez-vous à me griser, vilain garçon ?

L'œil perplexe d'Arnaud se posa sur le miroir. Juste derrière lui, un grand garçon aux cheveux blond-roux, attendait, une coupe de champagne à la main, avec une mine un rien contrariée.

Petit à petit, le sourire d'Arnaud s'effaça. Il glissa un coup d'œil oblique vers Laura qui passa près de lui en le frôlant. Sans un regard, comme s'il était invisible.

– Déposez cette coupe, cher Dickie, et accompagnez-moi.

Abandonnant Arnaud sans l'ombre d'un signe d'intérêt, Laura s'éloigna en marchant comme le lui avait appris sa tante, au bras du blondinet. Avec grâce et légèreté afin de communiquer un léger balancement aux cerceaux de sa crinoline. Ils n'avaient pas fait trois pas que quatre jeunes gens se portèrent au-devant d'eux. Leurs exclamations à propos de la grâce de Laura, de sa beauté, de sa jolie toilette retentirent aux oreilles incrédules d'Arnaud. Tout d'abord choqué et ensuite furieux, il explosa intérieurement. « Sont-ils devenus fous ? Que signifie tout cela ? Si Laura était jolie, je le saurais, que diable ! »

Il observa intensément les jeunes blancs-becs qui tournaient autour de sa femme... ou de son ex-femme. Il ne tarderait pas à l'apprendre ! En attendant, l'envie le tenaillait de corriger ces béjaunes qui osaient s'adresser à elle. Heureusement, il se reprit assez vite en songeant à l'incohérence de cette réaction.

– Mademoiselle Stanton ! Que vous êtes ravissante ce soir, soupira un admirateur. Vous êtes de plus en plus radieuse.

– Bien sûr que je le suis, affirma-t-elle d'un ton si convaincu que tous éclatèrent de rire, y compris Laura.

Un petit rire délicieux qui fit bouillonner dans le cœur d'Arnaud un sentiment de frustration et de doute.

Des invités quittaient le salon pour la salle de bal et les deux petites salles de jeu préparées à l'intention des joueurs impénitents.

Les jeunes dandys semblaient s'être installés au milieu de la pièce et discouraient assez bruyamment. Deux jeunes filles, attirées par les garçons mais faisant mine de les ignorer, se précipitèrent vers Laura sous prétexte d'admirer sa robe. Elle fut le centre d'un cercle de jeunes gens qui parlaient tous un peu fort afin de se faire entendre par-dessus le brouhaha.

Arnaud essayait de détacher son regard du groupe mais n'y parvenait pas. Ses lèvres avaient un pli désenchanté et dans ses yeux gris brillait une lueur de dédain comme si les gamins bruyants l'ennuyaient.

Après avoir passé la tête dans la pièce, Stephen

s'approcha de son ami, un sourire préoccupé sur le visage.

– Son Excellence débat pour l'heure d'affaires personnelles, le renseigna-t-il d'une voix où perçait un feint soulagement. Me voilà libre et à toi pour un petit moment. Je suis au regret de t'avoir abandonné mais Son Excellence m'avait fait demander.

Il clignait des paupières et, lorsqu'il prononçait le mot « Excellence », son visage revêtait une expression de respectueuse et dévouée lassitude qui indiquait clairement que le fait d'avoir été requis personnellement par Son Excellence le plaçait d'emblée au-dessus du lot des diplomates ordinaires de l'ambassade.

Mais ses paroles furent perdues et ses mimiques également car Arnaud ne lui prêtait aucune attention. Il guignait Laura qui était incontestablement le centre de toutes les attentions. Il observait la grâce de sa pose, son dos bien droit, la façon dont la lumière du grand lustre caressait ses longues boucles noires et les fleurs qui les paraient.

Il l'entendit s'exclamer d'une voix gentiment moqueuse :

– Oh, les menteurs ! (Puis se tournant vers les deux jeunes filles, elle fit allusion à quelqu'un que tous connaissaient apparemment.) Je viens de l'apercevoir devant cette porte, pas plus mourant que vous et moi. Ou alors, c'est qu'il est devenu Seymour le miraculé !

Elle pouffa, rejetant légèrement la tête en arrière, puis son rire clair fusa, déclenchant les éclats de rire des autres.

– Elle est charmante, n'est-ce pas ? remarqua Stephen en suivant la direction du regard d'Arnaud. Veux-tu que je te présente ?

– Non, merci. Nous nous connaissons déjà...

Il eut beau faire, il ne put s'empêcher de penser que Stephen, au courant de tout, lui tendait la perche. Mais non, sur le visage du diplomate il ne lut rien de plus qu'un intérêt ordinaire. Arnaud s'empressa de continuer :

– La propriété des Stanton jouxte la nôtre à Shiplake.

– En effet, si vous êtes voisins... Quelle délicieuse jeune fille, n'est-ce pas ? dit-il en fixant Laura qui sortait au bras de Richard Hartley.

Arnaud lui adressa un regard torve.

– Tu ne la trouves pas jolie ? s'étonna Stephen dont les sourcils se froncèrent d'indignation.

– Oh que si ! se hâta de répondre Arnaud.

Le diplomate se pencha et murmura confidentiellement :

– Le garçon blond à la gauche de Mlle Stanton est Richard Hartley, le neveu de Son Excellence.

Autant dire le neveu du Bon Dieu.

– Ah ! fit Arnaud faute de mieux.

– Ce jeune sot est amoureux fou de la jolie personne en question.

Arnaud fut aussitôt tout oreilles.

– Il est arrivé de Londres cet après-midi, complètement épuisé par une traversée épouvantable. Il repart demain. Et pourquoi cette randonnée ? Pour assister au bal de ce soir et approcher sa chère et tendre, continua-t-il quand il s'aperçut que son ami l'écoutait avec attention.

– Sont-ils... ? commença celui-ci.

Stephen l'arrêta de ce ton à la fois tranchant et distingué qui excluait toute possibilité d'interruption et faisait ramper sous le tapis tous les freluquets qui étaient sous ses ordres.

– Mlle Stanton se trouve trop jeune pour s'engager. Pourtant elle n'a que l'embarras du choix, ce ne sont pas les prétendants qui manquent. Combien ? Dix, vingt ! dit-il avec une sorte d'arrogante indignation. Elle aurait déjà pu se marier vingt fois ! Mais elle se trouve trop jeune. J'ai, quant à moi, ma petite idée là-dessus.

Arnaud, qui se demandait avec inquiétude ce que son ami entendait par là, se mordilla les lèvres. Il lui semblait, à présent, que Stephen savait aussi bien que lui ce qu'il en était de son mariage et ce qu'il en était advenu.

De la salle de bal venaient des applaudissements. Le silence revint puis les deux hommes entendirent une forte voix agrémentée d'une grasseyante pointe d'accent écossais commencer un laïus. La première pensée d'Arnaud fut de se féliciter d'être resté dans le salon d'apparat. La soirée était assez éprouvante sans qu'il soit obligé de supporter le blabla d'un Ecossais.

Il secoua un peu le bras de Stephen pour le rappeler à la conversation.

– Mlle Stanton, disais-tu ? Aurait-elle un cœur volage ?

Stephen renifla d'un air méprisant.

– Quelle idée ! Mlle Stanton est une personne raisonnable qui veut prendre le temps d'étudier toutes les demandes. Quand une demoiselle possède la jeunesse, la beauté et en plus la richesse, la plus grande prudence s'impose, tu ne crois pas ? insista-t-il en lui faisant un clin d'œil l'encourageant à se prononcer.

– Mm... oui, finit par répondre Arnaud.

Riche, Laura ? Comment se faisait-il que Stephen soit si bien renseigné ?

– Qui t'a appris tout cela ?

– Mon jeune frère Edward qui le tient de lady Wharton. Ce galopin, désireux d'épouser à la fois une demoiselle ravissante et une fortune, a entrepris de faire la cour à la tante Wharton dans l'espoir de toucher le cœur de la toute belle.

La toute belle ? Laura ? Enfin, comme on dit, les goûts ne se discutent pas. La toute belle, tiens, tiens !

– Est-il arrivé à ses fins ? Qu'a-t-il obtenu ?

Ces questions lui tenaient à cœur. Il n'aurait su dire pourquoi.

– Pas ça ! répondit Stephen en faisant claquer discrètement l'ongle de son pouce sous sa dent. Rien ! Ni rendez-vous, ni baiser. Rien, te dis-je.

Comme pour saluer cette nouvelle, la fin du discours, dont ils n'avaient pas saisi dix mots, se perdit dans un tonnerre d'applaudissements.

– La petite Stanton a hérité du domaine familial en plus de la fortune de sa mère. Peut-être ignores-tu que ses parents sont morts lors de l'épidémie de choléra ?

Morts, les Stanton ? Ah oui ! Il se souvenait à présent. A la fin de la lettre de Christopher contenant la terrible nouvelle du décès de sa mère et de celui de Peter, étaient glissés quelques mots annonçant la mort de ses beaux-parents. Tout à sa douleur, il n'y avait pas prêté attention. Puis l'avait oublié.

Stephen avait toujours été comme ça : une fois lancé, rien ne pouvait l'arrêter.

– Elle habite à Londres, chez sa tante, lady Wharton. Tu la connais ?

– Non, je ne connais pas lady Wharton.

– Peut-être alors as-tu entendu parler de son mari lord Wharton dit lord Malchance ?

Stephen s'esclaffa et Arnaud avec lui.

– Pour ça, oui ! Qui n'en a entendu parler en son temps ? Pendant trois jours, nous nous sommes amusés à regarder toutes les portes ouvertes en simulant la peur de recevoir une balle perdue. Que nous étions bêtes !

De la salle de bal leur parvinrent les mesures bien rythmées et entraînantes d'une valse.

– J'en reviens à lady Wharton : après la mort combien originale de son mari, elle a eu la douleur de perdre sa fille unique lors de la révolte des Cipayes. Mlle Stanton est la seule famille qui lui reste et son héritière en puissance. Quand on connaît l'étendue de sa fortune, on ne s'étonne plus du nombre de prétendants qui viennent jouer la sérénade à la jeune fille.

Il baissa la voix jusqu'au chuchotement :

– De toi à moi, je vais te donner mon point de vue. Je crois que la petite a été promise par ses parents à un officier de l'armée des Indes du régiment du gendre de lady Wharton. Par respect pour leur mémoire, elle n'ose passer outre à la volonté de ses parents. Ceci en confidence, tu n'en souffles pas un mot. Qu'en penses-tu ?

– Quelle imagination !

– Pour tout te dire, je le tiens de l'ami d'un ami de mon jeune frère. C'est très vraisemblable. Es-tu de mon avis ?

Arnaud ne l'était pas et pour cause. Néanmoins, il ne le contredit pas et acquiesça d'un vague signe de tête.

Un homme à demi chauve apparut dans l'encadrement de la porte. Il remua les lèvres : « Son Excellence ».

– On me demande, soupira Stephen en essayant de prendre un air de regret.

Visiblement, une telle obligation paraissait le satisfaire pleinement.

A moins de dix pas du salon d'apparat, deux longues et belles marches de marbre blanc illuminées de bougies conduisaient à la salle de bal.

L'orchestre, placé au bout de la pièce sur une estrade entourée de fleurs en pot, jouait une mazurka. Les invités qui ne dansaient pas avaient trouvé place le long du mur ou étaient groupés en bas des marches autour d'un petit homme agité qui se taillait un joli succès d'après les rires qui fusaient par moments de cet endroit.

Arnaud ne chercha pas à se joindre à eux. Les boutades ne l'intéressaient pas pour l'instant. Il aimait danser et y excellait. De plus, il n'avait pas pour habitude de rester les bras ballants dans une salle de bal où tant de jolies filles ne demandaient qu'à être invitées. Il allait remarquer une belle demoiselle, se faire présenter à elle et la faire valser.

Ses yeux parcoururent la pièce et se rivèrent sur un couple dont la femme portait une robe de tulle blanc enguirlandée de fuchsias roses. Il ne quitta pas un instant du regard la petite personne brune à la taille mince et flexible qui, excellente danseuse, virevoltait avec élégance. Il admirait l'éclat de ses yeux, le demi-sourire charmant de ses lèvres.

Alors que Laura, reconduite par son cavalier, revenait vers ses amis, l'orchestre attaqua une valse. Encore légèrement essoufflée, elle venait à peine de s'asseoir qu'elle vit Arnaud s'avancer vers elle tout sourires dehors.

– Veux-tu me faire l'honneur... ? dit-il à mi-voix en inclinant la tête.

Il n'eut pas le temps de finir sa phrase que Laura se levait.

– Veuillez m'excuser, coupa-t-elle calmement. Je suis lasse.

Elle ne dit pas un mot de plus et lui tourna le dos. Le sourire d'Arnaud s'estompa graduellement. Désorienté d'être ainsi repoussé, il éprouva le soudain désir d'envoyer la jeune femme au diable. Il fit l'effort de se ressaisir avant de s'approcher d'elle de nouveau.

– Tu es trop fatiguée pour m'accorder une danse. Je veux bien l'admettre. Repose-toi. Si, si, repose-toi.

Il pensait avoir prononcé ces paroles avec beaucoup de gentillesse mais il comprit au regard noir qu'elle lui lança que sa tentative avait échoué. Nullement impressionné par ce bout de femme, il poursuivit :

– Nous devrions avoir un entretien, toi et moi. J'ai des choses importantes à te dire.

Laura fronça les sourcils et hocha la tête.

– Ça tombe bien, j'ai aussi à vous parler.

Il jeta un coup d'œil circulaire autour de la pièce. Il devait bien y avoir un endroit calme dans cette demeure.

– Mais ce n'est ni le lieu ni l'heure.

La musique s'enfla pour le finale de la valse forçant Arnaud à hausser la voix :

– Où et quand, petite capricieuse ?

Elle attendit la fin du morceau de musique pour répondre posément :

– Je rentre chez moi dans peu de temps. Si vous

vous trouvez à Shiplake à ce moment-là, je vous ferai savoir où et quand.

Là, elle dépassait les bornes ! Et Arnaud n'avait jamais brillé par la patience. Un éclair de colère embrasa son visage. L'envie de crier son exaspération le démangeait mais il se contint et presque calmement répliqua :

– Bien ! Tu vois, je ne discute pas.

Ce qui était tout aussi bien car à trois pas d'eux, un nouveau cavalier, dont la tête inclinée rappelait à Laura qu'elle lui devait une danse, attendait que la jeune femme vînt à lui. Comme elle marchait vers le jeune homme sans tenir compte d'Arnaud, celui-ci se précipita et l'attrapa par le bras.

Le regard qu'elle posa sur sa main avant de remonter vers son visage lui fit l'effet d'une gifle. Il retira vivement sa main comme si le bras mince le brûlait.

– Je constate que tu n'es fatiguée que pour moi, grinça-t-il, les dents serrées.

– Exactement !

Laura lui tourna le dos et, relevant d'un pouce le bas de sa jupe, elle se dirigea vers le jeune homme qui l'attendait.

Soudain, elle fit volte-face et revint sur ses pas jusqu'à toucher la poitrine d'Arnaud de son éventail.

– Et ne me tutoyez pas, articula-t-elle à voix basse. Je ne suis pas une de vos domestiques !

Sur quoi, elle le planta là, le laissant sans voix. Jamais personne ne s'était permis d'employer ce ton-là avec lui. Ah, la petite garce ! Comment expliquer ce comportement ? Les rares fois où il lui avait parlé dans le passé, la petite, consciente du grand honneur qu'il lui avait fait en l'épousant, s'était toujours adressée à lui avec le respect et la considération dus à un époux, en outre de onze ans son aîné, nom d'un chien !

Aujourd'hui, elle était toute agressivité alors qu'il lui parlait calmement. C'était à n'y rien comprendre. S'il ne l'avait pas vue refuser une coupe de champagne, Arnaud se serait vite convaincu que Laura était grise.

Il respira à fond plusieurs fois, se contraignant à faire le vide dans son esprit. Du coup, la musique lui parut assourdissante. Il lorgna les couples de danseurs d'un air de désapprobation. Il n'était pas prêt, quant à lui, à inviter qui que ce soit à danser.

Son attention fut attirée par une dame venant dans sa direction. C'était Helen.

Il esquissa un pas vers elle mais la jeune femme, après un bref signe de tête, fit demi-tour et, le menton haut levé, repartit d'où elle venait sans l'ombre d'un regard...

Après cela, il ne restait plus qu'à battre en retraite. Arnaud sortit de la salle de bal comme une flèche, n'hésitant pas à déranger les gens en discussion.

Sans se soucier de Stephen qui le chercherait partout dès que Son Excellence le libérerait, Arnaud prit son manteau et s'en alla.

Avec l'instinct infaillible d'un homme à femmes, il se mit en quête d'une maison galante. Là où il était sûr de trouver une fille accueillante, subordonnée à l'homme et ne montrant aucune résistance.

10

Arnaud ne cessait de s'interroger à propos de la convocation de Mgr Wesley, l'évêque de St. Paul. Que lui voulait-il ? Jusqu'à présent, dans les familles aisées, son intervention était synonyme de mauvaises nouvelles. De celles précédées de « Dieu, dans sa grande bonté, nous donne la force de supporter... ».

Pas étonnant qu'Arnaud, assez nerveux, s'attendît à tout et s'apprêtât à prendre son courage à deux mains. Quand un valet vêtu comme un clergyman lui fit courtoisement part du désir de monseigneur de le recevoir aussitôt.

Debout près de son bureau, l'évêque avait le visage calme, pas du tout la mine de quelqu'un qui va vous assener la nouvelle d'une catastrophe. Il avait ses façons habituelles, très tranquilles, un rien cauteleuses. Attentif, on le voyait toujours suspendu aux lèvres de son interlocuteur, prêt à intervenir d'un mot quand celui-ci tombait en panne. Pourtant, ce qui méritait la plus grande considération chez lui était son infinie patience que certains malveillants qualifiaient d'indifférence. Mais, comme on le sait, les mauvaises langues sévissent partout.

Sa fonction d'évêque lui avait donné des manières benoîtes accentuées par un cou un peu raide des suites d'un accident de cheval, un crâne lisse entouré d'une couronne de cheveux courts et gris et une tendance à parler avec componction en chuintant un peu.

– Cher cousin ! Personne ne pouvait m'être plus agréable, dit-il en venant à la rencontre d'Arnaud les mains tendues. Edward, ajouta-t-il en s'adressant au valet-clergyman, vous ferez entrer la personne aussitôt. Faites patienter les autres visiteurs.

Avant que la conversation ne s'engage, le prélat montra de la main une ou deux chaises posées devant le bureau.

– Je vous en prie, asseyez-vous, mon cousin.

Devant l'air interrogateur d'Arnaud, il fit un bon sourire.

– Oui, oui, mon cousin ! Peut-être ignoriez-vous que nous sommes de lointains cousins. Je ne m'en souvenais plus moi-même. Mais dès que lady Constance m'eut rappelé notre parenté à l'occasion d'une demande de dispense de bans – pour votre mariage, je crois, oui c'est cela, pour votre mariage –, j'ai consulté les registres relatifs à la généalogie de notre famille. Votre mère avait tout à fait raison. Nous sommes cousins.

Sur ces paroles, il se coula doucement derrière son bureau et s'assit sur une chaise confortablement rembourrée.

Arnaud se fichait comme d'une guigne de l'arbre généalogique de Mgr Wesley. Il ne l'avait pas fait venir de Shiplake pour ça, tout de même ? Il était connu pour être un vieil original et, de sa part, il fallait s'attendre à tout. Au meilleur comme au pire. Et Arnaud tendit l'échine.

Sans tenir compte du silence pesant de son vis-à-vis, il poursuivit :

– Nous attendons votre épouse. Ah ! Je crois bien que c'est elle.

Qu'est-ce que c'était que cette histoire ?

La porte fut entrebâillée par le clergyman qui échangea un regard avec monseigneur puis poussa le battant en inclinant la tête. Il s'effaça pour laisser entrer Laura.

Soudain nerveux et désemparé, Arnaud se mit

debout, le front soucieux. Mgr Wesley s'était courtoisement levé en même temps que lui.

– Bonjour, ma chère cousine. (Puis s'adressant à Arnaud :) Eh oui ! Nous sommes cousin-cousine, Laura et moi. De plus, lady Wharton, la tante de Laura, est une amie très chère. (Il soupira mélancoliquement.) Ah ! Marjorie...

Ayant mis les choses au point, il eut un geste circulaire.

– Prenez place, je vous en prie. Tous les deux en face de moi, que je vous voie bien.

Il répéta, le regard flou :

– Marjorie ! Toute ma jeunesse !

Bien qu'étonnée par le ton alangui du prélat, Laura ne lui fit pas moins sa révérence.

– Voyons, Laura, ne soyez pas si cérémonieuse. Nous sommes en famille. Asseyez-vous, ma chère.

Sans un regard pour Arnaud qui s'apprêtait à la saluer, Laura s'assit le dos bien droit. Avant qu'il n'eût le temps d'ouvrir la bouche, la jeune femme déclara en donnant l'impression d'être totalement seule avec l'évêque :

– Monseigneur, je vous remercie infiniment de m'avoir reçue.

Furieux, Arnaud prit place à côté de la jeune fille qui souriait comme une innocente. Il se tourna franchement vers elle, se disant pour se justifier qu'il désirait simplement s'assurer qu'elle avait moins fière allure en tenue de ville et chapeau qu'en robe de grand soir et chignon fleuri.

En vérité, la toilette grise gansée de noir de Laura, parfaite pour une audience particulière à l'évêché, lui allait le mieux du monde et son chapeau gris à plume noire lui emboîtait la tête de gracieuse façon.

L'espace d'un regard, il ne vit que délicatesse et féminité. Devant ses traits finement ciselés, ses yeux brillants sous la frange de ses cils et la ligne tendre de ses lèvres, sa méfiance s'envola. Il se ressaisit quelque peu, écarta sa chaise et respira à fond pour se calmer.

– Ma chère Laura. Vous permettez à votre vieux cousin de vous appeler Laura ? Merci. Ma chère Laura, vous m'avez consulté au sujet de l'action que vous envisagez et je vous ai conseillé cette rencontre entre Arnaud et vous. Moi servant d'arbitre, si je puis me permettre ce mot.

Il devint songeur et fronça les sourcils.

– Bien ! reprit-il en réponse à ses pensées. Vous désirez faire annuler votre mariage.

Les joues d'Arnaud de hâlées qu'elles étaient devinrent couleur brique. Il observa attentivement son cousin l'évêque dont chacun des traits respirait le désir de conciliation. Pas un regard pour sa voisine. La petite fourbe lui avait monté ce traquenard afin de le mettre devant le fait accompli.

Les blanches et grassouillettes mains du prélat tripotèrent des feuillets de papier posés sur le bureau avant de caresser son crâne à demi chauve.

– Quel âge avez-vous, Laura ?

– Je vais avoir vingt ans dans deux mois, monseigneur.

Encore un petit polissage de crâne avant de mettre ses lunettes rondes.

– Vingt ans, murmura-t-il avant d'écrire sur son papier.

– Arnaud ? Quel âge avez-vous ?

– Trente et un ans, mon cousin.

A chacun son tour de se traiter de cousin !

– Avant de poursuivre, attendez que je note... trente et un ans. Dites-moi, mes enfants, avez-vous vécu ensemble ?

– Jamais, monseigneur ! s'écria Laura.

– Arnaud ?

– Jamais, confirma celui-ci d'un ton rogue.

– Non, marmonna l'évêque en écrivant.

Puis, avec un regard sérieux par-dessus ses lunettes, il continua :

– Le mariage a-t-il été consommé ? La non-consommation peut être une cause d'annulation de mariage. Ce n'est pas par curiosité que je vous demande cela.

La mine perplexe de Laura l'incita à préciser :

– Prenons pour point de départ la fin de la cérémonie du mariage. Il n'est pas tenu compte de ce qui s'est passé avant. Alors, commençons par vous, Laura. Le mariage a-t-il été consommé ?

– Non, monseigneur, balbutia-t-elle, horriblement gênée.

– Je dois vous poser les mêmes questions à tous les deux. C'est le processus obligatoire. Alors, Arnaud, le mariage a-t...

– Non, le coupa Arnaud.

Et voilà qu'il faisait figure d'impuissant aux yeux de l'évêque ! Laura l'avait mis au courant des événements qui avaient suscité leur mariage, évidemment ! Bon sang ! Elle ne pouvait pas se taire ! C'était bien d'une femme de raconter des détails sans importance. Tout cela était oublié depuis belle lurette. Et ce vieux déplumé qui se gargarisait en fouinant dans ce qui ne le regardait pas...

Durant l'échange de questions et de réponses, les yeux d'Arnaud étaient restés obstinément rivés sur un tableau fixé au mur juste au-dessus du crâne lisse du cousin prélat. Il ne parvenait pas à détacher son regard de cette marine (un navire sur une mer déchaînée). Il se concentrait pour s'empêcher de prendre ses jambes à son cou et de s'enfuir de cette réunion de dingues où on le mortifiait.

Mgr Wesley, dont les yeux faisaient la navette entre ses deux visiteurs, secoua la tête à plusieurs reprises.

– Résumons-nous, le mariage n'a pas été consommé et vous n'avez jamais vécu ensemble. Ma foi, c'est clair et net. Dites-moi, petite cousine, pourquoi avez-vous laissé passer tout ce temps ? Près de quatre ans ? demanda-t-il en consultant ses fiches.

– Eh bien... Je me sentais à l'abri derrière ce mariage factice. Il me garantissait contre telle autre union que mon entourage aurait désiré m'imposer.

– Je comprends. Et vous, Arnaud ? Avez-vous saisi les raisons de Laura ?

La mauvaise grâce d'Arnaud était plus que flagrante. Pourtant il hocha la tête en signe d'acquiescement.

– Nous comprenons, alors permettez-moi de m'informer. Pourquoi maintenant, Laura ?

– Parce que je n'ai aucune confiance en M. Willier. C'est un homme violent qui m'a abandonnée dans cette grande ville qui m'était alors totalement inconnue. Il m'a laissée sans un penny à la charité d'une domestique. J'étais très impressionnable et cette situation m'a beaucoup marquée.

Mgr Wesley l'interrompit :

– Ne vous énervez pas, mon enfant.

Il tapota gentiment les notes posées sur son bureau comme s'il s'agissait de la main de Laura.

– Dites-moi tout, petite fille. Eprouveriez-vous une tendre inclination pour quelque prétendant ? Ce qui expliquerait mieux votre démarche.

Elle haussa les épaules et dit à regret :

– Peut-être, monseigneur. Est-ce bien nécessaire de... ?

Le prélat ne répondit pas tout de suite. Il était trop occupé à écrire. Si bien que, pendant un moment, il n'y eut d'autre bruit que le lent grattement de la plume sur le papier. Enfin, il se pencha vers Laura en s'appuyant sur le rebord du bureau.

– Donc, nous avons noté : nouvelle union envisagée.

Arnaud avait beau s'efforcer de détourner son attention vers d'autres pensées, les paroles de l'évêque résonnaient dans sa tête. Une nouvelle union envisagée ?... Dickie ! Ce Richard Je-ne-sais-qui, bien sûr ! La petite cruche s'est éprise de ce freluquet aux cheveux couleur queue-de-vache. Il n'a pas l'air d'avoir inventé la poudre... Elle non plus d'ailleurs... Ils feront bien la paire, tous les deux !

– Avant de donner la parole à Arnaud, je dois vous demander si vous n'avez rien à ajouter... Attendez ! Quels que soient vos griefs à l'encontre de votre mari, il est bon que vous sachiez qu'un homme a beaucoup de droits et que l'adultère ne peut être retenu contre lui. Par contre, une femme...

Se sentant visée par ces paroles, Laura bondit.

– Je n'ai jamais eu d'amant, ni d'amoureux ni même un bon ami. Même mal mariée, je me sentais liée par mon devoir.

Un sacré pavé qu'elle venait d'envoyer dans le jardin de son mari en lui démontrant qu'elle avait de l'honneur, elle, et de la moralité !

– Jamais ! répéta-t-elle fièrement.

Elle avait haussé le ton sans s'en apercevoir.

– Chère Laura ! Tss, tss ! Loin de moi l'idée de telles turpitudes.

L'évêque caressait sa calvitie d'un air contrarié.

– Vous ne m'apprenez rien, monseigneur, en me disant que les hommes ont tous les droits. Demandez donc à M. Willier s'il s'est gêné pour me battre.

Arnaud se leva à demi pour exprimer son désaccord mais l'évêque fit un signe de la main pour l'exhorter à attendre son tour. C'était un comble ! Non contente de déballer son linge sale, la jeune femme parlait comme s'il n'était pas là. Et ce faux jeton d'évêque faisait le doucereux. Il était d'accord avec elle, ça crevait les yeux !

– Reprenons-nous, Laura. Et donnez votre conclusion, mon enfant.

Indignée par tant d'insensibilité, elle lui décocha un regard noir. Puis, un peu calmée, elle reprit la parole :

– Puis-je vous rappeler que j'ai été contrainte à ce mariage ? J'ai supplié ma mère de m'épargner cette épreuve. Malheureusement, j'ai dû céder devant la menace de voir certaine abjection dévoilée à mon père qui n'aurait eu d'autre choix que de provoquer M. Willier en duel avec peu de chances d'en sortir vivant.

Arnaud laissa échapper une exclamation consternée :

– Je n'aurais jamais accepté un tel duel. Je respectais votre père et l'estimais beaucoup.

« Votre ! » Il mettait de l'eau dans son vin, non ? Les yeux de Laura pétillèrent.

– Voilà, monseigneur, j'en ai terminé. Je vous remercie de votre patiente bonté.

– N'avez-vous rien oublié, mon enfant ?

Un bref silence suivit pendant lequel Laura pesa le pour et le contre.

– Rien qui en vaille la peine, monseigneur.

La réponse était loin de satisfaire le prélat.

– Pourquoi ne pas mentionner que votre mari vous avait abandonnée ?

Tout son être vibrant de fougue, la jeune femme explosa en un déluge de paroles :

– Pourquoi reprocherais-je à M. Willier la seule chose qui me rendait la vie supportable à l'époque : son absence. Cet homme me terrorisait et je bénissais chaque heure passée loin de lui, comme j'ai béni ses conquêtes et autres maîtresses, comme j'ai glorifié le navire qui l'a emporté au-delà de l'Océan.

Exaltée par le souvenir de son soulagement, Laura se leva, tourna le dos aux deux hommes et marcha jusqu'à la fenêtre dans un gracieux envol de jupons.

L'évêque de St. Paul jeta un regard circonspect vers Arnaud tandis que celui-ci grimaçait pour cacher sa consternation. Monseigneur observa Laura qui revenait vers sa chaise. Après quoi, il se renversa sur son siège, les mains bien à plat sur les papiers étalés sur le bureau. Il regarda ses deux visiteurs du coin de l'œil et inclina la tête comme pour dire qu'il avait pris bonne note des considérations de Laura.

– En avez-vous terminé, ma chère ?

D'un hochement de tête la jeune femme acquiesça. Alors, Mgr Wesley s'adressa à Arnaud :

– Vous avez la parole, mon cousin.

Lequel agita vivement la main pour indiquer qu'il en aurait pour peu de temps.

– Que dire après un tel réquisitoire ? A vous écouter, il semblerait que je sois plus coupable que Caïn.

Ce qui, avouez-le, a de quoi me mettre mal à l'aise. Que dire ? répéta-t-il. Sinon que je croyais être le seul à me trouver forcé de me marier contre mon gré. J'avais oublié que Laura était l'autre partie lésée de cette affaire.

Il arrêta de parler pour réfléchir un instant puis ajouta d'une voix quelque peu hésitante :

– En toute bonne foi, je pensais que Laura n'était pas si malheureuse puisqu'elle retirait de la situation un mari riche d'un héritage inespéré. De plus, ma mère m'avait dit que Laura attendait un enfant. Par la suite, on m'avisa que ce n'était qu'une ruse pour aggraver mon cas et renforcer la contrainte. Qui m'avait menti ? Ma mère ?

La réponse de Laura jaillit, immédiate. Elle répliqua en fixant obstinément la pointe de ses chaussures :

– Lady Constance n'y était pour rien. Ma mère, que Dieu lui pardonne, voulait me voir épouser un Willier. Trop heureuse d'en tenir un à sa merci, elle a voulu affermir sa position. Je la soupçonne d'avoir dit la première chose qui lui passait par la tête. Pourquoi a-t-elle fait cela ? Je n'en sais rien.

Si Laura l'ignorait, l'évêque de St. Paul, qui avait connu Clarisse toute petite, le savait, lui. Cette harpie s'était toujours ingéniée à empoisonner l'existence de son entourage. A tel point qu'il avait été impossible de lui trouver un mari parmi les jeunes célibataires des environs. Les mâles de la région redoutaient comme la peste son caractère autoritaire et sa langue venimeuse. A vingt-deux ans, malgré une réelle beauté, Clarisse n'avait trouvé pour l'épouser qu'un veuf, père d'une fillette.

Tout le monde, et Mgr Wesley en premier, avait plaint le malheureux Stanton et poussé un soupir de soulagement. La mégère était enfin casée.

Tout à coup, Laura pivota sur sa chaise et s'adressa à Arnaud :

– Lady Constance a pris pour argent comptant la

fable inventée par ma mère. Jamais lady Constance ne se serait prêtée à cette mystification. En une certaine occasion, j'ai voulu vous le révéler, mais vous ne m'avez pas laissée parler.

Elle se détourna de lui et ne lui montra plus que son dos.

– Je le regrette infiniment, Laura, dit-il à ses cheveux noirs.

L'évêque se frottait les mains : ils s'étaient parlé !

Les pensées d'Arnaud empruntèrent un chemin qui ne lui plaisait guère. Le souvenir d'une joue meurtrie, d'une lèvre abîmée lui remonta à l'esprit. Que devait-il faire ? Expliquer que ce n'était qu'un mouvement brusque, imputable aux circonstances ? Il lui était amer d'avoir honte de la façon dont il avait traité la gamine terrifiée confiée à sa garde. Cachant le conflit qui se livrait en lui, il fixa le profil dérobé de la jeune femme avant de se tourner vers le prélat.

– Je suis désolé de tout cela, déclara-t-il, mi-embarrassé, mi-irrité. Je ne puis faire moins que de souscrire à toutes les décisions que vous jugerez nécessaires de prendre pour faciliter l'annulation. Il semble que Laura le désire par-dessus tout. Je ferai tout ce qui est possible pour me faire pardonner et lui être agréable.

Il s'interrompit pour tenter de juger de l'effet de ses paroles sur la jeune femme. En pure perte. Le visage de Laura était dénué d'expression. En revanche, l'évêque jubilait en écrivant comme un forcené sur le feuillet posé devant lui.

– Bien ! Très bien, mon garçon ! Nous aurons l'occasion d'y revenir par la suite.

Arnaud ne l'écoutait pas. Un rictus au coin de la bouche, il maugréa :

– Je suis prêt à tout pour vous être agréable, vous pourriez au moins faire semblant d'écouter !

Mgr Wesley était bien de son avis. Mais, quoiqu'un peu secoué par l'indifférence de Laura, il tenait à ce que cette scène se terminât au mieux. Et plus tôt, si possible.

– Connaissez-vous ma gentilhommière ? demanda-t-il dans un désir d'apaisement.

– Votre gentilhommière, mon cousin ? s'exclama Arnaud dont le visage s'éclaira. Quand j'étais un jeune galopin, j'ai bien souvent maraudé dans vos vergers. Vous aviez les meilleures poires du pays.

– Elles sont toujours les meilleures, dit le prélat avec un sourire indulgent. Et voyez-vous, Arnaud, dans ma jeunesse, j'ai beaucoup chapardé dans les vergers de votre grand-père. Nous sommes donc quittes.

Il jeta vers Laura un coup d'œil bienveillant.

– Et vous, petite cousine ? Etes-vous allée chaparder chez moi ?

La propriété de monseigneur était située à la limite des terres de Shiplake, lesquelles étaient bordées de l'autre côté par le domaine des Stanton.

– Oh non, monseigneur ! J'ai parfois traversé vos terres. Mais je n'ai jamais vu votre maison.

– Oh si, Laura !

Il accompagna ces mots par un sourire complice à l'intention d'Arnaud qui, perplexe, hocha la tête en signe d'approbation.

Elle ne chercha pas à le détromper. Si cela lui faisait plaisir de croire qu'elle avait vu sa maison, libre à lui. Tout ce qu'il voulait, tout. Pourvu qu'il signe la demande d'annulation...

L'évêque se polit longuement le crâne d'une main tendre et s'éclaircit la voix.

– Afin de vous détendre un peu et avant d'aborder les questions sérieuses, laissez-moi vous conter une anecdote. Vous la rappeler serait plus juste. Quand j'ai été nommé évêque de St. Paul – cela remonte à pas mal d'années –, j'ai organisé une garden-party dans le parc de ma propriété. Toutes les personnes du voisinage qui m'étaient plus ou moins apparentées furent invitées. Vous en étiez, mes enfants. Ce fut une magnifique journée. Cependant, dans l'après-midi, comme le temps se gâtait, j'ai assisté à une scène si gracieuse qu'elle est restée gravée dans ma mémoire...

Il ferma les yeux l'espace d'une seconde tandis que Laura et Arnaud trouvaient l'histoire un peu longuette et sans grand intérêt. En bon narrateur sachant doser ses effets, le prélat toussota délicatement dans son poing.

– Vous, Arnaud, vous sortiez de la maison et vous, Laura, vous tentiez d'y rentrer. Vous avez failli tomber en montant une marche et Arnaud vous a rattrapée in extremis. Vous aviez eu peur et vous vous êtes mise à pleurer. Arnaud vous a prise dans ses bras et vous a consolée si gentiment que vous vous êtes accrochée à son cou.

« A son cou, ça m'étonnerait ! » contesta Laura en son for intérieur.

« Dans mes bras ? L'évêque a dû rêver. Je n'aurais jamais pris une gamine hurlante dans mes bras ! » maugréa silencieusement Arnaud.

– A cet instant, le soleil est revenu pour illuminer le tableau si touchant que vous offriez tous les deux. Ce fut une révélation. « Ces deux-là, je les marierai », me suis-je promis. Et pourtant, vous n'aviez pas tout à fait quinze ans à l'époque, Arnaud. Vous en souvenez-vous, mon garçon ?

Mgr Wesley se demanda aussitôt si, malgré tout son talent, ce pieux mensonge n'était pas par trop énorme.

– Je m'en souviens parfaitement, mon cousin, renchérit Arnaud qui n'avait jamais mis les pieds dans la gentilhommière et n'avait jamais entendu parler d'une réception d'aucune sorte donnée par l'évêque.

– Je ne vous demande pas si vous vous rappelez l'événement, Laura. Vous n'aviez que trois ans. A cet âge tendre, la mémoire n'enregistre pas encore les souvenirs.

– Vous avez raison, monseigneur, je ne me rappelle rien de cette journée. Mais on m'en a beaucoup parlé, affirma-t-elle sans sourciller.

D'un signe de tête discret, l'évêque fit comprendre qu'à son avis il n'y avait rien à répondre à cela.

Il avait beau observer la jeune femme, il ne parvenait pas à deviner le fond de sa pensée. Lui qui avait inventé cette histoire pour leur faire comprendre qu'ils existaient l'un et l'autre, l'un par rapport à l'autre, il venait de trouver aussi menteurs que lui. Une lueur de tendresse brilla dans les yeux bleu-gris du prélat. Quelle belle brochette de faux jetons ils formaient tous les trois !

Du coup, il redressa le dos et tapa du plat de la main sur son bureau.

– La récréation est terminée, annonça-t-il en consultant ses notes à travers ses lunettes qu'il gardait à la main. Revenons à l'ordre du jour.

Il était redevenu le dignitaire de l'Eglise, précis, presque cérémonieux.

– M. et Mme Willier... commença-t-il.

Il laissa sa phrase en suspens quand il vit Laura secouer la tête en signe de dénégation.

– Ah ?... Bien ! Puisque votre nom d'épouse paraît vous irriter, je n'en userai plus pour le moment. Reprenons... Arnaud et Laura... vous avez décidé qu'une annulation de mariage serait la solution de vos problèmes. Il y a entre vous une mésentente et une désunion déterminées. De plus – et avant tout, dirais-je –, aux yeux de Dieu et de l'Eglise, une union n'est valable que pour autant qu'elle ait été consommée...

D'un même mouvement, les deux époux haussèrent les sourcils. L'évêque ne sortait pas de là...

– Apparemment, il semblerait que toutes les conditions soient réunies...

Le voyant d'humeur conciliante et paraissant penser sérieusement tout ce qu'il disait, Laura en profita pour soupirer de soulagement. Elle déchanta presque aussitôt.

– Mais... (Monseigneur se frotta le nez avec ses lunettes.) Tout n'est pas si simple.

– Pas si simple, monseigneur ? chevrota Laura.

L'évêque lui lança un regard soucieux pour la prier de ne pas interrompre Sa Sagacité.

– Je parle comme quelqu'un qui a une grande expérience de ces questions. N'oubliez pas que toutes les demandes d'annulation de ce pays passent par mes mains.

Avaient-ils l'air de le croire ? Oui ! Cela le ravigota. Il retourna le feuillet du dessus de la pile et consulta à travers ses lunettes les quelques notes qu'il avait mises dans la marge.

– J'ai étudié votre cas avec beaucoup de soin en m'interrogeant longuement sur l'attitude à adopter en ce qui concerne vos dissensions. Vous vous êtes laissés entraîner naguère dans une situation qui a gravement compromis votre avenir de couple. Si vous aviez fait l'effort de vivre ensemble un peu de temps, vous auriez pu vous connaître mieux et – pourquoi pas ? – vous apprécier... D'autre part, vous ne niez pas vous être connus intimement avant votre mariage, dans le sens biblique du terme...

– Comment ? Vous aviez pourtant dit... tenta de se rebiffer Laura, les joues empourprées.

– Quoi donc ? fit l'évêque, simulant l'ignorance.

– Vous aviez dit... Posez la question à M. Willier, je vous prie, marmonna-t-elle, morte de confusion.

– Arnaud ? s'enquit le prélat plus tartufe que jamais.

Cinq longues secondes s'écoulèrent pendant lesquelles Arnaud observa fixement Laura. Il croisa son regard et lut la panique dans ses yeux.

– Je crois que Laura fait allusion à ce que vous nous rappeliez tantôt concernant ce... cet incident.

Laura sursauta violemment sur ce dernier mot.

– Oui, je vois. Cependant, j'ai la ferme conviction qu'il serait bon de conclure un arrangement. Car, pourquoi le cacher, vous ne connaissez rien l'un de l'autre sinon le pire. Comment voulez-vous être en mesure de vous juger équitablement ? Laura, écoutez-moi jusqu'au bout ! Je suis résolu à donner mon assentiment à la proposition d'annulation, mais de votre côté il conviendrait de faire l'effort d'accepter de vous soumettre à une petite épreuve.

– Une épreuve ! s'écria Laura, écrasée par un énorme poids d'appréhension.

– Que diriez-vous, mes enfants, si je vous proposais d'être mes invités ?

– Miséricorde ! gémit Laura en se levant brusquement.

Suffoquant d'indignation, elle tourna les talons et se dirigea de nouveau jusqu'à la fenêtre. Elle contemplait la rue en dessous d'elle. Peut-être que, si elle ne les regardait plus, les deux hommes finiraient par disparaître. Elle ferma les yeux.

– Chez vous avec ce... cet individu ! se récria-t-elle enfin par-dessus son épaule.

Mgr Wesley signifia par un regard expressif à l'égard de son visiteur qu'il s'attendait à cette révolte. « Une femme, que voulez-vous ! »

Arnaud se contenta de hausser des épaules résignées. « Eh oui ! »

– Revenez vous asseoir, Laura, fit l'évêque sur un ton apaisant. Je m'engage à respecter votre décision quelle qu'elle soit. Cependant, faites-moi la grâce de me laisser aller au bout de mes explications. Faites-moi confiance... Allez, revenez vous asseoir.

La jeune femme obéit sans pouvoir s'empêcher de trembler. Mal à l'aise, elle évitait le regard des deux hommes, de moins en moins convaincue d'avoir eu raison de solliciter l'attention bienveillante de l'évêque de St. Paul. Etant donné la façon dont les choses se présentaient, Laura avait la triste impression qu'elle n'aurait pas facilement gain de cause. Mgr Wesley s'y entendait à souffler le chaud et le froid. Et elle était lasse de ces douches écossaises. Que demandait-elle ? Une petite annulation de rien du tout. Mais apparemment, pour son cousin le prélat, c'était trop demander !

L'évêque jeta un coup d'œil sur ses notes, lut un passage silencieusement en remuant les lèvres, puis lança :

– Vous êtes mariés depuis près de quatre ans et vous ne savez rien l'un de l'autre. Pouvez-vous faire fi des liens que Dieu a bénis ? Sans vous être donné le temps de vous regarder ? Ne regimbez pas, Laura, vous l'obtiendrez votre annulation, vous l'obtiendrez ! Mais par pitié envers vous-mêmes, prenez la peine de vous apprécier. Vous êtes tous deux pétris de qualités (là, il s'avançait un peu car, à tout prendre, il les connaissait à peine). Soyez bons l'un envers l'autre. Faites amende honorable. Pardonnez-vous mutuellement. Ne gardez nulle rancœur au fond de vous-mêmes. L'arrangement que je vous propose n'est que provisoire et ne devrait pas vous être trop pénible.

Laura ne répondit pas. Non en signe d'assentiment, mais parce que les paroles du prélat lui semblaient dénuées de sens commun.

Faire amende honorable devant ce fat d'Arnaud Willier ! Lui pardonner ! Et puis quoi encore ?

– Je vous invite à passer quelque temps dans ma maison de campagne. Disons... (il consulta ses notes comme s'il cherchait un détail précis et lança un ballon d'essai) disons... quatre mois.

– Quatre mois !

La double exclamation jaillit en même temps. Puis chacun se mit en devoir de défendre sa position, les deux voix se chevauchant :

– Cela m'est impossible, monseigneur, j'ai des obligations mondaines...

– Mon intention n'est pas de mettre des bâtons dans les roues, mon cousin. J'avoue que l'idée d'être libéré de ce mariage ne me déplaît pas, mais, comprenez bien : je ne demeure à Shiplake que de façon épisodique. Pour tout vous dire, j'ai racheté l'ancien domaine de Penton Hook aux héritiers de lord Bragdimer et...

– ... une position à tenir... Personne, à part ma tante, n'est au courant de ce mariage. D'autre part...

– ... à tout moment, je dois me rendre sur place

afin de surveiller les travaux de rénovation du manoir...

Sans se démonter, l'évêque acquiesçait vigoureusement à l'un et à l'autre. Finalement, il frappa du plat de la main sur le bureau pour obtenir le silence.

– Parfait ! Tout cela est parfait ! Pour vous, Arnaud, puisque vous gagnerez du temps en partant de ma maison qui est plus près de Penton Hook que Shiplake...

Arnaud le foudroya du regard mais le prélat n'en parut pas le moins du monde affecté.

Après s'être caressé pensivement la calvitie, monseigneur poursuivit :

– Quant à vous, ma chère – je vous prie de me reprendre si je me trompe –, quant à vous, dis-je, vous passez habituellement les mois d'été dans votre maison de famille. (Un coup d'œil sur ses écrits.) Si je ne m'abuse, Stanton House n'est séparée de ma gentilhommière que par le domaine de Shiplake. Eh bien ! Quand l'envie vous prendra de vous rendre sur vos terres, rien ne sera plus aisé. Peut-être connaissez-vous le raccourci ? Alors vous savez que par le chemin qui longe le fleuve vous y serez en moins de trois quarts d'heure...

L'allusion au chemin fut la goutte qui fit déborder la coupe. Elle bondit sur ses pieds et riposta :

– Avez-vous oublié de quelle façon cet homme m'a traitée ? Il m'a fait passer des moments abominables, me manifestant moins de compassion qu'à un chien galeux. Malgré cela vous exigez que je passe quatre mois en compagnie de... de ce... les mots me manquent, monseigneur.

– Je n'exige rien, mon enfant, commença l'évêque. Faites-moi la faveur.

Sans l'entendre, Laura continua sur sa lancée :

– Vous me jetez dans la fosse aux lions sans arme.

Le prélat lui coupa la parole. Il n'était pas devenu évêque de St. Paul pour se laisser marcher sur les pieds par des particuliers.

– Faites-moi la faveur de m'écouter, reprit-il posément. Calmez-vous, petite Laura. Vous me réclamez une arme ? J'en ai une à vous donner... Ou plutôt, Arnaud lui-même va vous la donner.

Les deux visiteurs lorgnèrent l'évêque qui fit un signe de tête approbateur avant de se plonger dans ses notes.

– Ah ! Voilà ! Arnaud. (Il tapota le feuillet de l'index comme pour prouver ce qu'il avançait.) Mon garçon, vous envisagiez, il y a quelques minutes, de faire tout votre possible pour être agréable à votre épouse.

Il haussa les épaules avec un geste de la main qui signifiait : « Votre épouse, quoi que vous en pensiez ! »

– ... Je vous en donne le moyen...

Arnaud retint son souffle et Laura se mordilla nerveusement l'ongle du pouce. Qu'avait encore imaginé le vieux renard ?

– Arnaud, faites le serment de respecter Laura. Donnez votre parole de gentilhomme de ne pas la forcer à se soumettre à votre concupiscence, ni par des mots ni par des actes.

Ah bon ! Il ne s'agissait que de cela ? Arnaud respirait mieux. Ne pas toucher Laura ? C'était facile ! Serait-elle la dernière et la seule femme au monde qu'il ne la désirerait pas. « La concupiscence », l'évêque avait de ces mots ! De plus, il insistait lourdement :

– Arnaud ?

Quand Arnaud glissa un œil en coulisse vers la jeune femme, il vit les dents qui mordillaient l'ongle s'arrêter de grignoter. « Allons-y, se dit-il. Tant qu'à le faire, autant le faire bien. »

– Sur la mémoire sacrée de ma mère, je jure de respecter Laura, de ne pas attenter à sa pudeur ni par des mots ni par des actes. En toute circonstance, de me conduire avec elle en gentleman, dit-il solennellement.

Par respect pour le lieu et la présence d'un homme d'Eglise, Arnaud aurait dû prêter serment sur la bible. Le sourire du prélat s'effaça et, sans faire aucun effort pour cacher son mécontentement, il frappa de nouveau du plat de la main.

– Une seule personne en ce monde aura le pouvoir de vous délier de ce serment, déclara-t-il en dirigeant un doigt boudiné vers Laura. Vous, ma cousine, à l'exclusion de tout autre, religieux ou laïc.

Laura laissa échapper un ricanement : Ah ! C'était la meilleure ! Le jour où elle le délierait de son serment, il gèlerait en enfer ! Mon Dieu, que cet évêque était naïf ! La seule personne au monde, avait-il dit ? C'était trop beau pour être vrai.

– Etes-vous rassurée, Laura ?

– Je prends note, monseigneur. Cependant, je vous fais respectueusement remarquer que je n'ai pas encore consenti à cohabiter avec ce monsieur.

– Chaque chose en son temps, ma cousine.

Il commençait à s'échauffer. Laura était elle-même trop crispée par ses remarques pour y attacher la moindre importance.

L'évêque se leva et avança en bombant le torse jusqu'à une armoire dont il ouvrit les battants.

– Les dossiers des demandes d'annulation, leur dit-il avec un large sourire. Vous avez frappé à la bonne porte, mes enfants.

Il resta debout devant l'amoire, les mains croisées derrière son dos.

– Vous êtes tout à fait libre de refuser mon invitation, ma chère. Seulement, j'ai le regret de vous annoncer que, dans ce cas, votre demande rejoindra celles qui sont dans l'armoire. Au-dessous de la pile, cela va sans dire... (Il soupira d'un air malheureux.) Certains dossiers attendent ici depuis des années... Eh oui, ma pauvre enfant. Depuis des années... En revanche, si vous me faites l'honneur d'accepter mes conditions, vous obtiendrez satisfaction avant le nouvel an. Cela ne dépend que de vous.

– Pourquoi ai-je l'impression qu'il s'agit d'un chantage ? gémit Laura. Procédez-vous toujours ainsi avec les autres infortunés qui s'adressent à vous ?

– En Angleterre, il est d'usage pour ce genre de requête de soumettre les couples à cette épreuve, annonça l'évêque sans sourciller, sachant pertinemment que ses quémandeurs n'avaient aucun moyen de deviner que cette règle était pure invention de sa part.

– Voilà donc comment les choses se passent ? s'étonna Arnaud. Je l'ignorais totalement.

– Moi aussi, marmonna Laura entre ses dents.

Oh, elle avait compris ! Ou elle cédait aux impératifs du vieux sournois ou l'annulation partait au panier. Avec le risque de voir débarquer l'Ogre et ses exigences d'époux.

– Vous voilà déjà d'accord sur un point !

Ils comprirent au sourire qu'il arborait que l'évêque était satisfait d'eux.

Il revint vers le bureau et, prenant un papier, marcha de long en large pour se dégourdir les jambes.

– Après m'avoir entendu vous lire les conditions, vous verrez par vous-mêmes qu'il n'y a rien là-dedans que de très anodin et très banal.

Chaque fois qu'il passait auprès d'eux, Arnaud et Laura jetaient un coup d'œil vers le feuillet que l'évêque étudiait attentivement.

– Vous habiterez ma gentilhommière.

– Pourquoi pas à Stanton House ? s'informa Laura, prouvant par là qu'elle commençait à céder.

– Afin que vous n'y retrouviez pas vos habitudes, ma cousine. Et pour que vous soyez à égalité, Arnaud et vous.

Il prononça ces mots en fixant son jeune cousin dans les yeux. Celui-ci approuva aussitôt d'un petit hochement de tête. Laura les foudroya du regard, ce qui ne les toucha nullement.

– Voyons les détails... Habiter sous le même toit, ça, je l'ai déjà dit. Ai-je précisé que vous auriez chacun votre appartement ? Non ? Alors, je vous rassure, chacun sera chez soi. Chambre, salon, boudoir pour madame. Chambre, salon, bureau pour monsieur. Et cabinet de toilette personnel, cela va sans dire.

Il fit de tout petits yeux pour chercher s'il n'avait rien omis de mentionner.

– Autre chose... Vous serez tenus à prendre au moins deux repas ensemble. Jamais moins en aucun cas. A vous de choisir les heures qui vous conviennent.

« Le matin et le midi, se dit Laura résolument. De la sorte, je serai libre de mes soirées. »

« Le matin et le soir, décida Arnaud en son for intérieur. Comme cela, je serai libre d'aller et venir toute la journée. »

– C'est tout ! jubila monseigneur. Avouez que cela ne valait pas la peine de vous contrarier pour si peu.

Arnaud observait Laura. Il vit tant d'indécision dans ses yeux qu'il ne put s'empêcher de l'encourager :

– Acceptez, Laura. Je ne serai pas encombrant. Vous me verrez à peine.

Elle se laissa aller contre le dossier de sa chaise et se cacha le visage dans ses mains. Le vieux bavard continuait :

– Ma maison de campagne se trouve un peu isolée mais le cadre est superbe. D'ailleurs, vous la connaissez tous les deux. Tout y a été récemment remis à neuf. Et puis, l'écurie a été entièrement refaite. Si vous aimez monter.

Du coup, Laura s'éveilla.

– Pourrais-je emmener Circé, ma jument ? Pendant l'été, je ne me lasse pas de l'avoir près de moi.

– J'en serai ravi.

– Laura est une excellente cavalière, annonça Arnaud avec une pointe de fierté dans la voix.

« Une excellente cavalière ? Comment le sait-il ? » se demanda Laura, soudain décontenancée.

Puis elle haussa les épaules. Après tout, que lui importait l'opinion de l'Ogre.

– Vous-même, mon cousin, vous menez votre étalon avec une grande habileté. Je vous ai vu arriver, dit l'évêque avec un petit signe de tête vers la fenêtre.

– Azor est superbe, se rengorgea Arnaud. Il vient des écuries de Shiplake.

Ce qui était une sérieuse référence.

– Je l'amènerai chez vous, si vous le permettez.

Abandonnant un instant ses pensées déplaisantes, Laura leva des sourcils soupçonneux et crispa les lèvres.

– Vous prendrez le soin de tenir votre étalon loin de Circé, dit-elle avec une nuance d'avertissement dans le ton.

– J'y veillerai, madame. Dois-je également prêter serment pour Azor ?

Piquée au vif, elle s'apprêtait à riposter vertement quand elle rencontra les yeux gris d'Arnaud et y vit une lueur espiègle comme dans ceux d'un galopin.

– Cela ne sera pas nécessaire, monsieur.

Elle détourna la tête pour réprimer un sourire qui lui venait malgré elle.

Pour la première fois depuis que le jeune couple était entré dans la pièce, l'évêque de St. Paul se sentit à la fois ravi et confiant. Il se frotta joyeusement les mains.

– A moins que l'un de vous n'ait une revendication particulière à me soumettre, nous allons arriver à la conclusion.

– S'il vous plaît, mon cousin, juste une petite chose. J'ai des affaires en cours à Londres que je me dois de surveiller, s'empressa d'objecter Arnaud.

– C'est prévu ! coupa le prélat en jetant de nouveau un coup d'œil au feuillet. Vous aurez l'un et l'autre cinq jours par mois pour vous permettre de vous occuper de vos affaires personnelles. Ces jours seront à prendre à votre convenance. Un à la fois ou groupés. Cela vous convient-il ?

Et comment ! Ces jours de liberté seraient bons à prendre pour Arnaud. Il se connaissait suffisamment pour savoir qu'il deviendrait enragé s'il restait sans femme pendant quatre mois.

De son côté, Laura supputait déjà de faire de ces jours d'évasion des moments à passer à Stanton House à recevoir sa tante et ses amis. Loin de la gentilhommière du vieux condor déplumé.

– Ma femme de chambre m'accompagnera, dit-elle d'un ton sans réplique.

Les deux hommes comprirent alors qu'elle venait d'accepter l'arrangement.

– Bien sûr, amenez vos gens. Vous aussi, mon cousin. Les communs sont agencés pour recevoir le personnel. Pour la durée de votre séjour, j'envisage d'engager une cuisinière, une femme de chambre et une bonne, des étrangères au pays afin d'éviter des commérages. Une gouvernante prendra soin de la maison. C'est une personne de confiance qui veillera à ce que tout se déroule conformément à nos engagements réciproques.

– Vous étiez sûr que nous accepterions ?

– Certain ! L'annulation de votre mariage étant à ce prix, vous n'étiez pas en mesure de refuser.

À ces mots, Mgr Wesley tira sa montre et lâcha ce qui parut être un bref juron. Les yeux indignés de ses visiteurs se tournèrent vers lui. Cependant il poursuivit :

– Pour éviter toute publicité malencontreuse concernant votre situation spéciale, ne recevez pas vos amis. A moins d'être sûrs de leur discrétion. Ah, aussi ! et cela fait partie des conditions, ne les retenez pas pour la nuit. En aucun cas.

Il remit sa montre en place.

– Comme la matinée se termine, il ne me reste plus qu'à vous souhaiter un bon séjour. Faites en sorte que votre rancœur fasse place à l'amitié. Une saine et franche amitié entre deux êtres jeunes et de bonne famille. Allons, mes enfants, bienvenue chez moi. Ma maison vous attend le 1er juin, c'est-à-dire dans six jours. Début octobre, nous nous reverrons pour faire le point.

Mgr Wesley, debout près de la fenêtre, se mit à penser à Laura si rétive, à Arnaud résolu à se soumettre dans un désir de réparation. Il traça dans son imagination l'itinéraire que devraient suivre ces deux-là pour se retrouver. Pour s'aimer. Ils étaient prêts à faire chacun un bout du chemin mais ne le savaient pas encore.

Marjorie aurait lieu d'être contente malgré son insistance à soutenir favorablement la thèse de l'annulation. Une adorable amie d'enfance, certes, mais tenace dans ses idées à faire reculer une mule, lady Marjorie avait besoin qu'on la traite fermement.

Pour l'aider, pour lui faire comprendre qu'une médiocre entente valait mieux que la meilleure des annulations, il avait menti comme Barabas, imaginé des règlements insensés, des conditions invraisemblables.

En fin de compte, il ne regrettait rien. Il ferait pénitence, voilà tout. Cela ne serait pas trop cher payé pour réunir Arnaud et Laura. Sans oublier la satisfaction de Marjorie quand tout serait arrangé au mieux des intérêts du jeune couple. Et puis, monseigneur devait bien se l'avouer, il avait pris un immense plaisir à mener cette affaire. Il adorait les intrigues et ne se sentait jamais aussi bien qu'au milieu d'une machination plus ou moins filandreuse.

Lorsque le secrétaire particulier de monseigneur entra à pas feutrés dans la pièce, l'évêque se tourna à demi.

– Très aimable à vous de m'avoir prêté vos dossiers, Edward.

A cet instant, l'idée traversa l'esprit d'Edward que monseigneur avait tendance à faire des choses déconcertantes.

– Rappelez-moi donc, Edward, ce que renferment ces dossiers, demanda l'évêque en se penchant par la fenêtre afin de voir Arnaud enfourcher son bel étalon.

Le secrétaire secoua discrètement la tête. L'état de monseigneur ne s'arrangeait pas avec l'âge.

– Monseigneur, ce sont les dossiers concernant les travaux effectués dans la cathédrale au cours des cinq dernières années.

– Ah oui ! Les travaux, bien sûr ! Je l'avais oublié. Une bien belle pile, n'est-ce pas ? Très spectaculaire.

11

La voiture s'arrêta devant une élégante gentilhommière toute en briques. Petite mais de proportions parfaites, la maison d'un étage montrait des fenêtres habillées de tentures blanches. Telle apparut tout au bout d'une allée sablée la demeure de Mgr Wesley.

Laura descendit à contrecœur du cabriolet, attacha soigneusement à son poignet les cordons du petit réticule et donna son ombrelle à Daisie qui la fourra sous son bras.

– Tu crois vraiment que ce séjour est nécessaire ? Et si je venais m'enterrer ici pour rien. Et si...

– Je vais attendre Robin, Demoiselle, et surveiller le déchargement des malles, annonça Daisie pour couper court aux réticences serinées à longueur de journée.

D'un signe de la main elle fit avancer la carriole aux bagages jusqu'à l'entrée de service.

Laura continua de maugréer, en pure perte, Daisie ne l'écoutait déjà plus. A l'idée de ce qui l'attendait, le cœur lui manqua.

– Tu pourrais au moins m'écouter, reprocha-t-elle à sa femme de chambre.

– Pas la peine, Demoiselle, vous répétez toujours la même chose alors qu'il n'est plus temps de changer quoi que ce soit.

Une fois de plus, Daisie avait raison, ce qui n'empêchait nullement Laura de garder son air renfrogné.

Au moment où elle montait les marches du perron, une porte s'ouvrit devant une grande femme rousse qui se précipita au-devant d'elle.

– Madame, je suis Mme Higgins, la gouvernante, dit-elle en s'effaçant pour la laisser passer.

– Merci, répondit Laura.

Elle redressa les épaules et entra lentement dans ce qu'elle appelait « sa prison ».

Comme l'avait ordonné expressément monseigneur, les domestiques étaient alignés pour accueillir l'invitée qu'ils devraient considérer comme la maîtresse de maison pour la durée de son séjour.

– Si vous le permettez, Madame, je vais vous présenter les membres du personnel. Mme Gridggs la cuisinière, Lucy la femme de chambre et Meggie la bonne.

Tandis qu'à la mention de son nom chaque domestique faisait une petite révérence tout en l'observant à la dérobée, Laura leur offrit un salut de la tête accompagné de l'ombre d'un sourire. Le cœur n'y était vraiment pas. Elle avait beau se dire que le personnel n'y était pour rien, elle ne pouvait leur montrer une mine réjouie.

Mme Higgins reprit la parole :

– Au nom de monseigneur, nous vous souhaitons la bienvenue, Madame.

Après avoir mollement remercié, Laura détourna son attention des domestiques qui se dispersèrent.

– Nous avons aussi un jardinier, un palefrenier et une fille de cuisine, reprit Mme Higgins.

Laura la regarda droit dans les yeux qui se baissèrent d'un air entendu. Elle eut alors l'impression d'avoir déjà vu ce regard vert. Mais elle devait se tromper car les cheveux roux, légèrement grisonnants, tirés en un chignon serré ne lui rappelaient personne en particulier. Ni la forte silhouette sévèrement corsetée enveloppée d'une robe noire avec col et poignets blancs.

– Si vous le voulez bien, Madame, je vais vous conduire à votre appartement.

Laura acquiesça de la tête. Que pouvait-elle faire d'autre maintenant ? Penser à cet emménagement la hérissait toute.

– Conduisez-moi, madame Higgins, et faites apporter mes malles.

– Oui, Madame. Quant à votre femme de chambre, une pièce lui est réservée à l'étage des domestiques.

– Non ! Ma femme de chambre logera près de moi, rectifia Laura d'une voix ferme.

– C'est que... Madame, les instructions de monseigneur sont très précises à ce sujet.

Instructions précises ou pas, Laura n'allait pas se laisser marcher sur les pieds. Devant l'air nettement désapprobateur de la gouvernante, elle reprit plus sèchement :

– Daisie logera avec moi, un point c'est tout.

– Monseigneur... tenta encore Mme Higgins.

– Très bien ! dit Laura avec un geste de la main qui signifiait qu'elle ne lutterait pas davantage. Je n'irai pas à l'encontre des instructions de monseigneur. Madame Higgins, veuillez faire recharger mes malles dans la voiture. Nous repartons !

Le souffle coupé, Mme Higgins se borna à répondre d'un signe de tête plein de retenue.

– Nous pourrions envisager de mettre un lit dans le boudoir, céda-t-elle. Si vous voulez bien me suivre, Madame.

Sentant sur elle le regard froid de la maîtresse de maison provisoire, elle parcourut le couloir avec raideur.

Laura la suivit le long du corridor jusqu'à une porte à double battant que Mme Higgins maintint ostensiblement ouverte.

Tout dans la pièce était blanc et or. Le lit, la coiffeuse disposée contre l'un des murs, les deux chaises recouvertes de coussins et les guéridons. Une porte-fenêtre donnait sur une terrasse et par-delà sur le parc et les bosquets.

Le petit salon et le boudoir étaient joliment agencés dans les tons crème et bleu. Un petit cabinet de toilette complétait l'ensemble.

– Très beau, commenta Laura qui ne revenait pas de sa surprise.

Qui aurait cru que l'évêque de St. Paul possédait une demeure aussi délicatement meublée et installée ?

– N'est-ce pas, Madame ? Les appartements du maître viennent d'être refaits entièrement, renchérit Mme Higgins, satisfaite de la réaction de la petite pimbêche. De ce côté-là, reprit-elle en montrant une porte, se trouve l'appartement de Monsieur votre mari.

« Monsieur votre mari ! » Ce qu'il ne fallait pas entendre !

La porte entrouverte, que Laura poussa du bout des doigts, découvrait une chambre à coucher décorée dans un style très masculin. La chambre de l'Ogre...

Elle s'empressa de refermer la porte, notant la clé dans la serrure, du côté de sa propre chambre. Dès que Mme Higgins se déciderait à décamper, la jeune femme se dépêcherait de fermer à double tour. Qu'elle s'en aille donc, cette Higgins ! Vite ! Avant que l'Ogre n'arrive.

Arnaud fit le tour de l'appartement pour se familiariser avec son nouveau cadre de vie. Desserrant sa cravate, il flâna dans le petit bureau tandis que Mortimer, son nouveau valet, fermait et ouvrait les placards dans la chambre à côté.

Soudain, un objet blanc attira son attention. Il se pencha à la fenêtre. Au bout de l'allée du parc, une ombrelle blanche abritait une silhouette svelte vêtue de clair. Laura !

Si ce séjour ne lui avait pas été imposé, Arnaud se serait follement amusé de la situation. Mais cette contrainte... Vivre avec Laura ! Avait-il mérité cela ?

Enfin, il ne servait à rien de gémir. Autant se résigner et faire bonne figure. Il espérait toutefois que son « épouse » se contiendrait devant le personnel. Mais ne serait-ce pas au-dessus des forces de la petite tête sans cervelle ?

La nuit précédente, il avait fêté ses dernières heures de totale liberté avec des amis et des filles galantes, beaucoup bu, beaucoup fumé et lutiné ces gamines. Aussi, cette fin de matinée le voyait-elle nauséeux. A l'heure où il avait besoin de toute sa lucidité afin de donner ses consignes à la petite demeurée qu'il avait eu la mauvaise fortune d'épouser... Comme sa tête le faisait souffrir !...

Un peu de marche au grand air lui ferait du bien. Il rajusta sa cravate et sortit.

Au grand soleil de l'allée, le bruit de ses pas lui martelait le crâne. Il payait cher ses excès de la veille !

La lumière aveuglante vint se poser sur le visage de Laura qu'elle s'empressa de cacher sous son ombrelle. Elle poussa un soupir de contrariété en voyant qui s'avançait vers elle. Elle observait avec méfiance Arnaud sans se douter que ce qu'elle prenait pour une arrogante raideur n'était qu'une façon de se protéger des douloureux élancements de la migraine.

– Bonjour, Laura, dit-il sans élever la voix.

Il en aurait été bien incapable.

Tout à coup, il lui sembla qu'il respirait mieux. La jolie petite personne qui lui faisait face était comme une bouffée d'air frais après sa nuit orageuse dans des cafés enfumés. Laura portait une robe de mousseline bleu pâle brodée de fleurs blanches et vertes. La taille mince était soulignée par une large ceinture verte, attachée par un gros nœud dont les pans retombaient gracieusement dans le dos. Ses cheveux étaient relevés et les épaisses boucles noires retombaient en anglaises derrière ses épaules.

Le cœur d'Arnaud se mit à battre plus fort. Il retint sa respiration. Voyons, c'était impossible,

Laura ne pouvait ressembler à un ange ! Il s'efforça de garder les yeux largement ouverts, convaincu qu'il s'agissait d'un mirage né des brumes de sa nuit blanche. S'il fermait les paupières l'espace d'une seconde, l'apparition s'évanouirait.

– Laura ? balbutia-t-il en la dévorant du regard.

– Eh bien, monsieur. Vous voici arrivé quand même.

Ce fut le « monsieur » qui lui remit les pieds sur terre. Elle ne l'avait jamais appelé autrement. C'était sa façon de lui rappeler la barrière qui les séparait.

– Vous impatientiez-vous, madame ?

Il se sentit mieux tout à coup. Moins vaseux en voyant les narines de la jeune femme frémir de dédain.

– Ne dites pas de bêtises. Je croyais que vous aviez changé d'avis, voilà tout.

Piqué par le ton raisonneur, il se reprit. L'heure était venue d'affirmer son autorité.

– Non point, madame. Je suis aussi désireux que vous de me libérer de ce stupide mariage.

Elle sentit son dos se raidir sous le sarcasme. Ce fut d'un ton cassant qu'elle répliqua :

– Vous m'en voyez ravie, monsieur.

A l'instant même les yeux de Laura étaient figés en une expression qui n'annonçait rien de bon. Elle lui déroba son visage en tournant l'ombrelle. Et Arnaud se mordit les lèvres pour ravaler les paroles blessantes qu'il retenait avec beaucoup de peine. Il respira à fond afin de se calmer.

En faisant la part des choses, l'évêque n'avait peut-être pas tort : ils ne se connaissaient pas. Qui sait, Laura était peut-être une bonne fille finalement. Certes, on voyait au premier coup d'œil qu'elle était un peu simplette. Mais était-ce sa faute ? Simplette et boudeuse par-dessus le marché. Néanmoins, avec un peu de temps et pas mal de patience et en gardant à l'esprit que ce séjour finirait bien par se terminer, il parviendrait peut-être à la supporter, son épouse demeurée.

Laura tourna les talons et s'éloigna. Soudain, l'envie le prit de l'apprivoiser. Il la rattrapa en deux enjambées qui lui donnèrent l'impression qu'on lui vrillait le crâne jusqu'à l'estomac.

– Belle journée, n'est-ce pas ? dit-il s'adressant à l'ombrelle ouverte entre eux. Hé ! Laura ! Tournez votre ombrelle, vous allez m'éborgner.

Il attendit patiemment qu'elle obtempère puis il montra le parc d'un large geste du bras.

– Quel magnifique jardin !

Au regard noir que lui lança la jeune femme, Arnaud eut l'impression que le seul fait d'admirer le cadre de leur prison constituait une trahison. Et puis après tout, que lui importait cette petite sotte ! Qu'elle aille au diable... et qu'elle y reste !

Il demeura sur place, immobile, le regard comme plongé dans une vision intérieure tandis qu'elle s'éloignait au pas de promenade. Il dut se secouer pour la rattraper et faire un effort de conversation.

– La maison n'est pas grande mais très confortable. Cependant ne vous fiez pas trop à cette apparente intimité. Nous avons tout intérêt à être les plus discrets possible. Tout ce que nous ferons et dirons sera fidèlement rapporté à notre cousin.

Laura se détourna d'Arnaud pour reporter son attention sur le manche de son ombrelle.

– Aussi vous recommanderai-je d'éviter les propos susceptibles de nuire à l'annulation de notre mariage, poursuivit-il.

Cela n'était-il pas trop ardu pour la pauvre petite cervelle de moineau ? Comment lui faire entendre raison ? Existait-il une manière spéciale de lui parler ? Si oui, laquelle ?

Arnaud soupira, découragé par l'effort à fournir.

– Si vous avez à discuter d'affaires personnelles, capables, éventuellement, d'intéresser l'évêque, assurez-vous bien que des oreilles peu sûres ne traînent pas aux alentours, insista-t-il en détachant tous les mots.

Laura le foudroya du regard.

– Inutile de vous répéter, j'avais parfaitement compris. D'ailleurs, et croyez bien que je le regrette, je suis d'accord avec ce que vous avancez : quoi que nous fassions, notre cousin l'apprendra.

Se sentant allégé d'un poids énorme, Arnaud se demanda un instant s'il n'avait pas tort de la considérer comme une pauvre chose à la tête vide. Quand elle s'arrêta, il se risqua :

– Quand vous désirerez me parler...

– Oui, monsieur, coupa-t-elle. Justement, nous avons certaines questions à régler concernant les jours libres accordés par monseigneur.

Comme elle affectait le plus grand détachement, Arnaud, un peu abasourdi par ces paroles inattendues, fit un signe d'acquiescement et proposa :

– Parlons-en maintenant.

– Très bien, parlons-en... On pourrait difficilement nous reprocher de ne pas prendre nos jours de détente en même temps, n'est-ce pas ? Alors voici ce que je vous propose, vous prenez les jours qui vous conviennent le mieux et je m'arrangerai pour les miens. Si vous acceptez, nous disposerons de dix soirées de complète liberté et de vingt repas que nous éviterons de prendre ensemble. Que dites-vous de cet arrangement ?

Elle attendait la réponse en retenant sa respiration. Elle avait mûri ce projet toute la semaine et une déconvenue la froisserait profondément.

– Vous n'avez pas fini de me surprendre, Laura, dit Arnaud dont le crâne redevenait soudain douloureux.

Gênée par le soleil, elle cherchait à percevoir son expression et s'impatienta.

– Vous n'avez pas besoin de me donner des explications, monsieur. Dites seulement oui ou non.

– C'est oui, bien sûr, répondit-il mais sans accorder son assentiment de bon cœur.

– Dix jours de liberté c'est bon à prendre, n'est-ce pas ? insista Laura, scrutant le visage d'Arnaud d'un regard inquiet.

– Hum, hum !

Après réflexion, il se dit qu'il s'était peut-être trop avancé en essayant de se convaincre que Laura n'était pas tout à fait idiote. Quelque chose dans le raisonnement de la jeune femme le turlupinait. Mais quoi ?

Seigneur, si seulement il avait un peu moins bu la nuit dernière ! L'effet de l'alcool commençait à se dissiper mais ses idées étaient encore floues. De plus, il se sentait épuisé.

Tous les tons de vert se retrouvaient dans le grand jardin entouré de massifs de fleurs colorées. Laura contempla les arbres qui frémissaient au fond du parc. Par-delà les buissons, par la trouée d'une clairière, le soleil faisait étinceler l'eau du fleuve. Sans détacher le regard du scintillement, elle soupira :

– Quel endroit admirable !

Arnaud garda les yeux rivés sur la jeune femme pendant quelques secondes. Soudain, il ne ressentit plus les effets de sa gueule de bois. Une moiteur sournoise lui alanguissait le cœur et l'âme. Il l'entendit de nouveau soupirer :

– Quel dommage d'y vivre dans de telles conditions !

Il redescendit sur terre en un clin d'œil. La seconde prodigieuse venait de s'enfuir.

– Voulez-vous faire le tour du parc ou désirez-vous rentrer et affronter notre premier repas en tête à tête ? demanda-t-il d'une voix sèche.

– Rentrons, répondit Laura de mauvaise grâce.

Entraîné par des années de pratique, Arnaud lui offrit son bras. Après un instant d'hésitation, elle y posa le bout des doigts.

– Laura, rappelons-nous une chose, dit-il en reprenant l'allée en sens inverse, entraînant la jeune femme vers la maison. Comme la question épineuse des jours libres n'est pas encore réglée dans ses détails, évitons de l'évoquer en présence des domestiques. En particulier devant Mme Higgins. Je soupçonne notre cousin d'employer cette dame à des fins d'observation. Pour ne pas dire d'espionnage.

– Il en est capable, s'empressa de répondre Laura. Quoiqu'il soit encore tôt pour avoir une opinion décisive, reprit-elle dans un souci d'équité. Cependant, je suis mal placée pour juger du comportement de Mme Higgins. J'ai un a priori, voyez-vous.

Elle raconta succinctement à Arnaud le déroulement de la première prise de contact. Comment Mme Higgins avait brandi le veto de l'évêque en réponse à ses exigences.

Les histoires de bonnes femmes ne l'ayant jamais vraiment intéressé, Arnaud écoutait d'une oreille distraite. Jusqu'au moment où Laura annonça que sa femme de chambre logerait dans son boudoir.

Loger avec une domestique ? Quelle idée ! Décidément, il n'y avait pas beaucoup de bon sens à attendre de Laura. Il la lorgna du coin de l'œil quand elle répéta avec son sourire le plus figé :

– Daisie demeurera à mes côtés. Les domestiques étant logés à l'étage dans les communs, je ne tenais pas à rester seule au rez-de-chaussée. J'ai... je suis impressionnable et... et voilà !

Seule ? Et lui alors ? Il comptait pour du beurre ?

– Est-ce à cause de moi que vous faites surveiller votre chambre par Daisie ?

– Ma foi... oui.

Elle poussa un soupir si profond en prononçant ces mots qu'Arnaud stoppa net, la forçant à s'arrêter, elle aussi.

– Dans ce cas, je tiens à vous rassurer tout de suite. N'ayez aucune crainte. J'ai fait le serment de ne pas attenter à votre vertu. Et j'ai la ferme résolution de tenir parole. En outre, vous n'êtes pas du tout mon type de femme. Vous ne risquez donc rien avec moi.

Il pensait que ce flot de paroles serait de nature à tranquilliser la jeune effarouchée sur la pureté de ses intentions.

– De plus, et là je tiens à être tout à fait honnête avec vous...

Elle repoussa son bras et se remit en marche.

– Honnête ! Honnête avec moi ! s'écria-t-elle d'une voix stridente. Je vous en prie, ne changez rien à vos habitudes !

Mais elle l'insultait ! Il la rattrapa. Ses yeux gris jetaient des étincelles. Cependant, il garda un ton dénué d'émotion.

– Vous avez tout hérité de votre mère ! Vous n'avez pas perdu une miette de son fichu caractère et de sa hargne !

Il arpenta l'allée à grandes foulées. La moutarde lui montait au nez, il préférait ne pas rester aux côtés de Laura. Il se connaissait bien, la patience n'était pas son fort. Encore un mot et il allait la secouer d'importance. Autant décrocher avant qu'il ne soit trop tard.

Laura courut à lui à pas rapides, et siffla avec fureur :

– Ah, la belle victoire que celle remportée sur la mémoire d'une morte ! Oh, je n'en suis pas déçue ! Je n'en attendais pas moins du digne fils de Walter le débauché ! Vous êtes le vivant portrait de votre père. Physiquement et moralement !

Oh, la petite garce ! Elle avait du toupet ! Ressembler à ce vieux filou ! Lui ! Elle le paierait !

Comme elle esquissait un pas en arrière, il agrippa le manche de son ombrelle.

– Je vous interdis de m'insulter, vous m'entendez ! Enfoncez-vous bien cela dans votre tête !

Petite punaise ! Il avait envie de l'étrangler pour lui faire ravaler ses paroles. Alors qu'il s'apprêtait à lui secouer le bras, son regard rencontra deux yeux bleus pleins de larmes.

Laura baissa les paupières et une larme roula le long de sa joue. Cette toute petite goutte suffit à éteindre en un instant le feu de la colère qui grondait en lui.

– Je vous présente mes excuses, dit Arnaud d'une voix radoucie en prenant conscience du désarroi de la jeune femme. Venez, Laura, rentrons.

Il attendit une réponse et des regrets pour les mots désobligeants. Rien ne vint.

Avec un soupir résigné, il lui offrit son bras qu'elle repoussa avec brusquerie avant de partir en courant vers la maison.

A table, personne pour rompre leur déprimant tête-à-tête. Ils grignotèrent un léger en-cas dans un silence éprouvant. Leurs yeux froids et impitoyables s'observaient à la dérobée, pleins d'aigreur rancunière.

Finalement, incapables de se supporter plus longtemps, ils abandonnèrent leur repas et se ruèrent hors de la salle à manger sans tenir compte de l'air outragé de Mme Higgins ni de la surprise de la femme de chambre qui apportait le dessert.

Arnaud se jeta sur son lit et, épuisé par sa nuit blanche, s'endormit lourdement, après avoir grommelé contre cette pauvre demeurée de Laura.

Après un débilitant apitoiement sur elle-même, Laura décida de fuir l'atmosphère tendue de cette maison où elle n'aurait jamais dû mettre les pieds. Aidée par sa fidèle Daisie, elle se changea rapidement et quitta les lieux, en direction des écuries.

« S'il s'imagine que je vais danser au son de sa musique, il se trompe, marmonnait-elle en regardant Andrew le palefrenier seller une Circé piaffant d'impatience. Ah mais, c'est que je ne suis plus une pauvre petite fille terrorisée ! L'Ogre peut toujours essayer de me menacer de ses représailles, cette fois, il tombera sur un bec ! »

Le palefrenier, en l'aidant à se mettre en selle, interrompit le cours des pensées de la belle dame en amazone bleue.

12

Dans la lumière vive de l'après-midi, le bruit des roues du chariot de Barty et le claquement des sabots de son cheval résonnaient dans la cour du côté de l'entrée de service.

Barty tira sur les rênes.

– Ohé ! Personne là-dedans ?

Il vit sortir, en plein soleil, une jeune femme dont la robe noire coquettement agrémentée d'un tablier blanc bien amidonné annonçait son état de femme de chambre. Une coiffe blanche bordée de dentelle, posée sur un chignon blond cendré, éclairait un frais minois et faisait briller des yeux d'un brun doré.

Avant même de descendre du chariot, il interpella la domestique :

– Tu serais pas une fille de George Manning, des fois ?

Daisie s'approcha de lui et examina l'homme en train de mettre pied à terre.

– Oui. Et vous, vous êtes Barty, le chef des écuries de Shiplake ! répondit-elle avec un petit sourire futé qu'il lui rendit aussitôt.

Il pointa un doigt dans sa direction et s'exclama d'une voix triomphante :

– Georgina !

– Pas du tout... Daisie !

Barty la détailla de la tête aux pieds avant de scruter ses traits d'un œil interrogateur. Il éleva la main à hauteur de hanche, figurant par là la taille d'un enfant.

– Daisie ?... Non ?

Elle fit lentement un signe de tête affirmatif et son visage s'éclaira d'un sourire joyeux.

– Daisie ! C'est pas croyable. La dernière fois que je t'ai vue, tu étais haute comme ça.

De nouveau, sa main à plat s'éleva à un mètre du sol.

Le sourire de la jeune femme s'élargit quand elle devina qu'il pensait qu'elle le faisait marcher.

– Nous nous sommes vus le soir du mariage de Monsieur Arnaud. Vous ne vous en souvenez pas ? Vous nous avez accompagnées à Londres, Demoiselle Laura et moi.

Le visage de Barty se ferma comme à chaque fois qu'il lui arrivait d'évoquer le mariage de son frère de lait. Avec le temps, son opinion là-dessus n'avait pas varié d'un iota. Arnaud, tout malin qu'il se croyait, s'était fait piéger comme un blaireau. D'après ce qu'il lui avait annoncé, Arnaud passerait ici quatre mois de purgatoire avant de goûter au paradis de la liberté. Etait-ce chrétien, ça, comme procédé ?

Il haussa des épaules fatalistes et attacha les rênes à un anneau avant de se mettre en devoir d'attraper la lourde malle d'Arnaud.

Au moment de la soulever, il se tourna encore vers Daisie.

– Tu es devenue diablement belle fille. Déjà autrefois...

Elle écarta le compliment en changeant de sujet :

– Moi, je vous ai reconnu tout de suite, Barty, mais vous êtes moins facile à oublier.

Pendant qu'il tirait la malle jusqu'au bord du chariot, Daisie lorgna le bourreau des cœurs de la région. Elle ne put qu'admirer ce coureur de jupons qui avait fait des avances à toutes les filles des villages environnants.

Avec ses cheveux bruns presque roux et ses iris d'un vert tendre, il avait un air enjoué que des petites rides au coin des yeux ne faisaient qu'accentuer. Un grand et bel homme. Ça oui ! Les yeux de Daisie s'agrandirent de surprise quand elle le vit attraper la lourde malle par la poignée de cuir et se redresser en la tenant sur son dos avant de la poser sur le pavé de la cour. Passant sa main dans ses cheveux frisés, il reprit :

– Réflexion faite, beaucoup plus jolie qu'autrefois. Quel âge ça te fait maintenant ?

– Vingt-deux à la fin de l'année.

– Vingt-deux ans ! Bigre ! Le bel âge pour l'amour.

Nerveusement, elle tapota son chignon. Eprouvant le besoin de détourner d'elle l'attention du don Juan de Shiplake, elle fit un geste de la main en direction de la malle.

– Un coup de main pour la rentrer ? proposa-t-elle.

Un sourire heureux découvrit les larges dents de Barty.

– Une mauviette comme toi, tu veux rire ? Va plutôt me chercher l'incapable de Monsieur Arnaud.

– Vous voulez dire Mortimer ?

La jeune femme de chambre considéra un moment l'expression ironique de Barty.

– Cet homme m'impressionne. Il est si guindé.

– Y a pas de raison. C'est un air qu'il se donne pour nous en mettre plein la vue. Sous prétexte qu'il était valet chez un marquis de ceci-cela, il veut nous snober. N'oublie pas une chose, fillette, c'est qu'il reçoit des gages pour faire le domestique, tout comme nous.

Daisie hocha la tête d'un air compréhensif avant de se diriger vers la porte. Il l'arrêta d'une question :

– Hé, petite, tu as un galant ?

Elle rougit violemment.

– Non.

– A bientôt vingt-deux ans ! Une jolie fille comme toi, pas de galant... (Sa voix trahissait à la fois de l'apitoiement incrédule et de la satisfaction.) Tu sais, Daisie, ça ne me déplairait pas de venir te voir de temps en temps. Et même souvent. On pourrait prendre du bon temps ensemble, hein ? Qu'en dis-tu, ma toute belle ?

Ne sachant si elle devait se sentir flattée par les compliments ou vexée par sa proposition directe, elle fit une petite moue contrainte.

– Vous voulez vous amuser, Barty ? Quoi de plus naturel ? Mais cherchez une autre fille, ce sera beaucoup plus agréable pour vous. Parce que moi je suis une fille sérieuse. Je n'y peux rien, je suis comme ça. J'attends le garçon qui m'épousera.

Comprenant tout à coup de quoi il était question, Barty ouvrit de grands yeux.

– Si sérieuse que ça ? Serais-tu encore pucelle ? (Il laissa échapper une exclamation sceptique.) J'y crois pas. C'est ridicule à ton âge. J'y crois pas, répéta-t-il.

Il la regardait comme un objet de curiosité. Elle rougit et se détourna, confuse, comme si elle venait de confesser une tare abominable.

– A chacun son point de vue. Moi, je ne trouve pas ça ridicule. Et mon futur époux ne trouvera pas ridicule d'être le premier homme dans mon lit.

– Ouais, mais avec des idées pareilles, tu pourrais bien rester vieille fille et pucelle pour l'éternité.

La conversation prenait une tournure de plus en plus gênante. Appuyée contre la porte de service, Daisie tâtonnait dans son dos à la recherche du loquet.

– Il y a des sorts plus malheureux que celui-là, murmura-t-elle. Si le Bon Dieu...

Barty lui coupa la parole :

– Mêle pas le Bon Dieu à ces histoires. Il est coriace des fois avec des chrétiens qui le méritent pas.

Visiblement troublée, Daisie acquiesça de la tête. Ne venait-elle pas de réveiller de pénibles souvenirs ?

– Barty, dit-elle doucement comme si elle répugnait à le déranger. Il y a trois ans, j'ai appris pour votre épouse... Désirez-vous en parler ?

Les sourcils froncés, la mâchoire belliqueuse, le

chef d'écurie de Shiplake laissa s'écouler quelques instants avant de s'exprimer d'une voix lasse :

– Y a rien à dire. Maggie était enceinte, alors forcément, je l'ai épousée. On attendait un bébé et l'épidémie est arrivée. Voilà, c'est tout.

Daisie avança d'un pas vers lui, mais Barty fit un signe de la main pour l'empêcher de parler.

– Va me chercher l'incapable. (Il se ravisa.) Ou plutôt non. Préviens-le que la malle de son maître l'attend sur le pavé de la cour. Qu'il se débrouille tout seul, le snobinard. Attends ! Si tu rencontres Monsieur Arnaud, dis-lui que je vais faire un tour aux écuries et voir par moi-même si Azor est bien installé. Allez, va maintenant ! Oui, c'est ça, au revoir.

Elle rentra dans la maison, profondément affectée de l'avoir attristé.

Après son départ, Barty fit les cent pas dans la cour en gardant l'œil fixé sur la porte de service.

– Barty ! Barty !

L'appel le sortit de sa méditation. Mortimer venait à lui de son pas de sénateur.

– Voulez-vous m'aider à porter cette malle, mon garçon ? demanda-t-il sur un ton faussement protecteur.

Barty fit un geste grossier en s'en allant vers les écuries.

– Va te faire voir, Mortimer !

Dès qu'elle s'était élancée sur le dos de la jument, Laura avait oublié le reste du monde, tout à son bonheur de galoper à travers la campagne ensoleillée. L'air tiède caressait ses joues. Sous ses yeux, les verts clairs et les verts foncés des prairies se fondaient en une palette fleurie de blanches pâquerettes et de jonquilles jaunes. Les sabots de Circé résonnaient gaiement. Cette musique apaisait le cœur de la jeune femme. Elle se sentait merveilleusement libre. Maintenant, la jolie bête à la robe fauve et la jolie dame poursuivaient leur route qui les ramenait à la demeure de l'évêque. Au loin, les grandes fenêtres de la maison scintillaient doucement sous le soleil du beau printemps anglais.

L'après-midi était bien avancé quand, jetant un coup d'œil par la porte ouverte de l'écurie, Barty aperçut une cavalière qui arrivait du côté des champs, là où la route faisait un coude.

– Voilà l'autre morveuse, bougonna-t-il entre haut et bas encore sous le coup de l'exaspération.

Ce n'était pas assez d'avoir découvert que toutes les filles ne se ressemblaient pas et que certaines pouvaient résister à ses avances avec une franchise déconcertante. Maintenant, voici qu'arrivait l'autre pimbêche.

Pour éviter une rencontre, il aurait pu contourner le bâtiment et passer par l'autre cour. Mais il n'allait pas caner devant une femme ! Surtout celle-là par qui Arnaud avait été piégé de façon lamentable.

Toutes des garces ! Pas une pour racheter les autres !

Après s'être essuyé les mains sur un chiffon pendu au mur, il sortit pour affronter l'ennemie en face.

A contrecœur, il dut lui décerner une bonne note. Elle ne montait pas en amazone, c'était déjà ça. Rien de plus contraignant pour l'animal que cette façon féminine de faire porter tout le poids d'un seul côté.

Un autre bon point à mettre à l'actif de l'arrivante : intrépide cavalier lui-même, Barty ne pouvait qu'admirer sa fière allure en selle lorsque Laura sauta une haie que d'autres auraient contournée.

Attendant une faute, l'espérant même, il la regarda s'approcher. Vêtue d'un costume de velours bleu, un chapeau à plume crânement posé sur ses cheveux noirs, Laura lui sourit gentiment en amenant sa jument près de lui.

– Barty ! C'est vraiment vous ? Je suis heureuse de vous revoir.

Un vague sourire aux lèvres, Barty hocha la tête. Non seulement elle ne l'ignorait pas avec arrogance comme le faisaient souvent les dames de la société, mais elle lui parlait d'une voix affable, simplement. Comme l'avait toujours fait lady Constance.

De plus près, elle était encore plus saisissante. Les joues rosies par la course, le bleu de ses yeux étincelant d'excitation, elle accentua son sourire, découvrant des dents blanches et régulières. Par quel prodige l'ancienne petite fouine avait-elle pu devenir une créature aussi jolie ?

– Bigre, que Circé est devenue belle ! s'exclama Barty pour cacher son admiration en aidant la cavalière à descendre de cheval.

Laura réagit instantanément. Telle la mère d'un enfant magnifique, la fierté l'envahit et elle rougit de joie.

– Superbe, n'est-ce pas ?

Du museau, la jument lui poussait le dos, réclamant son attention.

– Elle est terriblement jalouse, se rengorgea-t-elle. Circé n'accepte pas que je parle à quelqu'un d'autre. Une possessive, voilà ce qu'elle est !

Elle enlaça la puissante encolure de ses deux bras en murmurant des mots câlins que l'animal semblait approuver par ses mouvements de tête.

– J'étais là à sa naissance. Dès qu'elle a été sur ses jambes, j'ai vu tout de suite que ce serait une princesse. Mais une beauté pareille, lady Laura, vrai de vrai, j'en suis soufflé.

En parlant, Barty guignait les allées et venues de la cour de service, espérant voir Daisie. Il aperçut Arnaud qui descendait l'allée à grands pas.

– Ce n'est pas moi qui soutiendrais le contraire. Ma Circé est une princesse, en effet.

Elle s'interrompit pour poser un baiser sur le museau de velours fauve de la jument. Un mouvement du côté de la maison attira son regard. Non ! Encore lui ! Il n'y avait donc jamais moyen d'avoir un peu de paix ? Elle ne put réprimer un frisson de contrariété. Et bien sûr, il se dirigeait droit vers les écuries ! Droit vers elle !

Elle tendit les rênes à Barty, continuant à parler comme si de rien n'était.

– Circé n'est pas seulement belle, elle est aussi docile et... (s'il me parle, je fais celle qui n'entend rien) ... et, aussi incroyable que cela puisse paraître, elle comprend tout ce que je lui dis, termina-t-elle d'un ton morne.

– Ça, je vous crois bien, lady Laura. Des comme Circé, on n'en voit pas beaucoup, affirma Barty en prenant les rênes avant de les donner au palefrenier qui attendait à la porte de l'écurie. Occupe-toi de Circé. Et prends-en grand soin, ordonna-t-il.

Arnaud était là, appuyé contre le mur, avec aux lèvres un demi-sourire qui glaça le cœur de Laura. Mais le temps de la frayeur était révolu, elle ne se laisserait plus impressionner par l'Ogre. D'abord, optant pour l'indifférence et faisant comme s'il n'existait pas, elle passa devant lui puis s'engagea sur le chemin qui menait à la maison en une retraite pleine de dignité.

Il la suivit des yeux, rempli d'une fureur rentrée et faillit sortir de ses gonds en entendant l'exclamation de son frère de lait :

– Crénom qu'elle est belle !

– Qui ?

Arnaud poussa ce cri plein d'une colère contenue.

Barty eut une petite toux diplomatique.

– Ben... Circé ! riposta-t-il prudemment.

Il observa Arnaud avec curiosité, s'attendant presque à le voir lui voler dans les plumes comme au beau temps de leur prime jeunesse. « Serait-il jaloux ? »

Arnaud demeura sans bouger pendant un petit moment puis il se secoua.

– La patience d'un homme a ses limites, dit-il soudain. Bon sang, Barty ! Je ne suis ici que depuis une demi-journée...

Il s'interrompit brusquement pour tirer sa montre de son gousset. Après y avoir jeté les yeux, il rectifia :

– ... moins d'une demi-journée !

Il lança vers Barty un regard excédé tout en se frottant les tempes encore endolories par un reste de migraine.

– Je crains de ne pouvoir tenir pendant quatre mois. Je sens bien que ce sera au-dessus de mes forces.

Barty acquiesça d'un air compréhensif mais ne pipa mot. Les histoires de ménage, les querelles d'amoureux étaient zone interdite.

– Au-dessus de mes forces, répéta Arnaud.

Ah, s'il n'était pas un gentleman, il en aurait à dire à son frère de lait ! Ce n'étaient pas les griefs qui manquaient. Mais en homme bien élevé, Arnaud se conformait aux usages. Un mari – eût-il épousé une gorgone – ne se plaignait jamais de sa femme.

Il poussa un soupir de lassitude, jeta un coup d'œil furtif vers l'endroit où il avait vu disparaître Laura et, tout songeur, tapota le dos de Barty.

– Allons voir Azor, puisque tu es venu pour ça.

Pourquoi s'était-il embarrassé de cette gamine insupportable sans aucun bon sens ? Si elle avait eu deux sous de reconnaissance, elle se prosternerait à ses pieds pour le remercier. Parce qu'à tout prendre, il n'avait pas besoin d'annulation, lui ! Il n'envisageait pas de nouvelle union, lui ! Il lui accordait généreusement quatre mois de son existence sans demander de contrepartie, lui ! Sans exiger de serment sur l'honneur ! Et l'évêque ? S'était-il montré équitable ? Pas du tout ! Il n'avait pas pensé à le protéger. Il l'avait purement et simplement abandonné à la concupiscence de Laura... Là, il exagérait peut-être un peu ?... Peut-être ! Seulement, s'il se laissait miner le moral dès le premier jour, la petite vipère allait l'achever avant que le premier mois ne soit terminé.

Sans conteste, Laura n'avait que des défauts : désagréable, têtue, contrariante, hargneuse, bête, bêêêête !... La liste était longue.

Il entra dans l'écurie en se récitant la litanie

interminable des tares et défauts de son... (ah ! que c'était difficile à dire !) ... son épouse.

– Au-dessus de mes forces, grommela-t-il encore à mi-voix.

Dans les jours qui suivirent, ils se comportèrent en parfaits étrangers, avec une politesse glaciale.

Cependant, malgré l'infranchissable muraille d'indifférence et de froideur, Arnaud revenait doucement à la vie. La perte momentanée de sa liberté lui devenait peu à peu plus supportable depuis qu'il l'avait acceptée. Cette grotesque cohabitation, heureusement entrecoupée par des journées de complète détente, se terminerait bien tôt ou tard.

Deux jours d'évasion en deux semaines depuis son arrivée. C'était peu mais tellement apprécié. Ces jours-là, il partait pour Londres, tôt le matin, en emmenant Mortimer avec lui. Celui-ci disposait de son temps comme il l'entendait pourvu qu'il soit revenu pour accueillir son maître. Quant à Arnaud, il passait de belles heures dans les salles de jeu et les pubs. Il ne rentrait que le lendemain matin, un large sourire aux lèvres, sentant le parfum bon marché et complètement épuisé, et dormait la majeure partie de la journée. C'était toujours ça de gagné sur son temps de purgatoire !

Par contre, Laura résistait plus difficilement à l'épreuve. Cette situation déconcertante n'était pas sans lui rappeler les heures passées sous le regard noir et décourageant de sa mère. Comme à cette époque grise de sa vie, la contrainte la mettait dans l'incapacité de résoudre immédiatement les problèmes les plus simples. Des pensées désagréables la tenaient éveillée des nuits entières. Elle détestait l'Ogre ! Elle le haïssait. Il l'avait traitée avec brutalité, déshonorée et, maintenant, monsieur jouait les persécutés, les têtes de Turc. Alors qu'en toute justice, c'était à elle de se plaindre et de prendre sa revanche.

Dieu merci, il restait le moins possible à la maison comme si la seule vue de son épouse suffisait à l'exaspérer. Eh bien, qu'il se rassure, ils étaient deux dans le même cas. Laura aussi en avait par-dessus la tête.

Ils prenaient ensemble le petit déjeuner en parlant du temps qu'il faisait, de celui qu'ils espéraient pour la journée. Puis Arnaud partait pour Penton Hook. Il n'avait jamais supporté l'oisiveté et, chaque jour, il se félicitait d'avoir les travaux du manoir à surveiller. Il sentait bien que sans cette activité il aurait craqué.

Laura lisait, élaborait des arrangements floraux, passait des heures en travaux de broderie. Et, tous les après-midi, elle s'en allait par les chemins sur le dos de sa très aimée Circé. Libre jusqu'à l'heure du dîner où l'Ogre lui faisait « l'honneur » de sa présence – honneur dont ils se seraient bien passés tous les deux s'ils n'avaient redouté les représailles sournoises de l'évêque.

Au cours du morne repas, la conversation roulait sur le temps qu'il avait fait, sur celui qu'on espérait pour le lendemain.

La soirée se terminait tôt, un livre à la main.

Un samedi, juste après le dîner, Arnaud se promenait dans le parc. Il s'entendit appeler.

– Monsieur, me permettez-vous d'interrompre votre promenade un instant ? J'ai à vous parler.

Laura, petite silhouette en robe de mousseline claire, se tenait à quelques pas de lui. Indécis, il l'observa un moment avant de s'approcher d'elle.

– Je vous en prie. Je vous serais très reconnaissant si vous me faisiez la grâce de m'accompagner dans ma promenade.

Elle prit à contrecœur le bras qu'il lui tendait par courtoisie.

– Je désirerais discuter avec vous de questions que nous avions prévu de régler en particulier, dit-elle en s'efforçant de prendre un ton léger.

Ils suivirent une allée bordée de narcisses pour aboutir au fond du parc où ils s'assirent sur un banc de pierre dans un coin ombragé, à l'abri d'un robinier.

S'adossant confortablement contre le tronc de l'arbre, Arnaud allongea ses jambes. Comme il fallait bien se décider, il se tourna vers Laura.

– Je suis à votre disposition, madame.

Alors qu'il s'apprêtait à prendre son mal en patience, il découvrit la délicate courbe de sa bouche tandis qu'elle faisait une petite moue en se concentrant. Du coup, il lui devint totalement impossible de raisonner. La vue du visage de Laura lui brouillait l'esprit. Existait-il au monde quelque chose de plus émouvant que les taches de son qui parsemaient son petit nez droit ?

Laura parlait, mais tout ce qui venait à l'entendement d'Arnaud c'était... la proximité de la jeune femme. Il ne bougeait pas, se bornant à contempler son visage. La peau blanche qui devait être si douce au toucher, son cou mince... Ses cheveux relevés en chignon laissaient s'échapper des petites mèches dans son cou.

Le regard d'Arnaud se déplaça, dériva sur l'épaule, glissa le long de la gorge et des seins. Comme le disait Barty en parlant d'une jolie femme, elle avait ce qu'il fallait, là où il fallait...

Elle se pencha un peu vers lui et, soudain, il perçut un parfum subtil et pénétrant qu'il inspira jusqu'à bout de souffle.

La violence des sensations qui l'envahirent l'effraya et le tira de sa fascination. La petite sorcière n'était-elle pas en train de l'envoûter ?

– M'entendez-vous, monsieur ?

– Bien sûr.

Il n'avait strictement rien compris de son discours et dut faire un effort pour concentrer son attention sur les mots qui n'avaient aucun sens pour lui.

– Alors, donnez-moi votre avis... Vous conviendrait-il que je parte le mardi matin et que je revienne le samedi soir ? reprit Laura qui avait retrouvé un peu de bonne humeur. Comme vous le savez, je n'ai pris aucune journée de détente et le mois va se terminer. Il est grand temps que je me décide. Cinq jours de suite, Dieu que cela va me sembler bon !

Il accusa le choc. Une douche glacée ne l'eût dégrisé davantage.

– Si c'est ce que vous désirez, parvint-il à répliquer en masquant sa déception. La décision vous appartient, Laura. De mon côté, j'ai deux jours à prendre. Disons lundi et mardi. Je reviendrai juste pour votre départ. Vous voyez, tout s'arrange au mieux.

La voix de Laura vibra de satisfaction. Son intonation joyeuse troua la sereine paix du soir tombant.

– Une semaine entière sans avoir à nous supporter, n'est-ce pas fabuleusement inespéré ?

– Fabuleusement !

Comme il se fût réjoui de cette nouvelle une heure plus tôt, lorsqu'il était certain de la détester. Maintenant, la colère le prenait devant la jubilation de la jeune femme.

– Vous avez des taches de rousseur sur le nez, énonça-t-il d'une voix mauvaise. Si vous continuez à galoper en plein soleil, vous serez bientôt aussi tachetée qu'une vieille pintade.

– Oh ! Oh !... Le goujat ! s'exclama Laura subitement refroidie. Vous avez des manières de rustre !

Sur quoi, elle se leva et, prenant ses jupons à pleines mains, elle s'enfuit en courant. Les oreilles obstinément sourdes aux appels répétés d'Arnaud.

13

A mesure que la soirée s'avançait, l'air devenait plus lourd. Les nuages se resserraient et recouvraient en masse compacte le ciel tout entier devenu très sombre.

Sorti sur la terrasse pour respirer plus à l'aise, Arnaud jeta un regard au bout du parc vers les grands arbres que nul souffle d'air n'agitait. Tout semblait figé, en attente.

Laura ne pouvait demeurer immobile, comme si quelque chose en elle remuait les profondeurs de sa mémoire. Tout son corps paraissait frémir d'une crainte indéfinissable. Elle marchait de long en large, arpentant le salon, suivie par l'œil préoccupé de Daisie et par les regards déconcertés d'Arnaud.

L'ombre s'épaissit dans la pièce et son effervescence cessa brusquement. Elle tomba dans une sorte d'engourdissement qui tourmenta Daisie à tel point qu'elle la prit par les épaules et l'emmena se coucher comme une enfant.

Arnaud resta plus de deux heures fasciné par l'orage qui arrivait de très loin. Il finit par regagner sa chambre.

Un cri le réveilla une heure plus tard. Pendant deux ou trois minutes, il resta assis sur le bord de son lit, prêtant l'oreille en se demandant s'il n'avait pas rêvé.

De la chambre voisine lui parvenaient des gémissements étouffés. Puis un véritable hurlement de frayeur. Il se leva d'un bond et courut écouter à la porte qui le séparait de la chambre de Laura. Que se passait-il là ? Des bruits de pas assourdis... Laura serait-elle malade ? Elle semblait terriblement nerveuse et son dîner était reparti sans qu'elle y touche. Ou alors, un rôdeur en quête d'un mauvais coup ?

Son inquiétude atteignit un tel degré qu'il mit précipitamment sa robe de chambre et alla frapper doucement à la porte de communication en tentant vainement de tourner la poignée.

– Ho ! Holà ! Que se passe-t-il ?

Aucune réponse. Il y avait quelqu'un pourtant puisque, au-delà de la porte, il entendait une agitation dont il ne devinait pas la cause.

Il frappa plus fort une deuxième fois puis une troisième.

– Ouvrez-moi ! Daisie, je sais que tu es là ! Ouvre-moi tout de suite ! Allons, ceci est absurde !

Un éclair illumina le ciel et la pluie se mit à tomber en rafales. La pendule se trouvant sur la cheminée de la chambre d'Arnaud sonna 1 heure. Cette sonnerie eut le don de le rendre encore plus furieux.

Alors qu'il s'acharnait à tambouriner à grands coups, il s'arrêta pour tendre l'oreille à la v[illegible] chuchotait derrière la porte :

– Monsieur Arnaud ? C'est vous ?

– Bien sûr que c'est moi ! Qui veux-tu qu[illegible] rétorqua-t-il d'une voix irritée qui en disait lo[illegible] son exaspération. Bon Dieu, qu'est-ce qui te pre[illegible] Tu es devenue folle ?

Il n'y eut pas de réponse immédiate ma[illegible] bientôt, il entendit de nouveau la voix de Daisie :

– Ce n'est rien, Monsieur. C'est Demoiselle Laura qui fait un mauvais rêve. Ne vous inquiétez pas, ça va passer.

– Ouvre la porte, te dis-je !

– Non ! Demoiselle m'en voudrait si je le faisais.

Elle ne put prononcer que ces mots, d'une voix faible et sans conviction.

– Ouvre ou j'enfonce la porte !

Pour bien montrer qu'il ne menaçait pas en vain, il donna un coup d'épaule dans le battant. Et, tandis qu'il reculait jusqu'au lit pour prendre de l'élan, il vit la porte s'entrouvrir et une silhouette sombre avancer à contrecœur. Sans tenir compte de la mauvaise grâce de Daisie, Arnaud se rua dans la chambre.

– Que faites-vous, Monsieur ? s'effara Daisie en tentant de le retenir par sa manche.

– La réveiller, pardi ! (Il tendait déjà la main pour secouer Laura.) Ce n'est qu'un cauchemar.

– Oh non ! Non, par pitié ! supplia-t-elle à voix contenue. Ne faites pas ça. Madame Helen dit que si on la réveillait quand elle est dans cet état-là, Demoiselle Laura pourrait en mourir.

Indécis, Arnaud retira sa main en poussant un soupir d'incrédulité.

– Pour un simple cauchemar ? Tu n'exagères pas un peu ?

La femme de chambre s'appuya des deux mains à la barre du pied de lit et gratifia Arnaud d'une grimace de défi.

– Un simple cauchemar ? Comme vous voulez, ...sieur. Attendez simplement un peu et peut-être ...etterez-vous d'assister à ce simple cauchemar.

...l haussa les épaules en se tournant vers Laura qui ...ntinuait à balbutier des mots incohérents entre-...upés de sanglots et de frissons.

– La... porte ! Ouvrez... la... porte, gémit-elle sur un plaintif.

Puisqu'elle désirait qu'on lui ouvre la porte, Arnaud fit un pas en direction de sa chambre en échangeant un regard avec Daisie qui fit un signe de dénégation.

– Pas la peine, Monsieur.

– Laissez-moi... je suis... Laura... la... porte... la porte...

Eh bien, Daisie contente ou pas, il allait l'ouvrir cette satanée porte ! Il refit un pas. La voix haletante de Laura le cloua sur place :

– Je... ne suis pas... Agnès... Je suis Laura... pas Agnès...

Une main glacée parut s'emparer du cœur d'Arnaud et le presser fortement.

– Non... pas... ne me touchez pas... monstre velu... non... (la voix s'éleva, terrifiée) ... ne me faites pas mal... Agnès... de l'argent... facilement gagné...

Complètement immobile devant le lit, légèrement essoufflé, Arnaud regardait fixement la tête de Laura rouler sur l'oreiller.

– L'Ogre... ouvrez... la porte...

Elle s'arrêtait de parler pour prendre de longues inspirations pénibles puis repartait de plus belle :

– Je... ne... peux... plus... par... parler... laissez-moi... partir...

Arnaud ne savait que faire. L'impression était d'autant plus violente que rien ne l'avait préparé à la réapparition de l'embarrassant souvenir.

– Vous me faites mal... l'Ogre... m'a tuée... Agnès... je suis... morte...

Les mots devinrent de plus en plus confus. Puis inaudibles. Enfin, secouée par des sanglots déchirants, elle se tut.

Ruisselante de sueur, elle semblait si vulnérable, blottie au fond de son lit, les cheveux éparpillés sur l'oreiller, que le désir de protéger cet être sans défense envahit l'esprit d'Arnaud. Il se surprit à faire le vœu de veiller sur elle et d'expier son forfait.

– Monsieur ! appela Daisie en lui secouant la manche pour attirer son attention. Partez maintenant, s'il vous plaît. Si Demoiselle vous voit ici, elle va mourir de peur. Retournez chez vous, s'il vous plaît, pria-t-elle à mi-voix. S'il vous plaît.

Il ne pouvait plus articuler un mot. Aussi se contenta-t-il de faire « oui » de la tête avant de quitter la chambre, les yeux tournés vers Laura dont les sanglots s'apaisaient.

Lorsqu'il eut refermé la porte, il sentit ses jambes se dérober sous lui et dut s'appuyer contre le mur, les yeux fermés.

Seigneur ! Etait-ce possible ?

Il croyait que Laura avait pris cette... erreur pour ce qu'elle était, c'est-à-dire une méprise, regrettable certes, mais bénigne. Et qu'elle l'avait oubliée, elle aussi.

Il se rendait compte à présent que leur cheminement avait bifurqué. Lui penchait pour une péripétie vite commise, vite effacée. Pour Laura, atteinte dans sa chair et dans son âme, le douloureux viol restait à jamais gravé dans sa mémoire.

Il se souvenait à peine de l'incident. Laura en restait marquée au fer rouge et le revivait intact dans chacun de ses cauchemars.

Arnaud, dont l'anxiété s'était un peu évaporée, resta attablé dans la salle à manger alors que le petit déjeuner était terminé. Une fois la table débarrassée, il demanda à Mortimer d'appeler Daisie. Il désirait l'interroger.

Des heures durant, il avait arpenté sa chambre. Laura aurait été extrêmement surprise d'apprendre qu'il avait passé la majeure partie de la nuit à tenter de dissiper les émotions insolites qu'il ressentait à cause d'elle.

Dire qu'il était déconcerté de se retrouver dans une inconfortable position de coupable eût été un aimable euphémisme.

Il gardait au fond de lui un sentiment de remords, bien que son esprit refusât le souvenir du viol et des mauvais traitements infligés à Laura. Qu'elle s'en souvînt, elle, c'était déjà assez dur à supporter !

Tout à ses pensées, il n'avait pas entendu entrer Daisie. Quand il l'aperçut devant lui, il sursauta avant de la reconnaître. Elle portait sa tenue du matin, robe grise et grand tablier de toile. Dans sa précipitation, elle avait gardé à la main un plumeau qu'elle déposa à terre en s'excusant.

Arnaud contempla la femme de chambre, laissa

échapper un long soupir et se passa la main dans les cheveux.

– Comment... (il toussota) ... comment se porte lady Laura ce matin ?

– Demoiselle dort encore, Monsieur.

– Lady Laura, rectifia-t-il machinalement.

Lady Laura ? Bon, lady Laura s'il le voulait ! Elle n'avait nulle envie de contrarier Monsieur Arnaud. On ne reste pas domestique pendant plus de huit ans sans acquérir une bonne dose de docilité. Néanmoins, elle observa le mari de sa maîtresse, par-dessous, tandis qu'il tenait la tête un peu penchée, le visage empreint d'une expression indécise qu'elle ne lui avait jamais vue jusque-là. Il semblait absorbé par les mouvements nerveux de sa main qui faisait craquer un petit cigare.

– Dis-moi, questionna-t-il sans lever les yeux. Comment réagit lady Laura après un... hum... un incident comme celui de la nuit dernière ?

L'embarras rosit les joues de Daisie qui fit mine de chercher un mouchoir dans sa poche.

– Demoiselle... pardon ! Lady Laura ne se souvient de rien. Jamais. Elle s'étonne de son épuisement. C'est tout.

– Cela se produit-il souvent ?

– Pas très souvent, Monsieur. Mais toujours dans les mêmes circonstances. Après une journée orageuse et juste avant l'orage. L'année passée, pas un seul cauchemar. J'espérais qu'il n'y en aurait plus... (Elle hocha la tête comme pour souligner sa déception.) Je ne peux pas m'empêcher de garder l'espoir qu'un jour ce sera terminé. Madame Helen a consulté à ce sujet un grand médecin de ses amis. Il a dit que le jour où Demoiselle Laura, je veux dire lady Laura, aura retrouvé un... (elle tourna les yeux vers le plafond) un certain équilibre... affect... ueux.

– Affectif, peut-être ? l'aida-t-il.

– Affectif, c'est ça ! Un certain équilibre affectif, ses cauchemars reviendront de moins en moins souvent puis cesseront.

– Depuis combien de temps lady Laura est-elle victime de ces cauchemars ?

Les yeux baissés, Daisie tripatouilla le revers de la poche de son tablier.

– C'est-à-dire que... la première fois, ça s'est passé une huitaine de jours avant... le... votre... mariage. Quand j'ai vu Demois... lady Laura dans cet état, j'ai pris peur et j'ai appelé Madame Stanton qui m'a aussitôt fait sortir de la chambre. Madame Stanton est restée avec Demoiselle pour l'interroger.

Voilà donc l'explication de bien des choses ! Jusqu'à présent, Arnaud avait été convaincu que Laura était responsable de leur mariage précipité. Finalement, la vérité dévoilée, il se trouvait que la faute en revenait à Clarisse Stanton. L'idée ne l'effleura pas un instant de reconnaître que s'il s'était tenu correctement Clarisse Stanton n'aurait pas eu l'occasion de le contraindre à épouser sa fille.

Il grommela un juron qui fit hausser les sourcils de la femme de chambre.

Nerveusement, il serra les dents sur son cigare et l'alluma.

– Qui d'autre est au courant de... cela ? demanda-t-il avec brusquerie.

– Ben... à part vous et... moi, il n'y a que Madame Helen.

Helen ! Mais bien sûr, Helen ! Pas étonnant que sa belle-sœur l'ait évité le soir du bal de l'ambassadeur. Il leva les yeux et suivit les volutes de fumée.

– La tante Wharton aussi, peut-être ?

Daisie secoua la tête.

– Jamais chez lady Wharton. L'appartement de Demoiselle... de lady Laura se trouve de l'autre côté de la maison. De plus, il faut que je vous dise, Monsieur, je dors toujours tout près de la chambre de Demoiselle Laura. Au cas où, vous comprenez ?

Arnaud lui lança un regard incisif. Dire que pour ça aussi il avait accusé Laura ! Pouvait-on être plus borné qu'il l'avait été !

Faisant un effort sur lui-même pour repousser ce

sujet qui le rongeait, il l'interrogea d'un ton bienveillant en contemplant pensivement son cigare.

– Vous partez donc toutes les deux pour cinq jours ?

Avant de répondre, Daisie s'empressa d'avancer un cendrier au-devant des cendres dangereusement près de tomber sur la table.

– Oui, Monsieur. Et, si vous le permettez, je dis « tant mieux », rapport à Demoiselle Laura... (Arnaud fit un petit geste de la main) ... lady Laura, se reprit-elle. Cela lui remettra les idées en place. Lady Laura est fort attachée à sa tante. Elle aime résider chez elle. En plus, ce vendredi, il y aura le mariage de la fille de lord Beadnell. Les jeunes filles apprécient tellement les beaux mariages.

Les beaux mariages... Pauvre Laura, dont le piteux mariage n'avait été qu'une bouffonnerie furtive et mal acceptée.

Quelles pensées pouvaient lui venir en assistant à une grande et belle cérémonie de mariage ? Regret ? Envie ? Dépit ?

– Ce sera une belle occasion pour lady Laura de retrouver ses amis. Une grande réception est prévue. Lady Laura s'est acheté une toilette merveilleuse. Un rêve, Monsieur. Un rêve. De quoi émerveiller tout le monde. Lady Laura est si belle en toilette de grand soir qu'elle éclipsera même la mariée tant elle sera étincelante. Eblouissante !

« Eblouir tout le monde et Richard Hartley le premier. Car il sera là, lui, le fameux Dickie. Il se considère déjà comme son fiancé, le rouquin... »

– C'est pourquoi, je me suis permis de dire que lady Laura...

Elle laissa tomber la voix comme si le doute la saisissait peu à peu.

Arnaud détourna son attention de l'air affecté de Daisie qui l'exaspérait et regarda distraitement autour de lui. Il changea de conversation dans l'espoir de retrouver entre-temps un peu de son calme intérieur qui lui faisait singulièrement défaut ces jours-ci.

– Puisque tu aimes donner ton avis, dis-moi donc s'il y aurait quelque chose que je puisse ramener de Londres pour ta maîtresse. Une babiole, un bijou peut-être ?

Pour cacher un début d'embarras, il tapota avec impatience son cigare dans le fond du cendrier.

Daisie, avec un petit sourire sceptique, se dit que Monsieur Arnaud était comme ces parents qui espèrent guérir leur enfant malade avec un jouet. S'il croyait l'amadouer avec un cadeau... il serait déçu !...

– Je crains... commença-t-elle d'une voix hésitante. Je n'ose vous dire... (Soudain son visage s'illumina.) Si, Monsieur ! Si ! Il y a quelque chose qui ferait énormément plaisir à Demoiselle Laura, je veux dire à lady Laura... un accordeur de piano. Lady Laura a essayé le piano, et paraît-il qu'il joue tout faux. Il est... heu...

– Désaccordé, lui souffla-t-il.

– Oui, c'est ça, désaccordé.

Arnaud se leva et marcha vers la porte. Avant de sortir, il se retourna, intrigué.

– Lady Laura joue du piano ?

– Oh oui, Monsieur, et joliment encore ! C'est un vrai plaisir de l'écouter. Des morceaux entiers et sans s'arrêter entre deux.

– Des morceaux entiers ! s'exclama-t-il feignant la plus grande stupéfaction. Et sans s'arrêter, en plus !

Ça lui allait bien de faire le faraud ! Après quatre années de mariage, il ignorait tout ce qui concernait son épouse. Il n'y avait pas de quoi être fier.

Le voyant froncer les sourcils, Daisie n'osa riposter. D'ailleurs, elle avait suffisamment parlé avec Monsieur Arnaud. Désormais, elle garderait ses distances. Sans compter que, si Demoiselle l'apprenait, elle en serait très contrariée.

– Ne parle pas de l'accordeur à ta lady. Nous allons lui faire une surprise, dit Arnaud en boutonnant sa veste. Daisie... je te confie lady Laura, veille sur elle.

Vexée par cette recommandation insolite, la femme de chambre répliqua vertement :

– Je l'ai toujours fait, Monsieur !

Sans conteste, elle avait toujours veillé sur Laura, surtout quand il avait failli à son devoir. Il se sentit coupable d'ingratitude. Coupable encore et toujours ? Il en avait par-dessus la tête. Un peu piqué par la riposte qu'il s'était attirée, Arnaud se hâta de reconnaître :

– C'est vrai. Je t'en suis reconnaissant.

Ah bon, quand même ! Daisie pinça les lèvres et, l'air songeur, elle fit une petite révérence quand Monsieur la fixa des yeux tout en refermant la porte sur lui.

« Cet homme-là, je ne le comprendrai jamais », se dit-elle.

14

Laura était lasse et nerveuse et s'ennuya tout le jour, alors qu'elle aurait dû profiter à fond de l'absence de l'Ogre, goûter le temps libre dans la confortable demeure. Elle s'en sentait incapable, comme si quelque chose d'essentiel lui manquait. La compagnie de ses amis, peut-être ? De sa tante, sûrement. L'impatience de se retrouver à Londres ? Oui, certainement.

Les trois premières semaines du séjour forcé, elle avait passé le plus clair de ses matinées dans sa pièce préférée, le petit boudoir exposé à l'est. Elle changea son emploi du temps.

Désormais, elle faisait sa promenade à cheval quotidienne le matin, loin du soleil brûlant, et se protégeait le visage d'une voilette.

« On » lui avait fait remarquer les quelques minuscules taches de son qu'elle avait sur le nez et les joues (dix, elle les avait comptées).

Chaque fois que Laura se regardait dans un miroir, un peu moins de cent fois par jour, les taches de rousseur gagnaient en importance. Une expression boudeuse se peignait alors sur son visage comme à l'évocation d'un désagréable souvenir et elle ruminait tout le mal qu'elle souhaitait à l'Ogre. Le mufle ! A croire qu'il savait exactement ce qu'il fallait dire pour la mettre hors d'elle. Le goujat !

Laura ne se faisait pas d'illusion, il reviendrait bientôt et cette semaine de répit ne durerait que sept jours. Inutile de se demander pourquoi elle ne parvenait pas à se détendre... tout simplement parce que l'Ogre finirait par rentrer. Cette seule pensée suffisait à épuiser la jeune femme.

La journée débuta comme la veille, par une promenade sur le dos de la belle Circé. A l'abri du soleil derrière sa voilette. Des taches de rousseur ! Si l'Ogre avait dit des éphélides, peut-être l'eût-elle mieux accepté, mais des taches ! Le butor ! Quelle humiliation ! Un homme bien élevé se serait gardé d'y faire la moindre allusion, mais ce rustre... Cet homme était à battre, à tuer !

Une fois de plus, elle ressassait ses réflexions, quand elle aperçut Barty qui se dirigeait vers l'entrée de service. Brusquement inquiète sans savoir pourquoi, elle l'appela tout en enlevant la voilette de son chapeau.

– Barty !

Elle resta immobile et silencieuse tandis qu'il s'approchait d'elle. Sur le visage bronzé, la sympathie qu'il ressentait pour toutes les femmes se lisait comme en un livre.

Il s'avança pour l'aider à descendre.

– Tout va bien à Shiplake ? Personne n'est malade ?

Comme il inclinait la tête devant Laura pour lui dégager le pied de l'étrier, la jeune femme remarqua une boucle rousse qui pendait sur son front, donnant à ce coq de village un air innocent et juvénile.

– Tout le monde se porte bien, Dieu merci. Je suis venu ici chargé de trois missions. Et pourtant ce n'est pas le travail qui manque à Shiplake...

On voyait tout de suite qu'il n'y aurait jamais rien de servile en lui. Il sourit quand il vit le regard inquisiteur de Laura.

– Trois missions, Barty ? Vraiment ?

Il hocha la tête, ravi de susciter autant d'intérêt.

– D'abord m'assurer que tout va bien ici. Monsieur Arnaud, sachant la maison sans homme, m'a demandé de jeter un coup d'œil pour voir si rien ne clochait.

De quoi se mêlait M. Willier (même en pensée, elle ne pouvait se résoudre à employer son prénom) ? Enfin, ça partait d'un bon sentiment.

– Ne vous inquiétez pas, Barty, le palefrenier est là pour nous prêter main-forte, le cas échéant.

Barty eut un petit rire de dédain et répliqua sur un ton de pitié méprisante :

– Les palefreniers ? Tous des bons à rien ! D'ailleurs, ils logent au-dessus des écuries. Andrew ne vous entendrait pas en cas de problème.

Inutile de discuter avec lui. Laura s'abstint même de lui faire remarquer que lui entendrait encore moins de Shiplake.

– Deuxièmement, je vous amène un dépanneur de pianos. Il est déjà à l'ouvrage. Mme Higgins s'est occupée de lui.

– Un accordeur de pianos !

Un sourire radieux se dessina sur ses lèvres. Elle serra très fort sa voilette entre ses mains.

– Oui, lady Laura. Et quelqu'un de réputé dans sa branche, je vous le garantis. Je suis allé le chercher à Boveney. Monsieur Arnaud le voulait pour hier mais il n'était pas libre.

– Monsieur Arnaud ? (La voix de Laura s'était refroidie. La seule mention de son nom lui fit froncer les sourcils.) Monsieur... Arnaud joue du piano ?

– Pas du piano, non. Enfin pas beaucoup. Monsieur Arnaud joue de la flûte. (Les deux mains posées sur le côté de ses lèvres, il mima le joueur de flûte.) Vous savez que tous les enfants Willier jouent d'un instrument ? Monsieur Peter jouait du violoncelle, Monsieur Christopher, du violon, lady Lisbeth du piano et Monsieur Arnaud de la flûte. Les soirs d'hiver quand ils étaient réunis, du vivant de lady Constance et de Monsieur Peter, ils faisaient de la musique tous ensemble. Oui, j'ai oublié de mentionner que lady Constance jouait à quatre mains avec sa fille.

L'évocation de lady Constance les attendrit tous les deux.

– Il y a de ça quelques années, j'avais reçu un coup de sabot en protégeant lady Lisbeth d'une mauvaise ruade et ma jambe était cassée. Un soir, Monsieur Arnaud – qui, vous le savez sûrement, est mon jumeau et mon frère de lait – m'a aidé à monter jusqu'à la salle de musique. Lady Constance, que Dieu ait sa belle âme, m'a dit que pour me remercier ils joueraient tous pour moi seul. Ah, lady Laura... c'était beau comme un jour de Noël, j'oublierai jamais !

– La troisième mission, Barty, demanda Laura désirant mettre fin à l'attendrissement qui les gagnait.

– Ah, la troisième ! Avec votre permission, j'ai une commission pour Daisie de la part de sa famille.

L'œil de Barty brillait d'un éclat un peu entortilleur mais Laura n'y prêta guère d'attention.

– Je vais vous envoyer Daisie. Elle s'occupe de nos bagages, mais prenez votre temps, le travail peut attendre un moment.

– Bonjour, belle Daisie, l'enjôla-t-il, dès qu'il la vit sortir de la maison.

Daisie le suivit dans la cour, au grand soleil.

– Vous avez à me parler, paraît-il. Je n'ai pas beaucoup de temps, je fais les malles.

A en juger par son regard, Barty n'en était pas satisfait.

– Tu es contente d'aller à Londres, ça se voit.

– Ça se voit ? répéta-t-elle en reculant contre le mur afin de profiter de son ombre. C'est vrai, je ne vous cache pas que je suis heureuse de passer quelques jours à Londres. Ici, ce n'est pas tellement drôle, vous savez. Tandis que là-bas, nous logeons chez la tante de Demoiselle Laura. J'y ai mes habitudes, je connais tout le monde dans la maison. En plus, cette fois-ci, le mariage d'une fille d'un lord va amener chez lady Wharton beaucoup d'amis et de personnel.

Elle glissa un œil rieur vers Barty et s'éclaircit la voix.

– Peut-être trouverai-je enfin chaussure à mon pied ? Vous m'avez dit qu'à presque vingt-deux ans, je n'avais plus de temps à perdre.

Barty n'appréciait pas du tout le tour de la conversation.

– Tu penseras à moi ?

En disant ces mots, il l'emprisonna en s'appuyant sur le mur, les bras tendus de chaque côté du visage de Daisie.

– Ben... j'en sais rien. Les pensées... ça va, ça vient...

– Moi, je penserai à toi.

Il fit cet aveu en la fixant droit dans les yeux.

– Personne ne peut vous en empêcher. Seulement, si vous voulez mon avis, vous feriez mieux de penser à une fille qui vous accorderait généreusement ce que vous attendez d'elle, répliqua Daisie en essayant de passer sous le bras tendu.

Cette réponse n'était guère à son goût. Barty secoua sa tête rousse et persista :

– Tu n'es pas jalouse ?

– Jalouse ? (Le visage de Daisie reflétait la surprise.) Mais... voyons, Barty ! On est jaloux de ce qu'on possède. Vous, vous êtes à tout le monde.

Elle le gratifia d'un sourire impertinent découvrant ses dents menues.

– Vous plaisantez, je le vois... Jalouse ! Ce serait aussi ridicule que la jalousie qu'un homme éprouverait à l'encontre des amoureux d'une fille galante...

– Dis ! Tu as d'autres insultes à m'envoyer à la figure avant que je parte ? lança-t-il avec hargne en laissant retomber ses bras le long de son corps.

– Je n'avais pas l'intention de vous insulter, dit Daisie d'un ton conciliant. Vous me questionnez et vous vous fâchez quand je vous réponds. Vous vous vantez d'être un homme à femmes et vous...

– Je ne t'ai pas demandé de me juger, coupa-t-il. Je suis comme je suis, ça ne te regarde pas.

Il avait explosé si brusquement que Daisie en sursauta.

– Allez, ouste ! Fiche le camp faire tes malles !

Piquée au vif, Daisie se mit en marche en direction de la porte puis, se ravisant, elle fit demi-tour et se cogna à Barty qui était déjà sur ses talons.

– Avant de ficher le camp, comme vous dites, laissez-moi vous avouer quelque chose à propos de jalousie. J'ai le caractère porté à la jalousie. Oui. Quand un homme sera tout à moi, qu'il m'aimera autant que je l'aimerai, alors là, je serai jalouse. Et malheur à celle qui lèvera les yeux sur lui ! proféra-t-elle d'une voix basse et ardente. Sur ce, je vais faire les malles. Vous devriez aller vous rafraîchir à l'office. La bière y est bonne et vous y trouverez deux jolies filles.

Suffoqué, Barty courut derrière elle, tandis qu'elle rentrait triomphante dans la maison en lui claquant la porte au nez.

Des bruits sur la terrasse la tirèrent de son sommeil. Elle écouta attentivement les sons qui lui parvenaient au travers de la porte-fenêtre garnie de doubles rideaux. L'Ogre !

Elle sentait qu'il était là. Sinon comment s'expliquer sa mauvaise humeur ? A la pensée de l'inévitable tête-à-tête, son sang battit plus vite dans ses veines. Elle se contraignit à ne pas ouvrir les paupières pour garder pendant quelques minutes encore, l'illusion de sa liberté.

– Demoiselle ! Demoiselle, réveillez-vous, dit Daisie en tirant les rideaux.

Laura l'observa un moment à travers ses cils baissés, avant de demander d'une voix dolente :

– Pourquoi si tôt ? (Elle s'étira.) Je suis encore fatiguée.

– Demoiselle, Monsieur Arnaud demande s'il vous plairait de prendre le petit déjeuner sur la terrasse. Il fait beau et tout est prêt. Monsieur Arnaud est pressé de partir.

Instantanément, les yeux de Laura perdirent leur langueur. Elle s'assit dans son lit, la mine batailleuse.

– Que signifie tout ceci ? Il me demande si cela me plaît après avoir donné ses ordres. Il semble croire qu'il peut agir à sa guise. Eh bien, c'est ce qu'on verra !

– Demoiselle, je crois que Monsieur Arnaud ne fait pas ça pour vous contrarier mais plutôt pour que Mme Higgins puisse noter que vous avez bien pris vos repas ensemble aujourd'hui. Deux repas. Vous m'avez affirmé que monseigneur avait été intransigeant là-dessus. Moi, je sais de bonne source que Mme Higgins en tient le compte exact.

Daisie, remarquant l'expression de culpabilité qui passa sur les traits de sa maîtresse, ajouta aussitôt :

– Pour un petit repas sur la terrasse, inutile de vous mettre en frais. Je vous ai préparé une de vos jolies robes d'intérieur. Cela ira ?

Elle s'était attendue à ce que Laura discute sa proposition mais la jeune femme la surprit en se levant.

– Fais comme tu veux. J'ai mille objections mais comme je me doute qu'en fin de compte tu n'en feras qu'à ta tête, allons-y.

Ses longs cheveux noirs brossés jusqu'à les rendre brillants étaient simplement noués d'un ruban. La robe d'intérieur était effectivement joliment taillée dans une mousseline écossaise dans des tons pâles de vert, rose et blanc. Un vêtement léger mais sage, fermé par une ceinture.

Arnaud attendait sa femme confortablement attablé sur la longue terrasse. Le regard flou perdu dans la contemplation du parc, il avait l'air parfaitement détendu.

Il leva les yeux sur Laura et nota immédiatement que, sous sa légère robe d'intérieur, elle s'était dispensée du port de son corset et de sa crinoline. Son corps, mince et rond à la fois, était follement tentant pour la main d'un homme.

Devant ses courbes tendres, le visage d'Arnaud exprima un désarroi que Laura prit pour un blâme.

– Le temps me manquait, monsieur. Je ne voulais pas vous faire attendre.

Elle s'interrompit en réalisant qu'elle était en train de se justifier.

– Vous êtes très belle, madame. Votre robe est ravissante et votre coiffure vous va merveilleusement bien. Quant à votre parfum, c'est un enchantement.

Visiblement, une telle combinaison semblait le combler.

Il vint lui tenir sa chaise et l'aider à s'asseoir. Laura lui retourna calmement un regard faussement innocent.

– Que de compliments, monsieur ! Un peu trop, non, pour un petit déjeuner ?

Il prit place en face d'elle et se servit un toast.

– Ne m'en remerciez pas, ma chère. Je n'ai fait que ce qu'il convient d'attendre d'un mari.

Il devina aussitôt à son regard étincelant qu'elle méditait une réplique mordante. Il s'empressa de lui couper l'herbe sous le pied en continuant sur un ton aimable :

– Belle matinée, n'est-ce pas ? Et quel bonheur de vous voir d'humeur badine dès votre réveil.

Ne sachant que répondre à de telles inepties, Laura se versa une tasse de thé avec l'espoir que cet être obtus terminerait son petit déjeuner en même temps que ses fadaises. Loin de là ! Il sauta tout à coup du coq à l'âne.

– Je serais très heureux, ma chère, si vous me racontiez les derniers potins du grand monde de notre capitale.

Laura fit semblant de réfléchir à sa requête.

– Voyons... que pourrais-je vous apprendre que vous ne sachiez déjà ? N'étiez-vous pas à Londres au début de cette semaine ?

Il poussa un soupir lourd de signification en

secouant la tête. Ils ne fréquentaient pas les mêmes milieux. Grâce à lady Wharton, Laura était conviée à toutes les réceptions. Tandis qu'Arnaud esquivait les mondanités. Il préférait la franche gaieté et la chaleur bon enfant des cafés et des clubs à l'ambiance ankylosée des salons.

A la vérité, les potins circulant sur les gens huppés ne l'intéressaient pas. Il désirait seulement savoir si Laura avait beaucoup vu Richard Hartley. Et aussi, en la faisant parler, il avait une bonne excuse pour la garder plus longtemps près de lui, pour entendre sa voix, la regarder.

Il refoula les sentiments confus qui l'agitaient et reprit un toast. Avec un petit sourire charmeur qui creusa une fossette dans sa joue, il insista sur un ton cajoleur :

– Ne faites pas la mauvaise tête, très chère. Racontez-moi, soyez bonne fille.

La tasse de Laura entrechoqua la soucoupe. Qu'est-ce qui lui prenait tout à coup ? L'Ogre deviendrait-il civilisé ? Décidément, elle devrait commencer à se poser des questions sur son état mental, cet air doucereux ne lui disait rien qui vaille. Elle n'y était absolument pas préparée. Toutefois, elle se maîtrisa et haussa les épaules, mimant l'indifférence.

– Je doute que nous connaissions les mêmes personnes. Enfin, puisque cela semble vous tenir à cœur... Ma tante et moi avons été conviées au mariage de lady Jane, fille aînée de lord Beadnell. Qu'en dire ? Ce fut une cérémonie très longue et très... cérémonieuse. Qu'ajouter d'autre ? Je ne sais...

Elle se leva brusquement et repoussa sa chaise à l'ombre.

– Pour l'amour de Dieu, que vous arrive-t-il, Laura ? Une bête vous aurait-elle piquée ?

– Vous avez bougé ! l'accusa-t-elle. Vous faisiez écran entre le soleil et moi et vous remuez sans cesse.

Les bras lui en tombèrent.

– Et alors, Laura ?

Le ton était conciliant et il souriait à la pauvre petite tête vide. « Heureux les simples d'esprit », se dit-il, faisant silencieusement allusion à ses facultés mentales.

– Et alors, monsieur ? J'ai le visage en plein soleil. Voulez-vous que je sois tachetée comme une vieille pintade ?

Le sourire d'Arnaud tenait bon. Il ne la prenait pas au sérieux, c'était flagrant.

– Vous avez de ces idées, Laura ! Comme une vieille pintade ! Qui a pu vous mettre cela dans la tête ?

Elle poussa un cri d'indignation.

– Qui ? Mais vous, monsieur ! Vous avez eu l'effronterie de faire remarquer que mon nez était couvert de taches de rousseur.

Cela, jamais elle ne lui pardonnerait ! Jamais !

Arnaud se sentait gagné par l'hilarité.

– Sapristi, Laura ! Vous n'avez pas pris cette plaisanterie au sérieux ? Je vous taquinais. Vous ne pensez tout de même pas !... Pour une douzaine de minuscules taches de son.

– Dix ! rectifia-t-elle en lui lançant un regard meurtrier.

Elle s'interrompit devant son large sourire. C'était un rustre aussi méprisable que son noceur de père. Pire peut-être !

– Allons, allons, ma chère Laura. Ne vous fâchez pas, fit Arnaud en tentant de lui prendre une main qui se déroba. Allons, je plaisantais.

– Je ne suis pas en colère, mentit-elle. Je... au contraire, je vous remercie. Grâce à vos remarques, je suis à même de remédier à cette malfaçon de la nature.

Elle leva le nez en l'air et renifla dignement.

– Ah, Laura ! Vous me ravissez l'âme, soupira-t-il moqueusement en se levant de table. A ce soir, gracieuse enfant. J'espère que vous garderez votre humeur angélique. Je m'amuse prodigieusement, madame.

La porte se referma sur une exclamation indignée de la jeune femme.

La pluie était tombée sans arrêt depuis le début de l'après-midi, confinant Laura à l'intérieur. Elle avait lu, puis écrit à sa tante. Après avoir longtemps regardé le parc gorgé d'eau, elle se saisit de sa tapisserie. Un bruit insolite lui fit tendre l'oreille. Le piano ? Qui massacrait *La Marche turque* aussi allégrement ?

Elle voulut en avoir le cœur net. Sans lâcher sa broderie, elle avança jusqu'à la porte du salon.

Le salon était une longue pièce éclairée à chaque extrémité par des portes-fenêtres. Devant une admirable cheminée en marbre noir surmontée d'un miroir doré qui ornait l'un des murs latéraux, se trouvaient un confortable canapé et deux fauteuils séparés par une longue table basse. A un bout de la pièce, on avait placé un piano droit en bois d'ébène accompagné de sa banquette de cuir noir. De l'autre côté, divers petits meubles en bois précieux. Des tapis d'Orient égayaient le parquet de bois blond.

Arnaud, assis sur la banquette, semblait absorbé par sa musique.

– Bonsoir, je ne vous savais pas de retour, monsieur.

Il leva la tête et cessa de jouer.

– Bonsoir, madame. Comme vous le voyez, je tapote.

Ah, ça oui ! Pour tapoter, il tapotait ! Laborieusement.

– Je vous en prie, continuez, invita Laura en s'asseyant dans l'un des fauteuils.

Elle se pencha sur sa broderie après avoir fait un geste de la main signifiant : « Allez-y. »

La turquinade reprit et Laura se piqua le doigt à plusieurs reprises. De la tête, elle marquait la cadence pour tenter de corriger Arnaud qui jouait comme un enfant, sans respecter la mesure. À sept ans, elle faisait mieux que ce benêt, ce casse-oreilles.

Elle posa prestement son ouvrage et marcha résolument jusqu'au piano. Une fausse note la fit sursauter. Elle respira très fort par le nez.

– Mi ! le reprit-elle.

– Mi, bien sûr ! Vous avez raison... Je recommence.

Derrière lui, elle leva les yeux au ciel pour s'exhorter à la patience. Quand Arnaud se trompa au même endroit, elle se pencha au-dessus de lui et tapa plusieurs fois sur la touche.

– Miiiii ! lança-t-elle rageusement.

Dieu savait qu'elle n'avait jamais porté dans son cœur l'Ogre insolent qui arborait des airs supérieurs donnant à penser qu'il la prenait pour une sotte. Mais se rendait-il compte, cet être borné, qu'il était en train d'assassiner un compositeur mondialement estimé ?

Elle ne supporterait pas plus longtemps ce forfait. Elle s'apprêtait à donner son point de vue à ce sujet lorsque Arnaud se remit à jouer. Elle ravala ses paroles.

Quand, au même endroit du morceau, il fit la même fausse note, il s'arrêta net et leva les yeux comme un petit garçon penaud.

– Mi ? avança-t-il d'une voix hésitante.

Laura acquiesça gravement de la tête. Mais elle ne put se retenir. Ses yeux se plissèrent, elle pouffa et se mit à rire. D'un rire léger qui enveloppa Arnaud d'une chaleur de rayon de soleil. Jamais encore elle n'avait ri avec lui. Il commençait à comprendre qu'il avait totalement négligé un aspect intéressant de sa personnalité : sa candeur juvénile et aussi, peut-être, son sens de l'humour.

– Seigneur ! soupira-t-elle en essuyant ses larmes. Vous jouez comme un babouin... De ma vie, je n'ai entendu pareil massacre.

Il riait aussi avec un air espiègle qui le rajeunissait. Il reconnut franchement :

– Ma mère n'a jamais réussi à me faire jouer correctement cette marche. Autant vous l'avouer tout de suite, au piano, je ne sais jouer que *La Mélodie de l'eau claire*. Nous la jouions à quatre mains, maman et moi.

Tous les pianistes débutaient par *La Mélodie de l'eau claire*, petite bluette enfantine assez monocorde et, par là même, très facile à retenir.

– Nous pouvons la jouer. Voulez-vous vous joindre à moi ? demanda-t-il avec si peu d'espoir qu'elle éclata de rire de nouveau.

– Faites-moi une place, consentit-elle.

Pour la première fois, elle se sentait parfaitement à l'aise avec lui.

Il se leva, attendit qu'elle fût installée devant le clavier et se rassit.

Elle joua quelques accords. Il hésita puis posa ses doigts sur les touches pour reprendre la mélodie enfantine qu'ils interprétèrent à quatre mains. Il était souvent en avance ou en retard d'une demi-mesure, néanmoins, elle s'adapta vite à son rythme fantaisiste. Quand le morceau fut terminé, ils éclatèrent de rire, heureux et surpris à la fois d'avoir fait quelque chose ensemble.

De derrière la porte du salon, les regards des domestiques étaient rivés sur eux. Gagnées par la contagion de bonne humeur, les deux plus jeunes filles pouffèrent, une main sur la bouche.

– Ne restez pas là, réprima Mme Higgins. Ce ne sont pas des façons d'épier les invités de monseigneur. N'est-ce pas, monsieur Mortimer ?

Celui-ci acquiesça d'un air sombre et partit à grands pas tandis que Mme Higgins se frottait silencieusement les mains. Monseigneur serait satisfait d'apprendre que ses protégés commençaient à s'entendre.

– Ah, Laura ! C'était si merveilleux ! Merci.

– Vous vous en êtes admirablement tiré, monsieur. Il est vrai que *La Mélodie de l'eau claire* n'offre pas grande difficulté.

– Je suis bien meilleur à la flûte traversière.

Laura répondit : « Je l'espère », mais il ne l'entendit pas.

– Demain j'irai chercher ma flûte à Shiplake. Si cela vous convient, nous pourrions exécuter ensemble quelques sonates. Oui ? Nous verrons demain ? En attendant, voulez-vous jouer pour moi ?

L'hésitation de la jeune femme ne le surprit pas mais il se rembrunit. Alors, elle le poussa légèrement du coude pour le faire partir et prendre sa place.

– Ma foi...

– Vous le voulez bien, Laura ? Non, non, ne répondez pas.

Elle sourit de son appréhension avant de se hâter de préciser :

– Je ne suis pas une virtuose, mais je tapote gentiment.

Le piano vibrait sous les doigts habiles de Laura. Enfoncé dans son fauteuil, Arnaud écoutait *La Polonaise* en affectant de regarder monter la fumée de son cigare. Incapable de résister, il dévorait la jeune femme des yeux, gravant dans sa mémoire le tableau attendrissant qu'elle offrait à sa vue. Aucune autre femme n'avait éveillé en lui de telles émotions. Sa présence le remplissait d'un sentiment indéfinissable, à la fois doux et amer.

Perdu dans sa rêverie, il s'aperçut soudain que la musique s'était arrêtée. Quels instants magiques ! Il en soupira de bien-être.

Puis il se secoua et décida de mettre tout ce bouleversement sur le compte de la nouveauté, du changement de cadre de vie.

Pour renforcer son moral qui faiblissait, il se dit qu'à la fin du séjour le charme serait rompu et que tout cela lui paraîtrait puéril. Sans importance.

15

Par un bel après-midi de la fin juin, Daisie, assise à l'office à prendre le thé avec les autres domestiques, vit apparaître un cavalier dont le cheval trottait allégrement le long de l'allée venant des écuries.

– Regardez qui nous arrive, dit Mortimer en posant sa tranche de cake.

– Lucy, va dire à Barty que le thé est prêt, ordonna Mme Gridggs la cuisinière après un coup d'œil à Mme Higgins pour demander son approbation. S'il veut se joindre à nous, il ne trouvera pas de meilleur moment.

Tout en tapotant sa jupe et ses cheveux, Lucy se rendit au-devant du cavalier. Comme les autres, elle était en admiration devant le bel homme. Il avait l'air frais malgré la chaleur. Le soleil donnait des reflets clairs à ses boucles roux foncé.

Barty, tout en desserrant la sangle de sa monture, gardait la tête baissée et la secouait. Puis il échangea quelques mots avec Lucy qui revint aussitôt.

– Madame Gridggs, Barty vous remercie pour votre invitation... euh... pour votre aimable invitation. Il voulait voir encore une fois ce que donnait le cheval qui va être vendu demain. Il en a profité pour venir ici car il a une commission pour Daisie. Il est pressé. Il veut te parler tout de suite, poursuivit-elle en s'adressant à Daisie.

Comme tous les regards se portaient sur Daisie, celle-ci haussa les épaules en signe d'ignorance.

Elle sortit dans la cour et s'approcha du chef des écuries de Shiplake.

– Tu es de plus en plus rayonnante, belle Daisie.

Barty ne dissimulait pas son admiration. Morbleu ! Qu'elle était jolie ! Avec son tablier blanc bien empesé par-dessus sa robe noire. Son petit bonnet de dentelle, juste posé sur son chignon, rendait ses cheveux si lumineux qu'il en eut la gorge desséchée.

La mine réfléchie, elle s'enquit d'un ton posé :

– Une commission pour moi, Barty ?

– Quelle chaleur, soupira-t-il en s'éventant avec son foulard. Je n'ai aucune commission pour toi. Je voulais juste te voir.

– Ah bon ? Vous devriez peut-être changer d'excuse. Ceci dit, puisque c'est seulement pour me voir...

Elle écarta les bras et, tournant lentement sur elle-même, dit d'un air détaché :

– Voilà ! Vous m'avez vue.

Après quoi, elle fit un petit signe de la main à Lucy et à la petite bonne qui se tenaient sur le seuil de l'office en se poussant du coude. Ce qui ne faisait pas l'affaire de Barty.

– Tu as passé un bon séjour à Londres ? Tu as pensé à moi ?

Il sortit de sa poche un grand mouchoir bleu à carreaux et épongea les gouttelettes de transpiration qui perlaient sur son front.

Et voilà ! Il recommençait ! Elle soupira ostensiblement.

– Non, Barty, je n'ai pas pensé à vous. J'ai dû m'occuper de lady Laura qui change de toilette trois à quatre fois par jour quand elle est à Londres. Je n'ai pas eu une minute pour penser à vous. D'autant plus que la maison était pleine d'invités et de personnel.

– Des visages nouveaux, ça fait un changement agréable, insinua-t-il d'un ton doucereux.

– Han, han, très agréable, admit Daisie de bonne grâce.

Puis elle observa ses réactions. Il parut contrarié, cependant, il se reprit vite.

– Ta chambre est là-haut ? demanda-t-il avec un mouvement de la tête vers l'étage des domestiques.

– Non. Je loge dans l'appartement de lady Laura.

Il écarquilla les yeux.

– Avec... ? Pourquoi ?

– Parce que... Parce que c'est comme ça, voilà ! trancha Daisie, péremptoire.

En dépit de son menton haut levé, les yeux bruns et la jolie bouche de la jeune femme firent battre le cœur de Barty. Aussitôt, il perdit le sens commun.

– Il y a une fenêtre dans ta chambre ?

Daisie secoua la tête et ouvrit la bouche pour nier l'existence d'une fenêtre. Sans lui laisser le temps de s'exprimer, il poursuivit :

– Ça te plairait, dis, de m'y recevoir ? Nous pourrions parler ?

La bouche de Daisie se crispa.

– Ni pour parler ni pour autre chose. Vous me prenez pour une imbécile ? Croyez-vous que je sois restée sage jusqu'à maintenant pour céder à un cœur volage qui court les filles sans même savoir qui est qui ?

Les poings sur les hanches, les jambes légèrement écartées, son ton était aussi vif que son regard.

Conscient de l'énormité qu'il venait de proférer, Barty la contempla un long moment avec l'air d'un parfait idiot.

– Daisie, écoute-moi. Je suis stupide. Je voulais te dire que... je suis amoureux de toi.

Quoi ? Daisie en resta bouche bée. Le cheval fit un écart quand un chat lui passa entre les jambes. Son hennissement permit à la jeune femme de se reprendre.

– Vous êtes amoureux de moi ? C'est votre affaire, je n'y peux rien et je n'ai rien fait pour. Quant à moi, si vous le permettez, je songe à l'avenir. J'ai envie de me marier et d'avoir des enfants. C'est le souhait de toute jeune fille, non ?

Les yeux de Barty ne quittaient pas le visage frais de Daisie.

– Je t'aime et je veux t'épouser.

Il fallut quelques secondes à la jeune femme pour enregistrer ces paroles puis ses yeux bruns étincelèrent.

– Est-ce oui ? souffla Barty.

Il poussa une exclamation de dépit quand il la vit faire un signe de tête négatif.

– Pourquoi ? Tu me trouves trop vieux pour toi ?

Un sourire se dessina sur les lèvres de la jeune femme.

– Ne dites pas de bêtises. Vous savez bien que vous n'êtes pas vieux. Vous n'avez que trente ans.

Trente et un, mais il ne jugea pas utile de rectifier.

– Vous dites m'aimer ? Quelle valeur a un amour que vous offrez à chaque fille qui passe à votre portée ? Votre cœur a trop servi, Barty.

Voilà qui lui rabattrait le caquet !

– Ne sois pas méchante, Daisie. Ne dis pas ces vilaines choses, murmura-t-il.

Il s'appuya contre le mur et inclina la tête en fermant les yeux. Un moment s'écoula avant qu'il reprenne la parole.

– Dans un couple, il y en a toujours un qui aime plus que l'autre. Je serai celui-là. Je t'aimerai tellement qu'à la fin tu m'aimeras toi aussi. Je veux ton bonheur. Je veux que nous bâtissions notre vie ensemble.

Elle lui jeta un coup d'œil rapide avant de replonger son regard dans la cour éblouissante de soleil où la fille de cuisine jetait de grands seaux d'eau sur les pavés qu'elle brossait énergiquement.

– Tu m'écoutes ? Quand je t'affirme que tu m'aimeras, c'est que j'en suis sûr. Dis-moi que tu le crois aussi.

– Non, répondit Daisie, sincèrement désemparée devant sa déception. Ecoutez-moi à votre tour. Je n'étais pas plus haute que ça, quand j'étais déjà au courant de vos exploits amoureux. Mes sœurs se racontaient vos conquêtes et comment elles tentaient d'éveiller votre attention. Comme les autres filles, elles aspiraient à attirer vos regards. Là-dessus, arrivait ma mère qui les mettait en garde contre vous qui preniez les femmes et les rejetiez sans l'ombre d'un remords. Que de fois ai-je entendu ma mère vous vouer au diable ! Ce sont des souvenirs qui s'incrustent dans la mémoire quand on est enfant... Je vous ai souvent voué au diable moi aussi pour les larmes de ma mère... Voilà pourquoi je ne vous épouserai pas. Je n'ai pas confiance en vous.

L'exclamation de Barty fut virulente, il frappa du poing contre le mur, faisant sursauter la jeune femme.

– Je t'aime, ça ne compte pas, ça ? lui lança-t-il avec une telle véhémence que le cheval fit deux pas en arrière. Tu veux me punir pour mes actions passées, hein ? Avoue-le.

La dernière phrase fut prononcée d'une voix sourde tandis qu'il lui serrait le poignet avec rage.

– Mais avoue-le donc !

Elle respira profondément.

– Lâchez-moi, vous me faites mal. Croyez-vous que je vais vous épouser parce que vous trouvez cette idée à votre goût ? (Il lui lâcha le poignet en secouant la tête.) Allons, Barty, ne soyez pas mauvais perdant. Vous êtes réputé pour votre insouciance et c'est ce qui me plaît en vous. Voyons, si je vous offrais une sincère amitié ?

L'œil inquisiteur de Barty se posa sur la jeune femme. Il s'était repris et ne laissa plus rien paraître de ce qu'il ressentait. Il se contenta de la regarder très attentivement.

– Garde ton amitié, je ne te demande pas l'aumône. Au revoir, Daisie. N'oublie pas que je t'aime comme je n'ai jamais aimé aucune femme. Penses-y de temps en temps. Un de ces jours je reviendrai te voir.

– Pas trop souvent. Nous ferions jaser et cela n'en vaut vraiment pas la peine.

Réalisant le sens de ses paroles, Barty sursauta

comme si quelqu'un l'avait poussé. Tournant brusquement le dos, il alla d'un pas vif détacher le cheval qu'il enfourcha.

Bien droit sur sa selle, il partit au petit trot.

Arrivé sur le perron, Arnaud se régala à la vue de la beauté du parc bien entretenu. L'air était sec mais pas étouffant. Il respirait avec délices les odeurs chaudes de l'été apportées par la brise. Il se promena de long en large portant de temps à autre ses regards au loin pour tenter de repérer Laura qu'il supposait être au fond du parc.

Il était rentré beaucoup plus tôt que d'habitude, pressé de retrouver l'atmosphère de paix de la gentilhommière. Et aussi quelque chose d'autre d'indéfinissablement préoccupant.

Dans la roseraie où il fit quelques pas, un jardinier arrachait les mauvaises herbes. L'homme se releva pour saluer poliment l'invité de monseigneur avant de se remettre à sa besogne. Arnaud le salua de la tête à son tour et sortit. Il ne pouvait rester en place. Et tout à coup, il eut l'impression d'être observé. Il plissa les yeux et aperçut Laura au bout de l'allée.

Laura ! Etait-elle encore dans la même humeur malicieuse que la veille ? Lui donnerait-elle encore le bonheur d'entendre son rire léger ?

Il n'était sûr de rien, sauf qu'il était heureux d'être de retour.

Arnaud s'empressa d'avancer à sa rencontre et ne put qu'admirer la jolie tournure de la jeune femme qui portait son nom. Ses yeux, cachés par l'ombre de la capeline, ne montraient rien de leur expression. Il se surprit à souhaiter que Laura fût bien disposée à son égard. Il ne se sentait pas d'attaque à recevoir des rebuffades. Pas après la charmante soirée de la veille où ils avaient chanté et ri ensemble.

– Puis-je vous proposer ma compagnie, madame ?

Après un signe d'acquiescement, elle accepta également le bras qu'Arnaud lui offrait.

Elle ramena son ombrelle sur son épaule gauche et ils rebroussèrent chemin. Il remarqua alors ses mitaines de dentelle blanche.

– Auriez-vous froid, Laura ?

– Mais non. Pourquoi ?

– Vous êtes enveloppée de vêtements de la tête aux pieds.

– Le soleil n'est pas bon pour tout le monde.

Elle s'adressait à Arnaud comme si elle était la grande personne et lui l'enfant.

– Laura ? Vous n'avez pas l'intention de remettre vos taches de son sur le tapis ?

Elle comprit au sourire qu'il arborait en prononçant ces mots qu'il la taquinait.

– Non, non, soyez sans crainte, je n'en parlerai plus. J'évoquais cela en passant. Vous me trouvez trop couverte mais vous-même, monsieur, êtes-vous un jour sorti sans veste ?

– Mais oui ! Plus d'une fois. Au moment des canicules d'août, les journées sont étouffantes dans le Mississippi. Aussi, je ne vous cache pas, madame, qu'à cheval, il m'arrivait d'arpenter la plantation en bras de chemise.

– L'Amérique... fit Laura dans un souffle. Je n'arrive pas à imaginer ce grand pays.

Le temps de passer le tournant de l'allée derrière lequel les attendait un banc de pierre, Arnaud pesa le pour et le contre. Que dévoiler à Laura ?

Une chose était sûre, il ne mentionnerait pas le rôle joué par Vivien ni l'effet que sa présence inopportune avait eu sur l'attitude de ses voisins. Pour le reste, il verrait.

Derrière eux, le gros arbre cachait le soleil. Laura referma son ombrelle qu'elle tint à deux mains, la pointe appuyée sur la terre dure.

– Voulez-vous me parler de l'Amérique, monsieur ?

Les yeux d'Arnaud, empreints d'une expression d'incertitude, ne quittaient pas le regard bleu et brillant à l'ombre du chapeau.

– L'Amérique... Je n'en ai vu qu'une infime partie.

C'est un si grand pays ! Par où commencer ? Mais avant tout, cela vous ennuierait-il beaucoup d'enlever votre chapeau ?

Elle ôta docilement sa capeline et remit en place, sous son chignon, une de ses boucles brunes.

– Je vous écoute, monsieur.

– Vous ne pouvez vous imaginer un pays plus magnifique ! La plantation était superbe, une des plus prospères du Mississippi...

A sa propre surprise, Arnaud se mit à évoquer le passé encore tout proche. Devant le regard intéressé de Laura, il en dit plus qu'il n'en avait jamais raconté à personne. Il lui parla longuement des champs de coton s'étendant à perte de vue. Il sut trouver les mots pour décrire le soleil se réfléchissant sur les petites boules neigeuses d'une blancheur éblouissante. Laura voyait comme si elle y était les esclaves travaillant le dos courbé sur les rangées de coton prêt à être cueilli, leurs doigts noirs voletant parmi les capsules mousseuses. Elle entendait leurs chants dans l'air frémissant des brûlants soirs d'été.

Le soleil en jouant à travers le tamis dentelé des feuilles du robinier effleurait le visage de la jeune femme : elle recula un peu.

– Prenez ma place, Laura. Vous avez un teint ravissant, il serait dommage de laisser le soleil l'abîmer.

Son geste la toucha. Elle le remercia d'une voix si douce qu'il lui jeta un regard de côté. Elle gardait les yeux baissés sur le manche de son ombrelle.

– Ayez la bonté de poursuivre, monsieur. Votre récit me passionne.

– Parfois, je me dis que je n'étais pas fait pour ce pays. Dès mon arrivée, je me suis senti coupable d'employer des esclaves.

Il lui confia ses doutes concernant le droit à l'esclavage. Comment il s'était esquivé à la menace d'une guerre dont il désapprouvait le mobile, laissant les autres pleins de courage et d'audace risquer leur vie pour ce qu'ils appelaient leur idéal, leurs droits.

– J'ai alors tout vendu. Je suis parti. Que pensez-vous de cela, ma chère ? lança-t-il avec un sourire de défi.

Laura le dévisagea, le regard sérieux puis, après réflexion :

– Je pense... Je crois que vous avez eu raison. L'homme qui combat pour une cause injuste ou qu'il estime injuste est à plaindre et à blâmer car il agit contre ses principes et contre lui-même. Quand cette cause est le droit à l'esclavage, il pèche contre Dieu, et contre notre reine qui désapprouve l'esclavagisme.

Aussitôt, elle se mordit les lèvres en constatant qu'elle avait parlé plus fougueusement qu'elle ne l'aurait souhaité.

Il détourna la tête et son regard se perdit dans les frondaisons. Après un long silence, il répondit enfin :

– Merci. Je n'avais jamais évoqué ces souvenirs. Je croyais ne pouvoir soulager ma conscience qu'auprès de ma mère.

La gorge nouée, Arnaud ressentit plus que jamais le vide laissé par la mort de lady Constance.

– Et voilà que je vous raconte ce que j'ai toujours tu.

Sa voix était grave et ses yeux gris reflétaient une expression d'infinie tristesse.

– Vous me rappelez ma mère, Laura.

Les paupières de Laura tressaillirent nerveusement. L'ombrelle tomba sur le sol dans un cliquetis de baleines heurtées.

– Vous ne pouviez me faire plus beau compliment. Lady Constance était une grande dame. Une femme admirable. Si vous saviez comme elle s'est montrée bonne avec l'enfant avide d'affection que j'étais.

– Avide d'affection, Laura ? se hâta de demander Arnaud en voyant l'émotion de la jeune femme.

A côté du bosquet, un rouge-gorge voletait au milieu d'un massif d'hortensias. Son plumage coloré attira le regard de Laura.

– Laura ? appela Arnaud.

Détournant son attention de l'oiseau, la jeune

femme fronça les sourcils en voyant Arnaud cligner de l'œil en faisant allusion à la conversation interrompue. Il émit un petit claquement de langue impatient.

– Parlez-moi de vous, insista-t-il.

Elle commença à parler lentement tout en regardant fixement le taillis d'où l'oiseau s'était envolé.

– Il n'y a pas grand-chose à dire. Je crois que j'ai déçu tout le monde. Ma mère aurait été beaucoup plus heureuse sans l'enfant malgracieuse que j'étais. Je faisais en permanence tout le contraire de ce qu'elle attendait de moi. Il faut reconnaître que ma mère n'était pas très facile à contenter.

« Pas facile à contenter, Clarisse Stanton ? Quel euphémisme ! C'était une sacrée peste, oui », songeait Arnaud. Mais il garda ses réflexions pour lui. Pour une fois que Laura semblait disposée à se confier !

– Je m'efforçais pourtant d'être une petite fille sage pour mériter ses bonnes grâces. Pour comble d'infortune, j'ai bégayé jusqu'à l'âge de onze ans, sans compter que je me rongeais les ongles. Je n'ai pas le souvenir d'un jour où je ne subis pas les sarcasmes ou les reproches de ma mère. Si je restais silencieuse, ma mère me reprochait mon mutisme mais, dès que je parlais, mon défaut de prononciation lui mettait les nerfs à vif et elle m'ordonnait de me taire.

La voix de Laura devint rêveuse.

– Je devais avoir cinq ou six ans lorsque mon père tomba malade après être rentré trempé un soir d'hiver. Je l'aimais beaucoup. Un jour, accablée par le poids de mon angoisse d'enfant, j'osai accoster ma mère afin de lui demander des nouvelles de la santé de mon cher papa qu'elle m'interdisait d'approcher. Très éprouvée par ses inquiétudes et ses soucis, elle m'accusa d'être responsable de tout. Oh, j'en avais l'habitude mais, cette fois-là, j'étais plus coupable encore. D'après ma mère, n'importe quelle personne de mon entourage aurait préféré se laisser mourir plutôt que subir l'exaspération causée par mon bégaiement. Mon père ne faisait pas exception à la règle. Elle me prévenait que mon entêtement le mènerait à la tombe.

Elle avait fermé les yeux et ne vit pas Arnaud serrer les poings.

– L'affreuse crainte de causer la mort d'un être aussi cher à mon cœur me rendit muette pour des mois. Mon père se remit mais je ne parlais plus. Lady Constance faisait régulièrement prendre des nouvelles de la santé de ses voisins. Un après-midi de printemps, votre mère vint chez nous. Elle me prit par la main et m'emmena en promenade. Oublierai-je jamais la bienveillante bonté avec laquelle elle m'encouragea à parler ? Ses compliments quand elle m'entendit articuler quelques mots ? J'adorais votre mère. Chaque soir, j'adressais de ferventes prières au ciel pour demander à Dieu de me faire devenir l'enfant de lady Constance. L'espérance patiente avec laquelle je supportais mes désillusions fut récompensée en quelque sorte par l'engagement de miss Eliott, ma préceptrice. Grâce à elle je réappris à parler normalement et cessai de me ronger les ongles. Néanmoins, je persévérai à prier pour devenir un jour la fille de votre mère...

Sa voix contenait tant de mélancolie qu'Arnaud en fut frappé.

– La jeunesse a cela de bon, qu'elle croit que toute prière est obligatoirement exaucée. Le bon sens nous recommande pourtant de garder à l'esprit le vieux dicton qui nous prévient de faire très attention à ce que nous demandons à Dieu car il pourrait bien nous le donner.

Elle recula jusqu'au bout du banc, le visage dans l'ombre. Sa voix faiblit.

– Quelle idiotie d'envier les autres ! Un jour, lady Constance m'a embrassée maternellement en m'appelant sa fille, en m'affirmant que je faisais désormais partie de sa famille, de sa maison, de ses enfants...

Elle murmurait d'une voix sourde en clignant des paupières pour ne pas laisser échapper ses larmes.

– C'était le jour de notre mariage... Je savais déjà qu'il ne durerait pas longtemps. Une demi-heure auparavant, Mme Desbury était venue me voir afin de mettre les choses au point. Pour m'informer des dispositions que vous comptiez prendre. Pauvre lady Constance qui s'obstinait à prier pour notre bonheur !

Arnaud plongea son regard dans les yeux de Laura.

– Le lui avez-vous appris ? s'enquit-il enfin quand le silence devint insoutenable. Laura ? implora-t-il, incapable d'ajouter quoi que ce soit pour sa défense. Le lui avez-vous dit ?

– Bien sûr que non. J'aimais lady Constance et pour rien au monde je lui aurais infligé la moindre peine.

– Merci, Laura, dit-il, la voix brisée.

Elle acquiesça silencieusement. Après une profonde inspiration, elle poursuivit, les lèvres tremblantes :

– Je ne l'ai jamais plus revue... Notre dernière conversation vous concernait.

– Qu'a-t-elle dit, Laura ? Je vous en supplie... En souvenir d'elle.

Sa gorge était si serrée qu'il ne put terminer.

– Lady Constance m'a demandé de ne pas vous juger sur la première impression que j'avais de vous. Elle était certaine qu'après avoir été un bon fils, vous feriez un bon époux et un bon père. Elle souhaitait vivement que nous soyons heureux. Dieu dans Sa bonté n'a pas permis que votre mère apprenne nos divergences, nos chemins séparés. Elle aurait éprouvé tant de peine à l'annonce de notre divorce ! Heureusement, je me suis enfuie chez Helen. Mon départ, coïncidant avec le vôtre, a convaincu lady Constance et mes parents que nous étions partis ensemble.

Arnaud s'éclaircit la gorge comme s'il allait prendre la parole et se frotta les mains l'une contre l'autre. Il s'expliquait enfin pourquoi lady Constance demandait des nouvelles de la santé de Laura dans les deux lettres qu'il avait reçues d'elle. Qu'avait-il répondu ? Il ne se le rappelait pas. Puis il n'avait plus eu l'occasion de recevoir de lettre puisque lady Constance... A quoi bon remuer tout cela, maintenant ?

Venant de derrière le taillis, le bruit d'un éternuement étouffé les fit sursauter.

– Que diable ! grommela Arnaud en se levant vivement.

Laura se rapprocha aussitôt de lui. Il fit un pas pour aller surprendre l'importun, la jeune femme le saisit par le bras.

– Allons-nous-en, monsieur, chuchota-t-elle d'un ton pressant. Je n'ai jamais été bien brave.

– Oui, bien sûr, nous allons rentrer, affirma-t-il quand il la vit scruter le taillis d'un air inquiet. Cessez de vous tracasser. Il n'y a personne dans ce fourré, j'en suis certain. C'était un chien ou un chat. A bien y réfléchir ce devait être un chien que nous avons entendu japper.

Comme il paraissait y croire et qu'il ne manifestait aucune émotion, Laura cessa de lui étreindre le bras qu'elle serrait à deux mains.

Quoique l'envie de fouiller le taillis le démangeât, Arnaud s'efforça de marcher vers la maison à pas mesurés.

– Que vous disais-je ! On n'entend plus aucun bruit. Mais parlons d'autre chose, se hâta-t-il d'ajouter. Une lettre de Lisbeth est arrivée à Shiplake nous annonçant sa venue imminente.

Heureuse de cette diversion, Laura cessa de se décrocher le cou à regarder derrière elle.

– Vraiment ? Elle est partie depuis si longtemps ! Il me tarde de la revoir. Mon Dieu ! Lisbeth nous revient !

– Absolument, ma chère. Après de courtes vacances, son mari ira prendre un nouveau poste à l'ambassade d'Autriche.

– Ambassadeur !

Elle reprenait de l'assurance avec cette conversation qui faisait partie de son registre habituel.

– Pas encore ambassadeur, mais il y arrivera bientôt. Il fera une belle carrière, je vous le prédis.

– Tant mieux. Je me réjouis de les recevoir. Dire qu'ils ont passé ces deux dernières années à Saint-Pétersbourg et qu'ils reviennent ! Ah, monsieur, voilà une bonne nouvelle ! Ne m'en donnez que d'aussi aimables et vous aurez droit à toute ma reconnaissance.

– Une autre bonne nouvelle ? A vous d'en juger... J'ai rapporté ma flûte de Shiplake... Peut-être accepteriez-vous de m'accompagner au piano ? Je suis bien meilleur à la flûte qu'au piano, j'ose l'affirmer.

Elle eut un petit sourire goguenard.

– Je vous crois sur parole.

– Il me faut pourtant vous avouer qu'à part ma mère personne n'a jamais été très empressé de m'accompagner. Peut-être trouverez-vous cela trop ardu ; dans ce cas...

– J'y parviendrai ! le coupa Laura péremptoire. Quiconque a un jour accompagné tante Marjorie est à même d'accomplir des miracles. (Elle baissa le ton.) Voyez-vous, monsieur, ma tante est adorable mais, entre nous, elle est persuadée qu'elle sait chanter, alors qu'en réalité... (Laura renifla de compassion.) En réalité, sa voix est... surprenante. Pas très juste. Et même pas juste du tout. Surprenante...

Ils se regardèrent et hochèrent la tête gravement avant de pouffer.

Mortimer les attendait en haut des marches du perron.

– Si vous le permettez, Laura. Un mot à dire à Mortimer.

Laura s'éloigna, laissant les deux hommes chuchoter avec des gestes vers le fond du parc. Puis elle les vit descendre vers le massif d'hortensias.

Répondant à l'invitation d'un ancien d'Oxford, ami de longue date, Arnaud avait pris deux jours de « détente ». Deux jours de mortel ennui qu'il avait dissimulé sous une mine insouciante. Il s'inquiétait de savoir Laura dans la maison isolée. Il se rongeait les sangs en se reprochant d'avoir, à son habitude, emmené Mortimer avec lui.

A vrai dire, rien n'allait vraiment bien. Arnaud se sentait en manque de quelque chose d'imprécis.

Au cours de la première soirée, avec d'autres compagnons de bamboche, il avait fait la tournée des grands-ducs et terminé la nuit dans une maison galante des mieux fournies. En dépit des avances de ces demoiselles et des exhortations de ses camarades, Arnaud n'avait trouvé aucune fille à son goût. Sauf peut-être une petite brunette aux yeux bleus. Mais c'eût été manquer de respect envers Laura que de la choisir. Du moins, c'était l'impression qu'il avait. Non, personne ne l'intéressait. Pour tout dire, il se sentait mal à l'aise. Un peu patraque, même.

Ce fut, en tout cas, l'excuse qui lui servit pour quitter son ami le soir du deuxième jour. A la surprise de Mortimer qui avait déjà préparé le lit de Monsieur.

A la gentilhommière, tout le monde était déjà couché. Il ne resta aux deux hommes qu'à en faire autant.

Depuis que son valet lui avait appris les dernières nouvelles, Arnaud, très agité, marchait de long en large en marmonnant ce qui semblait être des imprécations. Quand Mortimer s'aperçut que Monsieur tentait de faire entrer le bouton de son col dans une boutonnière qui se trouvait au moins un pouce et demi plus bas, il comprit que les cancans de l'office avaient atteint leur but au-delà de toute espérance. Tout en évitant le regard de Monsieur, il tendit la main vers le col.

– Si Monsieur veut bien me permettre...

La porte-fenêtre s'ouvrit à toute volée faisant sursauter Laura qui déjeunait sur la terrasse. Elle se leva d'un bond, surprise par l'impétuosité d'Arnaud. Il venait à elle à grands pas, les yeux sombres, la mâchoire crispée.

Bien qu'il s'évertuât à se maîtriser, d'instinct elle devina qu'il était ivre de colère. Il la contempla un moment sans rien dire.

« Qu'ai-je fait ? Qu'ai-je encore fait ? » gémit-elle intérieurement.

Ses jambes se dérobaient sous elle comme au triste temps du début de son mariage. Courageusement, elle fit face mais, derrière son dos, elle se cramponnait au rebord de la table.

Elle respira à fond. Ne voulant pas passer pour une fillette effarouchée, elle arbora un air indifférent.

– Déjà de retour, monsieur ? Nous ne vous attendions pas avant ce soir.

Faisant effort sur lui-même pour aborder calmement la question qui le tourmentait, Arnaud répondit sur un ton presque aimable.

– A ce que j'ai appris, il paraît que vous avez reçu des visites hier après-midi, madame.

La nuance d'accusation dans la voix alerta aussitôt la jeune femme qui lui jeta un coup d'œil en biais.

– En effet, votre sœur m'a fait l'heureuse surprise de venir me voir.

Les mâchoires d'Arnaud se contractèrent.

– Ma sœur, madame ? Vraiment ? Etait-elle seule ?

Le ton était mordant. Il se le reprocha aussitôt en voyant la réaction de Laura, son expression de défi et son menton haut levé.

– Votre sœur était accompagnée par son mari, le neveu de celui-ci et...

– Bon Dieu ! Son neveu ? Richard Hartley ? A qui voulez-vous faire croire cela ? coupa-t-il furieux. A peine ai-je le dos tourné que vous recevez vos conquêtes.

Laura ouvrit de grands yeux qui, sous l'effet de la

colère, prirent un reflet de glace. Maintenant qu'elle savait sur quoi portaient les accusations, elle était décidée à ne pas se laisser marcher sur les pieds. Cet homme avait l'esprit si obtus ! Elle rejeta ses cheveux en arrière.

– Vous êtes odieux ! Quelle bassesse ! Comment avez-vous l'aplomb de dire d'aussi horribles choses ? Dickie n'est pas ce que vous croyez. C'est un homme d'honneur, lui ! Et pour votre gouverne, sachez que votre sœur nous servait de chaperon ainsi que...

– Chaperon de complaisance ! Elle n'a pas plus de cervelle qu'un moineau.

Plongé dans un délire de rancœur, il déraisonnait et s'en rendait parfaitement compte. Un profond sentiment d'injustice le tenaillait. Comment oublier que Laura recevait cet individu pendant que lui résistait à un tas de jolies filles consentantes...

Le neveu de lord Dombay ! A d'autres ! Lisbeth n'avait jamais mentionné un quelconque neveu. Tout entier à sa colère, il oubliait que Lisbeth et lui ne s'étaient pas vus depuis près de quatre ans et qu'elle s'était mariée bien après son départ pour le Mississippi. Les explications quelque peu embrouillées de Stephen Coleridge concernant la parenté de l'ambassadeur qui les avait reçus à son bal avec lord Dombay et ce freluquet lui tournèrent un moment dans la tête, mais confusément.

– Ce Dickie (il lança le nom d'un air dégoûté) savait que j'étais absent et qu'il vous trouverait seule. Et vous l'avez reçu.

Sous l'insulte, elle se rapprocha de lui et ses yeux flamboyèrent.

– Cela dépend de mes affaires privées et ne concerne que moi seule. De plus, si vous n'avez pas confiance en votre propre sœur, sachez que tout le personnel peut témoigner de ma conduite qui, entre parenthèses, ne vous regarde pas.

– C'est ça ! Jouez les innocentes, les victimes ! C'est un rôle où vous excellez.

Daisie, que les éclats de voix avaient attirée sur la

terrasse, ramassa prestement les couverts avant de s'enfuir dans la chambre de Laura.

– ... Mais votre petit jeu ne durera pas. J'y veillerai.

Il s'approcha encore plus près de Laura. Elle recula quand il la prit par les épaules.

– Aussi longtemps que l'annulation n'aura pas été rendue effective, je vous forcerai à respecter le nom que vous portez.

Laura ne put endurer davantage son ton cinglant. En se secouant pour se débarrasser de l'étreinte qui lui était insupportable, elle ordonna sèchement :

– Ça suffit ! Lâchez-moi ! Vous êtes ignoble. Vos manières feraient honte à un gueux.

Les mots ne parvenaient plus à l'entendement d'Arnaud. Fasciné, il contemplait fixement la bouche de Laura. Tout près. Tout près. Si près qu'il n'aurait eu qu'à tendre les lèvres pour l'embrasser. Un volcan dans l'âme, il la lâcha brusquement.

– A respecter mon nom, madame, répéta-t-il d'une voix absente.

Elle recula en chancelant.

– Votre nom ! cria-t-elle au comble de l'irritation. Je l'ai d'autant plus respecté que je ne m'en suis jamais servi. D'ailleurs, comment aurais-je pu l'utiliser ? Vous en aviez affublé votre maîtresse avant même que le navire ne quitte l'Angleterre !

Ces mots résonnèrent douloureusement dans la tête d'Arnaud.

– Quoi ? Quoi ? coassa-t-il d'une voix où perçait de l'inquiétude.

Le visage à l'orage, Laura n'était pas d'humeur à se laisser couper la parole.

– Pour votre gouverne, monsieur, apprenez que Mme Desbury était du nombre de mes visiteurs, déclara-t-elle sur un ton de défi.

– Ah ? se contenta de grogner faiblement Arnaud.

La nouvelle le laissait groggy. Vivien ! Doux Jésus !

– Cette aimable créature a trouvé le moyen de

nous ménager un petit tête-à-tête afin de me mettre en garde contre des idées préconçues. Oh, elle ne chante rien de nouveau. C'est toujours le même refrain qui dit que vous êtes faits l'un pour l'autre et follement amoureux...

– Ce n'est pas vrai, contesta-t-il les idées en déroute.

Laura renifla avec mépris. Une rougeur monta au front d'Arnaud et son visage s'assombrit.

Cependant, pas plus impressionnée par le démenti que par le regard noir qu'il lui renvoyait, elle poursuivit :

– Ne craignez rien, j'ai rassuré cette chère Mme Desbury. Elle vous revendique avec une telle ardeur que le moins que je puisse pour elle est de l'autoriser à disposer de votre personne à sa guise. Moi, je n'en ai pas l'usage.

Elle esquissa un geste vague qui rejetait au loin cette absurde pensée.

– A entendre cette dame (elle écarta les mains assez loin de sa taille pour donner une idée de l'ampleur de la personne), il lui suffit de claquer des doigts pour vous faire accourir. Comme ça !

Elle essaya de claquer des doigts pour donner plus de poids à ses paroles. Vainement. Elle essaya encore ; sans résultat.

Un sourire amer releva le coin de la bouche d'Arnaud comme si ce spectacle le navrait. Puis il secoua la tête, signifiant par là que la conversation le laissait sceptique, tourna les talons et se dirigea vers la porte.

– Monsieur ! Un mot encore.

Il revint sur ses pas.

– J'ai un message à vous remettre... Attendez que je me souvienne des termes précis. Ah oui ! Mme Desbury m'a chargée de vous rappeler qu'elle demeure toujours au même endroit. Elle vous y attend, au jour et à l'heure qui vous conviendront.

Le regard sombre, Arnaud se mordit les lèvres comme s'il craignait de trop en dire. Il fit demi-tour et marcha résolument jusqu'à la porte. Il ne l'avait pas encore refermée qu'il entendit un cri. Il se retourna vivement pour se retrouver face au sourire radieux de Laura.

– Ça y est ! Regardez, j'y suis arrivée ! s'exclama-t-elle en faisant claquer ses doigts, nullement intimidée par les yeux furibonds de son mari. Et en plus, c'est vrai, vous accourez !

La porte-fenêtre s'ouvrit à grand fracas, alla heurter le mur de la chambre avant de se refermer violemment dans une trépidation de vitres secouées.

– Ah, le pauvre, dit-elle à Daisie qui passait peureusement la tête à la porte. Le pauvre, il devient complètement... (Elle se tapota l'index sur la tempe et secoua la tête, comme une mère désolée des espiègleries de son garnement insupportable.)

La veille, Lisbeth à peine arrivée à Shiplake avait projeté d'aller surprendre Laura en lui rendant visite à l'improviste. Le neveu de son mari les accompagnait depuis Londres pour plusieurs jours de vacances. Après avoir raconté à Dickie le mariage de Laura et les dessous de l'annulation – ce qu'elle croyait en connaître, c'est-à-dire pratiquement rien –, Lisbeth s'était mise en route accompagnée de son petit monde. C'est alors que Vivien Desbury s'était fait annoncer. Elle avait appris le retour d'Arnaud et, avec son aplomb habituel, s'était invitée à Shiplake.

Pour Lisbeth, qui ne l'avait jamais vue qu'en compagnie de tante Edwina, Vivien faisait partie de la famille. Elle lui avait donc résumé ce qu'en confidence Christopher lui avait appris sur la triste affaire de la fin du mariage de leur pauvre frère.

Après quoi, Lisbeth avait invité Vivien et Dickie à se joindre à eux pour la visite projetée.

Quelques années plus tôt, Vivien avait été une femme plantureuse à qui on accordait volontiers entre vingt-cinq et vingt-sept ans. Hélas, pour elle, les années semblaient avoir compté double. Son bon appétit légendaire avait laissé des traces sur son visage devenu bouffi, sur son buste impressionnant et lourd, sur son cou, ses bras, ses mains empâtées.

De bien en chair qu'elle était naguère, Vivien s'était transformée en grosse dame.

Laura quitta la terrasse pour rejoindre sa femme de chambre. Celle-ci, plantée devant la coiffeuse, une brosse à la main, l'attendait, des épingles à cheveux entre ses lèvres serrées.

– Tu as tout entendu.

Laura ne questionnait pas, elle constatait.

« Evidemment, comme d'habitude. » L'air et le haussement d'épaules de Daisie le signifiaient clairement.

Elles perçurent toutes les deux un bruit venant de la chambre voisine. Néanmoins, Laura poursuivit en venant s'asseoir devant le miroir :

– J'ai l'impression cette fois d'avoir gagné la manche.

Daisie hocha la tête, la mine réjouie avant de mettre un doigt devant sa bouche en montrant la porte de communication en un geste éloquent. Aussitôt, Laura baissa le ton :

– Si tu avais vu sa figure lorsque je lui ai parlé de « Son Enormité » ! J'ai cru qu'il allait tomber à la renverse !

Leurs yeux rayonnants se croisèrent dans le miroir.

– Crois-moi, ma petite, ils ne se sont pas revus depuis le retour de... (Elle eut un mouvement de tête vers la porte.) Depuis des années. Il tombait des nues quand je lui ai dit qu'elle habitait toujours à Londres.

Daisie ôta les épingles de sa bouche pour lui dire à l'oreille :

– Croyez-vous qu'il va y aller, Demoiselle ?

Avant de répondre, Laura la regarda dans le miroir replacer les épingles sur le bord de ses lèvres.

– Je l'espère, chuchota-t-elle. Ah, Daisie ! Si tu savais à quel point je l'espère !

Elles pouffèrent. Le rire de Laura fusa tandis que Daisie lui faisait signe de se taire.

Un juron sonore leur parvint de la pièce voisine. Puis un claquement de porte et Arnaud passa sur la terrasse devant leur porte-fenêtre et s'éloigna à grands pas.

– Bon vent ! s'écria Laura quand elle fut sûre qu'il était assez loin pour ne plus l'entendre. S'il va chez la belle et grosse Vivien... ma pitié l'accompagne.

Elles éclatèrent de rire. Après s'être essuyé les yeux, Laura reprit plus calmement :

– Mon père affirmait jadis que tout se paie dans la vie. Que chacun reçoit ce qu'il mérite. Comment nierais-je cette vérité quand on songe à ce qu'est devenue Mme Desbury ? Une baleine, ni plus ni moins.

– Mmmm !

Laura se retourna au son de la voix assourdie par les épingles que Daisie prenait une à une pour les poser dans la masse des cheveux noirs.

Quand Daisie eut fini de monter le chignon, une lueur d'exultation brillait dans son regard.

– Demoiselle, je crois bien que Monsieur vous a fait une scène parce qu'il est jaloux. (Avec la brosse qu'elle tenait à la main, elle frappa deux petits coups sur le marbre de la coiffeuse.) Jaloux ! Et croyez-moi, Demoiselle, j'ai une petite expérience de ces choses-là.

Des milliers d'étincelles brillaient dans le bleu des yeux de Laura.

– Cet homme me fait penser au petit chien de tante Marjorie qui repousse hors de son écuelle tout ce qui lui déplaît mais qui ne supporte pas qu'un autre chien s'en approche.

Tout en hochant la tête pour approuver les paroles de sa maîtresse, Daisie se tourna pour prendre la robe qu'elle plaqua sur elle le temps d'y enlever un grain de poussière.

Personne au monde ne pourrait l'empêcher de penser que Monsieur Arnaud était amoureux de Demoiselle Laura. Si jamais Demoiselle s'en apercevait, sûr qu'elle cesserait de s'adresser des sourires satisfaits dans la glace comme elle le faisait à cet instant.

Durant la semaine qui suivit la visite intempestive et contestée, rien ne se produisit qui fût de nature à dissiper le malentendu. Le fossé se creusait davantage de jour en jour. Aucun espoir de réconciliation ne se profilait à l'horizon de leur désastreux mariage. Arnaud et Laura ne supportaient les journées qu'en s'évitant avec soin.

A table, ils ne prenaient même plus la peine de feindre. Leurs silences glacés ne paraissaient pas les affecter. Ils s'ignoraient tacitement avec un égal dédain.

Un matin, pour une fois d'humeur agréable, Arnaud s'apprêtait à faire un geste de bonne volonté en saluant aimablement la jeune femme. Ses mots gelèrent sur ses lèvres lorsqu'il lut le message de mépris et de froideur que lui lancèrent les yeux assombris par la rancune. Inutile de persévérer, tout effort d'amabilité de sa part était voué à l'échec. Il se referma comme une huître et passa sans lui adresser un regard. Ce qui mit Laura dans une rage folle. « Je le déteste ! Je le hais ! » se répétait-elle en une revanche dérisoire contre la blessure d'amour-propre qu'il lui infligeait.

Pourquoi l'avait-on obligée à épouser ce rustre, ce butor ? Qu'auraient pensé ses parents de la situation présente ? Son père qui avait fait un mariage de convenance n'aurait certes pas condamné ce genre d'union. Quant à sa mère, n'avait-elle pas tout entrepris pour sacrifier le bonheur de sa fille à des intérêts matériels ?

Autrefois, il y avait des années de cela, Laura avait rêvé qu'un jour elle tomberait amoureuse. Qu'elle épouserait un homme qu'elle aimerait.

Qu'ensemble ils fonderaient une famille avec des enfants qu'elle chérirait tendrement...

Chimères ! Chimères que tout cela... Laura l'avait appris à ses dépens un certain après-midi d'orage.

En dépit des souhaits de l'évêque, elle n'en savait guère plus aujourd'hui sur le triste sire qu'était son mari. Qu'avait-elle appris sur lui depuis qu'ils vivaient ensemble ? Quasiment rien, sinon qu'il jouait de la flûte...

Elle savait depuis longtemps qu'il pouvait se montrer cruel, sarcastique et entrer dans de violentes colères. Elle ajoutait à présent à son palmarès qu'il pouvait être jaloux au point de faire des suppositions grotesques qui frisaient l'insulte.

Non, vraiment, il n'était pas le genre d'homme qu'elle eût souhaité épouser. N'importe qui eût mieux fait l'affaire. Quoique... Un autre homme non plus ne lui aurait pas convenu. L'amour n'existait que dans les contes pour enfants. A mettre dans le même sac que les fées, les elfes et les lutins. Des mensonges et rien d'autre. Il fallait parfois admettre ses déceptions. Et Laura en convint d'autant plus volontiers qu'elle se sentait le cœur en peine sans trop savoir pourquoi.

Il passait des nuits blanches à se ronger les sangs. Ensuite, assis en face de Laura pour les inévitables repas quotidiens, il ignorait délibérément la jeune femme.

Il évitait même de poser les yeux sur elle. Aurait-il la force de supporter encore longtemps une telle situation ? Sa patience avait atteint ses limites. Bon sang ! Cette femme était-elle si bornée qu'elle ne puisse comprendre qu'il n'avait nullement agi par jalousie mais pour la préserver des commérages ? Etait-elle si ignorante des usages pour s'afficher ainsi avec ce bellâtre roux ? Un coureur de dot, voilà ce qu'était ce Dickie. Mais cela, elle ne le voyait pas. Qu'en penserait monseigneur, hein ? Son jugement n'était-il pas à prendre en considération ?

A quoi bon s'inquiéter pour elle ? Elle ne comprenait rien à rien. D'ailleurs qu'attendre d'autre de cette tête faible ? L'opinion d'Arnaud restait solide là-dessus. La petite bécasse n'avait d'autre but dans la vie que d'empoisonner son existence. Mais il ne se laisserait pas piétiner. Ah, ça non ! Rirait bien qui rirait le dernier !

Sûr et certain de ne jamais se laisser piéger, la perspective de devenir dépendant du sexe faible comme tels fous d'amour de ses amis le hérissait. Jamais il n'accepterait de devenir vulnérable à ce point. Plutôt être pendu qu'asservi !

Néanmoins, il ne pouvait s'empêcher de penser à Laura.

16

Tôt ce matin-là, après avoir sellé la jument de lady Laura, le palefrenier se rendit compte qu'il se passait quelque chose d'anormal dans le box du fond. Il trouva le petit cheval, un anglo-arabe gris, couché sur le flanc. Il se débattait et gémissait, ses gros yeux noirs roulant dans tous les sens. Ce hongre gris, un des chouchous de Barty, était pris de coliques.

Devant cette calamité redoutée de tous les propriétaires de chevaux, le garçon d'écurie perdit le peu de bon sens qu'il possédait. Sellant en vitesse un autre cheval, il partit ventre à terre pour Shiplake. Barty, spécialiste incontesté dans sa branche, saurait bien ce qu'il fallait faire.

En effet, Barty savait. Aussitôt sur place, il passa le harnais autour de la tête du hongre que la douleur torturait puis tira de toutes ses forces pour le faire lever.

Au troisième essai, le petit cheval se remit sur ses jambes. Ses postérieurs plièrent et les deux hommes crurent qu'il allait s'affaiser de nouveau. Cependant, il retrouva son équilibre et resta finalement debout.

– Ça y est, respira Barty. Je vais le faire marcher. C'est encore le meilleur remède contre les coliques. Hé, Andrew ! Voilà lady Laura. Aide-la à monter Circé.

Il salua Laura de loin tandis qu'Andrew l'aidait à monter en selle. Avec force gestes, celui-ci lui expliquait pourquoi Barty se trouvait sur place si tôt.

Après un signe de la main, Laura s'engagea dans l'allée qui menait au bois.

Barty tenait la bride très court. L'animal tremblait à côté de lui. Sa tête d'habitude fièrement dressée retombait tristement. Mais il était capable de marcher, encouragé par Barty qui le menait lentement le long de l'allée conduisant à l'enclos. Puis il revenait en sens inverse pour repartir aussitôt. Enfin, Barty confia le hongre au palefrenier avec pour mission de continuer la marche jusqu'à son retour.

Lui se rendait à Shiplake afin d'y retrouver un vieux remède contre le mal dont souffrait le petit cheval gris. Cette médication venait de son père, chef palefrenier chez les Willier avant lui.

De retour une heure plus tard, il trouva le hongre encore peu vaillant sur ses jambes mais semblant aller légèrement mieux. L'animal qui le reconnaissait vint frotter un instant son museau contre l'épaule de Barty pendant que celui-ci mélangeait un peu de foin à la poudre qu'il avait préparée à Shiplake. Il attendit pour s'assurer que le cheval avalait une quantité suffisante de médicament avant de le faire marcher de nouveau.

Le vent de la course faisait flotter l'écharpe de son chapeau derrière ses épaules. Elle poussa Circé dont la crinière se mit à fouetter l'air. La jument lui semblait très nerveuse et son trot n'était pas régulier.

Un champ au sol noyé de brume s'étendait jusqu'à l'orée du bois. Quel soulagement de se trouver loin de la gentilhommière ! Aujourd'hui plus encore que d'habitude. Contrairement aux autres fois, l'Ogre était rentré de Londres sans Mortimer. Il était resté dans sa chambre d'où le bruit de ses pas était parvenu jusqu'aux oreilles de Laura.

Elle s'engagea dans le bois avant de faire tourner Circé et d'entreprendre la descente d'une petite colline. Faisant alterner l'allure de sa monture, trot et galop, elle prit la direction d'un sous-bois. Elles abordaient un coude du chemin, lorsque soudain la jument fut heurtée de plein fouet par une grosse branche qui la cingla au passage. Laura se dressa sur les étriers en se penchant de côté pour éviter l'obstacle. Quand elle reprit la position assise, Circé se cabra en hennissant. Surprise, la cavalière tarda à réagir pour reprendre le contrôle de l'animal apeuré. Habituée à la main ferme de sa maîtresse, la jument s'élança sans tenir compte des ordres de Laura. Elle quitta le chemin pour s'engager dans le bois, le cou tendu, et partit à longues foulées à travers les buissons. Des branches la fouettaient. Des ronces la déchiraient. Circé avait pris le mors aux dents. Peu lui importait qu'on tire sur les rênes, elle poursuivait sa course folle.

Un obstacle se présenta au bout du bois, elle ne ralentit pas. Paralysée par la terreur, Laura vit arriver le muret de pierre. Elle s'arc-bouta pour faire virer la jument. Il était trop tard, Circé avait bondi par-dessus le mur pour s'écraser avec un bruit affreux sur le fond rocheux d'un petit ravin.

Projetée à bas de sa monture, la jeune femme s'abattit sur le bord du muret avant de rouler dans le fossé pierreux.

Mortimer étant retenu à Londres pour une affaire d'héritage, Arnaud alla faire seller son cheval lui-même. A sa grande surprise, il vit Barty marcher tenant le hongre par le licou.

– Que fais-tu là, vieux frère ?

Barty le lui expliqua tout en marchant en compagnie du cheval, forçant par là Arnaud à le suivre. Jusqu'au moment où, brusquement, il tourna les talons et Kroll faillit renverser Arnaud au passage.

– Qu'est-ce qui te prend ? Je sais bien que tu l'as élevé ce cheval, mais est-ce une raison pour me renverser ? Allez ! Cesse de faire la tête. Tu vois bien qu'il est tiré d'affaire.

Tout en feignant de courir, le palefrenier salua

Monsieur Arnaud et reprit le licou des mains de Barty.

– Faites excuse, Monsieur. J'ai laissé Kroll à Barty juste le temps d'atteler le cheval bai au cabriolet de lady Laura. J'aurais dû le faire il y a trois quarts d'heure mais avec tout ce qui s'est passé...

Il tendit son visage congestionné par la contrariété vers le hongre qu'il emmena le long de l'allée à un train d'escargot.

– Je n'allais pas rester là, les bras croisés à ne rien faire, répliqua Barty sèchement.

– Hé, Barty ! Que t'arrive-t-il, mon vieux ? Toi si rieur d'habitude...

Sur le moment, les traits de Barty exprimèrent un profond désarroi. Il se tourna vers l'office en grognant et Arnaud qui voulait en avoir le cœur net l'empoigna par le bras.

– Alors ? insista-t-il.

Barty grommela un juron avant de capituler. Il se passa la main dans les cheveux et marmonna d'un ton revêche :

– Je suis amoureux.

Les yeux d'Arnaud s'écarquillèrent et ses sourcils se haussèrent à une hauteur jamais atteinte jusqu'à ce jour. Si surpris par la réponse qu'aucun mot ne lui vint à l'esprit. Cependant, quand Barty anxieux quêta son approbation pour fournir davantage d'explications, il hocha vigoureusement la tête.

– Amoureux à mon âge, continua Barty d'un ton indigné. Si c'est pas une pitié ! J'ai proposé le mariage.

Arnaud lui jeta un coup d'œil soupçonneux.

– Si, si, le mariage ! Elle veut pas de moi.

« Peut-être Barty s'est-il amouraché au-dessus de sa condition ? D'où le refus de la personne concernée. »

Cependant, Arnaud ne poserait pas la question qui pourrait s'avérer blessante. Pas à Barty qui lui était beaucoup plus cher et plus proche que son propre frère Christopher. Ils étaient nés le même jour. Presque à la même heure. La mère de Barty avait été la nourrice d'Arnaud. Après avoir bu le même lait, ils avaient joué aux mêmes jeux. Et s'étaient entendus comme larrons en foire, et s'étaient battus comme des chiffonniers mais toujours fraternellement. Oh non, Arnaud ne blesserait pas Barty par des questions. Si celui-ci voulait se confier, Arnaud l'écouterait et lui donnerait des conseils. Quoique, des conseils, en ce moment, c'était plutôt lui qui en avait besoin.

Barty feignit ne pas remarquer le brusque silence qui avait accueilli ses aveux. Il poursuivit sur un ton qu'il aurait aimé plus détaché :

– Une jeune fille toute neuve, alors bien sûr elle me reproche les filles que j'ai courtisées. J'ai trop servi à son goût, ajouta-t-il après réflexion.

– Bah, te tracasse pas, mon compère ! Tu sais ce qu'on dit : « Une de perdue, dix de retrouvées. »

Sans se laisser frapper par le ton bon enfant d'Arnaud, Barty répliqua fermement :

– J'en veux pas dix. Je veux qu'elle. C'est ça l'ennuyeux. (Il soupira profondément.) Je me tue au travail comme un damné en croyant avoir mérité une bonne nuit de sommeil. Pffff ! Je ne ferme pas l'œil une minute.

Si la situation avait été moins pénible pour le moral de son frère de lait, Arnaud l'aurait trouvée drôle. Il dut quand même se contraindre pour ne pas sourire.

– Elle changera peut-être d'avis, encouragea-t-il. Ou alors toi, tu la feras changer d'avis.

Arnaud savait depuis toujours que, quand Barty se mettait en tête de conquérir une femme, il ne se laissait pas facilement détourner de son objectif. Il montrait tant de persévérante ténacité que, neuf fois sur dix, il obtenait une complète reddition.

– Il faudrait un miracle, murmura Barty.

Il jeta les yeux du côté de l'office, puis il cria à l'intention du palefrenier qui arpentait l'allée en tenant la bride du hongre dont l'état s'était nettement amélioré :

– Ça va, maintenant ! Il est tiré d'affaire, mets-le dans l'enclos avec les autres.

Il se détourna de l'allée et son cœur fit un saut de carpe dans sa poitrine. Daisie accourait au-devant de lui. Elle le rejoignit hors d'haleine. L'élan de tout son être qui le porta vers elle fut une révélation pour Arnaud. Inutile de s'interroger plus longuement sur l'identité de l'élue.

La jeune femme avait l'air un peu affolée.

– Bonjour, Monsieur, bonjour, Barty. Pardonnez-moi de venir troubler votre discussion mais... Mme Higgins est absente pour toute la journée. Elle est partie à Boveney chez sa sœur, et je ne sais à qui me confier... (Elle se tourna vers Barty.) C'est pourquoi je suis venue vous voir. (Elle était venue le voir pour se confier à lui... Alleluia !) Lady Laura avait donné l'ordre de tenir le cabriolet prêt pour 8 h 30. Il est plus de 10 heures et lady Laura n'est pas rentrée.

– Où devait-elle aller ? questionna Arnaud, soupçonneux.

– A Stanton House, Monsieur. Cela ne ressemble pas du tout à lady Laura de faire attendre tout le monde pendant des heures.

– Lady Laura est peut-être partie directement là-bas, commença Barty.

– Non ! Nous devions nous y rendre ensemble, Demoiselle et moi. Pardon, Monsieur, j'ai voulu dire lady Laura. Lady Laura est en tenue de cheval. Je devais préparer sa toilette pour...

Ses épaules s'affaissèrent. Elle eut un sanglot et des larmes ruisselèrent sur ses joues.

– Cesse de pleurnicher, s'impatienta Arnaud. Dis-nous plutôt quand et où elle est partie.

Barty l'écarta un peu brutalement et passa un bras autour des épaules de Daisie.

– Ne t'en prends pas à elle, veux-tu ? dit-il passant outre au principe qu'il s'était fixé lui-même de ne jamais tutoyer Arnaud devant un tiers. Ce n'est pas la faute de Daisie si quelque chose n'est pas clair dans cette histoire.

Il s'adressa à la jeune femme :

– Ne pleure pas, petite. Je vais aller la chercher, ta lady. Je te la ramènerai.

Sa voix vibrait, pleine de ferveur.

– J'y vais aussi, décida Arnaud. Andrew ! hurla-t-il à l'adresse du palefrenier.

– Laisse, intervint Barty. Je vais seller Azor moi-même. J'irai plus vite.

Oui. Vite, vite ! Une soudaine appréhension fit trembler Arnaud.

Daisie leva un regard timide vers lui. Il semblait avoir vieilli de dix ans en quelques minutes et ses traits étaient crispés par un affreux pressentiment.

– Ne t'en fais pas. Nous la retrouverons très vite, rassura Barty en amenant son cheval et Azor.

Cependant, l'inquiétude qui se lisait dans ses yeux démentait le ton tranquille de sa voix.

Arnaud se précipita sur son étalon, se mit en selle d'un bond et s'élança dans l'allée comme une tornade.

– Par le bois ! lui cria Barty en sautant sur son cheval avec l'aisance d'un cavalier confirmé.

Ils galopèrent côte à côte, ne se parlant qu'en cas de nécessité. Les chevaux progressaient rapidement, semblant comprendre la gravité de l'heure et des questions que se posaient les deux hommes. Que s'était-il passé ? Pourquoi ce retard ? Et surtout, où était Laura ?

Arrivés à la lisière du bois, ils hésitèrent. Dans quelle direction s'engager ? A la vue de la masse sombre de la petite forêt, l'angoisse leur noua la gorge.

C'était un bois peu profond qui allait du bout du parc sur toute la largeur de la propriété et se prolongeait plus touffu sur la longueur du domaine.

Physiquement bien entraîné, Arnaud conduisait Azor à un train vif mais régulier. La crainte qu'il éprouvait croissait de minute en minute, les idées se bousculaient dans sa tête. Où était-elle, bon sang ? Peut-être tombée dans un fourré et incapable de bouger ? Ou ayant perdu totalement connaissance ? Peut-être morte ?

Tout son être se révolta à cette perspective, refusant de laisser exploser la peur tapie sous la surface de ses pensées.

Après plus d'une heure de recherches pendant laquelle ils avaient parcouru tous les chemins et les sentes cavalières, ils s'enfoncèrent dans le sous-bois où les fougères et les ronciers formaient des broussailles qu'ils contournaient non sans les avoir inspectées. Ni cheval ni humain n'auraient pu s'y dissimuler. Néanmoins, les deux hommes fouillaient scrupuleusement chaque buisson.

Plus ils s'enfonçaient dans le sous-bois, plus le sol devenait souple. Les feuilles qui s'y étaient amoncelées depuis des années assourdissaient le martèlement des sabots de leur monture.

Bientôt, ils quitteraient les grands arbres et parviendraient à l'orée du bois là où, selon la légende, s'élevait jadis un ermitage.

Barty immobilisa son cheval et força Arnaud à s'arrêter.

– Tu sais, Arnaud, il nous faudrait du monde pour tout fouiller de fond en comble.

Le visage ruisselant de sueur, les yeux agrandis par l'angoisse, Arnaud acquiesça d'une voix blanche :

– Va chercher tous ceux qui savent marcher. D'ici nous sommes tout près de la maison. En galopant, tu y seras en moins d'un quart d'heure. Moi, je reste et je continue les recherches.

– Tu as raison. Regarde, d'ici à travers les arbres on voit le toit de la gentilhommière. Je vais...

Un faible hennissement s'éleva de derrière les ruines de l'ancien ermitage. Le cheval de Barty s'ébroua et hennit à son tour.

Le cœur fou, Arnaud rassembla les rênes d'Azor et poussa celui-ci dans la direction d'où venait le cri de l'animal.

Arrivé à l'éboulis de pierres, il se laissa glisser à bas de sa monture en hurlant d'une voix désespérée :

– Laura !

Il courut de toute la vitesse de ses jambes pour escalader le muret, suivi de près par Barty.

– Laura ! cria-t-il encore en soulevant et repoussant une roche.

La peur décuplait ses forces. Et lorsqu'il vit au fond du fossé qu'une forme enveloppée dans une amazone bleue gisait recroquevillée, il fut en proie à une telle panique qu'il poussa un rugissement à faire s'écrouler les ruines.

S'agenouillant auprès de la jeune femme inerte et pâle comme une morte, il l'entoura de ses bras et n'osa respirer que lorsqu'il fut certain qu'elle était vivante.

Barty vint s'agenouiller à ses côtés.

– Laisse-lui un peu d'air, réclama-t-il. Sinon, elle ne retrouvera pas ses esprits.

Le cerveau embrumé de Laura comprit vaguement que quelqu'un la tenait dans ses bras. Une fois déjà on l'avait ainsi maintenue de force et puis des choses horribles lui étaient arrivées.

Tel un animal pris au piège, elle se raidit et tenta faiblement de se dégager. Peu à peu, les paroles prononcées prirent une signification :

– Laura, vous êtes sauvée. Je vous ai retrouvée. J'ai eu si peur, Laura... si peur...

A entendre ces phrases inhabituelles, Laura cligna des yeux avant de les lever vers le visage tout proche du sien. Les bras qui l'enlaçaient étaient agités de tremblements. Qui ? Arnaud ? Ne l'avait-elle pas entendu crier son nom à travers les brumes de son inconscience ?

– Vous ? demanda-t-elle dans un souffle.

Arnaud sourit bien qu'il n'en eût guère envie.

– Vous avez fait une chute. Mais vous êtes sauve.

– Une chute ? (Elle tenta de s'écarter un peu pour chercher sa jument des yeux mais Arnaud la plaqua contre lui.) Une chute ? Où est Circé ? chuchota-t-elle.

Sans attendre la réponse, elle enfouit sa tête dans le creux de l'épaule d'Arnaud et s'évanouit.

Remarquant son affaissement, il redouta pendant une épouvantable seconde que ce ne fût la fin.

– Barty ! Elle est morte ! hurla-t-il, complètement désespéré.

Alerté par ce cri inattendu, Barty, penché sur la jument qui se débattait, se releva et se précipita vers Arnaud.

Il s'agenouilla de nouveau auprès du couple et se contenta de faire non de la tête avant de montrer l'angle bizarre formé par le bras gauche de la jeune femme.

– Panique pas. Elle a perdu connaissance. Regarde, son bras est cassé. Peut-être a-t-elle d'autres blessures.

Il dégagea son visage pour mettre à découvert une vilaine entaille sanguinolente à la tempe, un peu en dessous de la ligne des cheveux.

– Il faut ramener lady Laura au plus vite.

Ayant dit, il saisit Arnaud par une épaule et le secoua.

– Arnaud ! Ressaisis-toi ! Nous allons l'emmener.

Il était déjà en train d'ôter sa veste pour en faire une sorte d'écharpe. Délicatement, il souleva le bras blessé et le reposa dans le creux du vêtement qu'il attacha en bandoulière pendant qu'Arnaud s'efforçait tant bien que mal de soutenir la jeune femme défaillante. Ils travaillèrent en silence tandis que Laura geignait et essayait d'échapper aux mains qui la maniaient avec précaution.

– Il faut y aller, Arnaud. Nous rentrerons doucement pour ne pas trop la secouer. Dès que lady Laura sera à l'abri, je reviendrai m'occuper de la pauvre Circé. Si tu as une arme à me donner, ça m'évitera de retourner à Shiplake.

Arnaud tourna la tête vers la jument. Un de ses antérieurs était brisé et son poil, si soigné d'habitude, était maculé de sang. En observant la pauvre bête qui tentait de se soulever et battait des jambes,

Arnaud ne put s'empêcher de jeter un coup d'œil vers Barty. Il fut bouleversé par la douleur muette de son frère de lait. Barty adorait les chevaux, notamment ceux qu'il avait élevés et par-dessus tout la belle Circé.

– Quelqu'un d'autre, commença Arnaud.

– Non, coupa Barty sur un ton déterminé. Je l'ai aidée à venir au monde, je l'aiderai à le quitter. Pour le moment, lady Laura a besoin de notre aide pour rentrer à la maison.

A deux, ils remontèrent la pente en portant Laura qui gémissait sourdement. Arnaud monta sur le dos d'Azor et tendit les bras pour recevoir sa femme que Barty soulevait avec lui.

Sur un claquement de langue, les chevaux s'ébranlèrent en direction de la gentilhommière.

Le menton sur les cheveux de Laura, Arnaud respirait son odeur. D'un bras il enserrait la taille de la jeune femme qui se laissait porter à l'allure régulière de l'étalon.

Laura ! Il regardait la tête brune posée sur sa poitrine, envahi par des émotions tellement contradictoires qu'il n'était pas certain de ce qu'il éprouvait.

La maison de l'évêque se profila à l'horizon ; Arnaud ferma les yeux et, avec une ferveur qu'il n'avait plus montrée depuis longtemps, il fit une brève prière pour la fragile créature qui allait au-devant de la pénible épreuve d'une opération délicate et très douloureuse consistant à lui redresser le bras pour le remettre en place. Il gardait un mauvais souvenir d'une intervention de cette sorte pratiquée sur un de ses amis qui s'était brisé la jambe au cours d'une partie de chasse. A présent, ce traitement barbare allait être infligé à Laura.

Au bout d'un temps qui leur parut une éternité, ils approchèrent de la maison. Daisie, Lucy et Mme Gridggs les attendaient à l'abri du soleil du début d'après-midi.

– Demoiselle ! Barty ! s'écria Daisie en se précipitant les bras tendus, suivie de Lucy qui dévalait les marches du perron.

Son cheval n'était pas encore immobilisé que Barty sautait de selle. Il tendit les bras et Arnaud laissa glisser doucement Laura qu'il reprit aussitôt qu'il eut mis pied à terre pour la porter à l'intérieur.

Barty attacha les chevaux et s'adressa au palefrenier qui était venu prendre des ordres :

– Prends le cabriolet, va chercher le médecin. S'il n'est pas là, ramène-nous la mère Hoorps. Puisque tu seras sur place, va prévenir l'équarrisseur. Tu l'enverras aux ruines de l'ermitage. Il saura quoi faire...

– Circé ? s'informa Andrew.

Barty donna un coup de tête brusque avant d'aller effectuer ce dont ils étaient convenus, Arnaud et lui. Il prit le pistolet dans le tiroir du bureau. Puis, le cœur pesant, il repartit vers les ruines de l'ermitage accomplir la tâche qu'il haïssait entre toutes.

Arnaud et Daisie disparurent à l'intérieur de la maison, dans la chambre de Laura, tandis que la cuisinière décidait illico de mettre de l'eau à chauffer avec l'aide de la petite bonne qui poussait des « hélas » longs comme le bras. Comble de malchance, la compétente Mme Higgins était partie pour la journée. « Quand ça va mal, tout va mal », soupirait la cuisinière en activant son fourneau.

Lorsque Laura reprit connaissance pour la seconde fois, elle était couchée dans son lit sans avoir la moindre idée de la manière dont elle y était arrivée. Un martèlement sourd résonnait dans sa tête. Elle plongeait dans un trou sans fond pour fuir une douleur lancinante. Mais, inexorablement, elle remontait en surface et le martèlement recommençait. Des visages se penchaient au-dessus d'elle de chaque côté du lit. Des visages qu'elle ne reconnaissait pas.

Pourquoi la faisaient-ils souffrir ? Des élancements

ébranlaient tout son corps, et la peur s'empara d'elle devant leurs mines soucieuses.

D'une main légère, Daisie entreprit de nettoyer la plaie de la tempe. L'entaille avait cessé de saigner. Elle poussa un soupir de soulagement en constatant que les dommages ne paraissaient pas trop sérieux. Mais elle savait qu'une blessure à la tête pouvait avoir de graves conséquences.

– Est-ce grave ? lui demanda Arnaud.

– Je ne crois pas, Monsieur. Pourtant, j'ai un peu peur. J'ai connu quelqu'un qui a perdu la mémoire à la suite d'une blessure comme celle-là.

« La mémoire ! s'effara-t-il. La pauvre enfant n'avait jamais eu beaucoup de cervelle alors, si en plus elle perdait la mémoire... »

De toute évidence, Laura semblait un peu égarée. Mort d'inquiétude, il se pencha vers elle. Autant être fixé tout de suite.

– Laura ? Qui suis-je ? demanda-t-il doucement.

Elle le contempla avec étonnement avant de se concentrer comme si elle ne trouvait pas la réponse.

– L'Ogre ? essaya-t-elle à tout hasard.

Arnaud se releva.

– Elle a perdu l'esprit, chuchota-t-il désespéré.

– Non, Monsieur. Non, au contraire. Puis-je vous parler seul à seule ? Près de la fenêtre si vous le voulez bien.

Le chignon de la femme de chambre, d'ordinaire impeccable, tombait quelque peu sur le côté. Une longue mèche de cheveux avait glissé dans son cou.

– C'est assez délicat, Monsieur, commença-t-elle en lissant sa jupe. Il faut d'abord vous dire que lady Laura avait horriblement peur de vous. Surtout quand nous habitions l'appartement de Londres. Elle... elle vous comparait à un ogre... Alors, vous comprenez sa réponse, maintenant ?

Arnaud crispa les mâchoires d'une façon qui trahissait son état d'âme.

– Et, à présent ?

– Lady Laura n'a plus peur de vous, si c'est ce que

vous désirez savoir mais il lui arrive encore de vous appeler l'Ogre... (Elle haussa les épaules en signe d'impuissance.) L'habitude, voyez-vous ?

On lui découpait ses vêtements. Tant mieux, il faisait si chaud. Après lui avoir ôté une botte, quelqu'un tenta d'enlever l'autre. Aïe !

Laura poussa un gémissement.

– Va me chercher des grands ciseaux, Daisie. Je crois qu'il y a une autre blessure au pied droit. Je vais découper la botte. Non, impossible de la retirer autrement. Allez ! Dépêche-toi !

Laura murmura le nom de Daisie mais celle-ci était déjà partie pour l'office à la recherche d'une lame bien aiguisée.

– Laura ? s'entendit-elle appeler.

Le timbre de la voix calma son angoisse. Elle essaya de la situer. Un visage anxieux s'approcha du sien.

Etait-ce un rêve ? L'Ogre, un triste sourire aux lèvres, lui caressait doucement le visage. Ce devait être le fruit de son imagination...

– Vous m'entendez, Laura ?

La jeune femme approuva lentement de la tête, ses yeux s'accrochant aux yeux gris tout près d'elle.

– Circé ? souffla-t-elle.

– Ne vous inquiétez de rien. Barty s'en occupe. Nous avons toute confiance en lui, n'est-ce pas ?

L'Ogre avait un air rassurant.

– Tout ira bien. Pour l'instant, reposez-vous calmement.

Exténuée, Laura tourna son regard vers la porte de communication. L'Ogre... Ça alors ! C'était vraiment lui qui parlait avec tant de douceur ? Lui qui coupait le cuir de sa botte en s'arrêtant à chaque fois qu'elle geignait ? Non ? Et si, c'était bien lui !

Arnaud fixait le visage blême. Ses yeux s'attardèrent sur les paupières de nouveau baissées. De sa vie, il ne s'était senti à ce point impuissant.

Il ne pouvait qu'attendre, la poitrine serrée par

une intolérable appréhension qui s'accrut encore quand Daisie fit entrer la grosse mère Hoorps munie d'un énorme cabas.

– Le médecin n'était pas là. Il est parti à Sonning pour un accouchement. Alors, Andrew a amené Mme Hoorps.

Par bonheur, Laura engourdie de douleur n'entendit pas ces paroles. Ce ne fut pas le cas de Lucy qui s'effondra en sanglots. Mme Hoorps la chassa fermement de la chambre avec ordre de n'y plus remettre les pieds. Ensuite, elle ordonna à Daisie de rester pour l'assister. Quant à Arnaud, elle ne lui demanda pas son avis. Il fallait une main ferme pour tenir la patiente quand le moment l'exigerait.

Arnaud ne désirait que rassurer la pauvre petite. Lui apprendre lui-même qu'ils allaient devoir se contenter des soins de la mère Hoorps.

– Laura ! Mon petit, Mme Hoorps est venue vous soigner. Mme Hoorps dont chacun reconnaît la compétence, souligna-t-il. Vous savez qu'elle m'a traité avec beaucoup d'habileté lorsque j'ai été blessé ? Le mieux est de nous en remettre totalement à elle.

Laura ferma les yeux pour se soustraire au regard faussement confiant d'Arnaud.

– La main de Mme Hoorps est la légèreté même. Elle ne vous fera pas souffrir.

Mme Hoorps, pour l'instant, sortait d'un grand sac tout un fourbi qu'elle rangeait sur la coiffeuse.

– Vous ne lui ferez pas mal, n'est-ce pas ? demanda-t-il en quête de réconfort.

La mère Hoorps lui jeta un regard torve avant de répliquer en haussant les épaules :

– Ben... un petit peu quand même.

Laura gémit. Il insista d'une voix pressante :

– Vous la soignerez avec douceur. J'en suis sûr.

Mais, se rappelant la façon dont il avait été traité lui-même après le duel, il n'était sûr de rien et se faisait un sang d'encre.

Elle ne prit pas la peine de lui répondre et se pencha sur Laura.

– Le bras est cassé... Quant à la cheville...

La mère Hoorps souleva délicatement le pied blessé et le parcourut du bout des doigts. Laura poussa un cri plaintif et Arnaud oublia de respirer.

La rebouteuse appuya sur une ecchymose et dit avec sympathie :

– Ça fait très mal, hein ? (Elle examina les orteils un à un puis reposa lentement le pied sur le drap.) Rien de cassé. Une bonne entorse. (Arnaud aspira l'air un grand coup.) Je vais bander la cheville très serré. Mais il ne faudra pas poser le pied par terre pendant trois semaines. Au moins trois semaines ! Je compte sur vous, Monsieur Arnaud, pour y veiller.

– J'y veillerai, promit-il. D'ailleurs...

Elle ne le laissa pas continuer.

– Il faudra la lever tous les jours pour qu'elle ne s'ankylose pas. Vous êtes assez nombreux dans la maison pour l'aider à se mettre debout sans qu'elle soit obligée de poser son pied.

– Je m'en chargerai, dit Arnaud.

– Pendant au moins trois semaines, compris ? Compris, petite lady ? (Puis elle s'adressa à Daisie :) Dis, ma mignonne, il y a du laudanum, ici ?

– Oui, madame Hoorps, s'empressa Daisie, heureuse qu'on fasse enfin appel à elle. Lady Laura prend du laudanum tous les mois. Elle souffre beaucoup le premier jour de ses...

Elle s'interrompit brusquement en se rappelant qu'il y avait un homme dans la pièce.

– Quand elle a mal aux dents, termina-t-elle, les joues cramoisies.

Arnaud ne sourit pas de la confusion de Daisie. Ce détail de la vie intime de Laura le rendait plus sensible à ce qu'il y avait de féminin, de vulnérable en elle. Préoccupé, il n'entendait pas Mme Hoorps donner ses ordres. Il sursauta cependant à la voix de Daisie qui s'insurgeait :

– Madame Hoorps ! Le triple ?

– Va et fais ce que je te dis. Aussitôt que ce sera

terminé, la jeune lady s'endormira d'un bon sommeil. C'est le meilleur remède au contrecoup. Allez, va !

Daisie s'empressa d'obéir et Mme Hoorps, après avoir relevé les cheveux de Laura, enduisit la blessure de la tempe d'une pommade blanchâtre.

– Ce n'est rien du tout. Les blessures à la tête, ça saigne toujours beaucoup mais c'est souvent plus impressionnant que grave.

Arnaud acquiesça, regardant fixement le mur derrière elle. Le front couvert de sueur, il tremblait par intermittence à la perspective de ce qui allait obligatoirement se produire. Quant à la blessée, elle grelottait d'angoisse.

– Je vais maintenant vous bander la cheville, petite lady. Vous êtes prête ? s'enquit gentiment Mme Hoorps en s'emparant du pied enflé.

Laura acquiesça d'un hochement de tête lamentable. Lorsqu'elle ressentit une douleur vive, des larmes perlèrent au coin de ses paupières. A bout de souffle, elle avait fermé les yeux pour lutter contre la souffrance. Elle chercha aveuglément un objet où s'agripper ; ses doigts se refermèrent sur une main qui la serra fermement et ne la lâcha plus.

Elle n'ouvrit les yeux que lorsqu'elle entendit la rebouteuse annoncer que « c'était fini ».

Comme la douleur refluait petit à petit, elle retira sa main de celle d'Arnaud.

– Tout va bien ? demanda-t-il tout doucement en lui reprenant la main.

Il lut la réponse dans ses yeux bleus. Outre l'anxiété, il y décela de la perplexité.

Elle aurait dû lui exprimer sa gratitude pour le réconfort qu'il lui apportait mais, en raison de leurs passés discordants, elle se refusait à le remercier de vive voix de peur de rendre leurs relations plus personnelles.

Déjà la mère Hoorps revenait vers le lit.

– Daisie, veux-tu soulever la tête de ta lady pour qu'elle puisse boire son verre de laudanum ?

– Je vais le faire, s'empressa Arnaud qui s'approcha de Laura et fit ce que demandait la rebouteuse.

Elle avala quelques gouttes, juste pour lui faire plaisir, il avait tellement l'air d'y tenir... Puis elle secoua imperceptiblement la tête et repoussa le verre.

– Madame Hoorps ! Que faire ? s'alarma Arnaud.

– Lady Laura, il faut être raisonnable et boire tout ce qu'il y a dans le verre, insista Mme Hoorps avec fermeté. Il le faut.

Lady Laura obtempéra aussitôt.

– Monsieur Arnaud, je vais avoir besoin de votre aide. Ah, si seulement Mme Higgins était là ! Y a-t-il un autre homme dans la maison ?

Arnaud ouvrait la bouche pour déplorer l'absence de Mortimer quand Daisie poussa un petit cri :

– Barty ! Il est revenu. Il fera tout pour vous aider, madame Hoorps.

Elle était déjà dans la cour. La rebouteuse approuva de la tête tout en plaçant des lames de bois et de longues bandes de tissu sur une chaise près du lit. Elle prépara une sorte de pansement blanc en l'enduisant d'une pommade dont l'odeur camphrée envahit toute la pièce.

– Il me faudra du cognac pour imbiber ça le moment venu ; ça servira à réduire l'enflure.

Pendant qu'Arnaud courait chercher le cognac, la rebouteuse reporta son attention sur le bras cassé. Si c'était pas malheureux de voir ça ! Un beau bras blanc comme celui-là. Et tout ça pour s'amuser à faire du cheval... Quelle pitié cette jeunesse de riche !

Arnaud lui tendit la bouteille d'alcool. Mme Hoorps la prit distraitement tout en s'adressant à la blessée :

– Alors, petite lady, comment ça va ? (Sans attendre la réponse, elle enchaîna :) Vous verrez, tout ira bien.

Puis au mari :

– Je vais vous montrer comment vous devrez vous y prendre. Venez de ce côté-ci. Asseyez-vous face à votre dame. Mettez-vous de façon à la prendre dans vos bras. Fermement, n'ayez pas peur de la serrer. Elle ne doit pas bouger. C'est bien compris ? Pas remuer du tout. Vous, lady, si vous voulez vous agripper, vous mettrez votre bras autour du cou de votre mari. Accrochez-vous où vous pourrez. A sa chemise, tiens. Très bien ! Nous sommes d'accord ? Vous ne lâcherez pas sa chemise ? Allons, allons, ne pleurez pas. Ce sera si vite terminé que vous ne le croirez pas.

Elle vit aux yeux alanguis de la jeune femme que le laudanum commençait à faire de l'effet. Arnaud le voyait également et regrettait de toute son âme qu'il ne lui soit pas permis d'en prendre, lui aussi.

– Daisie, viens ! Prends la main de lady Laura. Si tu ne veux pas regarder, tu fermes les yeux mais tu ne lâches pas. Tu ne tires pas non plus. Tu ne fais que tenir la main à bonne hauteur et fermement... Maintenant, à nous deux, Barty. Tu tiendras le bras à cette hauteur-là. Quand je te le dirai, tu tireras doucement. Je te guiderai jusqu'à ce que j'aie réussi à remettre l'os à sa place.

Aussitôt que chacun fut à l'endroit qui lui avait été désigné, Mme Hoorps respira à fond.

– Prêt ? Allons-y tout doucement.

Ce furent les derniers mots que Laura perçut avant qu'une douleur atroce ne s'emparât d'elle.

Serrée dans des bras qui tremblaient, elle entendait des cris sans réaliser que ces cris venaient d'elle.

– Arrêtez ! ordonna quelqu'un.

Elle cessa de se débattre dès qu'elle sentit qu'on la lâchait.

– C'est fini, ma chérie, haleta une voix près de son oreille.

– Hélas, non, dit Mme Hoorps. L'os n'est pas bien remis. Nous allons devoir recommencer...

Arnaud se leva, le col déchiré de sa chemise pendant dans son cou.

– Ah, ça non ! Vous ne recommencerez pas ! Vous ne ferez plus souffrir ma femme. Je ne le tolérerai pas. Votre incompétence est au-dessous de tout !

Il secouait la tête et son col semblait battre la mesure.

Blanche d'humiliation, la rebouteuse entreprit de ramasser ses instruments et de les fourrer bruyamment dans son cabas.

– Puisque je suis si mauvaise, allez donc chercher quelqu'un d'autre, répliqua-t-elle l'air résolu.

– Arnaud ! gémit Laura en le tirant faiblement par sa manche.

Personne n'entendit cet appel plaintif sauf l'interpellé qui retourna aussitôt s'asseoir sur le lit. Ses yeux gris plongés dans les yeux noyés de larmes de Laura contenaient tout le bouleversement qu'il ressentait à l'appel de son nom.

– Arnaud, par pitié. Ne la laissez pas partir. Je vous en supplie... Je ne veux pas rester infirme... Par pitié. Retenez-la !

Il hocha la tête. Dieu sait qu'il n'était pas enclin à s'humilier. Mais pour Laura, il aurait rampé aux pieds du diable.

Il se dirigea vers Mme Hoorps.

– Madame Hoorps, je vous présente mes excuses. Mes paroles ont dépassé ma pensée. Je ne supporte pas de voir souffrir ma femme, c'est plus fort que moi. Je ne sais plus où j'en suis. Pourtant, si quelqu'un ici peut se louer de vos services, c'est bien moi. Ma chère madame Hoorps, vous m'avez sauvé la vie. (Il s'aplatissait comme une crêpe.) De tout côté on vous qualifie de bienfaitrice. Aussi, je suis désolé de vous avoir froissée. Je vous en prie, restez, vous n'aurez pas affaire à un ingrat. Restez et soignez mon épouse. S'il vous plaît. Par pitié pour elle.

La mère Hoorps le voyait, le beau môssieur. Il ne faisait plus le faraud à présent ! Elle l'observa longuement, en s'efforçant de refouler un reliquat de rancune qui lui titillait l'amour-propre. Enfin, avec un gros soupir de résignation, elle ressortit ses bandes et ses onguents.

– Ah, merci, madame Hoorps ! Je vous en serai à jamais reconnaissant.

– C'est bon, coupa-t-elle, pressée de reprendre sa besogne. Mais sachez, mon petit monsieur, qu'il est très rare qu'on arrive à remettre une fracture du premier coup. Enfin, bref, j'accepte vos excuses et ne revenons plus là-dessus.

Tous les regards remplis de triste compassion se tournèrent vers la pauvre Laura. Celle-ci était en chemise sur son lit. En d'autres circonstances, aucun homme n'aurait été admis dans sa chambre mais il semblait qu'aujourd'hui la pudibonderie n'était pas de mise.

La mère Hoorps s'adressa à tous en frappant dans ses mains :

– Allez, on y va !

Chacun reprit sa place. Cependant, cette fois, dès qu'elle eut touché la fracture, Mme Hoorps vit Laura s'affaisser et sa tête partir en arrière.

– Elle s'évanouit, s'affola Arnaud.

– Tant mieux ! dit la rebouteuse avec un soupir de soulagement. C'est ce que j'espérais. Maintenant on peut y aller franchement.

Elle s'affaira d'autant mieux qu'on n'entendait plus un bruit. Elle n'eut pas à s'y reprendre car elle fut sûre cette fois que l'os fracturé était remis dans la bonne position. Elle posa le pansement après l'avoir imbibé de cognac et mit les attelles en place. Après quoi, elle enroula les bandes bien serré. Du poignet au coude, tout l'avant-bras blessé était complètement immobilisé.

– Voilà la petite lady qui se réveille, dit-elle dès que Laura ouvrit des yeux vitreux.

Un soupir de soulagement s'échappa de toutes les poitrines. Ce fut le moment choisi par Daisie pour se mettre à trembler et pour s'effondrer en larmes.

– C'est le contrecoup, dit Barty pour l'excuser. Je vais m'occuper d'elle.

Il l'emmena prendre l'air avec des « tss, tss, tss ! c'est fini, ma belle », suivis par les yeux goguenards de la mère Hoorps qui arborait un sourire satisfait.

Puis elle revint à la patiente.

– Ça va ? Répondez pas, reposez-vous. Hé, Monsieur Arnaud ? C'était quand même du beau travail, hein ? Malgré mon incompétence ?

– De l'art, madame Hoorps ! Je vous prie de nouveau d'excuser mon mouvement d'humeur. (Il se pencha vers Laura et demanda, l'air inquiet :) Est-ce que... est-ce normal que ma femme se soit endormie aussi vite ?

– Sûr que c'est normal. C'est le laudanum. Maintenant, votre lady va dormir comme un ange jusqu'à demain matin. Ça l'aidera à reprendre le dessus. Si elle souffre un peu, elle ne s'en apercevra pas. Voulez-vous me passer la bande, là, près de vous ? Merci.

Tout en enroulant la bande de toile, elle hochait la tête comme pour approuver ses propres paroles.

– Vous en faites pas, c'est pas mortel et le pire est passé. Ah ! Vous me faites rire. On voit bien que vous n'avez pas encore d'enfant. A ce sujet, laissez-moi vous prévenir qu'il ne faudra pas compter sur moi le jour où ça arrivera. Quand, comme vous, un mari est trop amoureux de sa femme, un accouchement dans la maison c'est la croix et la bannière. De plus, sans patience comme vous êtes, vous ne serez pas à prendre avec des pincettes. Alors, on est bien d'accord là-dessus ? Vos enfants seront mis au monde par qui vous voudrez mais pas par moi.

Troublé par ces paroles, Arnaud rétribua si largement la rebouteuse avant de la raccompagner que celle-ci lui promit de revenir le surlendemain afin de resserrer les bandes après la disparition de l'enflure.

– Merci, mon prince. Avec vous on prend des coups de gueule mais la rétribution est à l'avenant, dit-elle en faisant sauter dans sa main les pièces de monnaie de son pourboire royal.

Le lourd déhanchement de la mère Hoorps l'amena jusqu'au cabriolet qui l'attendait dans la cour. Elle se retourna pour adresser un geste d'appel à Barty qui vint lui prêter assistance en évitant soigneusement de quitter Daisie du regard.

Arnaud referma doucement la porte de la chambre

et demeura longtemps debout au pied du lit. Il ne pouvait s'empêcher de dévorer des yeux la jeune femme endormie. Son effroi se résorbait peu à peu et il recommençait à respirer, à vivre.

Une affreuse impression de culpabilité le submergeait et il réalisa que la vie sans Laura lui serait insupportable. Il l'aimait de toute son âme. A en mourir. Désespérément.

Elle l'attendait près de la porte de service, là où le mur faisait un coude. Il n'arrivait pas à détacher ses yeux de son visage captivant.

– Daisie, soupira-t-il en lui tendant une main pour l'attirer à lui.

Indécise, elle regarda à droite et à gauche avant de s'approcher. Il était bronzé. Ses yeux verts, par contraste, semblaient briller comme des émeraudes.

– Ma Daisie, je sais que c'est idiot mais je ne peux m'empêcher d'espérer qu'un jour peut-être je pourrai t'amener à m'aimer un peu.

Confuse, elle baissa les yeux sur le pavé de la cour. Finalement elle dit, à moitié résignée, à moitié par élan :

– Ne vous empêchez pas.

Il n'osait comprendre. Un long silence suivit qu'elle ne supporta pas plus longtemps. Sans lever les yeux, elle tourna les talons.

D'un bond, Barty fut auprès d'elle. La lumière avait eu du mal à se faire mais il avait enfin saisi.

– Attends ! Attends ! Est-ce que tu cherches à me dire que, peut-être ?...

Le visage de Daisie s'illumina.

– Pas peut-être, Barty. Sûrement. J'ai bien peur d'être tombée amoureuse de vous...

Un sourire ému sur les lèvres, Barty lui prit les mains, l'attira plus près de lui et resserra son étreinte.

– Daisie, oh... Je ne sais pas... Daisie ? Se peut-il ?

– Je ne le voulais à aucun prix. Pourtant voilà !

répondit-elle avec un haussement d'épaules résigné. Aujourd'hui, je ne peux plus le nier. Je vous aime.

– Ce n'est pas parce que je t'ai ramené ta lady ? Ne te crois pas obligée... Si c'est par reconnaissance...

– Je vous remercie d'avoir ramené ma lady, toutefois ce n'est pas pour ça. Je vous aime depuis longtemps. Mais vous avez connu tant d'autres femmes...

Il lui jeta un bref coup d'œil de reproche qui signifiait : « Ne recommence pas, veux-tu ? »

– Elles ne comptaient pas. Je te cherchais, ma chérie... C'était toi que j'attendais.

Daisie baissa la voix et, sans tenir compte de l'interruption, enchaîna :

– Moi, je ne sais rien de l'amour... Je craignais de paraître niaise à vos yeux.

– Tais-toi, ma Daisie. Souviens-toi plutôt du premier jour où nous nous sommes revus. Tu m'as affirmé que celui qui deviendrait ton mari serait heureux de te trouver vierge le soir de tes noces. Ne rougis pas, mon beau bébé, tu avais mille fois raison. J'en serai le plus fier et le plus heureux des hommes. Si toutefois tu acceptes de m'épouser.

Ils restèrent les yeux dans les yeux pendant un interminable moment. Puis, lentement, presque en hésitant, Barty posa ses lèvres sur celles de Daisie en une caresse, légère d'abord, puis exigeante. Sournoisement, ce baiser poussa Daisie à se serrer plus près de Barty, à lui glisser la main dans l'épaisseur de ses cheveux, à l'attirer tout contre son corps.

Le souffle court, il se redressa avant d'enfouir le nez dans son chignon.

– Chérie... Il faut que je t'avoue quelque chose... Quand j'étais si désespéré par ton refus, quand je craignais que tu ne veuilles jamais de moi, j'ai fait un vœu. J'ai promis à saint Bartholomew, mon saint patron, que je ne te toucherais pas avant le soir de nos noces... Tu comprends ce que je veux dire ? J'attendrai que tu sois ma femme avant de te...

Elle se serra un peu plus contre lui, incapable de s'arracher à son étreinte.

– Moi, je n'ai rien promis, protesta-t-elle en soulevant la tête de la solide épaule de Barty.

– Mon petit cœur, rompre un vœu porte malheur. Je veux que nous soyons heureux tous les deux. Mais j'aurai besoin de ton aide pour rester sage. C'est pourquoi je te demande de te déplacer un peu... Du moins à une distance acceptable.

Daisie ouvrit de grands yeux. La chaleur qui émanait de lui n'avait pas besoin de commentaire. Comprenant tout à coup de quoi il était question, elle recula aussitôt.

– Vous avez raison, il n'est pas recommandé de rompre un vœu, balbutia-t-elle, profondément troublée.

Privée de la douceur de l'étreinte chaleureuse, elle avait l'impression que le soleil venait de se coucher. Cette place était la sienne, Daisie en était sûre à présent.

Il passa un bras autour de ses épaules et la serra tendrement contre lui en lui reprochant gentiment :

– Une distance acceptable, Daisie, pas au bout du monde. Maintenant, dis-moi, ma toute chérie, quand ? Ne tardons pas à nous marier parce que ne pas te toucher sera au-dessus de mes forces. Je ne le supporterai pas longtemps avant de devenir dingue.

Elle nicha sa tête au creux de son cou.

– Lady Laura retourne à Londres le 1er octobre. Patientez jusqu'à cette date.

– Huit semaines ! s'étrangla Barty. Tu veux me rendre complètement fou ?

Daisie le considéra longuement d'un air attendri.

– Le temps passera vite, vous verrez. Nous serons deux à attendre.

Eperdus, ils se dévisagèrent, les yeux dans les yeux, si bouleversés qu'un même frémissement les agitait.

– Je ne peux le croire, ma Daisie. J'ai peur de me réveiller en découvrant que ce n'était qu'un rêve. J'ai si souvent rêvé un moment comme celui-ci. Pincemoi, mon petit cœur, et si ce n'est qu'un songe, que je me réveille tout de suite.

Elle s'approcha de lui mais plutôt que de le pincer, elle noua les bras autour de sa taille puis, dressée sur la pointe des pieds, elle lui releva une boucle de cheveux qui lui barrait le front avant de lui mordiller les lèvres.

– Oh, mon petit cœur, ce n'est pas très fair-play, gémit Barty. Huit semaines... Jamais je résisterai si longtemps...

– Je vous aiderai. Que diriez-vous si vous étiez à la place de Monsieur Arnaud ? Je ne sais pas si vous vous en êtes rendu compte mais il est fou amoureux de lady Laura.

– De quoi le plaignons-nous ? Il est déjà marié lui. Il a plus de chance que moi.

– Détrompez-vous. Il n'a pas la moindre chance. Demoiselle Laura ne peut souffrir qu'un homme la touche. C'est autant moral que physique. Il lui est arrivé un malheur, il y a de ça quatre ans, et depuis elle ne réagit plus comme une femme normale.

Daisie se tut, consciente de ne pouvoir en dévoiler davantage. Ce secret ne lui appartenait pas. Aussi fut-elle très étonnée d'entendre Barty lui révéler qu'il était un peu responsable de cette triste affaire. Il lui expliqua l'histoire de la cabane où, gamins, ils jouaient, Arnaud et lui. Avec la suite du récit, Daisie apprit pourquoi Agnès apparaissait dans les cauchemars de sa lady.

– Je m'en suis souvent mordu les doigts. Je m'en voulais tellement d'avoir causé du tort à Arnaud. Pas un cheveu de ma tête ne me reprochait ce que lady Laura avait subi. Je n'ai appris que tout récemment qu'elle avait été bien éprouvée, elle aussi. Autant qu'Arnaud peut-être.

– Monsieur Arnaud ! Ah, ah ! Laissez-moi rire. Une broutille à côté des misères supportées par ma pauvre Demoiselle ! Si je vous disais... Un soir de l'année dernière, Demoiselle était en robe du soir, les épaules découvertes. Un jeune homme épris d'elle a profité de l'ombre d'un escalier pour poser un baiser sur l'épaule nue de Demoiselle. Elle en a été malade. Comme je vous le dis ! Elle tremblait comme une feuille et elle avait complètement perdu la voix, comme ça lui arrive chaque fois qu'elle est effrayée. J'ai bien cru qu'elle allait tomber en pâmoison. Pauvre Demoiselle, elle fait des cauchemars épouvantables. Monsieur Arnaud a très mal agi avec ma lady, ça on peut le dire. Aussi ne croyez pas qu'elle va partir avant la date fixée en risquant de compromettre l'annulation de son mariage. Elle a trop envie d'être débarrassée d'un époux aussi mal embouché. Et Monsieur Arnaud ne récoltera que ce qu'il a semé et mérité. Vous voyez, malgré le temps qu'il vous faudra patienter, vous avez plus de chance que lui.

Elle poursuivit, le regardant au fond des yeux avec un sourire enjôleur :

– Prenons notre mal en patience, mon chéri. Huit semaines, ce n'est pas la mer à boire.

Le mot tendre fut comme une caresse et toucha en lui une corde sensible.

– D'accord, mais à une condition, exigea-t-il en lissant la mèche blonde qui s'était échappée de son chignon. Ne me vouvoie plus, ma chatte. Quand on aime comme je t'aime, c'est trop dur à supporter.

Au moment où la fébrilité le gagnait, la porte s'ouvrit lentement et Daisie glissa à pas feutrés dans la chambre obscurcie par les rideaux tirés.

– Enfin, te voilà revenue ! chuchota Arnaud.

Daisie sursauta, étouffant de la main un cri d'effroi.

– Monsieur ! Vous m'avez fait une de ces peurs ! (Elle respira bruyamment.) Monsieur, Barty désirerait vous parler au sujet de l'accident...

– Ce n'est pas le moment, s'emporta Arnaud avant de se ressaisir. D'ailleurs, je ne peux pas bouger d'ici.

– Vous pouvez partir tranquille, Monsieur. Je ne laisserai pas ma lady. Je vais ranger la chambre. Je ne quitterai pas lady Laura des yeux. Pas une seconde.

Il se contenta de hocher la tête, plus absorbé par le sommeil de Laura que par la conversation.

– Ne sors pas de cette pièce jusqu'à mon retour !

Son ton autoritaire n'appelait aucun commentaire. Agenouillée près du lit, Daisie ramassait tout ce que Mme Hoorps avait laissé tomber : morceaux de pansement, boules de charpie et les déchets de bois provenant des éclisses que Barty avait retaillées.

Laura soupira sans se réveiller. Immobile, près de la porte, Arnaud ne se lassait pas de la contempler. Elle avait l'air si vulnérable. Des griffures sur sa joue faisaient ressortir la pâleur de son teint.

– Ne la laisse pas seule un instant. Je te la confie.

Voyant que Daisie restait silencieuse, il insista :

– Daisie ! Je peux compter sur toi, n'est-ce pas ?

– Bien entendu, Monsieur, acquiesça-t-elle avec ferveur.

Barty emmena Arnaud jusqu'à l'écurie. Dès qu'ils entrèrent, Azor commença à s'agiter, impatient de montrer à son maître qu'il le reconnaissait.

– Oui, mon garçon, flatta Barty avec une tape affectueuse sur la puissante encolure de l'étalon. Il recherche une caresse, ajouta-t-il à l'attention d'Arnaud.

– Tu es bien gentil, Azor, mais ce n'est pas le moment... Alors, Barty, que signifie ce mystère ?

– Viens d'abord voir ça.

Dans le box habituellement occupé par le hongre gris, Barty ramassa une pincée de poudre noirâtre.

– A ton avis, qu'est-ce que c'est ?

Arnaud s'approcha, se pencha sur la main tendue de Barty, scruta la poudre puis le foin et enfin secoua la tête en signe d'ignorance.

– Tu ne vois pas ? Eh bien, je vais te le dire. C'est une saleté, un toxique très dangereux.

– Du poison ?

Arnaud était stupéfait à l'idée que quelqu'un pût vouloir du mal à ce beau petit cheval.

– Du poison ! Oui, oh, pas foudroyant. Il donne d'affreuses coliques. Andrew ne s'en serait pas sorti tout seul, je t'assure qu'on n'était pas trop de deux pour le sauver. Mais, il y a pire. Si tu veux m'accompagner à la sellerie, je vais te montrer quelque chose. C'est difficile à croire... J'ai retiré le harnachement de Circé. (Barty poussa un énorme soupir.) Quand la selle et le tapis de selle ont été enlevés, j'ai compris tout de suite ce qui avait affolé la jument : des épines lui lacéraient le dos, enfoncées profondément dans la chair. Regarde.

Ils s'accroupirent et Barty ramassa de longues épines.

– Vois par toi-même. Pas étonnant que Circé se soit emballée.

– Andrew ! murmura Arnaud.

Il se remit debout, saisi soudain d'une si grande colère que, pendant un instant, il en suffoqua.

– Andrew ! hurla-t-il.

– Non, Arnaud. Non. Andrew n'y est pour rien. Je ne lui en ai même pas parlé. Ce matin, il a sellé Circé. Puis, comme tous les jours, il l'a attachée derrière l'écurie. Circé est ombrageuse... Etait ombrageuse, se reprit-il. (Il leva des yeux mélancoliques sur Arnaud avant de se redresser.) Le bruit de ses sabots sur les pavés la rendait nerveuse. C'est pourquoi Andrew la laissait toujours à cet endroit herbeux. Andrew est un garçon un peu lent mais il s'y entend avec les bêtes. Ce matin, occupés tous les deux comme nous l'étions avec le hongre malade, n'importe qui aurait pu s'approcher de Circé et placer des épines sous le tapis de selle, nous n'aurions rien vu.

Arnaud ne voyait pas du tout où Barty voulait en venir.

– Qui pourrait en avoir après nos chevaux ?

– Tes chevaux ? Est-ce bien tes chevaux qui étaient visés ? Je suis loin d'en être sûr. Et si c'était à lady Laura qu'on en voulait ? L'affaire me semble bien menée. D'abord on mobilise Andrew avec une bête qu'on a volontairement rendue malade et puis on s'occupe de Circé.

Malgré l'assurance têtue de Barty, Arnaud n'en croyait visiblement pas ses oreilles.

– Tu es fou, mon pauvre Barty ! Qui ? Dis-moi qui s'en prendrait à Laura ? Elle n'a jamais fait de mal à personne. Ici, tout le monde l'adore. Alors, donne-moi un mobile plausible.

Il résistait mal à l'envie de secouer son frère de lait.

– Bonté divine ! Tu trouves que je n'ai pas assez de tracas avec ma femme blessée, sans essayer de me mettre des idées pernicieuses dans la tête ?

Ce Barty était un bœuf ! Voyons, il fallait être fou pour penser que quelqu'un aurait le cœur d'attenter à la vie de Laura ! Mais cela ne servirait à rien de discuter avec cet âne bâté. Arnaud avait l'impression de s'être engagé dans un long tunnel dont il n'avait pas l'énergie de sortir.

Du fond de l'écurie, un hennissement sonore les tira de leurs sombres pensées. Soucieux de calmer l'anxiété de son compagnon de jeunesse, Barty admit que ces idées n'étaient peut-être que le contrecoup des émotions subies au cours de la journée. Qu'en définitive, il n'était sûr de rien et que le mieux serait encore de n'en souffler mot à quiconque et surtout pas à lady Laura.

– Tu étais moins imaginatif autrefois, finit par répondre Arnaud.

Du soulagement perçait dans sa voix. Barty reconnut qu'il était possible que son imagination se mette à lui jouer des tours.

Cependant, personne ne lui ôterait de la tête qu'on avait voulu atteindre lady Laura et que ce n'était peut-être pas fini.

17

Pendant l'après-midi, la soirée et une bonne partie de la nuit, Laura, le visage tourné vers la fenêtre, avait reposé calmement.

Peu avant l'aube, elle s'était mise à geindre en essayant de bouger son bras blessé. Le laudanum n'avait pas fini de faire son effet et tendait à la maintenir dans un état de semi-inconscience.

A travers sa torpeur, elle cherchait à se retourner sur le côté et sa tête roulait sur l'oreiller.

Malgré ses sens émoussés, Laura se rendait compte que quelqu'un la tenait afin de la contraindre à l'immobilité.

Les jambes allongées, la tête calée contre le haut dossier d'un fauteuil, Arnaud regardait sa femme en lui tenant fermement la main. Son corps était au repos mais son esprit travaillait intensément. Quelque chose s'était réveillé au fond de son être ; une émotion qu'il croyait ne jamais ressentir. S'il en avait eu conscience avant ce jour, il l'aurait énergiquement combattue en se persuadant qu'il était bien armé contre ce genre de faiblesse.

Laura tenta une fois de plus de dégager sa main. Arnaud fut submergé par une vague de tendresse si puissante qu'il en fut comme étourdi. Alors, il accepta sa défaite et cessa de se chercher des raisons. Puisqu'il avait été assez fou pour tomber éperdument amoureux de Laura, puisqu'il lui était impossible d'envisager un avenir d'où elle serait exclue, il s'avouait vaincu et déposait les armes.

Depuis quand l'aimait-il ? Peut-être depuis le soir du bal de l'ambassade. Dans le jour qui pointait timidement à travers les doubles rideaux, il sourit en se remémorant son propre dépit lorsqu'elle avait osé le défier. Oui, c'était bien ce soir-là que Laura avait mis le feu à son âme. A sa mémoire. Car il se rappelait tout. La somptueuse robe de bal. Blanche avec des guirlandes et des petits bouquets de fleurs roses. De même qu'il n'oublierait jamais le sentiment de fureur et de jalousie qu'il ressentait envers quiconque s'approchait d'elle.

Il l'avait combattue de toutes ses forces. Et maintenant, il restait là, tremblant de lui faire mal, souffrant de sa souffrance.

« Je t'aime, Laura. Tu as gagné, mon amour. »

Elle fit un grand effort pour fixer la forme blottie dans le fauteuil, cherchant sur son visage les traits de l'homme qu'elle connaissait. Elle les retrouvait vaguement malgré la pénombre et la barbe naissante qui bleuissait son menton.

Que les saints nous protègent ! C'était l'Ogre ! Laura ne l'avait jamais vu aussi immobile, cela ravivait ses craintes. Que faisait cet homme auprès de son lit ?

Sa femme de chambre entra dans la pièce et entrouvrit les rideaux. Elle vint se pencher sur le lit.

– Demoiselle, appela-t-elle tout bas.

Laura fit un signe affirmatif, son regard se posa sur l'Ogre endormi avant de fixer, interrogateur, les yeux de Daisie.

– Oui, Demoiselle, c'est bien Monsieur Arnaud. Il ne vous a pas quittée depuis hier.

Les lèvres de Laura s'arrondirent. « Oh ! » fit-elle silencieusement. Puis elle chuchota d'une voix à peine perceptible :

– Tu m'as laissée seule avec lui ?

Daisie fit une moue apaisante et secoua la tête.

Cette fois, Laura réfléchit longuement avant de hausser des épaules fatalistes.

– Daisie, j'ai besoin de m'isoler un petit moment. Peux-tu m'aider ? (Elle tapota le bras de Daisie et donna un coup de menton vers le fauteuil.) Après l'avoir fait sortir, naturellement.

– Ne bougez pas, Demoiselle, ordonna-t-elle en la repoussant doucement sur l'oreiller. Vous pourriez vous faire mal. Aussi longtemps que vous ne remuerez pas vous ne sentirez aucune douleur. Restez bien tranquille, je vais chercher Lucy. A nous deux, nous aurons vite fait de vous lever.

Sur ce, elle s'en alla après avoir lancé à voix haute par-dessus son épaule :

– Monsieur Arnaud ! Monsieur ! Réveillez-vous, s'il vous plaît.

Il lui semblait qu'il venait tout juste de s'assoupir quand une voix, venant de la porte, le mit en alerte. Il se redressa tout ankylosé. Laura !

Elle était couchée tranquillement dans son lit. Il vit qu'elle avait les yeux ouverts. Il s'empressa :

– Vous êtes réveillée. Comment allez-vous ? Ah, Laura, quelle peur vous nous avez faite ! Quand je vous ai vue dans ce fossé... Bon Dieu, j'ai cru... !

Il s'interrompit en voyant ses traits se crisper et ses yeux s'agrandir. Il venait de perdre une belle occasion de se taire.

– Circé... murmura-t-elle. Circé...

Les souvenirs revenaient en foule et s'enchevêtraient dans sa tête en un chaos indescriptible.

Arnaud ouvrit plusieurs fois la bouche mais les mots ne voulaient pas sortir. Finalement, il vint se mettre à genoux près de la tête du lit pour être à la hauteur de la jeune femme qui se souleva légèrement de l'oreiller, les dents serrées pour empêcher sa mâchoire de trembler.

– Barty s'est occupé d'elle... Elle n'a pas souffert.

Laura secoua la tête, accablée.

– Oh si, elle a souffert ! Pendant des heures... Et je ne pouvais rien faire pour elle.

Elle renversa la tête en arrière et les larmes inondèrent son visage.

– C'est ma faute... Je n'ai pas su la tenir... C'est ma faute.

– Non, Laura. Non, ce n'est pas vous, c'est...

Il se tut subitement. Il ne pouvait rien dire, ne le voulait pas non plus. La pauvre enfant était suffisamment abattue comme ça. Inutile de l'alarmer en lui faisant part de ces indices. Son devoir lui recommandait de lui épargner toute frayeur. Il devrait se montrer prudent sans pour autant l'affoler. D'ailleurs, il ne la quitterait pas un instant jusqu'à ce que cette histoire fût éclaircie. Que les soupçons de Barty fussent fondés ou non.

– Mon pauvre petit cœur, séchez vos larmes et regardez-moi. Je vous certifie que vous n'y êtes pour rien. Barty vous dira tout comme moi qu'un homme dix fois plus fort que vous ne serait pas parvenu à l'arrêter.

Elle sanglotait à petit bruit.

– C'est ma faute. Tout est toujours ma faute. Je le sais. Ma mère ne cessait de me le répéter...

Maudite Clarisse Stanton ! Arnaud souhaita de toutes ses forces que cette mégère fût encore en vie pour avoir le plaisir de l'étrangler.

– Je vous assure que vous ne pouviez rien faire... (Il lui tapotait la main, prêt à faire marche arrière pour peu qu'elle le repoussât.) Laura, je suis profondément navré de votre peine. Je sais ce que c'est que d'être attaché à un cheval et de le perdre. J'ai connu cette douleur moi aussi. Tout comme vous, je me suis senti coupable. Après être passé par là, je puis bien vous le dire. Vous n'oublierez pas Circé mais, avec le temps, votre chagrin s'allégera.

Frottant ses yeux rouges, Laura fit un signe de tête accablé.

L'Ogre avait éprouvé du chagrin pour un cheval ? Il n'était pas totalement insensible ?

– Je vous remercie, monsieur, gémit-elle, se sentant tout à fait pitoyable.

Quand, enfin, les deux femmes de chambre entrèrent dans la pièce, Laura eut l'impression de revivre. Daisie semblait prendre les choses en main.

– Si vous le permettez, Monsieur, je vous dirai que vous avez l'air un peu fatigué. Vous devriez aller vous reposer. Et lady Laura aimerait bien un peu de solitude.

Il allait refuser tout net de sortir quand il vit Laura fermer les yeux et poser la tête sur l'oreiller de façon à lui dérober son visage. Elle espérait si ardemment qu'il la laissât en paix que la vérité se fit jour dans son esprit.

– Avec votre permission, madame, je vais me retirer. Je reviendrai tout à l'heure.

Elle eut un geste de la main comme si elle l'envoyait au diable.

Les jours suivants, la bonne volonté empressée d'Arnaud ne fit que s'aggraver. Il n'existait aucun moyen de modérer son zèle, tous les efforts de sa jeune femme étaient réduits à néant. A peine réussissait-elle à préserver les quelques précieux instants de solitude indispensables à tout être humain.

Arnaud ne la quittait que pour la nuit, à contrecœur. Chaque soir, il s'accrochait à elle et ne consentait à la lâcher qu'une fois mise au lit et bordée par ses soins. Après s'être assuré que Daisie ne bougerait pas du boudoir où elle était en mesure d'entendre la voix de sa maîtresse.

En rentrant dans sa chambre, Arnaud se postait derrière la porte, attendant vainement un appel de Laura. Il tendait l'oreille aux chuchotements de la pièce d'à côté. Jaloux des heures que Laura passait hors de sa présence, craignant par-dessus tout de ne plus lui être indispensable.

Bien après que tous les bruits se furent tus dans la chambre, Arnaud quittait son poste et se couchait. Dans le noir, ressassant tous les moments de la journée écoulée, il se donnait des raisons d'espérer.

N'était-ce pas vers lui que Laura se tournait dès qu'une aide lui était nécessaire ? Qui cherchait-elle du regard ? Lui, son mari !

L'état de Laura s'améliora rapidement. Plusieurs fois par jour, Arnaud la soulevait pour la porter jusqu'à sa chaise longue sur la terrasse, le bras valide de la jeune femme autour de son cou. Mais s'il tentait de lui parler à l'oreille, elle détournait la tête et refusait de lui répondre, gênée de le sentir si proche.

Quatre jours après l'accident, par un après-midi radieux, tante Marjorie vint leur rendre visite en compagnie de Mgr Wesley. Amis de jeunesse, ils venaient de conserve prendre des nouvelles de la chère, très chère enfant.

Avec un roucoulement du plus bel effet, lady Marjorie se pencha sur la chaise longue et gémit de sa voix distinguée :

– Pauvre chérie ! Ma pauvre, pauvre chérie !

Arnaud s'approcha aussitôt, soucieux de couper court à toute manifestation d'accaparement de cette tante qui semblait bien abusive. Si lady Wharton avait le projet d'emmener Laura avec elle ou de s'installer à demeure, elle n'allait pas tarder à déchanter. Laura était à lui. Lui seul avait le droit de veiller sur elle. Si les yeux d'Arnaud avaient été des pistolets, lady Wharton ne serait pas sortie vivante de la gentilhommière. Elle s'en aperçut et rendit coup d'œil assassin pour coup d'œil assassin. S'il la cherchait, ce béjaune, il la trouverait !

Finalement, elle laissa le jeune Willier pour ce qu'il était à ses yeux : un caractériel emporté et revêche.

Avec l'élégance qui marquait chacun de ses gestes, lady Wharton enleva ses gants et les posa délicatement sur une petite table de terrasse.

Soudain, elle se figea. En apercevant le pied bandé installé sur un tabouret, son visage prit un air de reproche.

– Le pied aussi ? Personne ne m'en a informée, s'insurgea-t-elle sur un ton indigné.

– Deux fois rien, ma tante, je vous assure. Une petite entorse de rien du tout.

– Voyez-vous ça ! Une entorse, rien qu'une entorse ! Petite malheureuse, on peut dire que tu t'es mise dans un bel état. Et tout cela par rage de se promener à cheval. (Elle se frappa la poitrine du bout des doigts.) Est-ce que je me promène à cheval, moi ?

– Je vous en prie, chère tante. Je vous en prie. Je me reproche déjà tellement de choses, l'interrompit Laura d'une voix pressante.

Lady Wharton comprit à la vigueur de la prière que sa remarque l'avait touchée.

– Pardonne-moi, ma chérie. Nous avons tous été très secoués par ton accident et, pour ne rien te cacher, je suis encore terriblement bouleversée. Allons ! En attendant le thé, raconte-moi ce qui s'est réellement passé.

Tante Marjorie accepta la main tendue de sa nièce avant de prendre place sur la chaise que Laura lui désignait.

Inconscient du remue-ménage que sa présence suscitait parmi le personnel, Mgr Wesley traversa lentement le hall après avoir salué les domestiques assemblés. Il échangea quelques mots avec Mme Higgins puis se rendit sur la terrasse pour embrasser sa chère cousine Laura.

– Très chère enfant, que de soucis vous nous avez donnés. Il me restait quelques cheveux, ils sont devenus blancs.

Il éclata d'un rire sincère, un rire d'honnête homme qui se moque gentiment de lui-même.

Abandonnant Laura dans un état d'expectative, le regard de l'évêque tomba sur Arnaud qui se tenait en sentinelle à côté de sa femme, veillant sur elle comme sur un trésor.

– Ah, mon bien cher cousin ! Quelle frayeur a dû être la vôtre ! Heureusement, Dieu dans sa bonté nous a donné la force de supporter...

Prolixe par vocation, l'évêque de St. Paul parla

durant une petite demi-heure, empêchant tout le monde de se détendre.

Arnaud ne lui coupa pas franchement la parole mais profita de ce que l'évêque reprenait son souffle pour lui proposer de venir voir les chevaux.

Pas besoin d'être grand clerc pour comprendre que le jeune cousin souhaitait un entretien en tête à tête ; aussi le prélat s'empressa-t-il d'approuver la proposition.

– Eh bien, Arnaud ? demanda-t-il dès qu'ils furent hors de portée des oreilles indiscrètes.

Arnaud raconta : ce qui s'était passé, les événements et leurs suites. Puis il passa à la découverte des épines et, de là, aux conclusions de Barty.

Au fur et à mesure du récit, Mgr Wesley perdit son air distrait. Son visage arbora soudain une expression consternée.

– Que l'on s'en prenne à vos chevaux est déjà un fait inquiétant. Mais si, comme le suppose votre chef palefrenier, Laura était visée par l'attentat, c'est à prendre en considération. Eventuellement, les termes de l'épreuve pourraient être modifiés. Nous devrions même envisager d'y mettre fin.

Alors qu'il attendait des paroles de réconfort, ce vieil hibou venait lui dire qu'il serait plus prudent que le séjour se termine avant l'heure ! Ebranlé par tant de désinvolture, Arnaud protesta haut et clair.

– Monseigneur, vous ne tenez compte que du point de vue de Barty avec lequel je ne suis pas entièrement d'accord. Personnellement, je pense qu'il s'agit d'un acte de malveillance ne visant que les chevaux. Qui d'ailleurs voudrait du mal à Laura ? Mon cousin, dites-moi qui aurait intérêt à faire disparaître Laura ?

– Mais vous, Arnaud !

Il poussa un cri d'indignation.

– Moi ! Comment... comment pouvez-vous supposer un instant... ?

Sa voix montrait tant de véhémence que l'évêque

crut bon d'intervenir avant qu'Arnaud ne s'affaisse victime d'un coup de sang.

– Allons, allons, calmez-vous, mon garçon. Calmez-vous.

Dans un geste conciliateur, il prit le jeune homme par les épaules.

– Ne montez pas sur vos grands chevaux. Je n'ai fait que répondre à votre question. Si Laura venait à disparaître, à Dieu ne plaise, vous seriez son héritier. Vous êtes encore son mari, mon cousin.

– Ah, mon Dieu ! murmura Arnaud en se dégageant du bras qui l'entourait. Je ne voyais pas l'affaire sous cet angle. Que faire ? Je ne veux pas être l'héritier de Laura. Débrouillez-vous comme vous voulez, je n'accepte pas d'être l'héritier de Laura. Je veux... qu'il ne lui arrive rien... Vous avez raison. Nous devons quitter cet endroit. Nous séparer, Laura et moi. Aussi pénible que ce soit, je préfère la séparation au risque de la perdre.

D'un geste onctueux, le prélat se caressa la tête.

– C'est à moi qu'il appartient de décider si vous devez rester ou non. Vous voulez aider Laura, n'est-ce pas, cousin ? ajouta-t-il devant l'air morose de ce dernier.

Comme son interlocuteur ne répondait pas, l'évêque lui secoua le bras.

– Seriez-vous épris de votre épouse ?

Devant le signe affirmatif d'Arnaud, Mgr Wesley hocha la tête de manière discrète.

– Amoureux de Laura... Savez-vous que tous mes efforts tendaient vers ce but ?

Arnaud n'écoutait pas le chuintement qui glissait des lèvres de l'éternel phraseur. Il repensait à ce qu'il venait de lui avouer.

– Vous voilà donc forcé de tenir compagnie à une jeune femme ravissante dont vous êtes épris, continuait le bavard en haussant la voix, arrachant Arnaud à ses réflexions.

– Votre tendre sentiment serait-il partagé ? Laura de son côté... ?

Il paraissait transporté par cette éventualité, jusqu'à ce qu'Arnaud refroidisse son enthousiasme.

– Pas le moins du monde. Si vous vous en souvenez, lors de notre visite à l'évêché, Laura vous avait fait part de son inclination pour le jeune Richard Hartley...

– Laura avait en effet laissé entendre qu'après l'annulation il n'était pas impossible qu'elle envisage un remariage. Mais il n'a jamais été question de Richard Hartley que je connais très bien et auquel je suis apparenté.

Apparenté ! Existait-il une famille à laquelle ce vieux chauve ne fût pas apparenté ?

– Pour ne rien vous cacher, Monseigneur, ce jeune homme est venu rendre visite à Laura, il y a trois semaines...

– Et alors ? Que me chantez-vous là, mon jeune cousin ? Dickie ? Ses parents ont en vue une jeune demoiselle qui, paraît-il, lui plaît bien.

Pris au dépourvu, Arnaud tout d'abord refusa purement et simplement d'accorder foi à cette nouvelle. C'était si inespéré ! Beaucoup trop beau pour être vrai. Lorsque, incrédule, il secoua la tête, l'évêque qui l'observait attentivement lui répondit par un signe affirmatif.

– Laura le sait-elle ?

Arnaud vit une lueur s'allumer dans les yeux rusés de Monseigneur.

– Bien sûr ! Laura rencontre souvent lady Wharton qui, ne le répétez pas, remplacerait avantageusement le crieur public pour ce qui est des annonces. Qui sait si le jeune Dickie ne l'a pas annoncé lui-même à Laura ?

Dickie était un sujet brûlant qu'il valait mieux laisser de côté. Aussi, Arnaud ne trouva rien à répondre et, après une seconde d'hésitation, finit par esquisser un hochement de tête peu enthousiaste.

– Mon cousin, cela ne résoud pas le problème. Qu'avez-vous décidé pour notre séjour ?

Après un geste de reddition des deux mains, l'évêque prit le bras d'Arnaud.

– Tout compte fait, personne ne partira. Vous êtes sous ma protection, je le ferai savoir à tous et on vous laissera en paix. Un homme sera engagé pour effectuer des rondes de nuit. En résumé : vous veillerez sur Laura, je veillerai sur vous deux.

En faisant ses adieux, Mgr Wesley déploya tout son charme. Tandis que tante Marjorie, enchantée de son après-midi, embrassait Laura, celle-ci affirma joyeusement :

– A très bientôt, ma chère tante. Dès le 1er octobre, je serai de retour. Que cela va me sembler bon de retrouver votre maison ! J'ai hâte. Si vous saviez comme le temps me dure !

Incapable de s'en empêcher, Arnaud lui jeta un long et douloureux regard, enfouissant dans son cœur la peine que ces paroles suscitaient en lui.

Le lendemain, après mille recommandations sur les soins et attentions qu'exigeait l'état de Laura, Arnaud prit le chemin de Penton Hook pour une inspection qu'il ne pouvait remettre. Il lui fallut deux heures pour atteindre son nouveau domaine. Son arrivée au manoir déclencha une grande effervescence parmi les artisans et ouvriers qui remettaient la bâtisse à neuf. Différents problèmes les opposaient les uns aux autres et tous demandaient la priorité absolue. Après plus d'une heure d'explications, où Arnaud dut donner de la voix pour rendre à chacun la place qui lui était assignée, le calme revint et tous se mirent à l'ouvrage.

Le soleil de midi baignait la campagne d'une chaleur estivale. Soudain pressé de retrouver Laura, Arnaud se remit en selle.

L'atmosphère lui parut irrespirable. Chemin faisant, il houspilla Azor qui, mécontent de cette impétuosité inhabituelle, dressait l'oreille au moindre geste brusque de son maître.

Plus le temps passait, plus Arnaud redoutait un drame à la gentilhommière. Assailli par des pensées débilitantes, il fit galoper son étalon. Vite ! Il lui fallait rejoindre Laura au plus vite !

Quand, au milieu de l'après-midi, il atteignit la maison de l'évêque, il s'attendait à retrouver Laura à l'agonie. La vision de sa femme assise sur la terrasse, à l'ombre, lui procura une ineffable détente, bien que la terrible appréhension qui lui tordait l'estomac ne se fût pas effacée.

Du coup, toutes les réflexions qu'il avait repoussées pendant le trajet du retour lui revinrent à l'esprit. Les paroles prononcées par Laura lui taraudèrent l'âme une fois de plus. Ainsi, elle attendait avec impatience le moment de quitter la maison. Leur maison. Le seul endroit où ils avaient vécu ensemble.

Elle semblait pourtant heureuse ici.

Suant et poussiéreux, il se présenta devant elle. Laura posa le livre qu'elle tenait à la main pour l'accueillir avec sa réserve coutumière. Il avait beau l'observer, rien dans son comportement n'indiquait que leur séparation lui serait agréable ou non.

Il essaya de déchiffrer son humeur en remontant l'oreiller qui avait glissé dans son dos tandis qu'elle se redressait sur la chaise longue.

Déboutonnant sa veste, il en sortit un écrin qu'il avait pris dans une de ses malles à Penton Hook et le tendit à la jeune femme.

Stupéfaite, elle examina d'abord l'écrin puis Arnaud. Celui-ci lui jeta un regard inquiet. Allait-elle refuser ?

– Je l'avais sur moi, c'est pourquoi je suis venu directement, dit-il sur un ton d'excuse en montrant ses vêtements gris de poussière.

Elle lui lança un coup d'œil méfiant, prit l'objet et souleva le couvercle. Dans l'écrin, posé sur un fond de velours rouge fané, se trouvait un collier de forme ouvragée et ancienne.

– Acceptez ce bijou, implora-t-il en la fixant avec intensité.

– Non. Je ne veux rien de vous. Dans sept semaines nous nous retrouverons au milieu de notre famille, dans notre cadre habituel. Vous, chez vous. Moi, chez moi. A quoi bon les cadeaux ? Reprenez-le, et donnez-le à votre maîtresse.

Arnaud marmonna quelques jurons, tourna les talons et alla se poster près de la porte-fenêtre en attendant que sa rogne se calme.

Après avoir respiré à fond, il revint sur ses pas. Arrivé à la hauteur de Laura, il s'accroupit auprès d'elle.

– Ce collier appartenait à ma mère qui le destinait à celle qui deviendrait ma femme. J'aurais dû vous le remettre plus tôt. Je vous en prie, Laura. En souvenir de ma mère, gardez-le.

Présenté comme ça, évidemment, c'était difficile de refuser.

Elle accepta également de mettre sa main dans celle qu'Arnaud lui tendait. Il la garda dans la sienne plus longuement qu'elle ne l'eût souhaité.

– Laura, regardez-moi un peu. Vous me semblez bien désemparée. Que se passe-t-il, ma douce ?

Elle hésita un long moment, puis :

– Daisie me quitte, dit-elle d'une petite voix. Aussitôt que je serai rentrée chez ma tante, Daisie se mariera.

– Avec Barty ? (Laura hocha la tête.) Elle a quand même accepté de l'épouser ! Qu'il doit être heureux !

– Barty, ironisa la jeune femme. Ce coureur de filles !

Arnaud se hâta de la raisonner sans lui laisser le temps d'exprimer son opinion.

– Oh, il a bien changé, croyez-moi ! Si vous saviez à quel point il est amoureux de Daisie. C'est la première fois qu'il aime vraiment une femme.

– Je vois, riposta Laura d'un ton sarcastique. La rédemption par l'amour, en quelque sorte...

Comme si cela était possible ! La plupart des hommes étaient incompréhensibles et elle avait cessé depuis longtemps de se fatiguer à déchiffrer les raisonnements de leurs cerveaux compliqués. Barty était un exemple de casse-tête : voilà un homme qu'elle avait trouvé sympathique, drôle, complaisant... jusqu'à ce qu'elle apprenne que ce bandit allait lui enlever Daisie. Ce coq de village tout à coup converti !

Laura en était encore à ruminer ses contestations quand Arnaud défendit sa thèse :

– Ne vous gaussez pas, petite amie, de telles transformations existent. Oui, oui, je vous l'affirme.

Elle le voyait arriver avec ses gros sabots. Il n'allait pas tarder à établir un parallèle entre son cas et celui de Barty. Tous deux touchés par la grâce.

Elle lui coupa l'herbe sous le pied.

– Daisie m'est très chère. J'espère qu'elle sera plus heureuse que moi. Que son mariage ne ressemblera pas au mien. Elle mérite le bonheur, assura-t-elle d'une voix douce en jetant un rapide regard vers Arnaud.

Bouleversé, se sentant beaucoup plus blessé qu'il ne voulait le montrer, Arnaud se leva brusquement, mais Laura fit un signe de la main pour l'empêcher de répondre.

– Daisie est à mon service depuis si longtemps que je ne me souviens même plus du temps précédant son arrivée à Stanton House.

Elle leva les yeux et croisa un regard plus gris qu'un ciel d'orage.

– Je me casse le cou à suivre vos allées et venues. Venez donc vous asseoir près de moi, dit-elle en tapotant la chaise vide.

Persuadé qu'il n'apprécierait pas la conversation, Arnaud la rejoignit à contrecœur. Mais, pour se prouver à lui-même qu'il ne cédait pas à tous les caprices de Laura, il resta debout en s'appuyant contre le mur.

– Il fut un temps où Daisie et moi avons été livrées à nous-mêmes dans une grande ville. Nous étions terriblement jeunes et bien peu armées pour faire face à cette situation. Daisie, avec son grand cœur, m'a prise complètement en charge.

Arnaud se laissa glisser le long du mur et se retrouva assis sur ses talons, inquiet de la direction prise par la confidence. Quoique feutrée, l'attaque de Laura l'avait profondément remué. Ses propos lui avaient paru d'autant plus blessants, l'avaient d'autant plus touché qu'il ne trouvait pas de quoi les démentir.

– Ai-je besoin de vous en dire davantage ? continua-t-elle d'un ton calme. (Il secoua la tête.) Toujours est-il qu'un soir nous nous sommes enfuies, Daisie et moi, pour nous réfugier en France. Dans ce pays, Daisie se sentait mal. Ne comprenant pas la langue, ne connaissant pas la monnaie, tout lui semblait différent de chez nous. Pour une fois peu sûre d'elle, elle ne faisait que geindre. De là date une certaine transformation qui s'est opérée en moi. A mon tour, je l'ai prise en charge. D'autant plus volontiers que personne avant elle ne m'avait demandé aide ou réconfort.

Le regard caressant d'Arnaud se promena sur le visage de sa jeune femme mais, quand leurs yeux se rencontrèrent, il baissa vivement la tête craignant de la voir se refermer sur elle-même.

Perdue dans ses souvenirs, elle poursuivit son récit. Racontant leur arrivée en France, le vol dont elles avaient été victimes. Peu à peu sa voix se fit plus chaude. Quand elle en vint aux moyens employés pour se nourrir et se reposer pendant leurs pérégrinations, Laura étouffa un petit rire. Puis, égayée, elle se laissa aller à son humour.

La description de leur arrivée chez Helen, poursuivies par le gardien qui leur criait : « Voulez-vous vous sauver, créatures ! » en courant de toutes ses jambes, fit pouffer Arnaud. Laura se retourna en réprimant son hilarité à grand-peine. Cependant, ce fut plus fort qu'elle, un instant plus tard, ils riaient aux larmes tous les deux.

– « Allez-vous-en ! Pas de mendiantes au château ! » s'esclaffait Laura entre deux crises de fou rire. Je n'oublierai jamais. Daisie et moi étions sales comme des peignes, toutes dépenaillées, et le gardien qui nous courait après en hurlant !...

Maintenant, Arnaud se retrouvait en terrain plus sûr. Ils parlèrent encore du séjour en France puis, de là, glissèrent au mariage de Daisie. Laura s'était détendue.

Soudain, il lui demanda si elle savait jouer aux cartes.

– Non ? Eh bien... j'aimerais avoir le privilège de vous apprendre à jouer au poker.

– Je préférerais jouer aux échecs. C'est un jeu que je pratique un peu. Mon père me l'a appris lorsque j'étais encore enfant. Nous disputions quelques parties au cours des longues soirées d'hiver.

L'image du père Stanton jouant aux échecs avec sa fillette arracha un sourire attendri à Arnaud. Il devait probablement laisser gagner la petite tête sans cervelle qu'elle était déjà en ce temps-là. « Moi aussi, je la laisserai gagner », se promit-il. Il se leva vivement.

– Il y a un jeu d'échecs dans le bureau. Je vais l'apporter dès que je me serai changé, décida-t-il aussitôt.

– Vous êtes beaucoup plus américain que vous ne le pensez, déclara Laura désemparée par cette spontanéité si peu compatible avec le caractère britannique.

Persuadé d'être le plus prévenant des maris, Arnaud résolut de se montrer patient avec la jeune femme. Il était de belle humeur. Il avait trouvé le moyen d'amadouer Laura en lui permettant de gagner quelques parties. Que n'y avait-il pas songé plus tôt ! Les femmes adoraient ces petites attentions. Il se promit d'en tenir compte à l'avenir.

Il fit tant et si bien que la première partie fut promptement terminée. Magnanime, il avait consenti à ce qu'une femme – créature insignifiante quant aux jeux – l'emporte sur lui. N'était-ce pas généreux de sa part ? Quelle fierté d'être si grand dans l'abnégation ! Bon jusqu'à l'altruisme, il eut l'obligeance de paraître étonné.

– Vous avez gagné, Laura ! Me donnerez-vous une seconde chance ?

Elle esquissa un petit hochement de tête. Puis, malgré toutes les fautes qu'il accumulait à dessein, elle manœuvra si finement qu'il remporta la partie à son corps défendant. Au lieu de louer le doigté de la jeune femme, il pensa qu'elle était bien la pire joueuse qu'il eût jamais rencontrée.

– Je suis désolé, ma petite Laura, affirma-t-il d'une voix sincère.

Mais il jubilait à l'avance à l'idée de lui abandonner la victoire à la prochaine partie. Il se dit qu'en procédant de façon si ingénieuse leurs relations s'en trouveraient grandement améliorées.

De son côté, Laura estimait qu'il l'offensait en lui faisant la part belle comme si elle était une enfant de quatre ans.

– Ne vous laissez pas abattre, l'encouragea-t-il, pensant l'épater par sa bonté. Vous gagnerez peut-être encore.

Les espoirs d'Arnaud furent rapidement réduits en poussière quand il l'entendit déclarer :

– Vous m'avez laissée gagner la première partie. Je vous ai accordé la seconde. Nous sommes à égalité. Maintenant, si nous abandonnions ces enfantillages ?

Quoi ? Qu'est-ce que... ? Comment osait-elle s'adresser à lui si fraîchement alors qu'il venait de lui donner une si belle preuve de désintéressement ?

Les yeux d'Arnaud fixés sur elle avec tant d'incrédulité l'incitèrent à ajouter quelque chose à la décharge de ce piètre joueur :

– Peut-être avez-vous oublié les règles du jeu ? hésita-t-elle avant de suggérer : Dans la bibliothèque se trouve un livre qui explique tout sur les échecs. Si vous désirez le consulter...

Il s'abstint de répondre, mais le regard noir qu'il

lui lança suffit à lui faire comprendre qu'elle s'était lourdement trompée sur son compte.

– Je voulais seulement dire, en vous voyant manœuvrer aussi maladroitement, que vous ne connaissiez peut-être pas les règles du jeu...

« Fais du bien à un âne, il te récompense d'une ruade », se dit Arnaud. Mais il ne servait à rien de se plaindre. Alors, il pardonna noblement.

– N'en parlons plus, Laura.

Puis il annonça loyalement en disposant les pièces sur l'échiquier :

– Je vous avertis, cette fois-ci, j'attaque.

Laura sourit avec satisfaction.

– Dans ce cas, je vous préviens, monsieur, que je me défendrai.

Cette réponse plut à Arnaud. Les muscles de sa mâchoire se décrispèrent et ses gestes se firent moins saccadés.

Bien que rien n'eût changé, Laura comprit qu'il n'était plus en colère. Comme il savait être agréable quand il le voulait ! Lorsque ses yeux gris s'éclairaient, on ne pouvait que sourire à son tour.

– Et si nous intéressions la partie ? proposa-t-il.

Elle leva le menton.

– Je ne joue jamais d'argent.

– Non, il n'est pas question d'argent. Voilà ce que je vous propose : si je gagne, vous serez condamnée à utiliser mon prénom et renoncerez à m'appeler monsieur ou... l'Ogre...

Le visage de Laura s'embrasa comme une torche. Elle baissa les yeux.

– Acceptez-vous cette mise ? insista Arnaud.

– Mise acceptée, murmura-t-elle. Si vous gagnez, j'utiliserai votre prénom. Pour autant que vous vous conduisiez en gentleman.

Comme Arnaud lui lançait un regard sourcilleux, elle s'éclaircit la voix et répéta :

– En gentleman.

Il reposa le pion qu'il tenait à la main avant d'acquiescer de la tête.

– Si vous gagniez (là, il dut se retenir de toutes ses

forces pour ne pas pouffer), si éventuellement vous gagniez, quelle serait votre mise ?

Les yeux bleus de Laura s'agrandirent, son sourire devint flou.

– Aucune mise. Je ne vois rien que vous puissiez me donner.

Lucy vint avec un plateau qu'elle posa sur la table après avoir demandé la permission de repousser l'échiquier. La femme de chambre versa le thé. Laura aurait été bien en peine de le faire, handicapée qu'elle était par son bras en écharpe.

Arnaud avança sa chaise et examina Laura avec attention. Mal à l'aise sous ce regard gris, elle prit deux gorgées de thé. Quand elle releva les yeux, il la fixait toujours avec la même attention.

– Aucune mise à proposer ? Vraiment ? Dois-je retirer la mienne ?

– Non aux deux questions. Cependant, si vous craignez de vous mesurer à une femme, vous feriez peut-être mieux de renoncer à jouer.

Il éclata de rire, convaincu à l'avance que Laura se ferait battre à plate couture.

Dix minutes plus tard, ayant fait enlever le plateau, les deux adversaires, assis l'un en face de l'autre, se concentraient sur leur partie qui dura un peu plus d'une heure.

Arnaud avançait ses pièces pour attaquer sans cesse. Laura sacrifiait un pion quand cela était nécessaire pour assurer sa défense. A la minute où elle ne craignit plus pour ses arrières, elle attaqua avec son fou et ce fut pour Arnaud le commencement de la fin. Quand Laura termina la partie en mettant le roi de son adversaire en échec avec sa reine, le visage de son mari aurait pu figurer dans un tableau intitulé *L'Etonnement*. Elle n'était pas peu satisfaite d'avoir réussi, pour une fois, à le décontenancer. Sans compter que le regard admiratif d'Arnaud lui faisait chaud au cœur.

– Vous êtes la meilleure, Laura. Je le reconnais. Je pensais vous battre facilement et, en définitive, vous m'avez donné plus de fil à retordre que bien des adversaires qui se prétendent être des maîtres à ce jeu.

Elle accepta le compliment avec un petit sourire plein de retenue.

– Vous êtes un très bon adversaire, vous aussi. Peut-être avez-vous été un peu distrait. (Effectivement la moue concentrée de Laura l'avait fasciné.) Quand vous vous appliquerez davantage sur votre défense, vous serez imbattable... Arnaud.

Arnaud ! Suffoqué par la surprise, il en eut la respiration bloquée.

– Ai-je bien entendu ? Vous m'avez appelé Arnaud ?

Elle regarda ailleurs comme si elle rechignait à répondre. Puis, comme le silence s'éternisait, elle finit par dire en soupirant :

– Vous avez bien entendu... Arnaud, murmura-t-elle.

Quel beau jour ! Il en tremblait de joie. Morbleu, quel sacré beau jour !

– Une autre partie avant le dîner ? proposa-t-il. Nous la finirons dans la soirée.

Pendant qu'il disposait les pions, Laura lui annonça la venue de Lisbeth le lendemain après-midi. A son retour d'une tournée de visites dans la famille de son mari, Lisbeth avait appris l'accident dont Laura avait été victime. Lord et lady Dombay s'empressaient de venir la voir, et resteraient à dîner.

– Juste elle et son mari ? s'inquiéta Arnaud en imaginant Dickie à la suite de sa sœur.

Il n'avait pas cru un mot de ce qu'avait dit l'évêque au sujet des prétendues fiançailles du rouquin.

– Je n'en sais rien. Le billet venant de Shiplake ne donnait aucune précision, répondit-elle en pensant au désagrément que présenterait une visite de Lisbeth accompagnée de Mme Desbury.

N'écoutant que d'une oreille l'exposé de son beau-frère, Arnaud se régalait à contempler Laura. Avec sa robe bleu hortensia ornée de dentelle blanche, ses boucles qui encadraient son joli visage, elle était encore plus ravissante que d'habitude, lui semblait-il. Un peu de rose sur les joues et une étincelle pétillante au fond des yeux ajoutaient à sa beauté. La bouche entrouverte, Laura donnait l'impression d'être captivée par la voix de l'orateur.

Héritier d'un beau titre, Archibald Dombay était un homme de taille moyenne, mince et assez joli garçon. Son abord aimable attirait facilement la sympathie. On disait de lui : « Quel homme charmant ! », surtout les femmes. Car il plaisait au beau sexe.

A peine entré, il s'était lancé dans le récit coloré des activités qu'il avait entreprises aux différents postes occupés dans les ambassades de divers pays. Disert et courtois, il racontait finement, avec beaucoup d'humour, les aléas auxquels il avait dû faire face.

Le récit de ses aventures terminé, lord Dombay répondit en parfait diplomate aux questions enthousiastes de Laura. Il satisfit de très bonne grâce à la curiosité naturelle de cette si charmante jeune dame.

Quant à Lisbeth, elle hochait la tête et attendait patiemment l'occasion de prendre la parole. Elle se lançait alors dans des commentaires sur la témérité de Laura, son imprudence à chevaucher seule, etc. A plusieurs reprises, elle demanda à Laura de lui faire un rapport encore plus détaillé sur les événements de cette funeste journée.

– Laura, Laura, que tu es donc insouciante et hardie ! Pense que tu aurais pu te tuer.

Une expression peinée sur le visage, Archibald Dombay renchérissait sur les remarques de son épouse avant de reprendre la suite de ses narrations. Jusqu'à ce que Lisbeth lui coupe de nouveau le sifflet.

Habitués tous les deux à diriger leurs propres conversations, ils jouaient serré et, s'ils admettaient leurs mutuelles intrusions, ils repoussaient habilement les interventions d'autrui.

Fut-ce Archibald ou Lisbeth qui mit la question des fiançailles de Richard Hartley sur le tapis ? Laura aurait été incapable de le dire. Mais elle ne put résister à l'envie qui la tenaillait de faire enrager Arnaud. L'ignorant délibérément, elle s'enquit en clignant des yeux :

– A propos, où en sont les fiançailles de ce très cher Dickie ?

La métamorphose d'Arnaud à la mention du nom de Dickie fut saisissante. Son air rêveur s'effaça instantanément et un éclair farouche apparut dans ses yeux gris orageux. Un sourire amer, dépourvu de toute trace d'amusement, traversa son visage.

Jamais, jusqu'à ce jour, Lisbeth n'avait observé chez son frère cette expression revêche qu'il montrait en ce moment. Aussi, elle ne chercha pas à se répandre en commentaires sur les faits et gestes du neveu de son mari.

– Je n'en sais rien, affirma-t-elle. Archibald non plus. N'est-ce pas, très cher ?

Ensuite, elle fit semblant de renouer une conversation dont elle prétendit avoir perdu le cours.

Au fil des heures, lord et lady Dombay ne cessèrent de se voler la parole. Courtoisement mais avec énormément de suite dans les idées.

Lorsque le dîner fut annoncé, Lisbeth eut la surprise de voir son frère se précipiter pour soulever sa femme, l'enlever de sa chaise et la porter dans la salle à manger comme s'il craignait qu'un autre ne le fasse avant lui. Il s'empressa de l'installer confortablement, s'informant à chaque instant de ses désirs.

Il coupa ses aliments en petits dés dans son assiette et, lorsque Lisbeth s'étonna de le voir se charger de ce travail plutôt que de le confier à un domestique, Arnaud lui rétorqua avec hauteur qu'il préférait s'en acquitter lui-même. Au son de sa voix, la jeune femme se dit qu'en insistant elle s'attirerait une riposte désobligeante, et mit un frein à ses questions.

Ce petit intermède mis à part, ce fut une agréable

soirée au cours de laquelle Lisbeth accepta d'accompagner son frère et sa flûte au piano. Non sans soupirer bien haut que cela relevait d'un exploit, qu'après leur mère, personne ne réussirait jamais plus.

A quoi Arnaud répliqua fièrement en allant poser les mains sur les épaules de sa femme :

– Laura le fait très bien... N'est-ce pas, ma chérie ?

Le visage impassible de la jeune femme ne révéla rien des émotions que cette remarque éveillait en elle. Elle approuva silencieusement.

Lisbeth baissa les yeux pour masquer l'étincelle narquoise qui pétillait dans son regard. Puis, levant la tête, elle demanda à Laura de consentir à leur chanter quelque chose. Puisque son bras blessé la rendait incapable de jouer. Lisbeth aurait mieux fait de se taire car, de nouveau, ce fut tout un déménagement. Transportée près du piano sur lequel elle s'accouda, Laura refusa de s'asseoir comme l'en priait instamment son mari, alléguant qu'elle ne chantait bien que debout. Arnaud courut vite lui chercher un coussin afin qu'elle y pose son pied bandé.

Seigneur ! s'impatientait Lisbeth. Quel tintouin pour une entorse ! Avec le bras en écharpe, c'était complet ! Qu'est-ce qu'Arnaud pouvait trouver d'attirant à ce rôle de saint-bernard ? De son côté, comment Laura pouvait-elle supporter tous ces chichis sans hurler d'exaspération ? Et ça lambinait, ça durait... Lisbeth se sentait bouillir.

Enfin, après avoir chuchoté en aparté avec Laura, elle plaqua quelques accords sur le clavier et la voix de soprano un peu fluette mais bien posée par des années de leçons s'éleva dans l'air du soir. Elle accrocha au passage le cœur d'Arnaud qui s'emballa d'amour et de fierté en écoutant les paroles de la chanson de Chérubin :

Mon cœur soupir-eu
La nuit et le-eu jour

Qui peut me di-i-reu
Si c'est d'amour ?

Dieu, que les paroles françaises étaient joliment dites ! Arnaud ruisselait d'orgueil et regardait sœur et beau-frère de son haut. Voyez ma Laura, semblait-il dire, et faites-en autant !

Archibald attendait sa femme près de la voiture en devisant avec Arnaud quand Lisbeth, qui pourtant avait déjà fait ses adieux, revint sur ses pas. Elle se pencha pour susurrer à l'oreille de Laura :

– Qu'as-tu fait à mon frère ? Je ne l'ai jamais vu comme ça. Veux-tu que je te dise ? Il est amoureux fou de toi, ma petite.

Laura scrutait sa belle-sœur du regard, incertaine de ce qu'elle devait répondre à l'intarissable bavarde.

– Vraiment, ma chère ? (Comme Lisbeth hochait vigoureusement la tête, elle reprit :) Puisque tu le dis, je suis forcée de te croire.

Enfin seuls ! Pour Arnaud, c'était le meilleur moment de la journée. Il s'assit confortablement sur une chaise à haut dossier en face de son épouse afin de ne pas perdre une miette de sa chère présence. Après lui en avoir demandé la permission, il alluma un petit cigare. Dieu, que la vie était belle ! Il n'avait pas encore soufflé l'allumette qu'il déchantait déjà.

– Lord Dombay est un homme charmant, affirma la jeune femme.

Il répondit par un petit signe de tête et un sourire pincé. Si jusqu'à présent il avait apprécié les talents d'orateur de son beau-frère, force lui était de reconnaître qu'entendre Laura le qualifier de charmant ne lui plaisait pas outre mesure. Il grommela :

– Avez-vous jamais vu un pareil pédant ?

– Oh, Arnaud ! Ce qu'il raconte est si vivant, si coloré. Je ne me suis pas ennuyée un seul instant.

Tout à coup, elle prit conscience des regards de loup affamé décochés par son mari. Elle ramena son châle sur ses épaules. Allons, il était grand temps de rabattre un peu de la superbe du critiqueur.

– Cependant, je me demande ce que Lisbeth a bien pu lui trouver. Mis à part sa faconde, bien sûr. Ne le trouvez-vous pas un peu vieux pour elle ? demanda-t-elle innocemment.

Du coin de l'œil elle vit le regard furibond d'Arnaud et pressentit une riposte violente. Après tout, Archibald et lui étaient du même âge. Toutefois, après un instant de silence, il répondit d'un ton indifférent sans emportement ni reproche :

– Il n'est pas si vieux. Il paraît plus âgé parce qu'il devient chauve.

Et vlan ! Voilà pour « l'homme charmant » !

Son air de faux frère lui porta aussitôt sur les nerfs. Aussi Laura leva-t-elle des yeux interrogateurs pour poser la question qui semblait la préoccuper beaucoup :

– Pourquoi Lisbeth l'a-t-elle épousé ? (Elle parut déroutée et plus candide qu'une petite fille.) Je me le demande, parce qu'à tout prendre elle n'était pas forcée de se marier avec un vieux, elle !

Le trait atteignit Arnaud qui se raidit. Ah, il ne lui avait pas fallu longtemps pour apprendre à frapper là où ça fait mal !

En voyant le visage de son mari devenir sombre, Laura se mordit les lèvres et s'empressa de changer de sujet :

– Voulez-vous sonner Daisie ? Je désire aller me coucher.

– Oui, madame, dit-il d'un ton sec.

Il sonna la femme de chambre. Puis, tout en évitant le regard de Laura, il la souleva de sa chaise et l'emporta dans sa chambre.

18

En longeant le couloir, il remarqua que la porte de la chambre de Laura était entrouverte. Pressé de se retrouver au plus tôt auprès de celle qu'il aimait, il frappa deux petits coups à la porte. Personne ne répondant à son appel, il entra. Le frais parfum de la jeune femme imprégnait la pièce et lui fit froncer le nez pour le humer avec délices. Mais la chambre était vide.

Il se précipita dans le boudoir, dans le petit salon... personne. Son cœur battait à tout rompre. L'idée qu'elle fût sortie de son appartement aidée par quelqu'un d'autre lui était intolérable. Il était près de s'emporter et cela ne lui plut guère.

Lorsqu'il pénétra dans la salle à manger, il aperçut Laura debout, appuyée sur une canne. Une profonde amertume l'envahit et s'amplifia. Il se laissa aller contre le mur en respirant à fond pour se calmer.

– Regardez-moi, Arnaud !

Elle fit un pas vers lui. Une grimace de douleur lui échappa qu'elle réprima aussitôt en apercevant la mine réprobatrice d'Arnaud qui l'observait avec attention.

Lentement, un peu effrayée par le manque de sûreté de sa démarche, elle fit deux pas. Soudain, elle tituba, il prit peur et s'élança à sa rencontre.

– Laissez-moi vous aider.

– Non ! s'écria-t-elle en repoussant la main tendue. Je veux y arriver seule.

Il accusa le coup. Cela ne l'empêcha nullement de s'enquérir avec un coup de menton dédaigneux.

– D'où tenez-vous ce... cette chose ?

– La canne ? De Mme Higgins. Quelle bonne idée, n'est-ce pas ?

Fichue idée, oui ! De quoi se mêlait-elle, cette Higgins ?

Mal à l'aise, il évita le regard de la jeune femme.

– N'ai-je pas entendu Mme Hoorps vous recommander de ne pas poser le pied par terre avant trois semaines ?

En boitillant, Laura alla s'asseoir sur une chaise.

– A quatre jours près ! Ne chipotez pas, Arnaud. Après tout, ce n'est jamais qu'une entorse. Réjouissez-vous plutôt d'être débarrassé d'une corvée, ajouta-t-elle en tournant à plaisir le couteau dans la plaie.

– Mais... je me réjouis, madame.

Le visage de Laura s'éclaira d'un sourire éclatant tandis qu'Arnaud, lui, se renfrognait. Sans rien ajouter de plus, il se dirigea vers la porte où il s'immobilisa un instant, le temps d'observer le regard de Laura comme s'il cherchait à lire dans ses pensées.

Il ferma la porte derrière lui en essayant de se détendre, de se libérer de la déception qui l'étouffait, le rendait malade intérieurement.

L'immobilité provisoire de Laura lui avait offert un excellent prétexte pour la tenir sous sa dépendance. Son rôle de garde-malade l'avait pleinement satisfait. Tandis que maintenant, le temps des étreintes innocentes étant pratiquement terminé, Arnaud perdait tout espoir d'amener peu à peu sa jeune femme à réviser son jugement et – qui sait ? – de l'amener à l'amour, peut-être.

Au petit déjeuner leur conversation guindée ne permit pas à Arnaud de se décontracter, ce qui rendit Laura circonspecte et plus réservée que de coutume.

Heureusement, au milieu de la matinée, Arnaud reçut un billet venant de Shiplake qui lui rendit un peu de bonne humeur. Ses yeux se mirent à briller d'excitation et il proposa :

– Voulez-vous m'accompagner en promenade ?

– Je ne suis pas sûre d'être capable de marcher bien longtemps.

Il perçut de l'angoisse dans sa voix, alors, il s'avança vers elle et l'attira à lui.

– Nous irons en cabriolet. Et puis... je vous porterai.

– Où irons-nous ?

– M'en voudriez-vous si je vous disais que c'est une surprise ?

Elle secoua la tête puis enleva la main qu'il avait laissée posée sur son épaule.

– Accordez-moi un petit moment pour me préparer.

La voiture venait de s'arrêter devant la porte des écuries de Shiplake. Laura risqua un coup d'œil en direction de l'homme qui se tenait à son côté. Qu'il avait changé depuis trois semaines ! Et l'étincelle qu'elle vit scintiller dans ses yeux gris lui remua le cœur.

– Venez, mon ange, dit Arnaud en sautant à terre avant de lui tendre les bras. Nous sommes arrivés.

La voix de Barty fit s'égailler les garçons d'écurie qui venaient à tour de rôle pour voir Monsieur Arnaud porter une belle dame dans ses bras.

– Bonjour, lady Laura, dit le chef palefrenier toutes dents dehors.

Laura ne put résister, et rendit son sourire à ce cruel qui s'apprêtait à lui prendre sa Daisie. Après tout, ne lui avait-il pas sauvé la vie ? Oui, mais lui enlever Daisie, c'était un coup dur...

– Bonjour, Arnaud. Puis-je vous décharger de votre fardeau ?

Arnaud secoua frénétiquement la tête et Barty rit sous cape en regardant son frère de lait se diriger vers le fond de l'écurie visiblement à bout de souffle.

Barty le devança en tenant une chaise destinée à lady Laura. Ils s'arrêtèrent devant une stalle fermée que Barty ouvrit pour montrer un poulain nouveau-né à la robe encore humide et duveteuse qui vacillait sur ses jambes grêles. La jument, un pur-sang aux longs membres et à la robe aussi brune que celle de son bébé, poussait du museau le poulain qui collait sa tête contre son flanc.

– Je vous laisse, dit Barty en s'éloignant, le sourire aux lèvres.

Figée, Laura n'entendait plus rien. Incertaine des intentions d'Arnaud, elle leva vers lui des yeux interrogateurs. Heureux de son étonnement, il rit tout bas et se pencha pour expliquer :

– Il vient de naître. On est venu m'en avertir tout à l'heure. Il est à vous, mon cœur.

– Je ne sais que dire, murmura-t-elle intimidée. Il y a si peu de temps...

Arnaud eut pitié de son désarroi.

– Je ne vous le donne pas pour remplacer Circé. Aucun cheval ne la remplacera jamais. Vous n'oublierez pas Circé mais cette petite chose-là vous consolera de bien des peines. Acceptez-le comme je vous l'offre, de bon cœur.

Ces paroles l'apaisèrent.

– Merci... Plus tard, tout à l'heure, je trouverai les mots pour vous dire à quel point je suis touchée. A présent je...

Il l'interrompit de nouveau :

– Comment allez-vous l'appeler ?

Laura reporta son regard sur le poulain. Après un temps de réflexion, elle déclara :

– Je n'en sais rien encore... Vous me prenez au dépourvu... Pour Circé, j'avais un nom tout prêt, choisi à l'avance.

– Eh bien ! Vous aviez certainement prévu aussi un nom pour un mâle. Vous en souvenez-vous ? Allez, essayez de vous le rappeler. Remontez le temps. Alors ? Vous en souvenez-vous ?

La jeune femme se transforma en statue. Le sang quitta son visage. Elle ne répondit pas directement à la question.

– Lorsque Circé est née, je suis venue aussitôt avec mon père... Puis, comme il avait affaire ailleurs, il m'a laissée ici... Je suis allée voir Lisbeth qui avait la varicelle...

Sans la quitter des yeux, Arnaud approuva de la tête, il se souvenait de la varicelle de sa petite sœur.

– Désirez-vous davantage de détails ? demanda-t-elle abruptement après s'être tournée vers lui.

Déconcerté par le ton, Arnaud l'observa fixement. Le regard qu'elle lui avait jeté aurait pourtant dû le mettre en garde.

– Le temps était orageux, poursuivit-elle d'une voix sourde. Je décidai de prendre le raccourci du chemin qui longe la berge. Il pleuvait... Tout à coup l'orage éclata juste au-dessus de ma tête...

Il se leva brusquement, serra les poings et implora, le visage gris d'angoisse :

– Non, Laura. Non !

Pensivement, la jeune femme le fixa des yeux tandis qu'il appuyait son front contre le mur.

– J'aperçus une cabane de pêcheur... Exactement ce dont j'avais besoin, un abri... Et – le croyez-vous ? – quelqu'un m'y attendait.

Assombri devant son impuissance, Arnaud lui fit face, les traits crispés. Il n'était pas prêt à cela... Il ne serait jamais prêt à affronter la vérité. Il hésita un instant puis, comme s'il venait de prendre une décision, il se laissa glisser aux pieds de Laura.

– Tais-toi, je t'en prie. Je t'en prie. Tais-toi. Tais-toi !

La gorge nouée, elle contemplait sans le voir le visage navré qui se tenait près du sien. Ses pensées se chevauchaient, indépendantes. Elle approuva silencieusement de la tête.

Dès qu'il entendit des pas s'approcher, Arnaud l'empoigna brusquement, la souleva et l'emporta vivement vers l'extérieur.

– Rentrons.

Au souvenir des traits ravagés de son mari, Laura

ravala sa rancune. Elle passa un bras autour de son cou comme elle le faisait d'habitude.

– Oui, rentrons chez nous, acquiesça-t-elle les yeux dans le vide.

Les mots « chez nous » firent battre le cœur d'Arnaud encore plus vite. Sa femme, elle, gardait un visage impénétrable.

Arnaud éprouvait un amer désenchantement.

Les jours précédents avaient été remplis de tant d'espoir ! A présent, toute sa confiance en lui gisait en mille morceaux.

Ils étaient revenus au point de départ ou presque. Une fois de plus, ils se comportaient avec une aimable politesse. Conscients des regards incertains qu'ils se jetaient à la dérobée, l'un et l'autre se souriaient mécaniquement chaque fois que leurs yeux se croisaient.

De nouveau, Arnaud partageait son temps entre Penton Hook et la résidence de l'évêque où Laura se remettait sensiblement. Il jouait les maris attentionnés et force était à la jeune femme de reconnaître qu'il s'y prenait très bien.

Lorsqu'il voulait s'en donner la peine, il n'existait pas d'homme plus charmant. Laura avait beau lui en vouloir pour les souvenirs qu'il représentait, elle le trouvait chaque jour plus gentil que la veille, moins cinglant dans ses remarques.

Ainsi, au cours d'une matinée pluvieuse à peine moins guindée que les autres, il lui annonça que Barty cesserait bientôt ses activités de chef d'écuries à Shiplake pour devenir régisseur à Penton Hook.

– Depuis son jeune âge, il aspirait à devenir régisseur de domaine. Cet espoir le soutenait lorsque l'envie de faire l'école buissonnière se faisait trop sentir...

– Que me dites-vous là ? Les chevaux vont terriblement lui manquer.

– Ah ! Vous abordez un point sensible. Je vais vous

révéler le fond de l'histoire. Barty et moi allons réaliser notre plus vieux rêve... (Il sourit avec attendrissement au souvenir des deux garnements se tenant par les épaules en chuchotant leur secret.) Aujourd'hui encore je nous revois, nous racontant qu'un jour nous aurions un haras où nous ferions l'élevage de chevaux de course. Voilà ce que nous envisageons d'entreprendre à présent.

– La charge de régisseur laissera-t-elle à Barty le temps de se consacrer aux chevaux ?

– Pour ne rien vous cacher, je dois vous dire que le domaine de Penton Hook est à moitié moins grand que Shiplake. De plus, nous serons deux à nous occuper du haras. Je n'ai jamais eu l'intention de rester inactif. Il me faut travailler sinon je dépéris. Pour l'instant, je me borne à initier Barty à son travail de régisseur lorsqu'il a quelques loisirs. Quoique, entre Shiplake et Daisie, il ne lui reste guère de temps. Enfin, nous aviserons de changer tout cela lorsque je serai définitivement installé au manoir. La maison de l'ancien intendant est en cours de rénovation. Dès que les travaux seront terminés, j'aimerais que vous nous accompagniez quand nous montrerons son nouveau logis à Daisie.

Le « oui » lui échappa avant qu'elle ait pu réfléchir. Après coup, elle se ravisa :

– Nous verrons cela le moment venu.

Arnaud retint un juron. C'était bien d'elle ! Toujours prête à faire preuve d'entêtement.

– Nous en reparlerons. Puisque nous en sommes aux projets d'habitation, les héritiers de lord Bragdimer m'informent de la mise en vente de la maison londonienne du défunt propriétaire de Penton Hook. J'y ai bien réfléchi. J'ai besoin d'une demeure en ville et, si celle-là me convient, je m'en rendrai acquéreur. J'ai l'intention de la visiter après-demain. Voulez-vous m'y accompagner ? Votre avis me serait bien agréable et utile aussi.

Mme Higgins parut beaucoup plus intéressée que Laura par la proposition. Arnaud, qui attendait le journal qu'il avait l'habitude de parcourir après le petit déjeuner, dut la rappeler à l'ordre.

– Excusez-moi, Monsieur, dit Mme Higgins en lui tendant le journal.

– Laura, m'accompagnerez-vous après-demain ?

– Non ! Je n'y tiens pas du tout.

Elle se rendit compte aussitôt que ses paroles l'avaient blessé.

– Néanmoins, je vous remercie de me l'avoir proposé, dit-elle avec une cordialité forcée.

« Néanmoins » ! Arnaud sentit ses mâchoires se crisper. Il aurait dû s'en douter ! La colère lui chauffa soudainement les joues. Il faillit répliquer mais se défendit contre sa faiblesse.

Laura resta un instant pétrifiée devant la tête d'Arnaud qui était un spectacle à elle seule : l'incarnation de la réprobation.

Content ou pas, elle se refusait à connaître son prochain cadre de vie. Elle avait l'intention d'oublier celui qui serait d'ici peu son ex-mari. Et le plus tôt serait le mieux.

Où irait-elle chercher l'oubli si elle se créait des images d'Arnaud à l'intérieur de son nouvel environnement ?

Elle l'accompagnerait certainement à Penton Hook. Mais uniquement par reconnaissance pour Daisie et un peu aussi pour Barty qu'elle aimait bien au fond.

– Nous prendrions le train à Boveney. En une demi-heure nous serions rendus à Londres.

Il fronçait les sourcils, irrité par son incapacité à se défendre d'insister.

– C'est le moyen de locomotion que j'utilise pour mes déplacements, vous savez ? dit-elle, l'air tout à fait innocent. Ne cherchez pas à me convaincre de vous accompagner. C'est toujours non.

Sur cette réplique définitive, elle traversa la pièce, toutes grâces dehors en s'efforçant, autant que faire se pouvait, de se retenir de boitiller.

– Il n'est pas interdit d'espérer, bougonna Arnaud avec un reniflement de résignation.

Depuis son retour de Londres, l'humeur d'Arnaud était à l'orage. Il n'était pas à prendre avec des pincettes, à cause de Vivien. Elle avait fait une scène terrible à propos de la promesse de mariage qu'il n'avait pas encore tenue et lui avait fait comprendre qu'elle entendait donner son avis sur l'achat d'une maison qu'elle se proposait d'habiter dès qu'ils seraient mariés.

Il lui importait peu d'apprendre que non seulement Arnaud était amoureux de son épouse mais qu'il entendait rester uni à elle. Quand il lui affirma qu'il ne l'avait jamais aimée, Vivien haussa ses grasses épaules ; cela n'avait pas d'importance. Arnaud tiendrait sa promesse de mariage... ou il lui en cuirait.

– Si cette petite vaurienne s'imagine qu'elle va s'en tirer comme ça !... Et vous, pauvre niais, vous vous apercevrez un jour qu'elle ne vaut pas la corde pour la pendre. Car elle vous trompera, j'en mets ma main à couper. On les connaît, ces saintes nitouches ! Vous rirez moins quand vous la trouverez dans les bras d'un beau jeune homme de son âge !

La coupe était pleine depuis longtemps et ces paroles la firent déborder. D'un côté se trouvait Arnaud qui ne brillait pas par sa patience, de l'autre la joue replète de la rondouillarde Mme Desbury. Pendant un bref instant, il devint évident qu'Arnaud se laisserait aller à quelque geste regrettable. Cependant, il se contint. Il l'attrapa par le bras et hurla à ses oreilles avant de la jeter dehors :

– Touchez à ma femme et je vous écorche vive !

Les deux jours suivants n'avaient pas été des plus faciles. Mais ce soir-là le repas se termina dans un silence appuyé. Le temps se rafraîchissant matin et soir, le feu était allumé dans la cheminée. A peine levée de table, Laura, qui marchait de mieux en mieux, alla jusqu'à la fenêtre, non sans avoir jeté un regard interrogateur vers son compagnon.

Arnaud, croyant à un appel, la rejoignit. Le visage émerveillé de la jeune femme le bouleversa.

– Laura, murmura-t-il.

Sans détacher son regard du ciel, elle répondit d'une voix ravie :

– Oh, Arnaud ! Voyez comme cet arc-en-ciel est magnifique.

Il garda les yeux fixés sur elle, une émotion sournoise lui envahissait l'âme. Mû par une force irrépressible, il approcha son visage des cheveux de Laura et, dans un souffle, murmura :

– Je vous aime.

Frappée par l'intonation passionnée de sa voix, elle se retourna vivement.

– Ah ! Voilà ce que je redoutais ! s'écria-t-elle avec impatience.

Dépourvus de toute trace de bienveillance, les yeux de Laura s'immobilisèrent une minute dans ceux d'Arnaud avant qu'elle poursuive :

– Depuis quelque temps, chacun s'ingénie à me prouver que vous êtes amoureux de moi. Aussi, votre déclaration ne me surprend guère. Ne suis-je pas la seule femme à vivre dans votre entourage ? Mis à part les domestiques, bien entendu ! Mais vous n'avez plus l'âge des amours ancillaires, n'est-ce pas ?

– Laura ! Comment pouvez-vous... ?

Sans tenir compte de l'interruption, elle enchaîna :

– L'accident dont je fus victime n'a pas arrangé les choses, j'en conviens. Vous vous êtes empressé de devenir mon ange gardien, de me prendre sous votre aile...

Arnaud rétorqua avec raideur, les yeux brûlants de ressentiment :

– Allez-vous me reprocher de vous avoir offert mon aide ?

Il esquissa un geste de la main vers elle. Laura s'écarta de la fenêtre et recula en direction de la porte du salon.

– Soyez généreuse, Laura. Accordez-moi un petit moment. S'il vous plaît.

A contrecœur, elle revint s'asseoir près de la cheminée.

– J'espère que vos intentions sont honorables, monsieur. N'oublions pas que cette mascarade sera bientôt terminée. Que nous ne serons plus appelés à nous revoir seule à seul.

– Vous êtes la femme la plus insensible qui soit, soupira-t-il.

– Vous êtes libre de penser de moi ce que bon vous semble, monsieur. Mais inutile de perdre votre temps à me parler d'amour. Cela ne m'intéresse pas.

– Vous ne comprenez donc rien ?

Elle crut qu'il faisait allusion à ses facultés mentales. Cela la mit hors d'elle.

– Eh non, je ne comprends rien ! Continuez à me croire idiote, ça vous arrangeait si bien ! Ah, monsieur ! Depuis notre installation ici, votre étonnement de trouver devant vous une femme sensée était si visible qu'il a fini par m'amuser. Votre tête quand vous êtes parvenu à la conclusion que votre bécasse d'épouse n'était pas tout à fait la simplette que vous vous imaginiez !

En le voyant se rembrunir, elle devina qu'elle venait de mettre le doigt sur une plaie.

– Peut-être, admit-il de mauvaise grâce.

– Votre fierté en souffre ? Je ne me fais pas de souci pour vous. Votre arrogance vous aidera à vous remettre de cette petite blessure d'amour-propre. Je m'en suis remise, moi. Eh oui ! Malgré vos offenses. Quoi ? Avez-vous oublié que vous m'avez agressée, menacée de vos violences ? Vous vous êtes appliqué à transférer les culpabilités, à m'accuser de vous avoir attiré dans un piège pour vous contraindre à un mariage dont vous aviez horreur. Et maintenant, vous me déclarez votre amour !

Ce qui n'était jusqu'alors qu'une appréhension se transforma en certitude dans le cœur d'Arnaud : Laura profitait de sa déclaration pour régler ses comptes, les anciens comme les nouveaux.

– Vous verrez, bientôt vous reconnaîtrez que vous

m'aimez beaucoup moins que vous ne le pensiez. Et votre cœur retournera à sa destination première : votre maîtresse de Londres, la toujours belle Mme Desbury, ajouta-t-elle en toussotant narquoisement.

Là, c'en fut trop, il explosa :

– Bon Dieu, Laura ! Allez-vous me laisser en paix avec cette histoire !

– Ne jurez pas devant moi, s'il vous plaît.

Eh bien, il avait réussi à la mettre en colère. Il s'agenouilla près du fauteuil.

– Regardez-moi, Laura.

Elle secoua la tête. Non, elle ne lui donnerait pas le plaisir de lui offrir sa soumission.

Il posa une main sur son cou et d'un doigt lui souleva le menton pour l'obliger à le regarder dans les yeux. Il ne put retenir un soupir.

– La vengeance vous est-elle douce, au moins ?

Laura se perdit dans le regard gris de son compagnon. Puis, se reprenant, elle émit un petit rire désabusé.

– Pour vouloir se venger, il faut avoir une âme. Moi, je n'en ai plus. Vous l'avez tuée...

– L'âme est immortelle, affirma sèchement Arnaud.

Laura faillit riposter, mais comme elle devinait qu'il la poussait délibérément à bout afin de démolir ses défenses, elle lui jeta un regard noir et acquiesça :

– Si vous voulez... Je dirais donc que mon âme s'est séparée de moi, il y a de cela un certain temps et qu'elle n'est pas encore revenue... Cependant, quelle que soit votre opinion là-dessus, je puis vous certifier qu'il n'est nullement question de vengeance.

S'il avait cru endurer un jour une grande douleur dans sa vie, il s'était trompé. Maintenant, alors qu'il découvrait qu'il ne serait jamais aimé de la femme qu'il chérissait, il souffrait vraiment, intolérablement.

Assise près de la fenêtre, Laura cherchait dans les écheveaux de fil la couleur qui convenait au dessin de sa tapisserie quand Lucy vint lui apporter une carte de visite. M. Coleridge demandait à être reçu.

Après un examen rapide de la carte, la jeune femme fronça les sourcils. Comment ce jeune coq avait-il appris son adresse ? Que savait-il de sa situation nouvelle ? Et surtout, qui s'était montré assez indiscret pour l'avoir renseigné ?

La meilleure manière d'avoir les réponses était encore de se résoudre à recevoir ce M. Coleridge. Elle reprit la carte : Edward...

Une minute plus tard, Lucy l'introduisait dans le salon où l'attendait Laura confortablement assise près de la cheminée. A l'entrée du jeune homme, elle se leva tandis qu'il s'inclinait devant elle avec un profond respect, déterminé à déployer tout son charme.

Ah, c'était ce Coleridge-là ! Laura se souvenait de lui à présent. Il est vrai qu'ils étaient une ribambelle, les frères Coleridge !

– Je vous remercie de me faire l'honneur de me recevoir, lady Laura. Ah, ma chère, cela vous intéressera d'apprendre que je suis envoyé par une de vos très chères et très proches amies afin de m'enquérir de votre santé. Quand nous avons été informés de votre accident, nous nous sommes sentis terriblement affectés... Votre pauvre bras ! Aussi, lorsque ma très vieille amie m'a communiqué votre adresse...

« Tante Marjorie ? Comment a-t-elle pu ? Je la croyais plus discrète ! »

En dehors des réceptions mondaines où le jeune Coleridge lui avait délicatement fait deux doigts de cour, Laura avait vu ce garçon chez sa tante à qui il semblait tout dévoué. Aussi prit-elle ses affirmations pour argent comptant.

Toutefois, tout en conservant un sourire réservé, elle émettait des doutes quant à l'opportunité de sa visite. Elle connaissait peu et mal le jeune homme qui lui avait toujours paru un tantinet imbu de sa personne. Elle fit cependant mine d'écouter les fadaises qu'il lui débitait tout en le détaillant à la dérobée. Plutôt beau garçon, avec d'abondants cheveux blond foncé soigneusement peignés en arrière. Un visage rond au teint clair, des yeux d'un vert bleuté ornés de longs cils dont il jouait langoureusement à la façon des coquettes.

– Je passais non loin d'ici, en touriste. Il m'eût semblé peu courtois de me trouver près de chez vous sans venir vous présenter mes respects et m'assurer que vous vous remettiez de vos récents ennuis.

– C'est très aimable à vous, monsieur Coleridge, remercia Laura sans rien laisser paraître de ce qu'elle pensait.

Ce blondinet, qui ne cessait d'user de son charme sur toutes les jeunes filles fortunées, la mettait mal à l'aise. Elle fit un signe discret à Daisie qui brodait les pièces de son trousseau, indiquant qu'elle désirait qu'elle reste présente à l'entretien.

Après une profonde inspiration, elle fit contre mauvaise fortune bon cœur en s'efforçant de se montrer accueillante envers l'importun. Dieu merci, celui-ci papotait sans arrêt.

– Je suis venu tout à l'heure sonner à votre porte. En début d'après-midi. Votre gouvernante m'a informé de votre absence. Elle m'a prié de revenir deux heures plus tard. Et me voilà !

Qu'est-ce que c'était que cette histoire ? L'œil inquisiteur de Laura se posa sur le visiteur. Mentait-il ? Ou alors ? Quel motif aurait poussé Mme Higgins à raconter ces boniments ? Une fois de plus, celle-ci n'en aurait-elle fait qu'à sa tête ?

Laura se disposait à rectifier les choses, à dire qu'elle n'avait pas bougé de l'après-midi, mais finalement elle se ravisa. Ses faits et gestes ne regardaient pas Edward Coleridge. Qu'il pense ce qu'il veut. Pour le moment, il susurrait mielleusement :

– Très chère Laura ! Comment avez-vous eu le courage de vous exiler dans ce trou ? Notre amie commune m'a narré l'histoire bouleversante qui vous a conduite à ce séjour insolite.

Il interrompit son verbiage quand la jeune femme répondit au coup frappé à la porte. Lucy apparut avec un plateau que Daisie lui prit des mains.

– Tout va bien, Demoiselle ? souffla celle-ci. Je peux remettre le repassage de votre lingerie à plus tard et rester ici.

Laura lui répondit sur le même ton :

– Tout va très bien. Maintenant si tu veux aller à l'office, tu peux le faire.

Elle ne tarda pas à le regretter. Laura avança une tasse de thé à son visiteur dont les yeux pénétrants étaient fixés sur elle.

– Si j'osais, très douce, je vous dirais que vous avez le plus beau sourire du monde.

Laura, silencieuse, respirait à peine tandis que l'importun, insoucieux de son malaise, continuait ses fariboles. Il s'écoutait parler et, manifestement, s'appréciait beaucoup.

– Le soleil daigne enfin se montrer. Si nous en profitions pour faire quelques pas dans le parc ? proposa-t-elle tout à trac dans le but de couper court à la litanie des compliments.

Il faisait frais malgré le pâle soleil. Le vent chargé d'humidité ébouriffait leurs cheveux et plaquait par moments leurs vêtements sur leur corps.

– Chère, très très chère, déclara Edward en papillotant des cils, je me suis laissé dire que votre séjour dans cette... (il eut une moue désolée du plus bel effet) ... maison se terminait à la fin du mois. Encore deux semaines à patienter... Sans vous Londres est affreusement triste. Le temps me semble bien long.

Il s'assit sur un banc et tapota la place près de lui.

– Venez vous asseoir, tendre Laura. Et devisons aimablement. Dieu, que vous êtes silencieuse, belle dame !

Laura était estomaquée par l'outrecuidance de ce garçon. Que lui arrivait-il ? Etait-il en train de devenir fou ?

Comme il tapotait encore le banc, elle s'exécuta non sans avoir jeté au préalable un coup d'œil vers la terrasse toute proche. Elle ne voulait pas le contrarier mais cette promiscuité lui coûtait. Si seulement Daisie avait l'inspiration de se montrer à la porte-fenêtre !

– La promenade n'était pas une très bonne idée finalement, avança-t-elle timidement.

Il fit la sourde oreille et, de nouveau, joua de la prunelle.

– M. Willier est absent, m'a confié votre gouvernante, susurra-t-il sur un ton langoureux. Ma pauvre petite, comme cette cohabitation forcée a dû vous être insupportablement pénible ! Quelle dure épreuve pour une tendre et sensible personne comme vous ! Enfin, il le fallait, comme me l'a appris notre amie. C'était le prix à payer pour votre liberté.

Là, tante Marjorie y avait été un peu fort ! Comme ça, parce que ce fat d'Edward avait toujours été tout sucre tout miel avec elle, lady Marjorie se permettait de révéler des secrets qui ne lui appartenaient pas ! Laura se promit de mettre les points sur les i, la prochaine fois qu'elle rencontrerait sa tante.

– Ne soyez pas étonné, je sais tout, Laura. Je puis même vous dire que...

– Comment va ma tante ? coupa Laura.

Pris de court, Edward se figea. Pendant une seconde, ses lèvres retroussées en un sourire supérieur se bloquèrent en un rictus d'incertitude.

– Lady Wharton ? Je suis désolé de... Je n'ai pas eu le plaisir de la rencontrer depuis le mois de mai... Oui, le mois de mai.

Mais alors ? Si ce n'était pas tante Marjorie, qui était l'amie citée à tout bout de champ par le jeune Coleridge ?

– De quelle amie s'agit-il, monsieur Coleridge ?

– Oh, Laura ! Vous le savez bien ! Votre meilleure amie, voyons ! Mme Desbury.

Il se tut, surpris par son expression. Elle le regardait comme s'il parlait une langue inconnue. Il ajouta en hésitant, comme pris d'un doute :

– N'est-elle pas votre meilleure amie ?

Laura faillit s'étrangler sous l'indignation qui l'étouffait. Néanmoins, elle ne répliqua pas, se contentant de se mordre les lèvres et de hocher la tête sèchement.

– Notre chère Vivien m'a poussé à vous rendre visite. Avec quel grand cœur elle vous a soutenue pendant votre épreuve ! Tout comme vous, elle attend la fin du séjour avec la même impatience. Vous mesurez l'abnégation de cette charmante dame. Que d'amitié pour accepter de vous laisser seule avec son fiancé. Il est vrai que, si elle veut l'épouser, il est impératif que ce stupide mariage soit annulé.

Le cœur de Laura s'emballa. Elle se leva brusquement.

– Le vent est frais. Il est temps de rentrer, balbutia-t-elle d'une voix hachée.

D'un bond, il vint auprès d'elle et murmura sur un ton lascif :

– Notre Vivien m'a assuré du tendre sentiment que vous me portiez. Que ne l'avez-vous montré à Londres, petite cachottière !

Ses mains saisirent la jeune femme par les épaules.

– Monsieur Coleridge ! Je... Monsieur Coleridge !

– Ne cherchez plus à me cacher votre inclination. Je connais la vérité. Mme Desbury m'a prévenu également que vous n'épouserez qu'un homme capable d'oser passer outre à votre réserve.

D'instinct, Laura commença à se débattre. Sur ses épaules, l'étau se resserra.

– Je serai celui-là. Vous êtes née pour être à moi. Vous êtes très belle et extrêmement riche... Vous voyez, je suis hardi comme vous le souhaitez. Alors, ma chère et tendre biche, vous allez être ma femme.

Il la tenait prisonnière, la pressait contre lui. Ses lèvres se rapprochaient de celles de Laura. Insensible au poing qui lui martelait le dos, sûr d'arriver à la convaincre qu'il était bien celui qui lui fallait, il devenait brutal.

La jeune femme ouvrit la bouche pour crier, de sa gorge serrée ne sortit qu'une sorte de grognement sourd. Edward la réduisit au silence en s'emparant de ses lèvres avec une avidité sauvage.

Tant pis si elle se débattait en poussant des petits cris étranglés, tentant de se dégager. Elle lui frappait la nuque de sa main valide ? La belle affaire ! Il n'y prêtait aucune attention. Vivien l'avait prévenu que cela se passerait comme ça. Que Laura ferait un tas de manières. A lui de n'en tenir aucun compte s'il voulait l'impressionner jusqu'à emporter son consentement au mariage. Une fille riche comme Mlle Stanton avait bien le droit de faire quelques chichis. Seul le résultat comptait, et quel résultat ! Des livres sterling à la pelle ! Ça valait la peine de s'acharner à embrasser une fille aussi remuante qu'une anguille, non ?

Elle aurait dû se sentir outragée par le comportement du répugnant personnage. Mais son cerveau était quasiment vide. Clouée sur place, immobilisée par l'étreinte forcenée, son effroi se muait en panique au fur et à mesure que le garçon poursuivait son assaut. Encouragé par son silence, la passion décupla les forces d'Edward. Ses lèvres voraces se collaient à celles de Laura, ses mains fébriles pétrissaient ses seins...

Un nom se répercutait dans tout son être. Un appel, un cri muet : « Arnaud... Arnaud... Arnaud... »

Un retour bien morose. Arnaud rentrait de Penton Hook l'esprit envahi de pensées peu réjouissantes. Plus que deux semaines, après quoi il sortirait de la vie de Laura pour toujours. Laura, elle, ne sortirait jamais de son cœur. Cependant, il lui en voulait d'avoir parlé aussi froidement de leur séparation sans s'émouvoir de la douleur qu'il éprouvait, qui lui rongeait l'âme.

Aux écuries, il appela Andrew et lui confia l'étalon. Puis il se dirigea vers la maison en réfléchissant une fois de plus à l'attitude qu'il devait adopter pour terminer ce séjour le mieux possible ou, plutôt, le moins douloureusement possible.

Dans le salon, il fut désagréablement surpris de ne trouver que Mme Higgins. Se ferait-il un jour à ne plus retrouver Laura à chacun de ses retours ? Espérerait-il jusqu'à la fin de son existence revoir Laura partout où il irait ? S'attendrait-il toujours à entendre le son de sa voix ? Combien de temps supporterait-il cette période intolérable ? Parviendrait-il enfin à arracher Laura de sa vie ? Ou mourrait-il du vide de son absence ?

– Où se trouve lady Laura, madame Higgins ?

– Lady Laura est dans le jardin avec un beau jeune homme bien mis, répondit Mme Higgins avec le sourire entendu qui portait toujours sur les nerfs de Laura. C'est si réconfortant de voir que notre lady devient raisonnable et envisage enfin de refaire sa vie.

L'expression d'Arnaud passa lentement de l'incrédulité à la colère. Sa carapace d'impassibilité s'effrita, libérant un flot d'émotions : désespoir, rage, exaspération.

Le nez contre la fenêtre, Mme Higgins poursuivait son commentaire les yeux fixés sur le parc :

– Je crois bien que notre lady est sur le point de se fiancer.

La nouvelle provoqua l'effet escompté. Arnaud se rua sur la porte.

– C'est ce qu'on verra ! cria-t-il.

Il n'imaginait pas qu'on pût sauter les marches de la terrasse et courir aussi vite.

Quand il atteignit l'endroit où se tenait le couple enlacé, le spectacle de Laura se contorsionnant pour tenter d'échapper à l'étreinte lui donna une force herculéenne. Il saisit Coleridge au collet et, d'un coup de poing au menton, le fit voler par-dessus le banc de pierre où il s'affala, le nez dans la haie de buis.

Mais il ne s'estimait pas quitte. Avec un rugissement de fauve, il s'avança vers le jeune homme.

– Je vais vous tuer !

Laura fit un pas, posa son front contre le cou d'Arnaud qui se tut brusquement pour la regarder, si fragile, inconsciente du tremblement qui l'agitait. Il éprouva un sentiment de possession que rien au monde n'avait suscité jusqu'alors. Incapable de réfléchir, il l'attira contre lui. Elle s'y blottit comme une enfant.

– Allez-vous-en ! ordonna-t-il au jeune Coleridge qui se redressait avec difficulté. Quittez cette maison et, si vous tenez à votre peau, n'y revenez jamais.

Le visage blême, le nez saignant abondamment sur sa veste, Edward, qui voyait ses chances s'envoler, se remit d'aplomb sur ses pieds.

– Laura a son mot à dire. Laissez-la s'exprimer. Je veux l'épouser. Une amie répond de l'amour que Laura éprouve pour moi.

Il n'allait pas laisser s'échapper une si belle occasion sans se défendre. Il allongea la main pour saisir Laura à l'épaule mais Arnaud fut plus rapide. Il enveloppa étroitement la jeune femme de ses bras.

– Osez toucher ma femme ! Encore une seule fois ! Et je vous brise les os un à un, déclara-t-il d'une voix basse et menaçante. Hors de ma vue ! Filez ! Et si jamais j'entendais un mot des événements de cet après-midi, je vous tuerai, mais avant je détruirai votre réputation en révélant à tous que vous profitez de l'absence du maître de maison pour violenter son épouse.

Prudemment, Edward recula et fit un large détour pour éviter le couple planté au milieu de l'allée. Il attendit d'être à une bonne distance pour essayer de se disculper.

– Je ne tiens pas plus que vous à un scandale. J'attendrai l'annulation de votre mariage pour épouser lady Laura. Tout le monde ignorera ce qui s'est passé ici. Même votre fiancée qui espérait beaucoup de cette entrevue.

Arnaud sentit Laura trembler nerveusement contre lui et sa rage en fut décuplée.

– Partez vite, ou vous êtes un homme mort, menaça-t-il entre ses dents serrées.

Devant la fureur qui perçait dans la voix du mari, Edward jugea plus prudent de s'incliner.

Il porta son regard d'Arnaud sur Laura dont il ne voyait que les cheveux, puis de nouveau sur Arnaud. Manifestement, il supputait encore ses chances. Les yeux mauvais, il grommela, les lèvres pincées :

– Bientôt vous ne serez plus marié à Laura. Quand elle sera délivrée de vous, elle choisira librement. Et vous n'y pourrez plus rien.

Puis il remonta l'allée en époussetant ses vêtements.

Arnaud prit doucement le menton de Laura et le releva jusqu'à ce que leurs regards se rencontrent. Il ne put retenir un profond soupir. Ce qu'il redoutait était arrivé. Les yeux bleus avaient un regard vide, dépourvu d'âme. S'il la fixait assez longtemps peut-être percevrait-il quand même une lueur au fond de ses pupilles ? Non, le regard sans vie ne donnait aucune prise.

Sans perdre de temps, il souleva Laura et s'assit avec elle sur le banc, la berçant comme une enfant.

– Allons, petit cœur, murmura-t-il d'un ton rassurant tout en repoussant des longues boucles noires échappées de son chignon. Il n'y a plus rien à craindre maintenant.

Mais les tremblements persistaient. Elle se tenait raide comme une statue, le regard perdu dans le vide.

– Laura chérie, reprit-il avec douceur en se déplaçant pour être dans son champ de vision. Vous êtes à l'abri. Personne ne peut plus vous atteindre.

En écartant une mèche de cheveux de son front, il sentit sa peau froide comme du marbre. Il eut soudain envie de dévaler l'allée, de rattraper le sale individu et de lui planter un couteau dans le cœur. Il dut se contenter de soupirer très fort. Impossible d'abandonner Laura pour le moment. Le seul bien qu'il pouvait lui faire, c'était de l'aider à se reprendre. Tout en continuant de la bercer, il répétait les mêmes phrases. Qu'elle ne risquait plus rien. Qu'il la défendrait toujours.

Tout à coup, la pensée lui vint qu'en se débattant Laura avait peut-être déplacé les attelles qui maintenaient son bras et que tout serait à recommencer. La mère Hoorps et les douleurs à supporter de nouveau.

– Votre écharpe ? s'inquiéta-t-il. Vous n'avez plus votre écharpe.

Il examina attentivement le bandage à la recherche d'éventuels dommages. La jeune femme s'écarta un peu pour regarder, elle aussi. Enfin elle revenait à la vie !

– Rien n'a bougé, assura Arnaud avec un soupir de soulagement. Voyez vous-même.

Elle leva les yeux vers lui, ouvrit la bouche pour parler. Aucun son ne sortit de ses lèvres. Elle essaya encore. Vainement.

– Prenez votre temps, ma chérie, lui murmura-t-il d'une voix pleine d'une infinie patience. Prenez tout votre temps. Nous ne sommes pas pressés.

Renonçant à s'exprimer avec des mots, elle secoua la tête et ses yeux s'emplirent de larmes d'impuissance.

Il l'attira jusqu'à ce qu'elle enfouisse son visage contre son cou, laissant libre cours à ses pleurs. Il restait immobile, sentant son corps délicat secoué de sanglots. Les larmes tièdes qui coulaient dans son cou le soulageaient comme s'il les avait versées lui-même.

– Pleurez, mon petit ange, l'encouragea-t-il en lui frottant doucement le dos comme on le fait pour apaiser un enfant. Pleurez, cela vous fera du bien.

Comme les pleurs finissaient par se calmer, Arnaud effleura tendrement sa joue, la réconfortant d'un ton apaisant.

– Vous vous remettez, je le vois.

Pour toute réponse, il n'obtint qu'un hochement de tête qui s'acheva par un hoquet. Elle ébaucha un geste pour s'écarter de lui.

– Non, chuchota Arnaud en la retenant dans ses bras. Ne bougez pas encore. Ici, vous êtes en sécurité.

Ses yeux parcoururent comme une caresse le visage de l'aimée.

Laura inspira l'air profondément pour recouvrer son souffle puis elle essaya de nouveau :

– Je... je... ne... pouvais... plus... pa...

– ... plus parler, termina-t-il pour elle.

Elle inclina la tête puis releva les yeux vers lui.

– Il... il a cru... que... que... j'é... j'étais... consentante...

Incapable de résister à la tentation, il tendit la main et lui caressa la joue.

– J'étais... terr... terrifiée... Je ne... peux... pas sup... porter qu'un... homme me... touche. C'est au-dessus de mes... forces.

Elle se blottit contre lui, cherchant la chaleur de ses bras. Il était le seul homme dont elle ne redoutait pas le contact. Au fil des jours, il l'avait transportée dans ses bras d'un endroit à un autre. De plus, il lui promettait de la défendre contre tous les dangers et elle le croyait.

Arnaud se pencha un peu pour étudier son expression, un sourire tendre relevant les coins de sa bouche.

– Avez-vous peur de moi ?

Laura secoua vigoureusement la tête comme pour protester et Arnaud, ému, lui effleura les cheveux d'une main douce.

– Je me suis laissé emp... porter... par la pa... panique. Je suis si... lâche que j'en ai honte. Tout ce qui est arrivé est ma... faute.

Sa faute ! Arnaud se mordit les lèvres pour s'empêcher de rugir. Clarisse Stanton ! Que son temps de purgatoire s'éternise à jamais !

– Rien n'est votre faute, mon trésor. Vous êtes la jeune femme la plus courageuse que je connaisse. Ne doutez jamais de vous, Laura.

– Merci, murmura-t-elle.

La douceur de sa voix le fit frissonner. Le soir

tombait. Dans la pénombre qui envahissait le parc, Laura se sentait à l'abri. Protégée par l'Ogre qu'elle avait tant maudit.

Des pas retentirent sur la terrasse et la voix de Mme Higgins appela :

– Lady Laura ! Monsieur !

– Je ne veux pas... la voir, souffla la jeune femme à l'oreille d'Arnaud.

– Alors, vous ne la verrez pas. Nous resterons dans le petit salon. Maintenant, rentrons, vous allez avoir froid.

Il se pencha et souleva Laura dans ses bras comme au bon temps où elle avait constamment besoin d'aide.

– Posez-moi, je peux marcher.

– Dommage ! Eh bien, marchez donc puisque vous y tenez, soupira-t-il en la posant sur ses pieds.

La tête lui tournait d'avoir tant pleuré mais elle se sentait soulagée et assez sûre d'elle pour quitter les bras d'Arnaud qui lui avaient fait un abri si accueillant. D'un geste protecteur, il entoura les épaules de Laura et fut envahi par une profonde émotion lorsqu'il sentit qu'en retour, elle lui enlaçait la taille.

Pour leur tête-à-tête, il avait choisi le petit salon agréablement chauffé par une flambée de bois odorant. Contrairement à ses habitudes, Laura ne protesta pas lorsque Arnaud referma la porte après avoir sonné la femme de chambre.

Lui, mit de côté la curiosité évidente qui lui grignotait l'esprit.

On frappa à la porte et Daisie entra avec un plateau sur lequel se trouvaient une carafe de xérès et deux verres. Elle plaça le tout sur la table basse en lançant des regards discrètement interrogateurs vers sa maîtresse. Celle-ci, d'un signe de tête, fit comprendre que tout allait bien et, rassurée, Daisie sortit sans bruit.

Arnaud servit deux verres de xérès, en tendit un à la jeune femme avant de s'installer confortablement comme si de rien n'était en regardant la grimace résignée que faisait Laura en avalant une petite gorgée de vin.

Pendant quelques minutes, le silence s'installa dans le salon. Enfin, Arnaud se leva et laissa tomber une bûche dans l'âtre. Tandis qu'une gerbe d'étincelles jaillissait, il posa la question qui le préoccupait :

– Qui était-ce ?

Il ébaucha un coup de menton en direction de la porte-fenêtre.

Laura pinça les lèvres et sa main serra le verre qu'elle tenait.

– Edward Coleridge, un ami de ma tante. Ou plus probablement le fils d'un ou d'une amie de ma tante.

– Edward Coleridge ? Serait-il le frère de Stephen Coleridge ?

– Je l'ignore. Je le connais très peu. Cependant, je crois avoir entendu dire chez ma tante que son frère aîné était diplomate.

Ainsi, c'était bien le frère de son camarade d'Oxford. Eh bien, celui-ci n'avait vraiment pas de quoi s'en vanter ! Selon les dires de Stephen, le blanc-bec n'était qu'un petit arriviste, un coureur de dot qui cultivait la tante Wharton dans l'espoir d'attirer la nièce dans ses filets. Quelle jeunesse ! Avec les freluquets d'aujourd'hui, il fallait s'attendre à tout. Du temps d'Arnaud, les jeunes gens avaient plus de respect et plus de... Puis, Arnaud se fit la réflexion que, de son temps, les jeunes gens étaient comme ceux d'aujourd'hui. Il allait le dire à Laura mais, à voir l'expression d'appréhension qui se lisait dans ses yeux bleus, Arnaud sentit son cœur se fendre. D'abord et avant tout, il devait lui rendre sa confiance.

– Nous sommes amis, n'est-ce pas ? Bien ! En tant qu'amis nous devons parler franchement sans que l'un ou l'autre se sente offensé.

Laura esquissa le geste de se lever afin de placer son verre sur la table. Il la devança, posa le verre et resta debout devant elle.

– Est-ce vous qui l'avez invité ?

Toute couleur disparut instantanément des joues de Laura et une moue chagrine se peignit sur son visage comme à l'évocation d'une grande peine. Elle tenta en vain de donner à sa voix un ton ferme mais elle ne fit que chevroter :

– Vous savez bien que non. Je le connais à peine. Il venait chez ma tante qu'il entourait de prévenances. Je l'avais bien rencontré dans des réceptions...

– Vous faisait-il la cour ? interrogea-t-il de sa voix contenue et provocante des mauvais jours.

Le ton d'Arnaud avait changé si vite, empreint tout à coup de jalousie mordante, que la jeune femme en fut décontenancée.

– Il... il faisait partie des jeunes gens qui se déclaraient mes admirateurs, sans plus.

Arnaud s'avança encore un peu et la dévisagea un long moment avec une expression à la fois dure et inquiète.

– Vous aviez en effet beaucoup d'admirateurs mais, dans ce cas particulier, vous auriez dû évincer ce goujat.

Il termina son verre et, sous le regard de Laura qui l'observait en silence, finit par dire en soupirant :

– Pardonnez-moi. Je vous crois lorsque vous m'affirmez n'être pour rien dans l'intrusion de ce garçon. Cependant, je ne puis m'empêcher de m'interroger. Qui l'a si bien renseigné ? Qui lui a donné notre adresse ? Avez-vous une idée à ce sujet ?

– A plusieurs reprises, M. Coleridge a fait allusion à une vieille amie, quelqu'un de proche. Je supposais qu'il s'agissait de ma tante qui est ma meilleure amie et est très proche de moi sur le plan familial. Au fil de la conversation, il me révéla que cette amie l'avait informé de notre situation et des raisons qui nous avaient amenés dans cette maison. De ce qui devait en découler à la fin de notre séjour ici. Je vous avoue que j'avais hâte de rencontrer ma tante pour lui faire entendre respectueusement mais fermement ma façon de penser sur ses indiscrétions. C'est à ce moment que M. Coleridge m'annonça qu'il avait vu ma tante pour la dernière fois au mois de mai.

Sans la quitter des yeux, Arnaud alla s'asseoir sur le canapé.

– Alors qui ? demanda-t-il.

Avant même que Laura n'ouvrît la bouche, il avait son idée sur l'identité de l'indiscrète.

– Mme Desbury, dit Laura dans un souffle. D'après M. Coleridge, cette personne est intarissable à mon sujet.

Elle se troubla sous l'effet de la confusion. D'une voix tendue, elle raconta l'histoire de sa prétendue tendre inclination pour Edward, fable inventée par Mme Desbury pour attiser la convoitise du jeune homme.

Puis Laura perdit encore un peu plus contenance devant la mine d'Arnaud quand elle lui révéla la recommandation faite à Edward de ne pas tenir compte de ses rebuffades. De passer outre aux refus d'une fille perverse qui adorait sentir la poigne d'un maître.

Elle n'eut qu'à regarder le visage d'Arnaud pour deviner qu'il bouillait de rage. Les muscles de sa mâchoire se tendaient sous la peau.

Penché en arrière afin de se décrisper les épaules et de se calmer, il resta silencieux pendant un long moment, les yeux fixés sur les flammes qui dansaient dans la cheminée. Quand il se décida enfin à parler, sa voix était redevenue douce.

– Laura, vous m'êtes plus chère que tout au monde. Comment pourrais-je supporter la vue de votre angoisse ? Si vous avez besoin d'aide, de compréhension, laissez-moi vous les donner.

La tête inclinée pour montrer qu'elle comprenait les sentiments d'Arnaud, elle soupira avec force avant d'expliquer :

– A mon grand déplaisir, M. Coleridge m'a tout d'abord abreuvée de compliments plus dithyrambiques les uns que les autres. Ses outrances m'épuisaient, je vous l'avoue. Aussi, croyant qu'un peu d'air frais lui remettrait les idées en place, je lui ai proposé d'aller nous promener dans le parc. A peine avions-nous fait trois pas qu'il changeait d'attitude...

La dernière phrase fut prononcée d'une voix si altérée qu'Arnaud lui pressa la main.

– Il avait des gestes de fou, continua-t-elle après un bref intervalle de silence. Il me... serrait tout... tout contre lui. Il m'embrassait... Sa bouche... humide... Des pro... propositions si obscènes... que... je... j'étais incapable de formuler une seule... pensée co... cohérente.

En l'entendant bégayer de nouveau, Arnaud vint s'agenouiller auprès de son fauteuil.

– C'est fini, Laura. Il est parti et ne reviendra jamais plus.

– C... croyez-moi, je... voulais... lui... faire en... tendre raison... je... Plus de voix... Cela... m'a dé... déchiré le... moral... Et... pourtant, je criais, je... criais... aucun son ne sortait... c'était co... comme un... cau... cauchemar.

Arnaud la secoua doucement par les épaules, tentant de chasser de sa mémoire les souvenirs qui la hantaient.

– Laura ! C'est fini ! Je suis arrivé à temps.

Elle ne répondit pas tout de suite, le contemplant avec un air absent. Enfin, elle se reprit.

– Vous êtes arrivé à temps, accorda-t-elle pensivement en hochant la tête. Je vous appelais et vous êtes arrivé...

Les yeux d'Arnaud se voilèrent et c'est d'une voix cassée par l'émotion qu'il balbutia :

– Vous m'appeliez, mon ange ?

Elle ne lui laissa pas le temps de continuer.

– Mme Higgins était à la fenêtre. Elle n'a fait aucun geste pour interrompre l'agression dont j'étais victime.

– Il se peut que Mme Higgins vous ait crue consentante. Vous entendant crier, peut-être se serait-elle précipitée à votre secours ?

– Soit ! Laissons-lui le bénéfice du doute. Mais à

l'autre ? Que lui ai-je fait ? Si vous le savez, dites-le-moi, insista-t-elle.

– Edward Coleridge... commença Arnaud.

– Non, je ne parle pas de ce goujat plein de suffisance ! Il n'était qu'un instrument de la malfaisance de Mme Desbury... Que lui ai-je fait à elle ?

Plusieurs sentiments se peignirent sur le visage d'Arnaud. Ses sourcils se rejoignirent en une seule ligne et une lueur s'alluma dans ses yeux gris. Il se remit debout, sembla sur le point de parler mais se ravisa.

– Je crois le savoir, dit-il enfin. Je vais d'abord m'informer auprès de Mme Higgins. Et, tout à l'heure, si vous consentez à m'écouter, je vous expliquerai tout. Nous aviserons ensemble de ce qu'il convient de faire. Pour l'instant, vous devriez vous reposer un peu avant de vous habiller pour dîner.

– Une seconde, Arnaud. Une seconde encore. Au sujet de Mme Higgins. M. Coleridge m'a rapporté un incident sur lequel je m'interroge. Lorsqu'il s'est présenté ici, vers 15 heures, Mme Higgins a prétendu que j'étais absente, ce qui était totalement faux. Ensuite, elle a invité M. Coleridge à revenir deux heures plus tard. Doit-on croire qu'elle trouvait plus convenable d'attendre votre arrivée ? Ou peut-être voulait-elle que vous assistiez à l'entrevue ? demanda Laura d'un air faussement songeur.

– Je vais aller m'en assurer sur-le-champ. Mais, auparavant, vous souvenez-vous du matin où je vous ai fait part de l'achat d'une maison à Londres et du jour où je me proposais d'aller la visiter ? Qui était présent à ce moment-là ?

– Ce matin-là ? Daisie et... Mme Higgins qui apportait votre journal.

Mme Higgins ! On en revenait toujours à elle.

– Est-ce tout, Arnaud ? Alors, si vous le désirez nous reparlerons de cela dans la soirée, proposa-t-elle en entrouvrant la porte.

Après un dernier coup d'œil sur Arnaud qui acquiesçait machinalement de la tête, Laura se dirigea vers sa chambre où l'attendait Daisie bouillonnante de curiosité.

Il s'appuya au dossier de son fauteuil, la regardant traverser la pièce et lui indiqua le siège en face de son bureau.

– Asseyez-vous, madame Higgins. L'entretien risque d'être un peu long.

Il n'était pas dans les usages de faire asseoir un membre du personnel. Ne pouvant se dérober, la gouvernante qui n'était pourtant pas femme à se laisser facilement impressionner fit un effort pour se détendre. Pendant un moment, ils restèrent ainsi, immobiles et silencieux, se mesurant du regard.

« Il n'y a aucune raison d'avoir peur ou de se sentir mal à l'aise », se répétait Mme Higgins.

Elle releva le menton mais elle était nerveuse, très nerveuse et le devint plus encore quand elle vit M. Willier se lever pour venir s'asseoir sur le bord du bureau, face à elle.

– Connaissez-vous Mme Desbury, madame Higgins ?

Il y avait dans le ton de la question quelque chose qui poussa la gouvernante à regarder son interlocuteur avec une expression méfiante. Mais comme elle vit Arnaud avec son visage de tous les jours, pas le moins du monde soupçonneux, elle hésita un moment entre éluder le problème ou répondre franchement. La vérité l'emporta. A quoi bon mentir ? Plus que quelques jours à patienter et tout serait fini.

– Je connais Mme Desbury depuis son enfance. J'étais la gouvernante des jeunes Clarke. La gouvernante de Mademoiselle Vivien et de sept frères et sœurs.

– Ça par exemple ! Je n'y avais pas pensé. Racontez-moi cela, madame Higgins.

Encouragée par le demi-sourire que lui adressait M. Willier, Mme Higgins commença fièrement :

– J'ai élevé Mademoiselle Vivien, voyez-vous... ?

Sans cesser d'observer à la dérobée l'homme dont la présence la mettait mal à l'aise, elle étala toute l'histoire.

Issue d'une famille comptant huit enfants, la quatrième des filles Clarke, Vivien, s'était toujours sentie plus proche de sa gouvernante que de ses parents. Mme Higgins, qui à l'époque était encore célibataire, avait pris l'enfant sous son aile. Aussi, quand Vivien épousa M. Desbury, elle emmena sa gouvernante avec elle. Désormais, celle qui n'était encore que Sarah Endell ferait office de gouvernante de la maison Desbury avec, sous ses ordres, toute la domesticité. Hélas ! La pauvre Demoiselle Vivien, mal mariée à un joueur invétéré, n'avait pas tardé à devenir veuve et sans fortune, et avait été contrainte de se séparer de sa chère gouvernante. Celle-ci s'était mariée et, devenue Mme Higgins, avait souvent rendu visite à Mme Desbury se lamentant avec elle de la modicité de la rente que Vivien avait pu tirer de la succession embrouillée de son défunt mari. Quelques livres à peine, une misère !

Aussi, lorsque son ancienne maîtresse lui avait appris qu'un M. Willier s'intéressait à elle, Mme Higgins s'en était réjouie. Par la suite, elle avait pleuré avec Vivien ses rêves de richesse écroulés quand M. Willier avait été contraint à ce mariage aberrant.

Elle avait émis des doutes à propos d'un éventuel divorce et avait tout fait pour dissuader Vivien de mettre M. Willier devant le fait accompli. Rien de bon ne résulterait d'un coup de force. La malheureuse Mme Desbury n'en avait fait qu'à sa tête. Les suites de son imposture avaient donné raison à la gouvernante mais le mal était fait.

– Dans chacune de mes lettres, je suppliais Demoiselle Vivien de revenir dans notre pays. Enfin, après bien des vicissitudes, elle accepta l'argent que je lui prêtais pour son voyage de retour, conclut Mme Higgins en relevant le menton, visiblement satisfaite du bon tour joué à cet insolent Arnaud Willier.

Ainsi l'argent du retour avait été prêté par une ancienne gouvernante !

– Est-ce tout, madame Higgins ? demanda-t-il, pressé d'en venir aux faits qui l'intéressaient vraiment.

Non ! Sarah Higgins n'en avait pas terminé du récit de ses malheurs. Elle raconta encore qu'après la mort de son mari elle avait trouvé à se placer pour quelque temps chez une cousine de Mgr Wesley.

– Est-ce vous, madame Higgins, qui avez annoncé à Mme Desbury que j'irais visiter une maison à Londres ce mercredi de la semaine passée ? interrogea Arnaud pour revenir au sujet qui le concernait directement.

La gouvernante acquiesça avec un regard désapprobateur pour Arnaud qui hocha la tête avant de retourner derrière son bureau.

– En effet, Monsieur, c'est moi. Vous aviez promis à Demoiselle Vivien de l'épouser dès que vous vous seriez libéré de votre mariage. A sa grande déception, vous n'avez esquissé aucun geste pour la retrouver... C'est pourquoi je me suis fait un devoir de l'informer de votre voyage à Londres. Du point de vue de Mme Desbury, il était juste qu'elle soit consultée sur l'achat d'une maison qui deviendrait la sienne...

– Que dites-vous ? s'écria Arnaud en se laissant tomber sur son siège. Si jamais cette promesse a été faite, à Dieu ne plaise ! Je la déclarerais nulle et non avenue. Par l'imposture dont elle s'est rendue coupable, votre ancienne maîtresse s'est chargée de détruire tout ce qui avait pu exister entre nous.

– Je ne suis qu'une gouvernante, cependant permettez-moi de vous demander, à vous qui vous glorifiez tellement de votre sens de l'honneur : Croyez-vous qu'il soit loyal de promettre le mariage à une dame pour se rétracter ensuite ? Pensez-vous aux ennuis que vous pourriez vous attirer pour bris de promesse de mariage ? Mme Desbury pense que cela devrait vous faire peur.

Ces paroles n'eurent aucun effet sur Arnaud.

Voyant le piètre résultat de ses menaces, Mme Higgins se leva, resta debout en s'appuyant des deux mains sur le bureau et attendit la suite d'un air déterminé.

– Madame Higgins, parlez-moi donc de votre emploi du temps le jour de l'accident dont fut victime lady Laura.

Les joues de la gouvernante perdirent leurs couleurs et une pâleur grisâtre les envahit.

– Le jour où lady Laura fut blessée ? Ce jour-là, je n'étais pas à la maison, expliqua-t-elle en faisant un effort pour sourire. Je suis allée passer la journée chez ma sœur qui habite Boveney. Le service n'a pas souffert de mon absence. Les menus et les ordres avaient été donnés par moi-même la veille. Tout le monde vous le confirmera.

Elle se tut. Arnaud la dévisageait d'un air attentif.

– Je suis partie le matin. Tôt le matin. Je n'ai appris l'accident qu'après mon retour, le soir vers 18 heures.

– Vous vous êtes mise en route vers 8 heures. Vous êtes passée près de l'endroit où était attachée la jument de lady Laura.

Il n'interrogeait pas. Il affirmait. Mme Higgins recula comme si elle venait d'être frappée.

– Pas du tout ! Je suis sortie par la grande porte... De quoi m'accusez-vous ?

– Personne ne vous accuse, madame Higgins. Mais dites-moi, vous me semblez très mal à l'aise. Savez-vous que des épines avaient été placées sous la selle de la jument ?

– Comment voulez-vous que je le sache ? A l'office il n'était question que d'un accident... D'une jument qui se serait emballée... Tout le monde pense ainsi... Si vous étiez un peu plus attentif aux autres, vous seriez au courant des bruits qui circulent dans la maison.

– Regardez-moi en face, madame Higgins, dit Arnaud sans relever la pique.

La gouvernante soupira et leva les yeux vers lui.

– Barty et moi avions décidé de cacher à tous que l'accident était en fait une tentative d'assassinat. Alors, si vous connaissez certains faits, si vous révélez le mobile de cette monstruosité, nous pourrons discuter calmement des suites à donner. Sinon, je serai obligé de demander au juge de vous interroger.

Le juge ! Sans quitter le dessus du bureau du regard, Mme Higgins sortit un mouchoir de sa manche et épongea son visage enfiévré.

– Je vais tout vous dire, Monsieur. Tout ! Voilà : après le décès de sa cousine chez qui je travaillais, Mgr Wesley m'a proposé cette place de gouvernante. Votre situation m'avait été exposée succinctement. Il le fallait puisque je devais être les yeux et les oreilles de monseigneur. Il ressortait de ses explications que monseigneur vous soumettait à cette épreuve peu orthodoxe dans l'espoir que votre couple sortirait vainqueur de la cohabitation forcée. Quoique provisoire, la place me donnait satisfaction et je veillais à ce que vous vous sentiez bien l'un et l'autre. A ce que tout se passe sans accroc. Car, si au cours du séjour le moindre incident se produisait, tout se terminerait aussitôt. Cela ne m'arrangeait pas, comme vous pouvez le supposer... Votre nom ne m'était pas inconnu, Monsieur mais, comme je vous croyais émigré en Amérique pour toujours, le nom de Willier me faisait plutôt penser à quelqu'un de votre parenté et je n'y attachai pas une importance particulière. Jusqu'à un certain soir où, en proie à une forte migraine, j'allai me promener dans le parc, pensant qu'un peu d'air frais me ferait du bien. Soudain, je vous entendis parler, lady Laura et vous. Comme vous aviez tout à fait l'air de vous éprendre de lady Laura, je m'approchai afin de saisir une conversation que je pourrais rapporter à monseigneur pour son plus grand plaisir. Vous parliez de l'Amérique... Je réalisai à ce moment que l'homme que j'étais en train d'épier était celui-là même qui avait causé un grand préjudice à mon ancienne maîtresse. Je décidai sur-le-champ de l'aviser des faits. Malheureusement, vous étiez absent lors de sa visite qui avait pour unique but de vous rappeler votre promesse.

Mme Higgins jeta un regard comme pour demander si Arnaud désirait lui poser des questions. Il hocha la tête.

– Est-ce à ce moment-là que Mme Desbury et vous avez mis au point votre tentative de meurtre ?

Détachant son regard de dessus le bureau, elle contempla Arnaud avec une expression d'horreur.

– Jamais ! S'il est vrai que Mme Desbury et moi avions manigancé des incidents susceptibles d'inciter monseigneur à interrompre votre séjour, à aucun moment nous n'avons envisagé de faire du mal à lady Laura. Pas un crime, Monsieur ! Certainement pas un crime ! Je n'aurais jamais touché à un cheveu de lady Laura.

L'indignation faisait vibrer sa voix.

– Ce qui n'est pas le cas de tout le monde, riposta Arnaud.

– Si vous entendez par là que Mme Desbury avait autre chose en tête que des incidents bénins, je vous affirme que vous vous trompez. C'est moi et moi seule qui décidai d'ajouter certaine poudre à la nourriture de la jument de lady Laura. De sorte que, l'animal victime d'un empoisonnement, monseigneur réagirait en interrompant votre séjour et annulerait le mariage au plus vite.

Dépitée, elle exhala un profond soupir, comme pour anéantir ses espoirs d'un souffle.

– Seulement voilà... Il faisait noir dans l'écurie. Je me dirigeais à l'aveuglette car il m'était impossible d'allumer une lampe. Aussi, je me suis trompée de stalle. Le lendemain j'ai compris très vite que vous n'iriez pas vous plaindre pour les coliques du petit cheval gris. A première vue, rien ne prouvait qu'il était victime d'une malveillance... Je résolus d'en rester là et de ne plus chercher à vous nuire.

Elle était absolument immobile, debout devant le bureau et parlait de ses remords avec une ferveur qui émut Arnaud malgré sa colère. Toutefois, il était décidé à faire toute la lumière. Rien ne devait rester dans l'ombre.

– Si ce n'est vous, qui a mis les épines sous la selle ?

La gouvernante le considéra avec des yeux fixes en portant sa main à sa gorge.

– Je dois vous dire, Monsieur, que ma sœur, qui habite Boveney, envoie quelqu'un me prendre avec une carriole chaque fois que je dois me rendre chez elle. La carriole reste en dehors de la propriété car il n'est pas d'usage de faire entrer des véhicules pour des domestiques. Ce jour-là, un coupé m'attendait. Et dedans, Mme Desbury qui m'expliqua qu'elle était venue dans l'intention d'avoir un entretien avec vous mais qu'elle s'était ravisée à la dernière minute... Elle avait renvoyé la carriole et avait décidé de m'attendre pour me conduire elle-même à Boveney. Si jamais des épines ont été placées sous la selle, j'ai bien peur que ce ne soit par... Demoiselle Vivien.

Dans le silence qui suivit, il observa la gouvernante tandis qu'elle lui adressait une supplique muette d'un air égaré.

– Nous en reparlerons, dit enfin Arnaud. Mais auparavant dites-moi donc si, pour l'affaire du jeune Coleridge, vous aviez aussi comploté avec Vivien.

– Oui, Monsieur. Mais je ne savais pas alors que lady Laura avait été victime d'une tentative d'assassinat. Sinon, vous pensez bien que jamais... Bon, je poursuis. Il était entendu avec Mme Desbury que je devais laisser entrer le jeune homme juste avant votre retour afin que vous surpreniez une scène édifiante qui vous ouvrirait les yeux.

L'expression du visage d'Arnaud disait clairement : « Oui, c'est bien ce que je pensais. »

– Madame Higgins, je n'ai pas l'intention de vous juger. Que Dieu soit votre seul juge et qu'il vous traite avec compassion. Maintenant, écoutez-moi bien, je ne dénoncerai pas la tentative de meurtre, à condition que vous me fassiez une confession écrite de tout ce que vous venez de me rapporter.

Voyant Mme Higgins faire un geste dans sa direction, Arnaud se figura un instant qu'elle voulait l'interrompre.

– Je ne reviendrai pas là-dessus ! s'écria-t-il avec force. Cette confession ira chez mon notaire. Une copie en sera faite pour le notaire de lady Laura. A ouvrir en cas d'accident suspect. Vous ferez une copie supplémentaire que je remettrai moi-même à Mme Desbury.

– Monsieur ! S'il est vrai que j'ai rencontré Mme Desbury près de l'entrée du domaine, rien ne prouve qu'elle ait...

Il trancha nettement :

– C'est elle ou c'est vous !

Mme Higgins, tombée assise sur son siège, laissa échapper une plainte.

– Ce n'est pas moi. Sur mon âme, je le jure... (Elle fronça les sourcils, traversée par une pensée soudaine.) Une petite branche d'aubépine était accrochée au bas de la robe de Mme Desbury... murmura-t-elle d'une voix songeuse. Oui... Je m'en souviens maintenant. Je l'ai retirée.

– Bien ! Vous devenez raisonnable ! Vous savez ce qui vous reste à faire. Ceci dit, je vous laisse jusqu'à ce soir pour faire vos bagages et partir d'ici. Et pas un mot sur cette affaire à lady Laura. Cela ne ferait que l'éprouver davantage.

Plaçant devant elle du papier et une plume, Arnaud se posa en observateur.

Aussi longtemps qu'écrivit Mme Higgins, il la scruta d'un œil perçant qui ne faiblit pas un seul instant.

19

C'était la dernière ligne droite. La dernière semaine. Bientôt chacun repartirait pour retrouver ses occupations ordinaires.

Le séjour avait passé avec une rapidité de rêve. D'un rêve qui s'imprégnait aujourd'hui des parfums du tout début d'automne.

Un sentiment entremêlé d'attente et de douleur poussait Arnaud à surcharger les dernières journées d'événements qui le rapprocheraient de Laura. Il ne la quittait pas des yeux afin d'engranger dans sa mémoire le moindre détail de la vie de celle qui cesserait bientôt d'être sa femme. Il ramassait le plus de souvenirs possible : sa silhouette fine, sa façon de se tenir bien droite pour ne pas perdre un pouce de sa taille et puis... ses sourires, ses froncements de sourcils lorsqu'elle se concentrait, la courbe de sa bouche... Oublierait-il ? Oublierait-il qu'il l'avait vue en chemise le jour de son accident, ses seins ronds tendant le tissu de son sous-vêtement ? Oublierait-il les jambes longues et merveilleusement galbées entr'aperçues alors qu'il resserrait le bandage de son pied ?

Oublierait-il tout cela et bien d'autres choses encore ?

C'était une journée de fin septembre où le soleil, à l'heure de midi, se montrait presque aussi chaud que pendant l'été qui s'en allait à regret. Dans le jardin de la gentilhommière, les feuilles des arbres commençaient à rougir et à jaunir, l'avant-dernier sourire des beaux jours.

A peine la mère Hoorps était-elle repartie après avoir enlevé les attelles de Laura, qu'Arnaud proposait :

– Barty et moi trouvons qu'il est grand temps que Daisie fasse connaissance avec son futur logis. Voulez-vous nous accorder la grâce de votre compagnie ?

Maintenant, ils étaient tous les deux installés dans le coupé. Daisie avait refusé de prendre place à l'intérieur du véhicule. Elle préférait rester sur la banquette du conducteur avec Barty, à lui tenir le bras. Quand l'ardeur des exclamations de la jeune femme se fut ralentie, Barty commença à barytonner d'une voix profonde et harmonieuse une chanson connue de tous qui ne comptait pas moins de neuf couplets et autant de refrains. Elle racontait l'histoire d'un couple de paysans allant à la ville avec une liste de courses pour les gens du château. Au fur et à mesure des rencontres, des disputes et des aléas du voyage, les deux campagnards oubliaient les articles à ramener.

Le refrain qui récapitulait la liste des objets fut repris en chœur. Puis chacun à son tour chanta un couplet qui finissait invariablement par : « Rien oublier de ces choses. Ooooh... non ! »

A ce moment-là, Barty levait la main qui ne tenait pas les rênes et, de dos, à demi levé de son siège, il dirigeait le chœur tandis que les deux jeunes femmes et Arnaud comptaient sur leurs doigts les articles de la liste afin de ne pas oublier celui qui devait disparaître. Chaque refrain se terminait par des éclats de rire et : « Une bobine de fil bleu, morbleu ! »

Jamais Laura n'avait fait une pareille promenade. Parfois, Daisie se mettait debout et demandait à Laura et à Arnaud ce qu'ils pensaient du paysage. « Merveilleux », répondait Laura. Arnaud restait muet. Qu'aurait-il pu dire du paysage sinon qu'il se composait uniquement de Laura ? Les petites fleurs des talus embaumaient pour Laura, les oiseaux ne chantaient que pour elle. Quant au vent, ne soufflait-il pas une douce brise en l'honneur de Laura ?

C'était un coin déjà jaunissant sur une colline tapissée de gazon tendre. Des arbres, de la bruyère et un paysage superbe à perte de vue. Qu'une fée avait fait surgir pour la journée en hommage à la beauté de l'adorable et sacrée Laura.

Un bras passé sous celui d'Arnaud, le visage abrité du soleil par une capeline délicieusement décorée de fleurs, Laura poussait des soupirs de véritable contentement. La journée si bien commencée s'était poursuivie avec la visite du manoir en réfection. Puis les quatre jeunes gens s'étaient dirigés vers la maison rénovée du futur régisseur.

La tête bourdonnante, ne sachant trop ce qu'elle devait faire, Daisie demeura un moment sur le seuil. Ses yeux allaient des murs complètement blancs au plancher nu.

– Vas-y, entre, Daisie, l'encouragea Arnaud avant de se tourner vers Barty et Laura qui étaient encore dans la cour. Peut-être cela ne lui plaît-il pas ? plaisanta-t-il.

– Ah si ! affirma Daisie avec force. Mais je ne m'attendais pas à trouver une maison aussi jolie.

Elle entra dans la première pièce dont la clarté la ravit et y remarqua une seconde porte qui donnait dans une autre pièce. Les sourcils froncés, elle la parcourut lentement et, quand elle aperçut qu'une autre pièce suivait les deux autres, elle se mit à rire.

– Barty ! C'est tellement... tellement... !

Nonchalamment appuyé au mur, Barty la contemplait, un large sourire aux lèvres. Il alla jusqu'à elle et la prit par le bras.

– Et ce n'est pas tout. Il y a encore trois chambres en haut et aussi un grand grenier et une cave que je te montrerai.

– Oh oui, soupira Daisie en l'enlaçant de ses deux bras.

Aussitôt, le monde extérieur disparut pour eux deux, enveloppés qu'ils étaient dans leur cocon de tendresse.

Comme Laura attendrie se retournait vers Arnaud, elle rencontra ses yeux gris en train de l'observer avec un regard de pure adoration. Le temps s'arrêta. Un frisson la parcourut, la laissant profondément troublée.

– Venez, dit-il enfin en lui prenant le bras. Eloignons-nous d'ici.

Il s'écarta d'elle et Laura fut affectée par sa tristesse. Inutile de se leurrer, il leur faudrait du temps pour retrouver la paix de l'âme. Son cœur saignait pour Arnaud car il l'aimait, c'était évident.

Elle avait l'impression qu'ils étaient, elle et lui, emportés par un courant inéluctable et doutait fort que l'éloignement ait la faculté d'affaiblir, si peu que ce fût, les liens de leur profonde affection.

Arnaud se trouvait déjà dehors et Laura avait le pied sur la première marche, quand la voix angoissée de Barty les arrêta :

– Ne nous laissez pas seuls !

Arnaud fit volte-face tandis que Laura apercevait avec étonnement le sourire qu'il réprimait difficilement.

– Rebroussons chemin, Barty a besoin d'aide. Il a fait le vœu de ne pas... hum... de ne pas rester en tête à tête avec Daisie, la renseigna-t-il à mi-voix.

– Ah ? Pourquoi ?

Il lui chuchota à l'oreille :

– Il craint de ne pas être de taille à résister à ses charmes.

Sous son regard, Laura sentit qu'elle rougissait et, dans son trouble, murmura quelques mots en espérant que c'étaient bien ceux qui convenaient.

Rassuré par leur présence, Barty plaça un bras sur les épaules de sa fiancée, posa ses lèvres sur son oreille, le nez enfoui dans ses cheveux clairs. Il soupira profondément avant de balbutier en s'efforçant de se remettre les idées en place :

– Pour... les meubles... j'ai des économies.

– Moi aussi ! Depuis que je travaille, je n'ai jamais rien dépensé. Moi aussi, j'ai des économies. Vous le savez, Demoiselle, que j'ai des économies, dit-elle en riant joyeusement.

Arnaud tressaillit. Les économies de Daisie ! La remarque lui fit l'effet d'une douche glacée. Heureusement que Daisie avait eu des économies pour entretenir et nourrir sa jeune maîtresse au temps de leur premier séjour à Londres !

L'espace d'un instant, il se rappela le passé. Comment avait-il pu en arriver là ? Comment avait-il pu abandonner Laura à la charité de sa femme de chambre ? Laura l'appelait l'Ogre... Avec combien de bonnes raisons !

– Toi et Barty irez tous les deux choisir vos meubles et vous mettrez la facture à mon nom.

Le soleil entrait à flots par la fenêtre. Daisie, fixant obstinément la pointe de ses chaussures, lui tournait le dos.

– Tu ne réponds pas, Daisie ? Tu ne veux pas de meubles ?

Arnaud lui posa la question en l'observant avec curiosité.

– Eh bien, voyez-vous, Monsieur, dit-elle en détachant son regard de ses pieds après un moment d'indécision, du fait des nouvelles fonctions de Barty, je savais que nous habiterions la maison du régisseur mais... j'espérais que les meubles seraient à nous...

Elle se tenait debout, bien droite, immobile au milieu de la pièce.

– Daisie ! Les meubles t'appartiendront. Enfin... ils seront à vous deux, répondit Arnaud avec un rire franc.

– Vous êtes bien bon, Monsieur, murmura Daisie en jetant vers Barty un coup d'œil interrogateur, vaguement anxieux.

– Prends cela simplement comme une dot que lady Laura et moi vous offrons à l'occasion de votre mariage.

Laura qui n'était au courant de rien hocha la tête en signe d'approbation.

– Considère ce cadeau comme une récompense en reconnaissance du temps où tu t'es servie de tes économies pour venir en aide à lady Laura.

Daisie n'avait rien oublié, aussi fit-elle un signe discret vers sa jeune maîtresse, comme pour lui dire qu'à son avis il n'y avait rien à répondre à cela.

Pourtant son bon cœur l'emporta. Elle tenta de minimiser le service rendu afin d'atténuer les regrets de Monsieur Arnaud.

– Vous êtes trop bon, Monsieur. Vous savez, n'importe qui en aurait fait autant en voyant lady Laura toute seule pour la première fois de sa vie, sans ressources, sans personne pour la défendre... Si jeune, si effrayée... C'était tout naturel, Monsieur.

Dans l'intention de bien faire, elle répéta précipitamment de peur de l'avoir blessé, sans se rendre compte qu'elle mettait du sel sur la plaie :

– N'importe qui en aurait fait autant.

Elle lissa sa robe et hocha la tête d'un geste qui semblait lancer un défi à quiconque voudrait la contredire. Tout au long de sa tirade, Arnaud était resté sans réaction. Puis le sang lui monta au visage. Il se passa la main dans les cheveux avec un air très contrarié et secoua la tête dans le but de clarifier ses pensées.

– N'importe qui, réaffirma encore une fois Daisie.

– Ecoute, Daisie, intervint Laura, accepte donc sans faire d'histoire. Rappelle-toi qu'il reste un tas d'autres choses à acheter. Des tas ! La vaisselle, le... l'argenterie... les rideaux et des bibelots, si tu les aimes.

– Le linge, les tapis, continua Daisie avec une joie évidente.

Arnaud semblait sur le point de rappeler que les tapis étaient associés aux meubles, mais le regard que Laura lui lança le dissuada d'insister. Il alla s'appuyer contre la cheminée et s'absorba dans ses pensées. Daisie courut le risque de le déranger en s'adressant à lui :

– Je crois que je vais accepter, Monsieur. Si toutefois Barty est d'accord. Qu'en penses-tu, Barty ?

Il lui dédia un large sourire plein de dents blanches et de bonne humeur.

– Daisie ! Ma Daisie... Pourvu que tu sois heureuse, moi je suis content. Comment pourrais-je te refuser quoi que ce soit ! Tu es ma récompense, ma Daisie. Mon paradis.

Puisque les amoureux semblaient désireux de discuter de leurs affaires, Arnaud tendit une main vers Laura.

– S'il vous plaît, ma chère, proposa-t-il. Faisons quelques pas dans la cour. Hé, Barty ! Nous sortons mais nous ne nous éloignerons pas de la porte.

Les derniers mots s'adressaient au malheureux garçon qui avait bien besoin d'aide. Aujourd'hui plus que jamais.

L'auberge, solide bâtisse en briques et en bois, se trouvait juste après la limite du domaine de Penton Hook.

En habitué des lieux, Arnaud emmena son monde dans une longue et grande pièce. Un garçon à demi chauve, qui lui donnait du « Monsieur Willier » pour donner à croire qu'il le connaissait de longue date, s'empressait autour d'eux. Il les fit asseoir à la table du milieu où il apporta les plats sous couvercles d'un énorme déjeuner.

Tous quatre se jetèrent sur la nourriture comme s'ils tombaient d'inanition.

Le repas fut gai et animé. Quand le dessert fut posé sur la table, les deux hommes, faisant assaut de souvenirs d'enfance, racontèrent leur jeunesse tumultueuse pleine de farces et de maraudages. Au grand plaisir de leurs compagnes qui riaient de bon cœur.

Ils étaient amusants et joyeux, toute sorte d'anecdotes à demi oubliées surgissaient brusquement de leur mémoire et les faisaient s'esclaffer.

Pendant que les dames essuyaient leurs larmes de rire, Arnaud proposa de boire à la santé de son frère de lait en déclarant que Barty était son plus vieil ami et aussi le plus cher à son cœur.

– A nos souvenirs et à toi, Bartholomew Collins, que chacun connaît sous le nom de Barty. A toi, compagnon de ma jeunesse.

Il leva son verre, but une gorgée et continua sa tirade en prononçant un chaleureux éloge des qualités du chef des palefreniers de Shiplake qui deviendrait très vite un régisseur apprécié. Il conclut en exprimant l'espoir de le voir marié très vite.

– Le 12, s'écria Daisie que deux verres de bière avaient remplie d'enthousiasme.

Arnaud et Laura s'apprêtaient à féliciter les futurs époux, lorsque Barty repoussa son assiette.

– Le 12, gémit-il d'une voix où perçait du découragement.

Le ressentiment qu'il éprouvait lui serrait le cœur.

– Onze jours sans voir Daisie... Je sais bien, lady Laura, que vous avez besoin d'elle. Daisie m'a expliqué qu'elle veut retourner à Londres avec vous le temps de former un peu votre nouvelle femme de chambre à vos habitudes. Je le sais.

Laura acquiesça lentement de la tête, simultanément son sourire disparut.

– N'allez pas croire que je récrimine, lady Laura. Mais en ce moment, je retrouve ma Daisie tous les soirs pendant une heure qui me paraît toute petite alors que la journée me semble interminable... Qu'est-ce que je vais devenir pendant onze jours ? Cela me ronge, voyez-vous ?

Il continua ses jérémiades sur le même thème, mais Laura ne l'écoutait plus. Les propos tenus par Barty l'obsédaient, tournaient en rond dans son esprit et la troublaient profondément.

« Je la retrouve chaque soir... La journée me semble interminable... »

Elle aussi attendait le soir pour retrouver Arnaud. Et ses heures d'absence duraient interminablement.

Qu'allait-elle devenir sans lui ? Comme une âme en peine, souffrirait-elle d'un vide intolérable ? Arnaud était son seul et véritable... ami. Car force était de reconnaître que Mgr Wesley avait eu raison. Une grande amitié l'unissait à Arnaud. Lui de son côté devait-il lutter aussi contre la douleur causée par la perspective de leur séparation ?

Le visage de Laura exprimait les émotions qu'elle ressentait. Bien que ne devinant pas la nature de ses pensées, Arnaud remarqua le désarroi qui l'accablait. Il crut que l'allusion au départ de Daisie en était la cause. Il vint se mettre debout près de sa chaise.

– Allons, ressaisissons-nous ! Au diable la mélancolie ! N'oublions pas que nous avons décrété à l'unanimité que cette journée serait une journée joyeuse. Ne fais pas la tête, quelques jours de patience seront vite passés, ajouta-t-il à l'intention de Barty.

L'interpellé jeta un regard du côté de Daisie qui fit un signe de la main.

– C'est vrai, mon chéri. Nous nous sommes promis une journée heureuse sans pensées moroses. Notre toute première journée ensemble.

Elle se pencha vers lui, les yeux illuminés de bonheur. Barty posa son verre pour lui prendre la main et la porter à ses lèvres. Sous le regard envieux d'Arnaud qui aurait tout donné pour prendre la main de Laura et y déposer un baiser.

Ils consacrèrent leur après-midi à visiter Penton Hook. La longue promenade se déroula dans la même ambiance agréable. Le vent presque frais dissipait la sensation de lourdeur qui suit un bon repas. Le soleil intensifiait leur bien-être en passant à travers les branches des arbres jaunissant qui bordaient la route longeant le fleuve. Diserts, les deux hommes leur montraient tout ce qui faisait l'attrait et la valeur du domaine tandis que les jeunes femmes écoutaient avec intérêt.

Ils revinrent prendre le thé à l'auberge. Le crépuscule s'annonçait déjà lorsqu'ils regagnèrent le coupé.

Avant que Daisie ait eu le temps de réagir, Barty l'avait soulevée et placée sur le siège du conducteur. A la lumière du soleil couchant, la chevelure pâle de la jeune fille prenait des tons de miel. Ebloui par tant de grâce, Barty dut fermer les yeux un instant.

Alors qu'elle prenait la main qu'Arnaud lui tendait pour l'aider à monter à l'intérieur du coupé, Laura proposa :

– Veux-tu monter avec nous, Daisie ?

Ses yeux se tournèrent vers Arnaud semblant quêter une approbation.

– Oui, viens à l'intérieur, dit-il enfin sans grand enthousiasme. Tu vas avoir froid là-haut.

– Avoir froid à côté de Barty ! Ça, Monsieur, c'est impossible. C'est comme si vous étiez près d'un poêle à charbon.

Barty se retourna et hocha la tête comme s'il venait d'entendre des paroles d'une grande sagesse.

– Un poêle à charbon chauffé à blanc ! renchérit-il, la mine réjouie.

Les deux amoureux échangèrent un regard. Daisie se cala contre son fiancé et lui saisit le bras à pleine main.

– Oh non, je ne vais pas avoir froid ! affirma-t-elle en riant.

Dès que la voiture s'ébranla, l'intérieur fut plongé dans une semi-obscurité.

– Vous êtes bien installée, Laura ?

Elle s'apprêtait à dire que tout était parfait quand, soudain, elle se ravisa :

– J'ai un peu froid, répondit-elle d'un ton timide qui arracha un sourire à Arnaud.

Aussitôt, il passa un bras autour de ses épaules et l'attira doucement contre lui.

Luttant de toutes ses forces contre l'envie d'enfouir sa tête dans le creux de son cou, Laura se raidit. Alors, il lui massa le dos pour relâcher la tension de son corps.

– Vous vous réchauffez, mon cœur ? demanda-t-il tendrement.

Elle appuya sa tête contre l'épaule d'Arnaud et se laissa aller.

– Je suis très bien, chuchota-t-elle.

Quel ami charmant ! Plein d'égards et d'attentions. Elle n'éprouvait aucune répugnance à se blottir contre cet homme dont elle s'était tant méfiée. Comment ferait-elle pour vivre sans lui ? Trop tard pour se lamenter, elle n'avait plus le choix. Encore quelques jours et... « Je ne sais plus », se disait-elle, des larmes gonflant ses paupières. « Je ne sais vraiment plus. »

Daisie, enchantée de son voyage et de la belle journée passée si joyeusement, se retourna pour commenter un des événements qui les avaient jalonnés. Les mots se coincèrent dans sa gorge.

– Barty, lui murmura-t-elle à l'oreille. Regarde derrière. Crois-tu qu'ils pourraient... s'aimer ?

Par un clin d'œil, Barty lui indiqua qu'il partageait son espoir et les mots : « Ah ! si seulement... » se dessinèrent sur ses lèvres.

Le matin de leur séparation approchait. Ils devenaient tous les deux abominablement sensibles.

Lié par son serment, Arnaud ne faisait aucune avance et cela leur rongeait le cœur, leur minait le moral.

Dès l'aube du dernier jour, une pesante impression de désolation se transforma en un sentiment désespéré de tout ce qu'ils étaient en train de perdre, du vide qui s'étendait autour d'eux, de l'angoisse de ne sortir jamais de la tristesse qui s'accumulait en leur âme.

Impossible de rester, ne fût-ce que quelques minutes, éloignés l'un de l'autre. Et chaque fois que leurs yeux se croisaient, ils ne pouvaient s'empêcher d'éprouver un timide espoir.

Mais, lorsqu'ils se retrouvaient en tête à tête, on aurait dit qu'ils prenaient un malin plaisir à se fuir, estimant qu'ils étaient incapables d'en supporter davantage. Ils enduraient mille tortures jusqu'à ce qu'irrésistiblement, en pleine détresse, ils reviennent à leur face à face.

Cette situation épuisante mettait leurs nerfs à vif si bien qu'ils devenaient impatients d'en terminer au plus vite. Avec, néanmoins, l'empêchement indéfinissable où ils étaient de se séparer de cet endroit. La gentilhommière, dans les replis de leurs pensées, leur inspirait une jalousie secrète.

Laura se souvenait des jours et des moments où Arnaud s'était montré si charmant. De l'aveu qu'il lui avait fait de son amour.

Arnaud l'aimait tellement qu'il en avait mal. Il se demandait anxieusement s'il arriverait à la quitter sans s'effondrer, avec dignité. Il avait épié avidement toutes ses expressions et le regrettait amèrement car il emporterait trop de souvenirs. Le souvenir de ses sourires qui l'éblouissaient. Le souvenir de son rire clair, de ses larmes. Et encore... ces souvenirs-là, il était de taille à les supporter. Mais les autres...

Comment chasser l'image de sa jolie Laura sanglotant et bégayant ? La pauvre petite était si impressionnable, si facilement effrayée et malheureuse. Qui, à part lui, aurait assez de cœur pour l'entourer de calme patience, de tendresse ? Qui ? Même Daisie l'abandonnait.

L'idée qu'il ne serait pas là pour la réconforter lui était tellement insupportable qu'il fut à deux doigts de renier sa parole et de prendre Laura dans ses bras afin de l'emporter loin de tous ceux qui risqueraient de l'angoisser de nouveau.

Le dîner repartit sans qu'ils y eussent touché. Les autres repas de la journée avaient subi le même sort. Ils ne pouvaient rien avaler. De même qu'ils ne pouvaient rester immobiles. Ils ne s'apppliquaient à rien de façon continue. Ils en arrivaient à regretter leur franche hostilité du début, leur envie de se libérer l'un de l'autre. En ce temps-là, tout semblait facile : on se détestait et voilà tout. Mais maintenant...

Dans le bouleversement de leurs pensées, l'inquiétude du sort de l'autre agitait les profondeurs de leur âme et y apportait le tumulte.

Tandis que le soir tombait, que l'obscurité s'épaississait dans le salon, le silence qui régnait devint insupportable.

Extrêmement conscient de la présence de l'autre et de l'imminence de leur séparation, chacun se sentait misérable et navré.

Arnaud, l'air fatigué, se tenait debout près de la fenêtre, le visage dans l'ombre.

– Laura...

Elle leva vers lui des yeux agrandis par l'espoir.

– Je vais me retirer dans ma chambre.

– La soirée ne fait que commencer, protesta-t-elle.

– Je sais... Cependant, c'est... préférable. Cette attente a tout à fait l'air d'une veillée mortuaire.

Tous ses rêves anéantis, Laura demanda d'une voix faible et sans conviction :

– Reste-t-il une ou deux choses dont vous désireriez me parler ?

Les yeux d'Arnaud devinrent plus noirs qu'un ciel d'orage, un muscle se contracta convulsivement sur sa joue.

– Tout a été dit. Si d'autres mots doivent être prononcés, ils ne peuvent venir de moi... Inutile de vous préciser pourquoi.

Ce sacré serment ! Bon sang ! Il eût mieux fait de se casser une jambe ce jour-là chez l'évêque !

Comme Laura ne répondait pas, il soupira profondément.

– Lorsque vous vous réveillerez demain matin, je serai parti. Cela vaudra mieux pour tout le monde. Je... Bonne nuit, Laura et... Adieu.

– Voyons, Arnaud, ce n'est pas...

Déjà il sortait du salon et ne l'écoutait plus.

– ... ce dont nous étions convenus, finit-elle de dire dans le vide.

Elle tendit l'oreille au bruit des pas qui s'éloignaient dans le couloir puis entendit s'ouvrir et se refermer la porte de l'appartement.

20

Les yeux rougis des larmes versées au cours de ses adieux très pénibles à Barty, Daisie rejoignit la chambre où l'attendait Laura. Le regard fixé sur la porte qui la séparait de la chambre de l'Ogre, Laura ne vit pas l'expression de tristesse écrite en majuscules sur le visage de sa femme de chambre.

L'adieu bref et comme indifférent d'Arnaud avait épuisé ses réserves d'énergie. Saisie par une immense détresse, elle était vidée de toute forme de pensée.

Plongée dans une semi-hébétude, elle laissa Daisie lui enlever robe et collier, lui défaire les lacets de son corset et dénouer ses jupons.

– Passez par-dessus vos jupons, Demoiselle, s'il vous plaît.

– Tu es revenue, Daisie ? se ressaisit-elle en enjambant sa lingerie tombée à ses pieds.

Aussitôt que sa lady fut sortie de son bain, Daisie s'empressa de lui apporter une chemise de nuit rose vaporeuse, avec un long soupir sur lequel il n'y avait pas de quoi se tromper. La jeune femme se glissa frileusement dans le vêtement avant de s'enrouler dans sa robe de chambre. Elle entoura d'un bras compatissant les épaules de Daisie dont les lèvres tremblaient.

– Ma pauvre petite. Pense que très bientôt tu retrouveras ton Barty. Oublie le reste.

Daisie frotta ses yeux rouges et gonflés avant de lui faire un signe affirmatif.

– Je me comporte comme une gamine. Mais,

voyez-vous, Demoiselle, mon Barty et moi, nous nous adorons. Alors bien sûr, une séparation, si courte soit-elle, nous est très pénible à supporter... Ne restez pas les pieds nus, Demoiselle. Si vous ne vous couchez pas tout de suite, mettez vos mules. Tenez, les voilà.

Lorsque Laura fut assise devant la coiffeuse, elle défit son chignon avant de lui brosser les cheveux.

– Maintenant, Demoiselle, si vous n'avez plus besoin de moi, je vais ranger vos affaires et puis aller au lit.

Elle ramassa les vêtements, mit une bûche dans l'âtre et quitta la pièce en souhaitant une bonne nuit à sa maîtresse. Quant à elle, elle n'aspirait plus qu'à pleurer tout son soûl dans le boudoir qui lui servait de chambre.

Les yeux grands ouverts pour retenir ses larmes, Laura se tourna vers la porte de communication. Quelque part dans la maison, le carillon d'une pendule égrena neuf coups. Dans trois heures, tout serait fini. Le 1er octobre serait là.

Elle aurait dû être transportée de joie.

Alors pourquoi ne ressentait-elle qu'amertume et découragement au lieu de la sensation de délivrance qu'elle s'était promis d'éprouver au premier temps du séjour ?

Le visage sombre d'Arnaud et ses yeux gris débordants de désillusion la hantaient. Elle ne parvenait pas à penser à autre chose. Elle s'inquiétait pour lui.

Evidemment, tout cela était à mettre sur le compte de son énervement, de la fatigue et des dernières nuits sans sommeil.

Demain elle se réjouirait certainement d'être une femme libre. Peut-être pas demain... Pas demain, car la journée risquait d'être trop... pas assez... Après-demain, sûrement... Mais après-demain serait une journée sans Arnaud... sans lui. Et... il en serait toujours ainsi... toujours... à jamais... sans lui... sans... Ah ! Mon Dieu !

Dans sa chambre, debout devant le feu qui se mourait dans la cheminée, Arnaud réchauffait rêveusement entre ses mains un verre de cognac, ses pensées tournées vers la jeune femme qu'il entendait marcher dans la chambre voisine.

Sa femme ! Pour si peu de temps encore...

A présent, Laura était définitivement perdue pour lui. Il en souffrirait à jamais. Sans rémission. Bien sûr, elle ne le haïssait plus. Elle était... amicale. Et cela, il ne le supportait pas.

Ses pensées se firent plus amères au souvenir de ses erreurs. Il ne méritait pas son amitié, qu'au reste il ne voulait pas.

Il se sentait faible comme un enfant et n'avait plus le cœur à lutter contre ses propres regrets. L'heure de l'ultime confrontation avait sonné ce dernier après-midi, et il s'était enfui comme un lâche. Rien au monde n'aurait été assez fort pour le retenir une minute de plus face à la femme qu'il chérissait sans pouvoir lui témoigner son amour.

Il en était là de ses réflexions quand Laura frappa à la porte. Elle s'arrêta sur le seuil, hésitant à pénétrer dans la chambre. Leurs yeux se croisèrent et, pendant un instant, chacun soutint le regard de l'autre.

Juste avant d'entrer tout lui semblait facile et, à présent qu'elle se trouvait seule avec lui, elle se sentait intimidée et ne trouvait plus ses mots.

– Ne craignez rien, lança-t-il sur un ton dont la fermeté l'étonna lui-même. Je ne vous mangerai pas.

La pensée que Laura était venue le relancer dans sa chambre lui procura le minuscule et tenace espoir que, peut-être, elle n'était pas prête à l'éliminer de sa vie.

– Vous désirez me parler ?

Elle respira longuement pour se donner du courage puis répondit d'une voix mal assurée :

– Oui. Des choses importantes dont nous avons omis de discuter.

Sans la quitter des yeux, Arnaud but une gorgée de cognac.

– Prolonger ces discussions ? Je trouve cela cruel et aussi pénible que nos adieux interminables.

Laura eut l'impression que son sang se glaçait dans ses veines. Elle ne supporterait pas plus longtemps ce ton exaspéré. Elle lui tourna le dos.

– Dans ce cas...

Tandis qu'elle se dirigeait vers la porte, il l'arrêta. C'était au-dessus de ses forces de la laisser partir.

– Attendez, Laura ! Vous avez raison, il est préférable de traiter certains problèmes dès maintenant. Dites-moi ce que vous avez sur le cœur.

Décidément, il ne savait pas ce qu'il voulait. Laura fit volte-face, prête à lui dire ses quatre vérités mais, quand elle vit ses yeux gris, elle perdit tous ses moyens.

– Eh bien... Nous avons oublié de fixer une date pour l'entrevue que nous devons avoir avec notre cousin l'évêque.

C'était tout ce qu'elle avait trouvé.

« Mon Dieu, pria-t-elle. Faites qu'Arnaud croie à ce prétexte cousu de fil blanc. »

– Voilà pourquoi je... suis venue frapper à votre porte.

Un bref silence suivit. Puis il répondit enfin :

– Je n'irai pas avec vous à l'évêché.

– Arnaud ! N'avions-nous pas promis de... ?

Il secoua la tête. Le visage tendu, il examinait le contenu de son verre.

– Je verrai l'évêque un autre jour. Seul.

– Attendez ! Si... Si je vous suis bien... vous êtes en train de me dire que vous éviterez de me rencontrer chez Mgr Wesley ?

– Chez monseigneur et partout ailleurs. Autant que faire se pourra.

Cette remarque blessa la jeune femme.

– Pourquoi ? Que vous ai-je fait ?

Il esquiva son regard et se mit à observer la chambre comme s'il la voyait pour la première fois.

Laura laissa échapper un petit gémissement de désespoir et se retourna.

– N'était-il pas entendu que nous resterions amis ? demanda-t-elle d'une voix pitoyable.

– Laura... Soyez assez raisonnable pour vous figurer la peine que vous me causeriez en vous présentant devant moi au bras d'un autre homme. Mesurez-vous ce que j'endurerais en vous voyant avec un... fiancé ? Un mari ?

Elle en avait assez entendu. Elle lui fit face et sourit timidement.

– Je n'ai nullement l'intention de me remarier.

– Vous aviez pourtant affirmé à monseigneur notre cousin que vous étiez décidée à refaire votre vie.

– J'ai menti.

L'incrédulité qu'elle lut sur le visage d'Arnaud l'incita à préciser :

– Ce n'était qu'un prétexte pour obtenir l'annulation de notre mariage.

A l'époque, elle l'avait ardemment souhaitée. A présent, elle était prête à faire n'importe quoi pour rester unie à cet homme.

– Vous-même, Arnaud, désirez-vous vous remarier ?

– Jamais !

La réponse jaillit de la poitrine d'Arnaud avant qu'il n'ait pu l'arrêter.

Une petite pluie tapotait contre la vitre accentuant une impression de fraîcheur humide. Pour se donner une contenance, Arnaud mit une bûche dans l'âtre. Laura suivait attentivement chacun de ses mouvements. Après s'être éclairci la gorge, profitant de ce qu'il avait le dos tourné, elle résolut de dévoiler le fond de sa pensée. Elle s'y reprit à deux fois.

– Pour... pourquoi ne... pas continuer comme maintenant ? A... cohabiter vous et moi ?

Il la regarda avec une telle expression d'étonnement qu'elle se tut pendant une seconde.

– Nous nous entendons bien à présent. Nous sommes heureux ensemble. Notre amitié ne ferait que se renforcer de jour en jour...

– Cessez vos enfantillages ! répliqua-t-il avec impatience. Vous connaissez mes sentiments... ce que j'éprouve pour vous... L'amitié ! Ma pauvre petite, vous êtes si naïve, si puérile que vous me fendez le cœur. Vivre en frère et sœur, hein ? Je n'ai plus l'âge de ces niaiseries. Il ne nous faudrait pas plus de deux mois pour nous haïr.

Le haïr ! Lui ! Jamais plus, elle ne pourrait le haïr. Jamais plus !

– Je vous aime.

Les mots lui échappèrent avant qu'elle ait pu les retenir.

Arnaud en demeura sans voix. Il avait bien nourri l'espoir secret d'entendre un aveu de ce genre tout en sachant que c'était un rêve impossible. Voilà que son rêve se réalisait. Le souffle coupé, il frissonna nerveusement et se mit à trembler.

– Déliez-moi de mon serment, implora-t-il d'une voix fêlée.

– Non ! Ne me demandez pas cela !

L'angoisse qu'il perçut dans la voix de Laura fit cesser son tremblement.

– Ma chérie. Vous êtes si jeune. Vous ne connaissez rien des réalités du mariage. Je vous aime de toutes mes forces, de tout mon cœur. Mais d'une passion d'homme. Je vous désire. Je veux que vous soyez mienne. Je veux des enfants de vous, Laura. Je ne suis qu'un homme amoureux avec ses besoins et ses exigences. Déliez-moi de mon serment, je vous en prie.

Il avança vers elle. Elle recula aussitôt.

– Ne m'approchez pas ! Vous avez juré. Ne l'oubliez pas.

A son air effrayé, il comprit tout de suite qu'elle s'enfuirait au moindre pas qu'il ébaucherait. Il se détourna brusquement et reprit son poste près de la cheminée.

– Quand ? Quand comptez-vous me délivrer de ce sacré serment ?

Laura secoua lentement la tête.

– Réponds à ma question, rugit-il.
– Je ne peux pas... Comprenez-moi, je vous en supplie. Vous savez que je ne peux pas.
Sa voix résonnait lamentablement.
– Allez-vous-en, Laura.
Son ton s'était nettement adouci et la jeune femme dut rassembler tout son courage pour ne pas obéir.
– Vous dites m'aimer, Laura. Comment vous croirais-je ? Vous vous repliez sur vous-même et ne donnez pas l'impression de vouloir préserver l'amour que vous prétendez me porter. Que représente un amour aussi facilement sacrifié ?
Sa voix rauque laissait paraître le conflit qui le ravageait.
Elle tourna la tête vers la porte. Quatre pas à parcourir pour se retrouver en sécurité. Seulement, elle l'aimait. Oh oui ! Mais tout était arrivé si vite. Elle était encore trop vulnérable pour donner libre champ à ses émotions. Elle les avait tenues en bride depuis trop longtemps. Comment maintenant se laisser aller à sa passion ?
– Laura ? Faites-vous si peu de cas de moi pour vous croire autorisée à venir vous pavaner en chemise dans ma chambre ? Me croyez-vous de bois ? Ou bien vous amusez-vous à me torturer ? Retournez dans votre appartement ! Et réjouissez-vous car, si jadis je vous ai fait du mal, vous me l'avez fait payer au centuple.
Il était fou de désespoir. Il appuya son front sur le mur.
– Allez-vous-en ! cria-t-il.
Laura poussa un profond soupir, le cœur envahi par une douce chaleur dont le feu qui brûlait dans la cheminée n'était pas responsable. « Je l'aime, ne dois-je pas montrer ma compassion ? » Elle murmura dans un souffle :
– Arnaud Willier, je vous délie de votre serment.
Les yeux fermés, il respira très fort. Sans décoller son front du mur, il tendit une main vers elle.
– Jadis, avant et après notre mariage, je me suis

conduit comme un monstre et un tyran. Je vous supplie de me pardonner. Rien ne nous est possible sans votre pardon.

Quoique murmurés, les mots avaient résonné très fort aux oreilles de la jeune femme. Les larmes aux yeux, elle prenait conscience que sa rancœur s'était enfuie, faisant place à un désir de paix. Tenait-elle encore à une quelconque vengeance ? Après toutes ces années de hantise et ces mois passés à se quereller, Laura n'aspirait plus qu'à l'oubli des offenses.

Une boule lui nouait la gorge, l'empêchant de parler. Elle secoua la tête quand elle vit Arnaud se retourner vers elle, la main toujours tendue.

Lui, qui guettait la moindre de ses réactions, se méprit sur le sens de son geste.

– Vous doutez de mon repentir ? Il est vrai que je ne vous ai guère donné l'occasion de me faire confiance. Si seulement vous...

– Je vous pardonne, chuchota-t-elle comme si elle craignait que quelqu'un d'autre ne l'entende.

Elle fit deux pas et prit du bout des doigts la main offerte.

– Ah, mon amour ! Comment est-il possible d'aimer à ce point ? Autrefois, j'ignorais jusqu'au sens de ce mot. Auprès de vous, je l'ai appris jour après jour. Vous m'étiez de plus en plus chère, mon bel ange. A tel point que je ne pensais qu'à vous. Je me sentais perdu lorsque vous n'étiez pas là. J'étais fou de jalousie dès que quiconque vous approchait. J'ai lutté de toutes mes forces contre cette attirance et je croyais avoir gagné... Et vous avez été blessée... J'ai cru vous perdre, Laura... Depuis, je suis à vous. Je vous aime, cœur de mon cœur. Je vous aime.

Il l'attira doucement jusqu'à lui. Les lèvres de Laura étaient toutes proches. Avant qu'il ait pu retenir son élan, il se pencha et sa bouche effleura la sienne dans un tendre et chaste baiser.

– Je vous aime, dit-il encore.

Sa voix avait des inflexions si tendres qu'elle vibrait à l'oreille de Laura comme une caresse.

Arnaud se redressa légèrement. Ses yeux gris contenaient des questions non exprimées. Allait-elle avoir peur ? Le repousser ? Avec la triste expérience qu'elle avait de l'amour, tout était possible.

Laura restait blottie contre lui. Consciente du danger que présentait cette proximité, elle s'attendait à ce que tout son être se révolte. Mais non. D'entre tous les hommes, Arnaud était le seul dont elle ne redoutait pas le contact. Elle contemplait ses lèvres en se demandant pourquoi elle n'éprouvait aucune envie de se débattre, de fuir.

– Mon amour, désirez-vous que nous échangions un vrai baiser d'époux amoureux ?

Quoi qu'il puisse lui en coûter, il veillerait à ne rien faire qui soit susceptible d'effrayer Laura.

Elle ouvrit de grands yeux perplexes et hocha la tête avec une lenteur pleine d'indécision.

Doucement, presque timidement, il posa ses lèvres sur celles de sa femme. Il se contenta d'abord de les caresser du bout de la langue.

– Entrouvrez la bouche, mon amour, murmura-t-il contre sa joue. Je veux vous donner un vrai baiser.

Il prit sa bouche avec une douceur infinie. Son baiser cessa d'être chaste, mais si tendrement que Laura n'en fut pas choquée. Elle ignorait que les hommes embrassaient de cette façon-là, mais, puisque Arnaud s'y prenait comme ça, c'était qu'il devait en être ainsi. Jusqu'à ce que, prise de vertige, le cœur battant très fort, elle tenta de se dérober, se disant qu'elle allait s'évanouir. Il passa une main derrière sa tête et enroula les longs cheveux autour de son poignet. Il dévorait ses lèvres tendres. Le contact de ses seins fermes contre sa poitrine éveillait en lui un désir douloureux et irrésistible. Il était temps de s'arrêter sous peine de devenir fou. Trop de hâte et Laura serait perdue pour lui. Il relâcha son étreinte à contrecœur, un peu comme s'il mourait. Un lourd silence s'établit, haché par leur respiration haletante.

– Mon amour, parvint-il à murmurer.

Privée de force, elle dut s'appuyer sur lui pour

retrouver son souffle et ne pas tomber. Il aurait fallu être d'airain pour résister. Il n'était qu'un homme très très amoureux. Les lèvres tremblantes de Laura s'entrouvrirent, elle s'abandonna à ce long et profond baiser ardent comme le feu de l'enfer.

Un baiser-piège, parfumé au cognac, qui enflammait son sang dans ses veines et faisait courir des frissons sous sa peau. Elle n'arrivait plus à s'arracher à l'étreinte qui la faisait fondre comme le sucre dans du café chaud. Quand, malgré lui, Arnaud se détacha d'elle, elle eut l'impression qu'il venait de lui dérober son âme et qu'elle n'était plus de ce monde.

Pantelants, irrésistiblement attirés l'un vers l'autre, ils se dévisageaient intensément.

Le carillon de la pendule rompit soudain le charme en produisant sur eux l'effet d'une décharge électrique. Laura se figea.

– 22 heures, Laura. Dans deux heures, il sera trop tard.

– Trop tard ? Pourquoi trop tard ?

Il la caressa de son regard tendre et lui effleura les lèvres du bout des doigts.

– Avez-vous oublié que notre mariage sera annulé s'il n'est pas consommé avant le 1er octobre ?

Un frisson de panique la secoua et ses genoux se dérobèrent sous elle.

– Pas du tout ! Monseigneur n'a pas...

Il ne lui donna pas le temps de continuer.

– Oh ! Que si ! La consommation ou l'annulation. Lors de sa dernière visite, monseigneur a été formel là-dessus.

S'il mentait sans vergogne, c'était pour la bonne cause. Il se doutait bien que si Laura n'était pas sienne ce soir, elle ne le serait jamais. Aussi prononça-t-il ces mots avec tant de sincérité que Laura le crut sur parole.

– Je pensais que nous... ferions plus ample connaissance avant de... bredouilla-t-elle.

– Nous nous connaissons très bien et le temps

nous manque. Nous nous aimons et nous serions désespérés d'être séparés. Enfin, moi, je le serais.

La tendresse contenue dans la voix d'Arnaud fit frémir la jeune femme qui ferma les yeux pour dissimuler ses larmes.

– Je ne peux pas. Accordez-moi quelques jours, le temps de m'habituer à cette idée et puis...

Il lui leva le menton.

– Regardez-moi, ma chérie, et faites-moi confiance. Ce sera ce soir ou jamais. Nous n'y pouvons rien changer.

Saisie d'angoisse, elle baissa les paupières et marqua son impuissance d'un lamentable haussement d'épaules.

– C'est au-dessus de mes forces. Je vous en prie, n'insistez pas, implora-t-elle d'une voix à peine perceptible. Si vous saviez... si vous saviez...

Les larmes trop longtemps contenues débordèrent. Il la prit dans ses bras et l'étreignit tendrement. Soudain, Laura fut soulevée de terre. La tête enfouie dans son épaule, elle sentit qu'il lui baisait les cheveux.

– Séchez vos jolis yeux et racontez-moi tout, mon trésor, l'encouragea-t-il en la déposant sur le lit. Vous avez besoin de vous confier.

Elle s'empressa de s'asseoir sur le bord du lit. Il prit place tout à côté d'elle.

– Je n'en ai jamais parlé à personne mais... Je fais des rêves horribles, murmura-t-elle.

Ainsi, ce que Daisie avait dit au sujet de l'amnésie de Laura en ce qui concernait ses cauchemars n'était vrai qu'en partie.

Conscient de sa répugnance à évoquer un souvenir aussi pénible, Arnaud hésita. Cependant, il fallait crever l'abcès une bonne fois. Et que Laura se libère enfin de ses transes. Alors il insista doucement.

Elle avait gardé ce secret bien caché pendant si longtemps qu'elle ne pouvait le révéler sans frémir. Personne ne comprendrait sauf... Arnaud. Elle commença, les sourcils froncés :

– Il pleut. Dans mon rêve... Il pleut...

Une main sur sa gorge pour tenter de calmer ses halètements de frayeur, elle dit tout ce qu'elle avait compris ou cru comprendre de la signification de ses cauchemars.

– Puis tout s'efface, termina-t-elle d'une voix éteinte.

Maintenant, elle n'allait pas manquer de l'accuser. Arnaud, inquiet, tendit l'échine.

Alors qu'il la regardait de près pour l'assurer de sa profonde contrition, il s'aperçut avec étonnement qu'elle ne semblait pas l'associer à ses pénibles souvenirs. Puisqu'il en était ainsi, le pardon accordé tout à l'heure ne signifiait rien pour elle, n'avait aucune valeur libératrice.

– Comprenez-vous à présent pourquoi tout en moi se révolte à l'idée de... d'une...

– Je crois que oui. Mais ne craignez rien, mon cher amour. Je vais prendre soin de vous.

En son for intérieur, il s'adjura d'être le plus doux, le plus patient possible avec cette jeune femme qu'il adorait. S'il souffrait de tant la désirer, eh bien tant pis. Il l'avait mérité. Il accepterait l'épreuve sans rien précipiter.

– J'ai peur de ce qu...

Il la prit par le cou et posa sa bouche sur la sienne pour la rassurer. Le souffle court, elle ferma les yeux et se détendit dans ses bras.

– Je ne peux pas, tenta-t-elle de nouveau.

Elle prononça ces mots d'une voix alanguie plus propre à aiguillonner Arnaud qu'à le décourager. Il essaya de dire une fois encore qu'il comprenait ses réticences, mais, tandis qu'il se penchait, les lèvres de Laura effleurèrent sa joue. Il se tourna et leurs bouches se rencontrèrent. Aussitôt, ils se retrouvèrent unis dans la même ferveur.

Laura eut vaguement conscience qu'Arnaud appuyait son torse contre elle pour la renverser sur le lit sans pour autant s'arracher au baiser qui les bouleversait jusqu'au tréfonds de leur être.

Personne ne lui avait jamais manifesté une telle tendresse. Même au temps de son enfance alors qu'elle aspirait tant à un peu d'affection. Qu'il était bon de se laisser aimer. Que c'était bon...

Petit à petit, elle sombrait dans des abysses de sensations inconnues et grisantes, se laissait emporter, se serrant instinctivement contre Arnaud, toute frémissante.

Quant à lui, crispé de la tête aux pieds, il mobilisait son énergie pour ne pas répondre trop vite à cette incitation involontaire. Un gémissement s'échappa de ses lèvres si bien qu'il faillit oublier ses bonnes résolutions. Quelque chose de merveilleux était en train de se produire. Il allait... Non ! Laura méritait des égards. Il l'apprivoiserait quoi qu'il dût lui en coûter de frustration. Il l'aimait tant ! D'une si grande tendresse !

Il respira à fond pour calmer ses ardeurs puis se redressa sur un coude afin de contempler le visage de sa jeune, adorable, magnifique épouse. Aussi belle qu'un ange.

Elle ouvrit les yeux et l'observa sans sourire.

– Vous sentez-vous bien avec moi, ma chérie ?

– Oui, répondit-elle dans un souffle. Vous êtes le seul homme au monde dont je n'ai pas peur.

Eh bien ! N'était-ce pas une nouvelle prodigieuse ?

Extrêmement ému par la confiance de Laura, heureux d'un bonheur qu'il partageait avec elle, il se promit qu'ensemble, ils savoureraient chacun de leurs baisers, chacune de leurs caresses afin que leur nuit d'amour ne se termine jamais.

Ils n'entendaient ni le feu qui crépitait dans la cheminée, ni les bourrasques de vent qui faisaient vibrer la fenêtre. Ils étaient seuls au monde.

Comme si une force mystérieuse avait pris possession de sa volonté, la main de Laura glissa vers la nuque d'Arnaud. Ses doigts s'enfouirent dans ses cheveux, caressant avec délices les mèches souples dont le parfum l'enivrait.

Le contact du visage brûlant de son mari lui coupa

le souffle. Mais, quand il promena ses lèvres sur son cou et lui mordilla le lobe de l'oreille, elle se raidit et tenta de se soustraire à ses caresses en marmonnant. Il apaisa ses protestations d'un profond baiser. Sa langue chercha et recueillit la réponse qu'il espérait tandis que ses doigts glissaient lentement de son cou à sa poitrine. Elle était douce, si douce, qu'Arnaud fut en grand danger de voir s'envoler ses belles résolutions. Il roula sur le flanc et ferma les yeux pour lutter contre la tension intolérable de son corps. Son cœur cognait jusque dans sa gorge, des gouttes de sueur perlaient sur son front. Ses mâchoires serrées laissaient difficilement passer son souffle court.

« Rien de tel que de se contraindre à respirer calmement pour retrouver un peu de sang-froid », se répétait Arnaud. Seulement, si sa raison lui disait de se calmer, son corps, lui, avait bien du mal à obéir.

La jeune femme tremblait d'appréhension. Cependant, dès qu'elle le vit couché sur le dos, le visage crispé, elle s'inquiéta.

– Arnaud ?

Il poussa une sorte de plainte.

– Vous êtes fâché ?

– Non, mon petit ange. Mais vous me faites... un peu... perdre la tête et... je ne veux rien faire qui puisse vous effrayer.

– Tout est nouveau pour moi... Je vous aime... Arnaud, tout à l'heure vous m'avez demandé de lutter pour sauvegarder notre amour. Aidez-moi à lutter. Aidez-moi à vaincre mon angoisse.

Ils se regardèrent pendant une interminable minute. Il lui caressait doucement les seins à travers le tissu tendu de la chemise de nuit.

– Embrassez-moi, supplia Laura en s'efforçant de dissimuler ses craintes.

Pour toute réponse, Arnaud s'empara de sa bouche avec avidité. Il tira sur le ruban qui fermait la chemise et la poitrine découverte apparut dans toute sa plénitude.

– Ah, Laura ! soupira-t-il.

Il effleura des lèvres la pointe dressée de ses seins et se mit à les mordiller.

– Ne faites pas ça, murmura Laura en s'évertuant à le repousser.

La timide contestation n'impressionna nullement Arnaud qui ne semblait pas près de renoncer.

Comment lui en vouloir ? Après tout, n'avait-elle pas sollicité son aide pour lutter contre sa phobie ?

Ce fut la dernière pensée cohérente de Laura qui sentit le monde réel s'estomper peu à peu tandis que son corps devenait léger comme une bulle. Elle baissa les paupières et se laissa envahir par une ardente sensation de chaleur.

Il se releva et leurs yeux se rencontrèrent avec une intensité qui les empêcha de respirer.

– Nous devrions peut-être en rester là, dit Laura d'un ton peu convaincu.

– Pas encore, mon amour, chuchota Arnaud. Nous luttons pour notre bonheur, n'est-ce pas ? ajouta-t-il hypocritement.

Elle enroula ses bras autour du cou d'Arnaud et implora d'une voix fiévreuse :

– Embrassez-moi ! Embrassez-moi !

Heureux du trouble qu'il percevait en elle, il prit ses lèvres avec fougue. Sa bouche, après avoir tracé un sillon brûlant le long de son cou et de ses seins, s'aventura sur son ventre et continua sa route.

Laura ouvrit les yeux et tenta de retenir Arnaud par les cheveux.

– Arrêtez ! Il ne faut pas.

Elle avait l'impression de crier son refus mais ce fut un murmure étouffé qui sortit de ses lèvres. Son innocence était si grande qu'il n'eut aucun mal à vaincre sa timide résistance, à poursuivre son exploration, à savourer avec délices cette chair pulpeuse au goût fruité et grisant.

Laura se détendit graduellement. Ses défenses s'émoussèrent dans une impression d'inévitable.

Une onde de chaleur courut le long de son corps,

se propagea sous sa peau comme un incendie, lui desséchant la bouche.

Sa respiration s'accéléra, devint plus profonde. L'esprit engourdi, elle était en proie à des sensations inconnues qui anéantissaient sa volonté. Elle voguait sur une mer de volupté dont chaque vague l'emportait plus haut que la précédente.

Incapable de penser, elle s'accrochait convulsivement aux épaules d'Arnaud, à ses cheveux, exacerbant sa convoitise.

Le frisson qui la parcourut la fit gémir et se cambrer. C'était l'appel d'un désir exigeant d'être assouvi. Arnaud ne s'y trompa pas. Il n'avait pas passé tant d'heures au lit des femmes sans avoir acquis une certaine expérience amoureuse.

Il se dégagea pour lui retirer sa chemise de nuit et enlever ses propres vêtements. Laura laissa échapper une plainte de protestation. Cependant, lorsqu'il l'enlaça, quand leurs corps nus se touchèrent, elle eut un mouvement de recul.

– Ne crains rien, mon amour. Tout se passera bien puisque nous nous aimons. N'aie pas peur.

– Je n'ai pas peur, tenta-t-elle de dire.

Les jambes d'Arnaud forcèrent les siennes à s'ouvrir, elle perçut la chaleur brûlante de sa virilité et ne put réprimer une exclamation étouffée.

– Tu es ma femme, Laura. Maintenant et pour toujours. Dis-le ! Dis que tu es à moi !

– Je suis à vous, mais...

Il la fit taire d'un baiser. Elle ferma les yeux, une flambée de désir l'envahit et elle se tendit vers lui. Il répondit à cette prière muette en se laissant emporter par la puissance de sa passion. Laura n'eut pas conscience de l'instant où il commença à se mouvoir en elle. Son corps était traversé d'ondes dont elle ignorait la cause mais qui s'emparaient de chaque fibre de son être. Plus rien n'existait que la vague qui la soulevait de plus en plus haut.

– Je vais... tomber, balbutia-t-elle.

– Serre-moi fort, mon amour.

Obéissante, elle resserra l'étreinte de ses bras et de ses jambes tandis qu'il glissait ses mains sous elle pour la souder à lui. Ce fut plus qu'elle n'en put supporter. Elle frémit de la tête aux pieds comme si la vague, transformée en lame de fond, la projetait hors d'elle-même dans une explosion aveuglante, lui ravissant toute conscience.

– Arnaud !

Lorsqu'il perçut la réponse secrète de la chair intime de sa femme, Arnaud ressentit une violente secousse comme si la foudre venait de le frapper. Il enfouit sa tête dans les cheveux de Laura, ses lèvres pressées contre la tiédeur délicate de son cou. L'enfant jadis violée venait de l'absoudre. Le vrai pardon de Laura lui était accordé.

– Laura... gémit-il en la serrant sur son cœur dans une totale communion de corps et d'âme.

Il s'abattit sur elle, faible comme un nouveau-né. Jamais il n'avait éprouvé une jouissance aussi intense. Il s'était donné entièrement à une femme aimée. Pour la première fois de sa vie, ce qu'il ressentait était bien plus fort qu'une simple satisfaction sexuelle. Exténué et comblé, il renaissait. Neuf, purifié, absous de tous ses péchés.

Après que les battements de son cœur se furent calmés, que sa respiration eut retrouvé un rythme normal, il prit conscience d'écraser Laura de tout son poids.

Bien qu'il n'eût ni la force ni l'envie de bouger, il s'écarta d'elle. Juste un peu. Le moins possible. Mais cela lui coûtait... L'instant avait été sublime, et tellement inattendu.

Un miracle ! Alors qu'il redoutait de voir Laura se transformer en statue de pierre, qu'il s'attendait à lutter des heures contre sa peur, il l'avait trouvée douce, souple dans ses bras, chaude et amoureuse. Merveilleusement épanouie, sublimement femme. Laura ! Laura ! Dieu, qu'il l'aimait !

Il se pencha pour l'embrasser et il vit qu'elle pleurait. Il en fut sincèrement affecté.

– Tu pleures ?

Etonnée, Laura passa sa main sur sa joue et dut se rendre à l'évidence, sa joue était humide. Elle pleurait. Trop bouleversée par ce qu'elle venait de vivre pour parler, elle se contenta de hocher la tête.

– T'ai-je fait mal ? s'inquiéta-t-il.

Comme elle faisait un signe de dénégation, Arnaud pensa que la frayeur l'avait de nouveau rendue aphone et qu'il avait rêvé l'émotion prodigieuse qui les avait submergés. Impression renforcée par le regard fuyant de Laura qui gardait les yeux rivés sur son cou.

– Je ne savais pas... Jamais personne ne m'en avait parlé...

La voix était chuchotante mais très distincte. Et sans bégaiement, qui plus est !

– J'ignorais que les choses se passaient de cette façon.

Il ne put résister.

– De quelle façon, ma chérie ?

Il lui leva le menton pour la forcer à le regarder en face.

– Dis-le-moi, petit cœur. Je suis ton mari. Rien ne doit être caché entre deux époux qui s'aiment. Alors, insista-t-il, de quelle façon ?

– Je... j'ai eu l'impression d'être soulevée et emportée par... une vague... très haut et...

Les mots lui manquèrent pour dire l'indicible.

La candeur qui se lisait sur le visage de sa jeune femme bouleversa Arnaud.

– Et la chute t'a paru délicieuse, n'est-ce pas ?

Le regard attendri de son mari balaya les dernières inquiétudes de Laura.

– Oui.

Elle hocha la tête pour renforcer son affirmation. Son cœur se mit à battre plus vite en voyant le sourire câlin. Quel homme doux, bon et délicat ! A elle de faire preuve de délicatesse maintenant.

– Voulez-vous que je retourne dans ma chambre ? proposa-t-elle gentiment.

– Non ! coupa Arnaud, un peu vexé qu'elle veuille le quitter aussi vite.

– Si Daisie ne me trouve pas dans mon lit demain matin, elle va se poser un tas de questions.

– Et quand bien même ! Nous sommes mariés, que je sache !

Bon, doux, délicat mais arrogant...

Il la pressa fort contre lui.

– Reste avec moi, trésor. Si tu veux, demain matin, j'irai te porter dans ton lit.

Arrogant mais si adorable...

Du coup, elle enfouit sa tête dans le cou de cet être charmant. Il s'écoula un bon moment avant que Laura ne reprenne la parole :

– Je n'ai jamais été aussi heureuse.

Lui non plus.

– Il faudrait que le temps s'arrête, dit Arnaud merveilleusement comblé.

– Aucun instant ne pourra être aussi beau. Je souhaite qu'il se poursuive jusqu'à la fin du monde !

– Oh ! Que oui ! Que nous restions à jamais comme nous sommes maintenant.

Elle était divinement bien. Ici, rien ne l'atteindrait. Jamais.

– Je suis fatiguée. J'ai si peu dormi ces temps derniers. Notre séparation me désespérait.

– Et moi donc ! J'étais si malheureux... Je t'aime tellement, tellement !

Il leva la tête pour la regarder au fond des yeux. Il avait encore envie d'elle. Mais tant pis. Laura était fatiguée, il devait être raisonnable. Il murmura avec un gros soupir de regret :

– Dors, mon ange.

– Je t'aime, dit Laura en se blottissant contre lui.

Ce fut un moment extraordinaire pour eux. Un moment où, tous les vieux démons balayés, ils se comprirent de cœur à cœur. Isolés dans la chaleur de leur amour, sûrs que personne au monde ne s'aimait aussi passionnément qu'eux, ils reposaient, enlacés, en se jurant que rien, jamais, ne les séparerait.

Elle était profondément endormie. Rien ne l'avait réveillée. Pas même les bourrasques de vent violentes et soudaines s'écrasant contre la fenêtre.

Arnaud se leva dans l'intention d'éteindre les lampes. Il regarda les grands arbres vaciller sous les assauts de la tempête, s'inquiétant du bruit. Laura n'avait pas bougé. Il se pencha au-dessus d'elle, tendant l'oreille pour s'assurer qu'elle respirait.

Elle soupira sans se réveiller et se tourna vers lui. Arnaud oublia les lampes et perdit toute notion du temps. Comme une jeune mère émerveillée par la perfection de son bel enfant endormi, il tomba en contemplation. Laura avait l'air si jeune, si confiante dans son sommeil.

Fasciné par la moue de sa bouche encore gonflée par l'ardeur de leurs baisers, par ses longs cils noirs qui faisaient ressortir la fraîcheur de son teint, par ses cheveux étalés sur l'oreiller, Arnaud retenait son souffle.

Il fit glisser le drap jusqu'à ce que Laura soit complètement découverte. Dieu du ciel ! Quel corps magnifique ! Ses formes étaient encore plus parfaites qu'il ne les avait imaginées. Existait-il pareille beauté au monde ? Arnaud en doutait. Il demeura immobile durant une éternité, sachant qu'il se rappellerait jusqu'à son dernier jour le spectacle éblouissant que lui offrait sa jeune épouse.

Elle frissonna, il la recouvrit bien vite. Sa main effleura le visage de Laura. Il frémit en sentant sa jolie bouche contre sa peau. Quand il se rendit compte du désir qu'elle éveillait en lui, il fit demi-tour et alla éteindre les lampes avant de se coucher.

Il tendit la main pour réveiller Laura mais la retira aussitôt. Laura était fatiguée. Le sommeil de Laura, son bien-être était plus important que tout. Plus important que son bien-être à lui. Aucun sacrifice ne serait jamais trop grand pour elle. Et pourtant... Il avait envie de lui faire l'amour, de la prendre, de la faire jouir et, de nouveau, de mourir de bonheur au moment sublime où elle atteindrait l'extase.

– Mon amour, chuchota-t-il dans l'ombre, étonné lui-même par sa force d'âme. Faut-il que je t'aime pour ne pas succomber...

Il tendit à nouveau le bras pour remonter les couvertures sur les épaules de la jeune femme mais interrompit son geste pour compter les coups de sonnerie du carillon. Douze coups résonnèrent dans un vacarme de vitres secouées par le vent.

– Sonne donc ! Cela nous est égal. Ce soir marque le commencement d'une nouvelle vie. Nous nous sommes retrouvés et de nouveau épousés. Notre amour est solide, il est passé par l'épreuve du feu. Nous sommes unis à jamais, dans cette vie et dans toutes les vies futures que Dieu voudra bien nous accorder. Amen.

Laura vint se nicher contre lui. Il lui enveloppa le bras d'une main caressante. Eût-il été aveugle, il l'aurait reconnue au toucher. Il frissonna rétrospectivement à l'idée qu'il avait été si près de la perdre. « Merci à Vous, Seigneur. Elle m'aime et elle est à moi. Que demander de plus ? »

Depuis le début de l'humanité, chaque homme, chaque femme dont il était le descendant, l'avait amené vers un seul but... Laura. Vers une seule femme... Laura.

Envahi par la plénitude de son bonheur dont l'intensité le bouleversait, il ferma les yeux et s'endormit. En paix avec lui-même et avec le monde entier.

Jamais au grand jamais, Daisie ne s'était levée en retard. Et voià que ce matin justement... Le dernier jour. Ce n'était vraiment pas de chance.

L'esprit embrumé, les paupières lourdes de fatigue, elle reconnut le timbre distingué de Mortimer qui lui expliquait qu'après avoir en vain tambouriné à la porte de la chambre de son maître, de guerre lasse, il s'en venait vers elle pour lui demander d'aller frapper à la porte de communication du côté de la chambre de lady Laura. Peut-être aurait-elle plus de chance que lui.

Engourdie par les larmes versées, Daisie avait dormi comme une masse. Et maintenant, ce snobinard de Mortimer venait la réveiller. Que ne l'avait-il fait plus tôt ! Que dirait Demoiselle ? Il était presque... 8 heures ?... Oui, 8 heures ! Etait-ce possible ?

Levée en catastrophe, Daisie s'empressa d'enfiler sa robe de chambre. À la guerre comme à la guerre et au diable les convenances ! Elle ferait sa toilette et mettrait son uniforme après avoir ouvert les doubles rideaux de la chambre de Demoiselle.

Tout d'abord, elle n'en crut pas ses yeux et lança un regard incrédule vers le lit vide. Puis, force lui fut de se rendre à l'évidence. Non seulement Demoiselle n'était pas dans son lit mais, de surcroît, elle ne s'y était pas couchée. A preuve, le drap rabattu était tel que Daisie l'avait laissé hier soir. Sans un pli.

Mon Dieu, mon Dieu ! Demoiselle avait découché ! Où était-elle à cette heure ? Daisie ébauchait le premier pas pour traverser la pièce et se rendre à l'office afin de commencer ses recherches lorsque son regard découvrit la porte de communication entrebâillée.

L'Ogre ! Seigneur ! L'Ogre l'avait entraînée de force dans sa chambre ! Oh ! C'est qu'il en était bien capable ! Barty avait beau le défendre en prétendant que son frère de lait était aussi doux que l'agneau qui vient de naître... Daisie savait ce qu'elle savait et ne se fiait pas à l'Ogre. Elle résolut d'en avoir le cœur net. Sincèrement, quelle situation ! Quelle situation gênante !

Tant pis, elle irait ! Se mordant les lèvres d'embarras, elle s'approcha de la porte, hésita un instant, prête à se sauver. Cependant, le sens du devoir lui commandant d'agir, elle appela à voix basse :

– Demoiselle ! Demoiselle !

– Chuuuuut ! Tais-toi ! chuchota l'Ogre. Tu vas la réveiller.

S'il croyait que Daisie allait renoncer, il se trompait lourdement !

– Demoiselle ! Où êtes-vous ?

– Et voilà ! Tu l'as réveillée ! Tu ne pouvais pas te taire, non ?

– Demois...

– Lady Laura est ici.

Puis il murmura pour le seul bénéfice de Laura :

– Elle est ici, à sa vraie place... Dans les bras de son mari qui l'aime.

L'Ogre pouvait dire ce qu'il voulait, Daisie était comme saint Thomas, elle ne croyait que ce qu'elle voyait.

– Demoiselle ! insista-t-elle à voix haute cette fois.

Dans son demi-sommeil, Laura reconnut la voix inquiète de Daisie et enfouit sa tête dans la tiédeur de l'oreiller en étouffant un bâillement.

– Demoiselle ? Tout va bien ?

– Oui, tout va bien.

Elle amorça le geste de s'asseoir dans le lit puis se refourra vivement sous les couvertures en constatant qu'elle était nue. Que tous les saints la protègent ! Toute nue !

Du coup, elle n'entendait plus les explications que sa femme de chambre lui offrait depuis la porte entrouverte.

– Il est déjà 8 heures, Demoiselle. Je vous prie de m'excuser pour mon retard. Demoiselle, d'après Mortimer, tout le personnel est prêt pour la revue du départ. Les housses sont déjà posées sur les meubles. Sauf dans la salle à manger où vous êtes attendue pour le petit déjeuner...

– Nous n'avons pas besoin de la salle à manger, qu'ils finissent de mettre les housses ! Toi, apporte-nous le petit déjeuner ici, coupa Arnaud avec un brin d'impatience dans le ton. Ne laisse entrer personne. Pas même Mortimer... Daisie ! Surtout pas Mortimer !

Si Mortimer avait la mauvaise idée de regarder du côté de Laura, Arnaud ne répondait pas de sa réaction. Aucun homme n'avait le droit de jeter un œil sur sa femme.

– J'y vais tout de suite, Monsieur.

Arnaud passa sa main sur sa joue râpeuse.

– Attends, ouvre les rideaux d'abord.

Toute frissonnante d'appréhension, Daisie s'engouffra dans la tanière de l'Ogre pour aller ouvrir les doubles rideaux.

– Il pleut à verse. Cette nuit, il y a eu une vraie tempête.

Voilà ! Elle avait fait ce qu'elle avait pu. On ne pourrait lui reprocher d'être restée sans dire un mot.

Comme elle passait, droite, en évitant de regarder vers le lit, elle découvrit la robe de chambre de lady Laura roulée en boule près de la cheminée et... Dieu du ciel ! La chemise de nuit rose... en tas sur le tapis ! Eh bien ! A part le bandage que la mère Hoorps lui avait mis au bras après avoir retiré les attelles, Demoiselle ne devait plus avoir grand-chose sur le dos. Et même moins que pas grand-chose...

Barty pouvait dire ce qu'il voulait pour essayer de disculper l'Ogre, Daisie n'en démordrait jamais. Cet homme-là n'avait rien de civilisé.

Elle risqua un œil vers le lit. Elle aurait pu tout aussi bien les lorgner à loisir. Demoiselle et Monsieur Arnaud semblaient totalement isolés du monde. Monsieur Arnaud parlait tout bas à l'oreille de la pauvre lady Laura lorsque Daisie quitta la pièce.

Oh ! la la ! Quand Barty apprendrait ça ! S'il n'en tombait pas assis, c'était à vous dégoûter de dénoncer les turpitudes d'autrui !

– Bonjour, petit amour, était en train de dire Arnaud.

Un timide bonjour lui était retourné tandis que la chaleur de la confusion faisait rougir le visage de Laura.

Car c'était une chose de délirer pendant les heures ensorcelantes de la nuit... Mais c'en était une autre de rencontrer les yeux gris d'Arnaud ce matin avec, entre eux, le souvenir des événements tout récents.

– Souhaite-moi convenablement le bonjour comme une bonne petite épouse, réclama Arnaud en saisissant Laura dans ses bras et en posant ses lèvres sur sa bouche tremblante.

Instantanément, elle s'abandonna, confiante. Aussitôt, il l'attira contre lui, lui donnant à sentir la ferme pression de sa virilité. Elle répondit pleinement à ses caresses comme si un petit diable malin avait accaparé son corps.

– Viens plus près. Serre-moi fort, mon ange. Que j'ai envie de toi ! (De toute évidence, elle ne pouvait ignorer qu'il la désirait.) Et toi, mon trésor ? As-tu envie de moi ?

Avait-on le droit de dire des choses pareilles ? Et de les entendre ? Laura rougit jusqu'aux oreilles.

– Nous sommes mariés, puis-je te le rappeler ? Nous nous sommes promis de tout nous dire... Alors, questionna-t-il, as-tu envie de moi ?

Puisqu'ils s'étaient promis de tout se dire... Laura hocha la tête.

– Oui, balbutia-t-elle timidement en plongeant son regard dans les yeux gris qu'elle ne redoutait plus. Mais nous ne pouvons pas. Daisie va revenir avec le petit déjeuner.

Un soupir de regret gonfla sa poitrine.

– Je vais fermer la porte à clé et tant pis pour Daisie.

Il se leva et enfila sa robe de chambre.

– Non ! Attendons qu'elle soit repartie... S'il te plaît... Arnaud.

Comme elle avait bien dit ça ! Tout à coup, il eut l'impression que son prénom avait un son plus plaisant. Laura avait une façon de le prononcer qui le rendait plus beau... D'ailleurs, elle rendait tout plus beau. Il se recoucha et se mit à rire.

– J'oubliais que Daisie est encore une jeune fille... Nous risquerions de la choquer.

Mais Laura était décidément trop tentante. Abandonnant toute prudence, il l'embrassa avidement. L'effet de ce baiser fut foudroyant. Il les bouleversa tous les deux. Quand il l'emprisonna dans ses bras, elle poussa un soupir de satisfaction.

– Parle-moi, Laura. Dis n'importe quoi. Sinon, nous allons... Daisie va nous trouver dans une situation embarrassante. Vite, parle-moi !

– Je t'aime, bredouilla-t-elle.

– Ça ne nous aide pas du tout. Comment veux-tu que je résiste ? C'est trop !

Il la serrait fort, perdait la tête, ses mains s'affolaient. Oh ! Daisie ! Elle n'y pensait plus. Laura fit un effort pour se reprendre. Sa voix rompit soudain le charme :

– Vous avez raison. Parlons de... de notre séparation...

Là, elle faisait fort ! Si son but était de le calmer, elle avait réussi.

Il se redressa et répliqua sur un ton coupant :

– Il n'en est plus question !

Sa voix avait retenti dans la chambre comme un coup de semonce. Quel homme autoritaire ! Dominateur en diable ! Cependant, elle devrait faire avec puisque le changer était impossible. Peut-être était-ce cela qu'elle aimait en lui ? Non ! Finalement, tout lui plaisait en lui.

Elle coula un regard oblique vers son visage renfrogné. Arnaud n'attendait que ça. Il se mit sur le côté et, la tête appuyée dans le creux de sa main, il observa Laura et fit une grimace penaude.

– Pardonne-moi, mon ange. Je ne voulais pas crier. Seulement, tu m'as surpris. Je croyais que cette histoire de séparation était terminée une fois pour toutes. (Sa voix s'adoucit.) Dis-moi, Laura, sincèrement, désires-tu que nous nous quittions ?

Elle s'empourpra.

– Non, non, s'empressa-t-elle de répondre. Si nous devions nous quitter... Ah ! J'en mourrais !

Le cri avait jailli de son cœur. Arnaud en fut violemment ému.

– Moi aussi, j'en mourrais, avoua-t-il à mi-voix.

Ces derniers jours, alors que je pensais te perdre, j'ai vécu une véritable agonie.

– Oui, une agonie, soupira Laura.

Satisfait, il se sentit l'âme apaisée.

– Maintenant, Laura, si tu m'expliquais...

– Eh bien, je voulais savoir où nous allions habiter. Ici... Ce n'est plus possible. Chez ma tante ? Non, pas chez ma tante.

Avant qu'il ait pu placer un mot, elle sauta du coq à l'âne.

– Voulez-vous me passer ma chemise de nuit. Elle est de votre côté. Je ne veux pas que Daisie me voie aussi peu vêtue.

Arnaud lui lança un regard rieur.

– Ah ! Ça ! Pour être peu vêtue, tu es peu vêtue !

Quand il la vit pincer les lèvres, il se pencha pour ramasser la petite chose rose roulée en boule sur le tapis. Il la lui tendit et ne la lâcha que sur la promesse qu'elle porterait ce bout de tissu transparent juste le temps où Daisie demeurerait dans la pièce.

– J'ai ta parole ? Bien ! Alors revenons à nos moutons. Nous n'irons donc pas chez ta tante. Car pour notre lune de miel je ne veux te partager avec personne. Et pour tout te dire, lady Wharton ne me porte pas dans son cœur. J'avoue que c'est réciproque. Lorsqu'elle est venue te voir, j'étais persuadé qu'elle voulait t'emmener loin de moi. Je ne l'ai pas quittée une seconde des yeux. Mais, crois-moi, elle n'est pas facile à intimider. J'avais beau prendre mon air de chat sauvage, lui faire de mauvais yeux, elle s'en fichait.

Laura devait se retenir de pouffer.

– Je l'avais remarqué. Si vos yeux avaient été des pistolets, ma pauvre tante serait morte à présent. Tournez-vous, je vous prie. Juste le temps de passer ma chemise. Allons, ne soupirez pas si fort. Je ne vous demande qu'une seconde.

– C'est ridicule, marmonna-t-il.

Néanmoins, il se retourna. Il ne se sentait pas le cœur à la contrarier, si peu que ce fût.

– Ça y est ! Vous voyez, cela n'a pas été long. (Il ouvrit la bouche pour parler, elle n'en tint pas compte.) Pas chez ma tante...

– Pas à Penton Hook, dit-il comme s'il ne l'avait pas entendue. Comme tu as pu le constater, les travaux ne sont pas encore terminés. Quant à la maison de Londres, elle est aux mains des peintres et des tapissiers.

– Allons à Stanton House, proposa Laura, les yeux brillants comme des étoiles. N'est-ce pas une bonne idée ? Là-bas, personne ne s'étonnera de nous voir ensemble. Les domestiques sont toujours les mêmes que lors de notre mariage.

Elle battit des mains et dit :

– A Stanton House !

– Voyez la petite épouse astucieuse ! Tout à l'heure tu écriras une lettre pour lady Wharton afin de la mettre au courant de notre situation. J'enverrai Mortimer la porter. Il restera à Londres pour stimuler les ouvriers et activer les travaux.

C'était plus fort que lui, il ne pouvait s'empêcher de commander. Et il leva la main quand il vit Laura prête à prendre la parole.

– D'autre part, Andrew ira jusqu'à Stanton House porter un mot pour les avertir de notre arrivée...

– Nous y resterons jusqu'au mariage de Daisie, réussit-elle à placer. Et aussi longtemps qu'il le faudra.

– Andrew passera à Shiplake et mettra Barty au courant de notre changement de destination. Voilà ! Je crois que je n'ai rien oublié.

Laura frotta le bout de son nez contre le nez d'Arnaud.

– L'Ogre pense à tout.

Il écarquilla les yeux.

– Suis-je encore un ogre ? s'étonna-t-il. Je pensais qu'après...

La tendresse qu'il lut dans les yeux bleus de Laura le rassura.

– Oui, mon cher trésor, vous êtes encore l'Ogre. Mais MON ogre apprivoisé.

Il garda les yeux fixés sur sa femme et lui caressa la joue d'un doigt léger.

A ce moment, le bruit d'une porte qu'on refermait puis un cliquetis de vaisselle leur apprirent que Daisie arrivait.

– Voilà Daisie. Je suis heureuse pour elle. Et imaginez la joie de Barty lorsqu'il apprendra que sa Daisie ne part plus pour Londres.

– Tel que je le connais, il va bondir jusqu'au plafond, approuva-t-il malicieusement.

Il était si heureux lui-même qu'il se réjouissait du bonheur de son ami.

Depuis la veille au soir, les minutes s'égrenaient, enchantées et lumineuses, pour lui offrir les plus belles heures de sa vie d'homme.

Une bourrasque de vent rabattit la pluie contre les carreaux. Il se tourna vers la fenêtre. Il n'y vit que soleil et bonheur.

– Quelle journée magnifique ! dit-il avec conviction.

Coutiches, janvier 1993

Amour et Destin

Les romans de la collection Amour et Destin présentent des femmes exceptionnelles, qui découvrent dans l'amour le sens de leur vie. Elles iront jusqu'au bout de leur quête, quel qu'en soit le prix.

Héroïnes modernes, elles ont décidé de prendre en main leur destin et de l'assumer, dans un monde trop souvent hostile.

Dans la collection Amour et Destin, des femmes courageuses et intransigeantes affrontent la réalité, tout en sachant que l'amour, seul, pourra leur apporter l'épanouissement dont elles rêvent.

BENNETT ELIZABETH
Le balancier du cœur
3598/6
Jolie, douée mais obèse et malheureuse, Janie quitte un jour la Nouvelle-Angleterre pour devenir directrice artistique dans une agence de publicité new-yorkaise. Elle y gagnera son indépendance, perdra les kilos qui la gênaient et surtout découvrira, après quelques errances, le véritable amour.

BENZONI JULIETTE
Le Gerfaut
– Le Gerfaut
2206/6
– Un collier pour le diable
2207/6
– Le trésor
2208/5

BINGHAM CHARLOTTE
Ombre et lumière
3493/7 Inédit

BLAKE JENNIFER
Les secrets du passé
3323/6
Dans le décor luxuriant de La Nouvelle-Orléans, les passions se déchaînent autour de Riva, prisonnière d'un mystérieux passé.

Délices et fureurs
3525/6
Le parfum de la passion
3759/6 (Septembre 94)

BRISKIN JACQUELINE
C'est écrit dans le ciel
3139/7
Cœurs trahis
3431/7

BROWN SANDRA
French Silk
3472/7
Des secrets bien gardés
3617/6
Substitution
3666/6 Inédit
Texas !
– Le destin de Lucky
3282/3
– Le destin de Rocky
3432/3
– Le destin de Sally
3563/3
Parfum de scandale
3727/7 (Juillet 94)
En quelques heures, trois voyous sans scrupules font basculer la vie de Jade dans l'horreur. Désormais, elle n'aura plus qu'un but : se venger. Dillon parviendra-t-il à lui redonner le goût du bonheur ?

CLARKE BRENDA
Au-delà du monde
3618/5
Deux mois après la disparition de son mari au Liban, Christiane Saxelby apprend que Rowland était déjà marié lorsqu'il l'a épousée. Anéantie par cette découverte, elle se replonge dans leur passé. Qui était cet homme auprès de qui elle a vécu durant vingt-cinq ans ? Rowland l'a-t-il vraiment aimée ?

COOKSON CATHERINE
Le bonheur secret d'Emma
3343/5
Dès son plus jeune âge, Emma a compris qu'un seul homme compterait pour elle : le pasteur Henri Grainger. C'est pourtant un autre qu'elle se résoud à épouser. Mais le véritable amour peut-il s'oublier ?

Les tourments d'Annabella
3487/7

DAILEY JANET
Le mal-aimé
1900/4
Prisonniers du bonheur
2101/4
Le triomphe de l'amour
2430/5

DEJONG LINDA RENÉE
Illusions brisées
3395/6
La voiture fait une embardée et c'est l'accident. Lorsqu'elle se réveille à l'hôpital, elle a tout oublié : amnésie. Elle ne reconnaît pas cette famille ni l'image qu'ils semblent avoir d'elle. Qui était vraiment Amanda ?

Amour et Destin

DELINSKY Barbara
Une femme trahie
3396/7
Lorsque Jeff, son mari, disparaît brusquement, Laura se trouve confrontée à une situation financière catastrophique. Avec horreur, elle comprend alors qu'elle vivait auprès d'un inconnu.

La quête de Chelsea Kane
3450/6
Empreintes
3576/6
Un moment d'égarement
3728/7 (Juillet 94)

DEVERAUX Jude
Entre ses mains
3544/6 Inédit

FIELDING Joy
Les amours déchirées
3545/5

GOLDREICH Gloria
Rencontre
3471/5

HOAG Tami
L'homme des marais
3706/5 Inédit

JAGGER Brenda
L'amour revient toujours
3390/5
En 1840, dans une Angleterre en plein essor industriel, deux femmes, éprises du même homme, s'affrontent et luttent pour sauvegarder leur amour.

KRENTZ Jayne Ann
Le petit-fils prodigue
3707/5 Inédit
Mariage en blanc
3797/5 (Novembre 94)

LAROSA Linda
Princesse Alexandra
3358/7

MANSELL Jill
Malentendus
3685/6 Inédit
Pour la magie d'un baiser
3779/6 (Octobre 94)
Trois femmes en quête du bonheur...

MAREZ Marnie De
L'épouse indésirable
3686/5 Inédit

McNAUGHT Judith
L'homme qui haïssait les femmes
3665/4 Inédit
Où tu iras, j'irai
3760/6 (Septembre 94)
Lorsqu'un inconnu vous demande de tout abandonner pour le suivre à Porto Rico, on a certes le droit d'hésiter. Mais alors, on court le risque de tout perdre...

PEARSON Michael
Une femme d'argent
3359/5
De New York à Londres, en ce début de siècle, l'irrésistible ascension de Victoria dans le monde implacable de la haute finance.

PLAIN Belva
Les trésors de la vie
3524/7

QUIN-HARKIN Janet
Grâce au ciel
3812/5 (Décembre 94)

RENICK Jeane
Fais-moi confiance
3597/6
L'enfant de la dernière chance
3742/6 (Août 94)
Un bébé ! Cette idée obsède Marielle, à qui la nature ne laisse plus beaucoup de temps. Après mille péripéties, elle aura enfin ce qu'elle veut, et le bonheur en prime.

SAWYER Meryl
Méfiez-vous des inconnus
3780/8 (Octobre 94)

SELINKO Annemarie
Désirée
3374/5 & 3375/5

SIMPSON Pamela
Revers de fortune
3451/7

SMITH Deborah
L'amour par Miracle
3564/7 Inédit
Le saule bleu
3645/7 Inédit

SPENCER Lavyrle
Demain le bonheur...
3798/8 (Novembre 94)
En 1917, Lannie rejoint son nouveau poste d'institutrice dans le Dakota. La jeune femme va découvrir les grandes plaines du Middle West, des gens simples et vrais, et trouver l'amour.

TAYLOR Lucy
Les années de feu
3646/6 Inédit
Trois sœurs. Trois personnalités. Trois destins. A l'ère de l'amour libre et du féminisme, Anna, Luisa et Tina, partent, chacune à sa manière, à la recherche du bonheur.

THOMAS Rosie
Célébration
3357/5
Œnologue réputée, Bell est fermement décidée à faire carrière dans un monde habituellement fermé aux femmes. L'amour va, toutefois, orienter différemment son destin.

La belle conquérante
3510/9

Aventures et Passions

Quand les passions se déchaînent, quand elles entraînent des êtres prêts à tout pour les vivre dans un tourbillon d'aventures tumultueuses, elles sont dans la collection Aventures et Passions.

De l'Angleterre moyenâgeuse à la Louisiane déchirée par la guerre de Sécession, des îles Caraïbes aux rivages de l'Inde, Johanna Lindsey, Julie Garwood, Jennifer Blake, Kathleen Woodiwiss et tous les meilleurs auteurs du genre dressent pour vous des décors historiques somptueux. Suivez les aventures de leurs héroïnes rebelles que seul l'amour parvient à dompter.

BLAKE JENNIFER

Sérénade en Louisiane
3169/5
Les chaînes de l'amour
3240/5
Un éden sauvage
3347/6
Le vengeur créole
3415/5
Le temps d'une valse
3758/6 (Septembre 94)

Bien qu'ayant fait un mariage de convenance, Amélie n'aura pourtant de cesse qu'il soit consommé. MAis au matin, elle s'apercevra qu'elle a pris, sans le savoir, un amant !

BRANDEWYNE REBECCA

La lande sauvage
3018/5
Duel sur la lande
3055/4
Pour l'amour d'un comanchero
3159/7
La passion du conquistador
3285/5

Pour échapper aux intrigues perverses de Don Rodolfo, Aurora est prête à s'enfuir au bout du monde !

Les amants hors la loi
3397/6
Un mari en héritage
3543/5

BUSBEE SHIRLEY

Le quiproquo de minuit
2930/5

Ayant malencontreusement compromis Melissa, Dominic est contraint de l'épouser. Mais au cours de ce bel été, la Louisiane se mobilise contre les Anglais. Et entre la trop belle Melissa et son turbulent époux , c'est aussi bientôt la guerre car aucun ne veut être dupe de l'autre.

Au-delà du pardon
2957/5
L'appel de la passion
3056/8
Sous le sceau de l'amour
3287/7

CAMDEN PATRICIA

Sous la coupe du Sultan
3704/6 Inédit

COPELAND LORI

Hannah l'indomptable
3260/2
Les traîtrises de l'amour
3414/5

DAILEY JANET

Le solitaire
1580/4

DEVERAUX JUDE

La saga des Montgomery
- Les yeux de velours
2927/5
- Un teint de velours
3003/5
- Une mélodie de velours
3049/4
- Un ange de velours
3127/4

Les dames de Virginie
- Kidnappée par erreur
3180/5
- La fiancée délaissée
3181/4
- Mariage forcé
3182/5
- Le pays enchanté
3372/5

Duel de femmes
3447/4
L'homme au masque
3523/4
Les entraves de l'amour
3643/5
La duchesse infidèle
3683/6 Inédit
Un mari par procuration
3794/4 (Novembre 94)

Directrice d'une agence matrimoniale, Carrie tombe amoureuse d'un de ses clients en voyant sa photo...

FEATHER JANE

La favorite du sérail
3448/6

A Grenade, à la fin du XVe siècle, la belle Sarita succombe au charme d'Abdul, le seigneur maure qui règne sur l'Andalousie. Cependant dans le sérail de l'Alhambra, de sombres complots se trament contre la favorite.

La nuit de Saint-Petersbourg
3560/6
La favorite afghane
3664/7 Inédit

Aventures et Passions

FINCH Carol
Aveuglée par l'amour
3777/6 (Octobre 94)

GARLOCK Dorothy
Le métis apache
3594/5

GARWOOD Julie
Sur ordre du roi
3019/5
Un ange diabolique
3092/5
Un cadeau empoisonné
3219/5
Fiancée à quatre ans, embarquée de force dans des aventures rocambolesques, Sara est une héroïne d'une drôlerie irrésistible.
Désir rebelle
3286/5
La fiancée offerte
3346/5
Le secret de Judith
3467/5
Un mari féroce
3662/6 Inédit
Le voile et la vertu
3796/5 (Novembre 94)

HAGAN Patricia
Violences et passions
3201/6
Folies et passions
3272/5
Gloires et passions
3326/6
Fureurs et passions
3398/5
Splendeurs et passions
3541/5
Rêves et passions
3682/6 Inédit
Honneur et passions
3756/5 (Septembre 94)

HAZARD Barbara
L'aventurier des Bermudes
3703/7 Inédit
Coup monté
3811/6 (Décembre 94)

HENLEY Virginia
La colombe et le faucon
3259/5
La fleur et le faucon
3416/6
La rose et le corbeau
3522/5
Les amants secrets
3641/7 Inédit

JOHANSEN Iris
Prince de cœur
3757/7 (Septembre 94)
Dans l'Inde splendide et mystérieuse de l'époque coloniale, l'intrépide Jane Barnaby dirige la construction d'une voie ferrée et connaît une passion tumultueuse auprès du beau Ruel, un aventurier écossais.

JOHNSON Susan
Proposition malhonnête
3542/5
Le séducteur sauvage
3642/6 Inédit
Les enchères de la passion
3705/7 Inédit

JOYCE Brenda
Des feux sombres
3371/5
Le fier conquérant
3222/5
Candice la rebelle
3684/7 Inédit

LANDIS Jill Marie
L'héritage de Jade
3449/6

LINDSEY Johanna
Samantha
2533/3
Esclave et châtelaine
2925/4
La révoltée du harem
2956/6
Capturée par des corsaires sur la côte barbaresque, Chantelle se retrouve prisonnière du dey de Barikah, qui la retient dans son sérail. Situation intolérable pour une jeune rebelle !
La fiancée captive
3035/4
Les feux du désir
3091/5
La Viking insoumise
3115/5
Un si doux orage
3200/4
Un cœur si sauvage
3258/4
En recherchant son père disparu au Kansas, Jessica va découvrir la passion dans les bras de son guide, Chandos. Mais quels liens unissent cet homme mystérieux aux Comanches ?
Epouse ou maîtresse
3304/3
Captifs du désir
3430/4
Une fiancée pour enjeu
3593/5
Paria de l'amour
3725/4 (Juillet 94)
Fuyant sa belle-famille décidée à l'éliminer, Jocelyne va s'installer aux Etats-Unis où elle veut refaire sa vie. Elle y rencontre Colt Thunder, dont le sang cheyenne a fait un paria.
Les frères Malory
Le coureur de dot
3778/5 (Octobre 94)
A l'insu de ses frères, Georgina s'embarque pour l'Angleterre dans l'espoir de retrouver son fiancé. Elle y rencontrera un pirate et, s'étant compromise, ses frères la contraindront à l'épouser !

LOWELL Elizabeth
Poker menteuse
3726/5 (Juillet 94)

McKINNEY Meagan
L'enchanteresse perverse
3239/5
L'ange de la vengeance
3373/5
Le corsaire des Caraïbes
3490/5
Le secret de la passion
3795/6 (Novembre 94)

3686

Photocomposition Assistance 44-Bouguenais
Achevé d'imprimer en Europe (France)
par Brodard et Taupin à La Flèche (Sarthe)
le 24 août 1994. 1531 K-5
Dépôt légal août 1994. ISBN 2-277-23686-1
1er dépôt légal dans la collection : avril 1994
Éditions J'ai lu
27, rue Cassette, 75006 Paris
Diffusion France et étranger : Flammarion